MICHEL ROBERT

Ancien handballeur de haut niveau, Michel Robert est né en 1964. Journaliste et écrivain, il a collaboré à l'écriture du cycle *La Malerune* avec Pierre Grimbert, puis a publié sa saga *L'agent des ombres*, une série de fantasy teintée de violence, d'érotisme et d'humour noir, qui n'est pas sans rappeler la saga d'*Elric* de Michael Moorcock. Michel Robert vit près de Saumur avec son épouse et ses deux enfants, au milieu des chevaux.

Pour en savoir plus : www.angeduchaos.com

BELLE DE MORT

DU MÊME AUTEUR
CHEZ POCKET

L'AGENT DES OMBRES

1. L'Ange du Chaos
2. Cœur de Loki
3. Sang-Pitié
4. Hors-Destin
5. Belle de mort

SCIENCE-FICTION

Collection dirigée par Bénédicte Lombardo

MICHEL ROBERT

L'Agent des Ombres 5

BELLE DE MORT

MNÉMOS

ISBN : 978-2-266-19276-7

Belle de Mort *marque la fin de la saison 1*
de L'AGENT DES OMBRES,
c'est l'occasion pour moi de remercier tous ceux qui m'ont suivi
depuis le début, qui m'ont encouragé,
lecteurs et fans, passionnés...
Je songe notamment à mes amis du festival
de Liévin que je retrouve
chaque année avec grand plaisir.

Pour Célia, sans qui rien n'eut été possible.
Avec toute mon amitié, sincère et pudique.

Pour So, qui supporte mes humeurs ogresques du matin...
(on me souffle : pas que du matin !). Pour So, donc,
qui m'a choisi et qui abreuve ma vie de couleurs.

Belle de Mort *a été écrit sous haute influence musicale :*
E.A.S.T., Kate Bush, Saint Germain
et la splendide musique de Wow.

Je suis l'Ombre,
insaisissable et mortelle.
Mon esprit est une lame.
Mon corps est une arme.
Je sers la voie Unique.
S'adapter, c'est vaincre.
Je suis l'Ombre,
Je danse et je tue.

Le mantra des Ombres.

Prologue

Des ahanements virils dont l'écho se répercutaient sur la roche humide, les ombres environnantes repoussées par la lumière des torches, le son brutal de l'acier qui viole la terre. Un groupe d'hommes musclés et transpirants, quatre dans la petite grotte, frappant de leurs pioches le sol en un point précis.

Un cinquième se tenait en retrait, les mains sur les hanches, les encourageant de quelques claquements de langue.

Bien découplé, celui qui dirigeait avait un profil d'oiseau de proie, des traits anguleux plutôt distingués. Une cicatrice étoilée striait sa joue gauche. Pardessus son habit de cuir gris clair, le chevalier Siméus de Nilfær portait une ample houppelande de cotonnade azurée d'où pointait le pommeau ornementé d'argent d'une épée longue. Siméus était tête nue, ses cheveux presque ras, tandis que ses spadassins arboraient un béret mauve à bande bleue assorti à leur tenue de cuir.

Les pioches frappaient toujours. Soudain, un son différent des autres. Un bruit d'effondrement. Les spadassins entreprirent d'élargir l'ouverture qu'ils venaient de provoquer. Ils se permirent un soupir de soulagement avant de reculer, leur tâche achevée.

Les yeux plissés, Siméus sourit ; les indications se révélaient justes. L'entrée du caveau, enfin.

Une torche à la main, il descendit les quelques marches irrégulières qui s'offraient à lui. Au centre du caveau, un socle de pierre sombre, palpitant d'un halo de noirceur pulsante. Il sembla au chevalier entendre un soupir spectral suivi d'un rire rauque mais il s'en moquait ; rien ne pouvait l'effrayer, que ce soit dans le monde réel ou éthérique. L'officier s'avança vers l'éclat de lumière surnaturelle, il étendit sa grande main vers elle…

Quelques minutes plus tard, lui et ses hommes ressortaient à l'air libre. Le visage éclairé de satisfaction, Siméus tenait un coffret rectangulaire de bois laqué noir, qu'il cala sous son bras.

Les spadassins de la Lumière se tenaient campés au sommet d'une butte de terre ocre, surplombant un village composé d'une dizaine de maisons toutes rondes, en bois, surmontées de toits de chaume. La région dans laquelle ils se trouvaient avait été surnommée « la Bordure ». Située dans les terres de l'Ouest, la Bordure jouxtait le désert étrange créé par les Grandes Guerres et leurs déferlements de magie sauvage.

Parqués sur ce qui tenait lieu de place centrale, les villageois se tenaient en ligne, à genoux, les mains croisées sur la nuque, enfants compris. Aucun d'eux n'avait l'air ni dangereux, ni menaçant. D'honnêtes paysans, et rien d'autre. Tous avaient le regard baissé, refusant de défier ceux qui avaient assailli leur village au petit matin. Du reste, même s'ils l'avaient voulu, ils n'eussent rien pu faire contre la puissance et le savoir-faire martial de leurs agresseurs.

Le restant des suivants de Siméus, seize guerriers semblables aux autres, les toisait sévèrement.

Escorté de quatre de ses guerriers, Siméus descendit la pente à grandes enjambées et se rangea devant le chef des autochtones ; agenouillé comme les autres, c'était un vieil homme au front plissé par l'inquiétude, le visage marqué de coups.

— C'est bien, tu as dit la vérité.

La voix du chevalier exprimait un mépris manifeste.

De la pointe de sa botte luisante, il frappa le vieillard au visage, une fois encore, l'envoyant rouler dans la poussière. Les autres villageois n'osèrent intervenir, surveillés de près par les sbires de Siméus, l'arme au poing.

Puis Siméus recula d'une quinzaine de pas et fouilla dans son pourpoint pour en sortir un anneau, qu'il activa dans la foulée. En quelques secondes apparut le portail d'or ourlé d'orangé qui le ramènerait auprès de son maître.

Vargrimas, son second, se tenait le long de la ligne des prisonniers qu'il couvait de son regard vairon, plombé d'agressivité.

— Vous savez ce que vous avez à faire, lui déclara le chevalier de Nilfær.

Le colosse aux cheveux blond paille noués en queue-de-cheval hocha la tête d'un air entendu.

Ses instructions données, Siméus s'engagea dans le rideau de lumière crépitant du téléporteur tandis que dans son dos commençait le massacre, ponctué de cris faibles et désespérés, éteints les uns après les autres par le son de l'acier qui tranchait la chair.

Le portail resta ouvert. Ses hommes suivraient par le même chemin lorsqu'ils auraient terminé leur sinistre besogne. Siméus aurait pu rester à leurs côtés pour tuer, lui aussi, il aimait ça au moins autant qu'eux, mais il savait que son maître attendait de ses nouvelles avec une impatience qui grandissait de jour en jour.

À peine de retour dans le palais de l'Aube, l'enclave principale de la Lumière sur les Territoires-Francs, Siméus dirigea ses pas rapides vers les étages supérieurs, sans se soucier de ceux qu'il croisait et qui le saluaient les uns après les autres.

Moins d'un quart d'heure plus tard, s'étant soumis aux formalités d'usage, le chevalier entrait dans le vaste bureau de son seigneur, l'archevêque Rymanus de la Guelfe Blanche, récemment nommé par l'empereur Priam.

La suite dévolue à l'archevêque de la Lumière était située dans la nouvelle aile du palais, au dernier étage. Plafond haut, poutres apparentes, meublée sans faste. Un étendard trônait au-dessus de la cheminée, celui de la Rose blanche sur champ d'or et d'azur – symbole de la Guelfe Blanche, l'ordre saint de l'empire de la Lumière. Des rayonnages de pins chargés de documents en tous genres recouvraient les autres murs. Dans l'entrée, deux statues se faisaient face. Ébrahim de Balencia et Silas de Falquaurys, frères fondateurs de la Guelfe, figures légendaires de l'Empire.

Vêtu d'une ample tunique blanche, toute simple, Rymanus était grand, doté d'un visage buriné, d'une musculature nerveuse. Il avait fait ses preuves en pacifiant des Plans réputés inexpugnables, se démontrant capable de manier tout autant les armes que la prière.

La posture du prélat, la tonalité de sa voix, un observateur averti les eût assimilés à une impatience fiévreuse.

Rymanus se dressa de son siège à peine son homme de confiance arrivé :

— Alors ? Tu l'as trouvé ?

Siméus opina gravement.

L'austère ecclésiastique s'écria :

— À la bonne heure, chevalier. Eh bien, qu'attends-tu ? Donne !

Le chevalier écarta les pans de son grand manteau bleu pour dévoiler le coffret qu'il gardait précieusement contre lui. Il posa l'objet au milieu du grand bureau de l'archevêque et recula jusqu'à s'adosser sur le côté de la cheminée.

Une lueur sombre paraissait émaner de la boîte laquée, elle recelait un pouvoir palpable, inconnu, mystérieux, étranger. Et menaçant.

Rymanus posa ses grandes mains sur le coffret, comme pour en éprouver la puissance, mais ne l'ouvrit pas. Ses yeux gris acier, ombrés de sourcils broussailleux, brillaient, sa bouche était étirée d'un large sourire.

— Ah, Siméus, nous avons fait un grand pas en avant aujourd'hui, mon plan peut à présent connaître le déroulement que j'ai prévu. Tu ne sais pas encore ce qui se trouve véritablement à l'intérieur de cette boîte…

Les traits burinés du prélat se parèrent d'une joie malsaine. Un rire rauque jaillit de ses lèvres fines.

— Grâce à moi, l'Empire va retrouver sa digne place. Grâce à moi, nos ennemis jurés vont connaître le juste châtiment. Je vais enfin être à même de redorer le blason de notre sainte et révérée Lumière !

Siméus l'écoutait sans rien montrer de ses sentiments ou de ses aspirations, comme à son habitude.

Rymanus claqua dans ses mains, soudain enjoué :

— Enfin ! Je ne sais si tu t'en rends compte, Siméus, mais nous avons là une arme capable de mettre à mal les Ténébreux. Et ce que j'adore véritablement dans mon projet, c'est qu'ils l'ont eux-mêmes créée de leurs mains. Ils ont oublié cette arme sans pareille et je vais la retourner contre eux. Que la Sainte Lumière puisse en attester !

Au terme de cette tirade passionnée, le prélat se rassit. Pour reprendre dans la foulée :

— Tu n'as pas laissé de témoins, au moins ?

— N'ayez crainte, Vargrimas s'en est chargé, il excelle dans ce genre de choses.

Rymanus se releva. Il paraissait soudain animé d'une énergie sans borne. Il entama une suite d'allers-retours le long de son bureau, sans lâcher le coffret du regard.

— À présent que je suis en *sa* possession, renchérit-il, tout va changer.

Chapitre 1

L'heure du déjeuner approchait sur le Plan Primaire. Le soleil brillait, impérieux ; quelques nuages laiteux fuyaient peureusement devant lui, chassés par un vent qui les raillait. La cité des Nuages était égale à elle-même, confiante en ses ressources. Ses nobles bâtiments de pierre claire s'étalaient avec force et nonchalance, sereins devant la puissance affichée par la capitale de la Lumière sur les Territoires-Francs.

Un luxueux carrosse à six chevaux noirs déboucha dans l'avenue des Innocents, qu'il remonta avant de s'arrêter en son milieu, devant un bâtiment tout aussi opulent que ses voisins.

La mine grave, arborant un maintien austère qui contrastait avec sa juvénile apparence, la baronne Mharagret Melfynn descendit du véhicule, ordonnant aux trois mignons qui l'escortaient – trois athlètes ayant forcé sur la musculation – de l'attendre. La Puissante du Chaos était revêtue d'une lourde robe d'étoffe luxueuse tissée d'un beige neutre qui mettait en valeur ses courtes mèches à l'orangé flamboyant. En guise de bijoux, elle affichait un collier de rubis, deux bracelets d'or torsadés, un de platine et une paire de boucles d'oreille en émeraude ; un brassard de feutre ceignait son bras gauche.

La baronne dévoila son sauf-conduit – un médaillon d'acier mat sur lequel figurait une main ouverte, teinte en rouge – qu'elle montra au portier, un guerrier tout entier revêtu de cuir écarlate. Ce dernier la salua respectueusement, avant de lui ouvrir les portes.

L'intérieur était richement décoré. Arches et parois de marbre jaspé, meubles en bois précieux, hauts plafonds, lustres en cristalune scintillant, lambris de la meilleure qualité, tapis en laine de Coruscante, sculptures en gemmelitte rosée. De l'encens piquait agréablement les narines. Un air de flûte de pan résonnait en sourdine. Aux murs de chacune des pièces, des eaux-fortes encadraient la tapisserie représentant le symbole de l'ordre des assassins : la Main Pourpre. Grande ouverte, les ongles effilés, prêts à lacérer.

Les résidents étaient tous de jeunes gens minces, sinon maigres, plutôt grands, remarquablement athlétiques, vêtus de cuir carminé et sans armes apparentes. Les hommes avaient le crâne rasé, les femmes arboraient une lourde natte qui tombait entre leurs épaules. Tous ceux que croisa la baronne lui témoignèrent d'élégantes manières. Ils offraient tous la même particularité : leurs paupières étaient fardées de noir.

Mharagret était déjà venue à plusieurs reprises, à sa plus grande satisfaction, et savait donc où porter ses pas. Elle remonta le couloir principal jusqu'à gravir les larges escaliers à rampes de cuivre qui menaient aux étages supérieurs.

La Puissante Melfynn monta directement au troisième niveau. Le maître des lieux l'attendait, revêtu de soie rouge et non pas de cuir. Il la salua courtoisement d'une lente inclinaison du buste, les mains croisées sur sa poitrine, avant de l'inviter d'un geste languide à le suivre dans ses appartements.

Une pièce rectangulaire, un parquet en bois noir, des murs recouverts de tentures violettes, par ailleurs dépourvus de toute autre décoration que celle de la Main Pourpre, qui présidait au-dessus de la grande cheminée. Le bureau derrière lequel officiait l'occupant des lieux était taillé dans un merisier au veinage foncé. Deux fauteuils à haut dossier se faisaient face de chaque côté de la table de travail. À l'opposé de la cheminée, un autel de pierre grossière sur lequel reposait un cône formé de crânes humains aux orbites comblées par des pierres précieuses, leurs dents, intactes, peintes du même rouge vif que celui de la Main Pourpre.

Celui que la Puissante Melfynn venait visiter en prenant la peine de quitter son Plan d'origine, était un homme ayant dépassé l'âge mûr, le crâne rasé, portant moustache et longue barbiche tressée, toutes deux cramoisies. D'une taille supérieure à la moyenne, avec une musculature sèche, parfaitement conservée, parfaitement exercée. Un visage triangulaire, tout en méplats, la peau étirée sur les os, des oreilles pointues, des sourcils réduits à leur plus simple expression ; enchâssés dans leurs orbites, ses yeux étaient deux gemmes noires, froids, perçants, reptiliens. La baronne Mharagret Melfynn pouvait soutenir n'importe quel regard, excepté celui-là.

Tel était Shaardra-Thul, le dirigeant de l'impitoyable ordre de la Main Pourpre, homme mystérieux, probablement l'un des plus craints des Territoires-Francs.

Tout en faisant signe à Mharagret de prendre siège, le maître-assassin se rassit à sa place, reprenant dans la foulée son narguilé, qu'il avait abandonné le temps d'aller recevoir sa visiteuse, et posant son autre main à côté de l'épais registre sur lequel il veillait depuis le premier jour de sa prise de pouvoir.

L'odeur âcre du mithass noir planait dans la pièce. À tout autre que son interlocuteur, la baronne eut ordonné de faire ouvrir les fenêtres pour laisser entrer un salvateur flot d'air pur. Ici cependant, elle l'avait appris, elle devait se plier à d'autres règles que les siennes. Et Shaardra-Thul représentait un complice de longue date, l'un des rares à mériter son respect.

Ayant avisé le brassard que portait la Puissante du Chaos, le maître releva la main et la porta à son front, en un signe rituel adressé à la femme rousse qui arborait cette fausse apparence de jeunesse :

— Très chère baronne, je vous présente toutes mes condoléances dans ce deuil qui vous frappe. Vous êtes, comme toujours, la bienvenue dans mon humble sanctuaire.

Il avait une voix douce, qui pouvait devenir glacée, chargée toujours d'une force menaçante.

— Merci, renifla Mharagret.

L'affabilité dont faisait preuve son hôte n'était qu'une façade, même un nourrisson l'eût remarqué. Elle s'assit en face du vieil homme, le dos bien droit dans son fauteuil, tout aussi rigide que le caractère de la baronne.

Shaardra-Thul emplit ses poumons d'une ample bouffée de fumée, qu'il garda en lui de longues secondes avant de l'expirer dans un soupir de contentement.

— Un rafraîchissement, peut-être ? proposa-t-il. Une liqueur ou une sucrerie ? L'une de mes drogues ?

— Non, pas cette fois. Je suis pressée. Je viens faire de nouveau appel à vous, Shaardra-Thul. Et cette fois, je ne marchanderai pas. Votre prix sera le mien !

Les yeux du maître de la Main Pourpre étincelèrent. S'il y avait un vice qui dominait en lui, c'était bien l'appât du gain. L'homme reposa l'embout de sa pipe, croisa ses mains maigres sur son ventre plat et susurra :

— Vous avez toute mon attention, baronne, aujourd'hui plus que jamais. Quel est le nom de l'intéressé ?

Le visage de Mharagret se contracta sur une grimace carnassière :

— Cellendhyll de Cortavar.

Chapitre 2

Le Conseil de la Lumière siégeait à huis clos dans la salle d'audience privée du palais, autour de l'imposante table ronde. Une réunion extraordinaire, initiée par l'archevêque Rymanus.

— Mes seigneurs, je vous ai réunis ici d'urgence pour vous informer d'une nouvelle menace. Que la Sainte Lumière nous guide et nous protège ! En effet, mes informateurs m'ont révélé l'existence d'un culte de fanatiques décidé à s'attaquer à notre capitale. Ces hommes sont à la solde des Ténèbreux, ils se sont rassemblés sous le nom de l'Hydre.

L'ecclésiastique prit le temps de lisser le devant de sa robe de lin blanc, cette pause destinée à marquer les esprits de ses auditeurs.

— Mon réseau de renseignements a réussi à arrêter l'un de ces scélérats dans un entrepôt du quartier ouest, poursuivit-il. Cet individu a clairement avoué que la secte de l'Hydre préparait une série d'attaques contre la ville. Il portait sur la poitrine ce tatouage…

Rymanus posa sur la table un grand dessin symbolisant une créature tricéphale aux tentacules déployés.

— J'ajouterai que nous avons trouvé des armes, ainsi que des plans du palais et des principaux bâtiments officiels de la ville. Le détail figure dans le rapport que mon secrétaire tient à votre disposition. Vous en êtes conscients : il va falloir mobiliser toutes nos ressources pour éradiquer cette menace. Je propose donc, mes seigneurs, d'annoncer l'état d'urgence et de nommer, sans perdre de temps, une commission d'enquête extraordinaire dotée des pleins pouvoirs, chargée de contrer les menées de l'Hydre.

Enfin, il se tut, en attente des réactions.

L'administrateur Vaillence contempla ses doigts tachés d'encre. Il gérait les possessions de l'Empire. Les yeux noisette fortement cernés, il avait le crâne rasé, les traits maigres. D'aucuns insinuaient que l'homme le plus important du royaume après le Patriarche Priam, c'était lui. Le petit administrateur manchot, autrefois officier et guerrier de valeur.

Le connétable Xavier, pour sa part, croisa les bras sur sa cotte de mailles d'argent resplendissante. Son visage, marqué d'une longue et vieille balafre qui traversait sa joue droite, s'était fait sévère. Robuste gaillard à la toison grisonnante, le haut-templier contrôlait les forces armées de la Lumière ainsi que le guet chargé de faire régner l'ordre en ville.

Le gouverneur, Quentin de Bérune, caressa son menton pointu ; c'était un individu de taille moyenne, avec de longs cheveux châtains plaqués en arrière. Il dirigeait le cartel regroupant marchands et banquiers avec une intelligence vive qu'il cachait sous des dehors d'aristocrate voué à la mode. Sa richesse n'avait d'égale que son dévouement à l'Empire, et notamment à sa cité.

Le dernier des cinq seigneurs membres du Conseil de la Lumière brillait par son absence. Et pour cause, le cardinal Hégel, maître de l'Orage, avait été abattu par Cellendhyll de Cortavar lors de sa mission à Gar-Vallon.

Le connétable Xavier finit par rompre le silence qui commençait à s'appesantir.

— J'ai du mal à croire à une telle entreprise, archevêque. Mes propres informateurs ne m'ont rien révélé dans ce sens.

— Eh bien, mon cher, riposta aussitôt le prélat, peut-être devriez-vous tancer vos hommes pour leur manque d'efficacité. Un complot est en cours, je vous l'affirme ! Nous avons débusqué un nouvel ennemi de l'Empire, un ennemi insidieux qu'il nous faut combattre avec zèle.

— Je veux interroger cet homme, reprit Xavier d'un ton péremptoire.

— Hélas, l'individu n'a pas survécu à son interrogatoire.

— C'est peut-être un peu léger comme éléments pour lancer une opération à grande échelle, intervint Vaillence.

Il jeta un coup d'œil à Quentin de Bérune. Les deux hommes échangèrent un regard de connivence. Ils étaient tous deux témoins de l'affrontement qui couvait depuis plusieurs semaines entre l'archevêque et le connétable et qui, une fois encore, se manifestait en plein conseil.

— D'évidence, il nous faut réagir sans tarder, reprit Rymanus. Étant donné que nous n'avons pas de cardinal pour mener l'Orage, je propose de prendre le commandement de la commission, le temps que l'Empereur décide d'un remplaçant. Je pourrai ainsi être à même d'annihiler le danger qui menace nos concitoyens.

— Ce n'est pas une simple secte qui pourra mettre la ville à mal ! s'exclama alors le connétable Xavier. Je ne dis pas qu'il faut ignorer cette menace, mais elle ne nécessite pas d'employer de tels moyens. Cela risquerait de créer un climat d'inquiétude en ville, voire de panique, et cela ne peut que nuire à l'Empire. Attendons d'en savoir plus sur cette secte – je vais lancer mes enquêteurs là-dessus – avant de prendre la décision de proclamer l'état d'urgence.

— Mais… tenta l'archevêque.

— Votre proposition me semble prématurée, le coupa Xavier après avoir raidi ses larges épaules. Sans compter que les problèmes de sécurité m'incombent, alors si quelqu'un doit s'occuper de ce prétendu complot, ce sera à moi de le faire. Vous n'avez pas à vous en mêler.

— Certes, déclara Rymanus, cependant l'Orage reste sans chef, et donc pour le moment inapte à vous épauler. J'estime donc que mon aide pourrait se révéler utile en ces temps troublés.

— Vous outrepassez vos fonctions, Rymanus. En êtes-vous conscient ?

Rymanus pinça les lèvres puis parvint à former un maigre sourire :

— Je ne veux que le bien de l'Empire et je me fais fort de le défendre de mon mieux, rétorqua-t-il.

— Voterons-nous pour trancher la question ? intervint Vaillence.

— Ce n'est pas la peine, déclara Rymanus. Je me range aux arguments de Xavier, en espérant que nous ne faisons pas une grosse erreur.

L'archevêque savait très bien que le vote lui serait défavorable. Xavier s'était clairement déclaré contre sa proposition et Vaillence l'appuierait sans hésiter, comme la plupart du temps. Quentin de Bérune s'abstiendrait probablement, estimant que ce genre d'affaires n'était pas de son ressort.

L'heure suivante fut consacrée à évoquer les détails des deux nouveaux projets dont l'inauguration avançait à grands pas, puis la réunion s'acheva.

Rymanus était assis à son bureau, occupé à compulser une série de rapports qu'il annotait. Xavier se fit annoncer quelques minutes plus tard. Le connétable entra et traversa la pièce à grandes enjambées jusqu'au bureau.

L'archevêque étendit la main en désignant un siège mais le connétable resta debout, le visage fermé :

— Comme je l'ai dit au Conseil, j'ai du mal à croire à cette histoire de culte ténébreux, Rymanus, elle n'a aucun sens. Je commence à me demander si vous ne créez pas cette menace de toutes pièces. Il me semble que vous briguez un pouvoir que vous n'êtes pas en droit de réclamer. Je ne vous laisserai pas faire, est-ce clair ?

— Ne me cherchez pas, Xavier, répliqua son interlocuteur d'un ton sec. Il ne fait pas bon m'avoir comme adversaire.

— Vous ne me faites pas peur, Rymanus, et moi non plus il vaut mieux ne pas m'avoir comme ennemi !

— Nous sommes du même bord et vous me traitez en adversaire, Xavier, c'est fort dommage. D'autant plus que je vous assure que cette menace est bien réelle.

Xavier balaya cette réplique d'un revers de la main.

— Je ne sais pas ce que vous manigancez mais je vous préviens, je vous ai à l'œil. Vous êtes en charge de la Guelfe Blanche, vouée à secourir les malheureux. Restez-en à ce domaine et ne vous érigez pas en chef militaire.

Le prélat joignit ses mains avant de répondre d'un ton modeste :

— J'œuvre pour la grandeur de la Lumière, pour notre bien à tous… Pouvez-vous en dire autant ?

— Vous parlez de grandeur ? ricana Xavier. Je ne vous laisserai pas bafouer cette grandeur pour satisfaire vos intérêts personnels et cette soif de pouvoir que je sens de plus en plus forte en vous. Vous vous oubliez, Rymanus. Cette Lumière que vous évoquez à tout bout de champ n'est qu'un prétexte, je le vois bien.

— Blasphème ! proféra l'archevêque soudain exsangue.

— Vérité ! tonna le Connétable. J'ignore quels sont vos buts véritables, et au fond, peu m'importe. Je vous surveille, Rymanus, je vous surveille de près !

L'archevêque prit une grande inspiration ; il était visible qu'il tentait de contenir son exaspération.

— Honorer la puissance de la Lumière, combattre ses ennemis, tel est mon unique but, connétable. Vous avez le même but, n'est-ce pas ?

— Évidemment, maugréa le chef militaire.

— Alors, tout est dit. Au revoir.

Le connétable lui jeta un regard hostile et quitta les lieux.

Chapitre 3

C'étaient des laissés-pour-compte, comme il y en avait dans chaque ville d'importance, ceux qu'on préférait éviter, dérangeants tant par leur apparence que par l'odeur qu'ils dégageaient. Des individus hirsutes, aux vêtements rapiécés ou déchirés, le regard voilé par les tracas de l'existence, sans autre but que de survivre. Même leurs voix semblaient mornes, tandis qu'ils conversaient sans passion.

Quatre de ces sans-nom s'étaient retrouvés à la lisière du quartier des docks, l'endroit où ils se rassemblaient pour passer la soirée et la nuit, se réchauffant devant un brasero de métal rouillé, partageant leurs désillusions, l'alcool frelaté qu'ils avaient pu acheter après une journée de mendicité, les restes de nourriture glanés auprès des maraîchers ou des aubergistes, échangeant les récits de leur gloire passée – réelle ou inventée.

Une brume jaune apparut à une trentaine de pas de leur misérable assemblée. Elle naquit du sol pour se densifier en quelques secondes et prendre la forme d'une silhouette trapue, cordée de muscles massifs.

Ulqualöth avait été invoqué.

Il s'approcha du groupe, son allure et ses traits masqués par les ombres de la nuit. Les mendiants finirent par se rendre compte de sa présence. Inconscients de la menace, ils l'invitèrent de leurs voix rauques et fatiguées à se joindre à eux, avec cette simplicité un peu grossière mais somme toute estimable.

Ulqualöth, cependant, n'avait rien d'un ami.

Il avança encore d'un pas, d'un autre, et finit par apparaître dans le cercle de lumière créé par le brasero autour duquel se tenaient les déchus.

Il ne parla pas. Aussitôt à leur portée, il attaqua. D'un revers de griffes, il arracha le cou du premier des gueux, de son autre main, il en agrippa un deuxième, qu'il attira à lui pour lui mordre sauvagement le visage. Les deux survivants restaient figés par l'horreur et la surprise. Ulqualöth bondit sur eux et les élimina avec la même férocité efficace dont il avait fait preuve avec les premiers.

En moins de cinq minutes, il les avait massacrés. Alors commença son festin, à grands renforts de grognements et de mastication. La chair humaine était si tendre pour lui, si goûteuse. À peine son macabre repas terminé, Ulqualöth se redressa, ses traits rougis par le sang de ceux qu'il venait de dévorer. Il sentait la vie, tout autour de lui, palpiter en promesses délicieuses. La faim qui le possédait jour après jour était loin d'être rassasiée. Il allait pouvoir se repaître de nouvelles chairs, de nouvelles vies. Il allait…

Son être fut soudain écartelé de l'intérieur. Un pouvoir supérieur au sien, celui qui l'avait appelé ici, se manifestait à nouveau. Sa propre puissance, sa force et sa rage, pourtant formidables, ne pouvaient lutter contre cette force. Son corps commença à se déliter, de même que son esprit, peu à peu métamorphosés en cette brume jaunâtre, jusqu'à disparaître totalement.

Deux silhouettes encapuchonnées se tenaient tapies dans un recoin d'ombre. Elles avaient assisté à toute la scène, à la tuerie de ces pauvres hères.

— Parfait, dit l'une d'elle. C'est exactement l'arme qu'il nous fallait. Nous pouvons rentrer, à présent.

— On ne laisse pas de traces ?

— Inutile. Cela ne servirait pas à grand-chose. La mort de ces moins-que-rien n'intéressera personne, c'était juste un test. Ce test est d'ailleurs tout à fait concluant. Nous pouvons démarrer, à présent.

Deux jours plus tard, le connétable Xavier tombait gravement malade, victime d'une fièvre qui le laissait sans force, dans un état proche du coma.

Chapitre 4

Estrée avait le front plissé par la détermination. Son corps moulé de cuir sombre était tendu par l'action, frémissant de cette ivresse particulière propre au combat.

Livrée à un duel acharné, confrontée à un adversaire plus rapide et plus puissant, elle mobilisait toutes ses ressources pour vaincre. Jusqu'alors elle avait réussi à tenir tête, puisant dans une détermination sans faille.

Là, elle l'avait à sa merci, elle le sentait. Elle avança sur lui, feinta, frappa du coude, du genou, le faisant reculer, pivota pour balayer l'air du poing, enchaîna d'un revers, feinta encore…

Un assaut préparé, élaboré, qui provoquerait à son apogée un déséquilibre imparable.

Mais alors que son adversaire aurait dû trébucher, s'étaler, recevoir dans la foulée le coup de grâce, il déjoua l'habile manœuvre d'un saut périlleux arrière, se plaçant in extremis hors de portée. Sans marquer le moindre temps d'arrêt, il revint sur elle, d'un bond puissant, le corps tendu vers l'avant. Sûre de son hallali, Estrée avait fait un pas de trop : en appui sur la jambe gauche, elle ne pouvait plus contre-attaquer.

La fille du Chaos ne vit pas le coup partir. Ce fut juste un mouvement flou, sur sa gauche, à la périphérie de son regard. Puis un choc, violent, et son épaule s'engourdit, soudain inerte. Elle se sentit happée par une étreinte d'acier, empoignée par l'épaule et l'arrière du genou, impuissante, soulevée puis basculée en arrière. Elle toucha le sol à plat dos, le souffle coupé. Elle vit alors le tranchant de la main de son assaillant, cette grande main, musclée et hâlée, s'abattre droit sur sa gorge.

La main s'arrêta au tout dernier instant, à deux centimètres de sa trachée.

Estrée rit, en dépit de son souffle heurté. Malgré sa posture, elle se sentait emplie de joie. De tous les adversaires qu'elle avait rencontrés, celui-là était le plus talentueux, le plus implacable. Mais c'était également l'homme qu'elle aimait du plus profond de son être.

Cellendhyll de Cortavar, l'homme aux cheveux d'argent. Le guerrier, l'assassin. L'Ombre de Morion. L'Ange de la Mort.

Cellendhyll lui tendit la main pour l'aider à se relever. Il sourit :

— C'est pas mal, Estrée, pas mal du tout. Tu te bats de mieux en mieux. Mais tu as encore tendance à trop te livrer à la fin de tes assauts. Tu dois savoir garder ton équilibre et ta distance, d'autant plus si tu affrontes quelqu'un de plus puissant que toi.

La jeune femme accepta l'opinion de l'Adhan sans se froisser. Elle adorait l'avoir comme professeur. Ils échangèrent un sourire complice.

Ils se trouvaient sur la grande terrasse qui jouxtait la suite de la jeune femme. Elle se dirigea vers une table ronde, en teck. Elle but un plein verre d'eau fraîche et essuya son visage d'une serviette.

Il la rejoignit, et but lui aussi. Un sourire, encore. Et ces yeux verts, clairs comme du jade, si durs habituellement, qui la contemplaient avec une douceur qui la faisait fondre.

Une fois leurs étirements terminés, elle rentra dans ses appartements, pour en ressortir quelques instants plus tard, un dossier bleu à la main.

— Au fait, j'ai un petit cadeau pour toi…

Elle tendit le dossier à l'Adhan. Ce dernier l'ouvrit pour en sortir une série d'esquisses croquées au fusain.

— Je les ai faits de mémoire, indiqua la jeune femme.

Elle avait dessiné un seul et même visage, avec moustache, sans, doté ou non d'une barbe, les cheveux longs, courts, clairs ou foncés, le crâne rasé… différentes configurations, toutes aussi finement réalisées les unes que les autres.

L'Adhan eut un bref rictus. Il se retrouvait face à celui qui hantait ses cauchemars. Face au félon.

Gamaël. Celui qui avait trahi, celui qui avait entraîné la fin des Spectres sur Valkyr.

Cellendhyll releva la tête, l'œil interrogateur.

— Je me suis dit que tu en aurais besoin pour traquer Gamaël.

— Ces dessins sont parfaits, ils me seront des plus utiles en effet… Ah, Estrée, voilà que tu m'épates une fois encore !

— Pourvu que ça dure, sourit-elle.

— Je te découvre un nouveau talent, renchérit l'homme aux cheveux d'argent. Je vais finir par me demander si tu as des défauts.

Oh oui, mon bel ange, je mens sans vergogne, je triche, je vole, je complote et je tue… Sans compter la drogue et la débauche dans laquelle je me plongeais il n'y a pas si longtemps… et le fait que j'ai assassiné la femme que tu aimais.

— Hélas, oui, j'en ai des défauts, mais à ton contact, je me sens devenir meilleure.

Là au moins, je ne mens pas. Mais ce que je t'ai fait, sans que tu le saches, pèse sur ma conscience, d'un poids chaque jour un peu plus lourd et le visage de Devora hante mes rêves depuis quelques nuits.

— Mais changeons de sujet, se reprit-elle. J'ai besoin de toi. Me serviras-tu de cavalier au grand bal qui a lieu en fin de semaine ?

Cellendhyll fit la moue.

Estrée lui décocha une œillade particulièrement charmeuse. Il soupira avant d'annoncer :

— Tu sais que je déteste les mondanités… Mais pour toi, je ferai un effort, ne serait-ce que pour te remercier de tes croquis. Je viendrai te chercher ici une demi-heure avant le bal, si cela te convient.

— Ce sera parfait. Je te promets de veiller à ce que tu ne t'ennuies pas !

À peine fut-il parti qu'elle esquissait un entrechat enjoué.

Ils s'appréciaient. Elle l'aimait de toute son âme, il était loin pour sa part d'être insensible à son charme ; l'attirance qui les liait se cimentait lentement mais sûrement.

Pourtant, ils n'avaient toujours pas couché ensemble. Quelque chose les retenait encore. De son côté, Estrée attendait que Cellendhyll fasse le premier pas, qu'il vienne librement à elle. Quant à l'Ange, il hésitait encore, trop meurtri par ses relations amoureuses précédentes. Du reste, l'un comme l'autre appréciaient ce moment si particulier où l'on voyait la conclusion sensuelle se profiler, où l'on savourait ce jeu de séduction, ces instants légers d'attirance réciproque, enivrants, sans tension, sans contraintes.

Chapitre 5

De retour dans la cité de l'Aube.

Les deux hommes enveloppés dans de longues capes sombres à capuchon se tenaient tapis dans l'ombre d'un haut porche. Le matin même, le connétable Xavier était tombé malade.

Les comploteurs surveillaient le bâtiment d'en face, juste de l'autre côté de la rue. En dépit de leur camouflage, la concentration se lisait sur leurs visages.

À cette heure, le quartier des entrepôts était désert et la majorité des bâtiments verrouillés pour la nuit. Le guet avait pour habitude de patrouiller dans le secteur mais il venait justement de faire sa ronde. Certains édifices étaient gardés par des vigiles, mais pas ici, pas dans ce coin reculé de la cité.

Dans le bâtiment, justement, trois autres individus attendaient. Le premier d'entre eux richement vêtu, en costume de brocard gris, cape argentée et bottines de cuir souple, était de taille légèrement supérieure à la moyenne, mince, les cheveux noirs et ras, le teint olivâtre.

Arborant une tenue de cuir chocolat, ses deux gardes du corps, issus des rangs des protecteurs, étaient massifs, chevelure et moustache grises pour le premier, crâne et joues rasées pour le second.

Alvéras de Castille soupira d'impatience. Il aurait préféré passer la nuit avec sa maîtresse habituelle, la douce Féline, mais il y avait priorité sur l'ivresse des sens. Et puis ce rendez-vous impromptu auquel il avait été convié excitait sa curiosité.

La lettre était dans sa main, chiffonnée d'avoir été lue et relue :

Mon cher Alvéras,

Si je te contacte de la sorte, avec tant de précautions, c'est que l'heure est grave. En d'autres circonstances, je serais entré en contact direct avec le connétable Xavier mais ce dernier est souffrant, comme tu dois le savoir, et je ne sais vers qui me tourner, à part toi à qui je porte une totale confiance. Un péril nous menace ; il n'est que financier, mais il ne faut, en aucun cas, le prendre à la légère.

Mes informateurs m'ont appris qu'un cartel étranger, regroupant différentes fortunes aux origines troubles a décidé de s'implanter en ville. Leur but est de prendre le contrôle financier de la ville en investissant massivement. Racheter une part de tes avoirs semble être l'une de leurs priorités. Tu le comprendras aisément, tes investissements, les miens également, sont menacés. Il faut absolument que nous nous rencontrions pour décider de la marche à suivre, de la meilleure manière de contrer ces impudents.

Je crains que les hommes à la solde de ce cartel nous surveillent et nous devons déjouer leurs plans. Retrouve-moi ce soir dans ton entrepôt de la rue du Petit-Pont, c'est un endroit calme où personne ne songerait à nous trouver.

J'ajouterai que la discrétion est de mise, le secret est vital. Viens avec un garde, ou deux, mais sans prévenir ta maisonnée.

Je t'expliquerai le détail sur place et tu comprendras alors à quel point j'avais raison d'agir ainsi.

Je compte sur toi, comme j'ai toujours pu le faire.

Quentin

Le seigneur Alvéras n'avait pas hésité longtemps. Aucune raison de se méfier, l'écriture était bien celle de Quentin de Bérune, cet ami de toujours.

Il sortit un mouchoir de dentelle lavande pour se tamponner le bout du nez, un geste habituel.

L'éclairage se constituait de lampes à huile fixées dans les parois de bois. Servant régulièrement à stocker des marchandises en transit, l'entrepôt était moins poussiéreux que ceux qui le flanquaient, désert à l'exception d'une double rangée de caisses en bois alignées sur les côtés de la pièce et destinées à être acheminées par mer sur la côte est.

Une fumée jaune commença à se former au ras du plancher, juste devant la porte d'entrée.

Au début, les trois hommes ne la remarquèrent pas. Mais la brume monta vers le plafond pour s'agréger en une silhouette épaisse, aux muscles bosselés. Enfin formée dans sa totalité, l'apparition avança pesamment sur ceux qui attendaient.

— Le moment est venu ! grommela Ulqualöth de sa voix au timbre rocailleux.

Immédiatement, les protecteurs s'interposèrent entre l'arrivant et leur maître.

Celui aux cheveux gris pivota sur lui-même, rabattant son bras armé, de toute sa force, en une diagonale basse. L'épée du guerrier se brisa sur le torse d'Ulqualöth. Ce dernier éructa d'un rire barbare et cruel.

Le protecteur recula d'un pas, jeta sa lame tronquée et dégaina ses dagues. L'une d'elle, en acier runique, se mit à briller d'un feu bleuté. Pendant ce temps, son camarade s'était jeté sur l'intrus, brandissant une paire de hachettes.

Ulqualöth attendit le dernier moment pour agir, avec une rapidité bien supérieure à celle de son adversaire. Il leva son poing noueux qu'il rabattit sur l'épaule gauche du garde, lui brisant la clavicule. Profitant de la douleur effroyable qu'il venait de causer, il empoigna son adversaire par le cou et le poignet et lui arracha le bras droit. Enfin, d'un coup d'épaule, il le projeta plusieurs mètres en arrière.

Le protecteur n'était plus bon à rien, gravement mutilé et au bord de l'évanouissement. Plongé dans un océan de douleur, il ne se rendait pas compte qu'il agonisait.

L'autre garde revenait à la charge. Ulqualöth esquiva un coup de dague, en bloqua un second de son avant-bras et riposta d'un revers de son épaisse main griffue. Le visage déchiqueté, le garde fut ensuite empoigné, soulevé, fracassé contre un mur.

Son poitrail et ses bras dégouttants de sang, Ulqualöth se retourna vers Alvéras de Castille, à qui il bloquait le chemin vers la porte de sortie. Le noble avait reculé tant qu'il pouvait, pour finir dos au mur du fond, acculé, le visage étiré par l'effroi.

Ulqualöth avança lentement, se délectant de ce qu'il lisait sur les traits de sa proie. Un ricanement naquit de son torse puissant. Une fois devant le noble, il étendit sa main griffue et le saisit.

Alvéras poussa un hurlement désespéré tout en souillant ses chausses.

À l'extérieur, les deux espions s'étaient rapprochés jusqu'à gagner le côté de l'entrepôt. Ils avaient pris soin par avance de découper deux œilletons dans le bois. Ils ne perdirent pas une miette du massacre.

Ulqualöth faisait un festin. Sa mâchoire démesurément agrandie claquait, broyant les os, déchirant la chair fraîche, engloutissant les sucs, avec la voracité dont il était capable en de telles circonstances. Les deux protecteurs avaient été ainsi traités, comme juste récompense de son intervention. En revanche, pour la dernière victime, Alvéras de Castille, qu'on lui avait soigneusement décrit, il avait eu le droit de lui arracher la vie, mais pas celui de le manger. Et surtout, il devait absolument laisser la tête de sa victime intacte, aisément identifiable.

Visiblement en avance sur leur horaire, les six gardes du guet débouchèrent dans la rue ; surcots azurés, liserés d'or, soleil flamboyant tissé sur la poitrine, cottes de mailles rutilantes et bottes de cuir noir impeccablement cirées. Alertés par les cris qu'Alvéras et les siens avaient poussés, ils arrivaient au pas de course.

— Le guet, il faut le rappeler, vite ! souffla l'un des conspirateurs.

— Bien au contraire, cela renforcera l'effet que nous voulons donner.

Celui qui venait de parler plongea la main sous sa cape, saisit un objet qu'il empoigna fermement, et focalisa sa pensée.

Ulqualöth obéit à l'ordre mental et sortit sur le perron de l'entrepôt. Il s'arrêta juste dans l'ombre du bâtiment et les soldats ne distinguèrent que sa silhouette massive. Pour les hommes du guet, il n'y avait que lui de repérable dans la rue, par ailleurs déserte et silencieuse.

Avant que le sous-officier qui dirigeait la patrouille ne puisse lancer un ordre ou une question, Ulqualöth fit un pas en avant, dévoilé soudain par la lumière d'un réverbère. En constatant ce qu'il était vraiment, les gardes dégainèrent leurs épées. Ulqualöth leur sourit, dévoilant sa formidable dentition. Le guet chargea.

Ou plutôt ce fut le tueur qui les chargea.

Il fut au milieu d'eux et frappa aussitôt.

La machine de guerre qu'il incarnait ne leur laissa ni chance ni espoir de survie. L'acier conventionnel ne pouvait entamer le cuir épais de sa peau.

Lui en revanche n'éprouvait aucune difficulté à percer le maillage de leurs cuirasses.

Il ne fit preuve d'aucune finesse, d'aucune pitié. Le premier à sa portée mourut le crâne enfoncé d'un impitoyable coup de poing en piston. Le deuxième fut empoigné et jeté sauvagement contre un mur contre lequel son corps se brisa en dix fractures différentes. Le troisième eut la gorge arrachée d'un revers de griffes.

Ulqualöth plongea sa dextre dans la poitrine du quatrième guerrier, perforant sa chair, pulvérisant ses os, sa vie, pour la retirer sanguinolente, l'élever jusqu'à sa bouche et la lécher de contentement. Le dernier garde l'avait pris à revers, profitant du moment de jouissance malsaine du tueur pour se rapprocher de lui par le côté. Sans cesser de lécher le sang, sans bouger la tête,

Ulqualöth le saisit par la gorge et lui broya le larynx. Puis laissa retomber le cadavre.

Un nouveau festin l'attendait.

Les deux conspirateurs le regardèrent une nouvelle fois se délecter de chair humaine, s'en repaître, boire le sang de ses proies, sucer leurs os fendus. Ulqualöth dévorait avec une sauvagerie fascinante.

— Cela suffit, il est temps de le renvoyer, dit l'un des conspirateurs à son comparse.

Il fouilla à l'intérieur de sa cape, concentra de nouveau son esprit et sa volonté avant de susurrer une suite de mots incantatoires. Une lueur éclaira l'intérieur de son vêtement.

Ulqualöth grogna, soudain tendu, soudain ferré, soumis, assujetti à cette volonté étrangère, honnie, contre laquelle il ne pouvait rien. Sa puissance soudain domptée, son corps se déforma, s'étiolant jusqu'à se dissoudre en fragments vaporeux, de nouveau brume jaune, qui s'évapora dans les instants suivants.

— Il nous reste une dernière chose à faire, reprit celui qui commandait, et ce sera parfait. Viens.

Les deux hommes entrèrent dans l'entrepôt transformé en une boucherie macabre. Sur les ordres du premier, l'autre trempa un doigt dans le sang des victimes et traça un motif précis sur deux des murs, motif qui ne manquerait pas d'être remarqué ; celui d'une créature marine à trois têtes, tentacules déployés.

Les conspirateurs quittèrent le bâtiment, les mêmes signes furent tracés sur les pavés de la rue, juste à côté des morceaux de cadavres. Quelques minutes plus tard, ils s'évanouissaient dans la nuit.

Le Père de la Douleur était affalé sur son trône d'épines, environné, comme à son habitude, de volutes de fumée grise.

Quelque chose dans l'éther titilla la conscience méditative du monarque des Ténèbres, un ressenti particulier. Ce quelque chose s'avérait être la rage de l'un des siens, Ulqualöth. Ce dernier éructait sa colère d'être mis en échec, de se retrouver sous le contrôle de frêles et si méprisables maîtres. De surcroît, chacune des missions qu'on lui imposait augmentait sa frustration et son appétit, chaque fois qu'il était plongé dans le monde des humains, qu'il était invoqué au milieu de ces proies inconscientes, et qu'il devait refréner sa soif de tuer, massacrer, torturer pour assouvir son inextinguible appétit de chair fraîche et de souffrance.

Le Roi-Sorcier se redressa sur son siège et plongea dans le monde éthérique afin de remonter la trace qu'il avait détectée, le lien qui asservissait Ulqualöth.

Une recherche attentive, furtive et subtile, qui finit par porter ses fruits, centrée sur ce scintillement particulier d'énergie. Et lorsque le Père de la Douleur découvrit enfin l'identité de celui qui prétendait contrôler Ulqualöth, il éclata d'un rire rauque :

Si je m'attendais... Oh, c'est trop beau pour être vrai ! Patiente, mon bel Ulqualöth, profite des tributs que t'offre la Lumière sans te résigner à ta servitude. Celle-ci ne sera que temporaire, car je veille sur toi. Sous peu, l'imbécile qui se croit ton maître comprendra à quel point il s'est fourvoyé !

Chapitre 6

La forêt de Streywen étalait ses hautes cimes émeraude, belle et indomptable, protégeant la Citadelle du Chaos de ses apprêts redoutables. La terrasse était baignée d'un soleil encore hésitant mais le ciel était d'un bleu vif, sans le moindre nuage.

La réception au Chaos était prévue le soir même et, pour la première fois, Cellendhyll se réjouissait d'y assister… Car il y allait en compagnie d'Estrée. Pour l'heure, toutefois, son humeur n'avait rien de festive. Un entretien l'attendait, qu'il ne pouvait différer plus longtemps.

Il venait de rejoindre Faith. La guerrière portait une robe violette, ses cheveux courts avaient repoussé pour atteindre ses épaules. Son visage mince était figé d'un pli amer mais s'éclaira en reconnaissant l'Adhan.

Faith, la seule survivante de l'escadron Spectre.

— Tu as pensé à ton avenir, Faith ? À ce que tu envisages de faire à présent ?

La guerrière naguère si confiante en ses capacités, même en présence de Cellendhyll, arbora un sourire timide. Depuis qu'elle avait été séquestrée et torturée par Rosh Melfynn et le commandant Sequin, elle avait perdu son insolence, son assurance, sa joie de vivre. Il avait pu le constater lors des exercices auxquels elle s'était soumise, presque de mauvaise grâce : elle avait perdu quelque chose de fondamental pour une guerrière. L'instinct de tuer.

Avec un sourire hésitant, elle répondit :

— L'escadron Spectre n'est plus, alors j'espérais… Tu m'avais laissé entendre…

Cellendhyll se hérissa intérieurement. Il avait tant voulu éviter ce moment. Il savait ce qu'elle désirait : *lui*. En d'autres temps, il eût été ravi de son intérêt. Aujourd'hui c'était trop tard.

— Je regrette, Faith…

— Estrée, c'est ça ?

— Oui.

Le visage de la jeune femme se ferma dans la seconde.

— Écoute, Faith, je t'aime comme une sœur, reprit l'Ange, tout en posant sa grande main apaisante sur l'épaule de la guerrière.

— Non, ne me touche pas. C'est trop tard !

Elle le repoussa sans ménagement, étouffant un sanglot, et s'enfuit en courant.

Il l'appela, deux fois, en vain. Elle avait disparu dans la forteresse.

L'Adhan lâcha un long soupir. Il venait de vivre ce qu'il redoutait. Il aurait cent fois préféré affronter une dizaine de Sanghs à mains nues que subir ce genre de scène. Il estimait réellement Faith. Elle était du genre à lui plaire et, en d'autres circonstances, il se serait sans doute laissé tenter par une aventure avec elle. Toutefois si Cellendhyll pouvait se montrer méchant, voire cruel, s'il pouvait sans vergogne tuer, mutiler, torturer, il refusait d'être infidèle et de courir deux femmes à la fois. Or sa relation avec Estrée était encore timide mais pour lui bien concrète. Il était hors de question de la trahir.

Le lendemain, Faith avait, semblait-il, quitté le palais sans laisser de trace.

Chapitre 7

La réception se déroulait dans la grande salle du troisième étage de la forteresse. Des murs de granit clair, tout un pan de baies vitrées, un sol composé de tesselles d'or luisant. La noblesse du Chaos s'affichait comme à son habitude, les Maisons régnantes, leurs vassales, les seigneurs et leur cortège de fidèles, chacun revêtu de ses couleurs, créant un mélange d'étoffes bigarrées. Le bleu nuit, le pourpre et l'argent des Eodh ; l'azur, le gris et le mauve des Bénérys, l'orangé et l'olive des Melfynn ; le noir et le violet des Garthe ; le mauve et l'argent des Norghal, le vert et l'or des Trémayne.

Les mélodies de l'orchestre s'enchaînaient sans fausse note. Les buffets dressés le long des murs contenaient tout ce qu'il fallait d'aliments, de boissons et de drogues, de quoi satisfaire le plus difficile des invités.

Un brouhaha bon enfant s'était établi tandis que les conversations bruissaient, ponctuées par les rires et les exclamations enjouées. Le Chaos était de bonne humeur et tenait à le faire savoir.

Cellendhyll avait passé sa tenue de commandant d'escadron, un escadron aujourd'hui anéanti. Taillé sur mesure pour mettre son torse en valeur, son pourpoint était chamarré d'argent et de pourpre avec, sur les manches, les tresses dorées indiquant son grade d'officier supérieur. Son pantalon ajusté était du même pourpre, orné d'une bande bleu outremer sur la couture extérieure. Sur le dessus de son épaule gauche, une fourragère torsadée de fils d'or et d'un jade identique à celui de ses iris, complétait cette tenue de gala, la plus remarquable en sa possession. Il avait astiqué ses hautes bottes, s'était peigné. Son entretien avec Faith était fiché dans un recoin de sa conscience.

Au début, l'Ange avait affiché cette dureté habituelle qui le moulait comme une seconde peau, cette dureté qui s'adressait à l'humanité entière, ou presque. Mais l'aridité de son visage avait fini par se fissurer au rythme de la musique entraînante, érodée peu à peu par la présence rassurante de sa cavalière.

Feignant de ne pas voir leurs regards goguenards, il avait pris le temps d'échanger quelques mots avec ses camarades Ombres présents pour l'occasion, mais sans s'attarder avec eux, cette fois, car il n'avait nulle envie de délaisser sa compagne trop longtemps. Kereth, le plus jeune d'entre les Ombres, avait tenté une réplique amusante concernant le fait qu'il était venu accompagné, et vraiment pas par n'importe qui, mais un froncement de sourcil de l'Ange l'avait fait taire dans la seconde.

Pour un homme qui détestait les mondanités, l'Ange dansait plutôt bien. Il faut dire que sa partenaire était douée, nettement plus que lui. Estrée d'Eodh rayonnait dans ses bras. S'il n'avait été en si bonne compagnie, Cellendhyll se serait senti comme à son habitude déplacé au milieu de toute cette opulence. Là, au contraire, il se sentait soudain à l'aise dans cet univers festif… Non, plus exactement, il se sentait à l'aise grâce à l'héritière d'Eodh.

La robe en lamé argent de la jeune femme épousait ses formes, écrin parfait pour une gemme encore plus parfaite. Ses cheveux étaient ramassés en une longue tresse qui tombait entre ses épaules, décorée d'une cordelette en argent brillant ; à ses oreilles pendaient des étoiles de rubis. Un simple trait de rouge sur ses lèvres constituait tout son maquillage.

Le couple s'attira plus d'un regard envieux, plus d'un coup d'œil jaloux et au moins deux regards de haine, sans pour autant y prêter attention.

Ils ne se quittaient pas des yeux, proches de l'osmose, et dans leurs prunelles dansaient la joie, la vie et la connivence.

Cellendhyll finit cependant par intercepter une moue de Morion, toujours superbe, habillé pour l'occasion d'un costume de soie violette. Il savait que son seigneur réprouvait ses rapports privilégiés avec Estrée, et qu'il réprouverait davantage encore une liaison entre sa sœur et son agent préféré.

L'Ange se moquait bien des réticences de son maître dont il supportait l'autorité encore plus mal qu'avant. L'Ange avait des velléités de liberté, pas encore affirmées, mais qui grandissaient chaque jour, et qui finiraient par éclater, il le pressentait.

Toisant Morion, il resserra son étreinte autour de sa cavalière. Estrée s'y abandonna de bonne grâce, ravie.

Elle aussi avait capté la réprobation de Morion. À son tour, elle défia le Puissant, à sa manière, passant sa main dans le cou de l'Adhan, se collant contre lui, offerte, affichant cette sensualité qui la caractérisait, impudique comme elle seule savait l'être lorsqu'il lui en prenait l'envie.

Le couple oublia Morion, oublia le reste de l'assistance, emporté par la musique subtile, emporté par l'attirance réciproque de leurs corps souples quasiment entremêlés, attisée par la danse.

Mina les contemplait, à l'écart, retenant à grand-peine la haine qu'elle éprouvait pour ces deux-là. Ceux qu'elle considérait – avec raison – comme les assassins de Rosh Melfynn, son amour dont elle portait encore le deuil.

La baronne Melfynn les scrutait, elle aussi, masquant bien mieux l'animosité – le mot était faible – qu'elle ressentait à l'égard de l'Adhan.

J'ai envie de toi.

Voilà ce que Cellendhyll lisait dans les prunelles d'Estrée. Lui aussi brûlait de désir, il le savait bien, peinant à juguler cette émotion qui menaçait de l'emporter. Lui qui n'aimait pas se laisser aller, et surtout pas aux sentiments, se sentait glisser dans un monde étranger pour lui, un univers que, jusqu'alors, il n'avait foulé que du bout des orteils.

Sa raison continuait de le mettre en garde, la voix du Chaos lui hurlait intérieurement de se méfier d'une telle relation, mais cela ne suffisait pas.

Sur Valkyr, le Plan des Sang-Pitié, il avait découvert le visage caché d'Estrée, il avait découvert en elle des trésors de charme et de compréhension, un caractère bien trempé, une aptitude au combat remarquable, et tout cela ne pouvait que le séduire, qu'il le veuille ou non.

Le souvenir de Devora, son amour perdu, assassiné, était toujours présent dans son esprit mais en retrait, aspiré peu à peu par la force du temps qui s'écoule, souvenir de moins en moins vif, de moins en moins douloureux. Souvenir digéré, le présent chassant le passé. La beauté d'Estrée repoussant le souvenir de celle de Devora, devenue si éthérée.

Quelque chose de chaud, de doux, baignait l'âme meurtrie de l'Ange. L'héritière du Chaos remplaçait peu à peu les souvenirs, sa présence était bien tangible, apposant un baume sur les blessures de son cœur.

Cellendhyll savait qu'il allait finir par s'abandonner. Pourquoi pas ce soir, justement ? Le moment paraissait idéal.

Les conversations allaient bon train, les verres se vidaient, les regards se croisaient, s'enlaçant ou se méprisant… Chacun avait bu et mangé à satiété, chacun avait flirté ou médit… Tenues luxueuses, bijoux délicats, postures élégantes, arrogantes ou séductrices, le ton habituel d'une soirée de fête au Chaos.

Un homme avait choisi d'attendre ce moment particulier pour agir. Revêtu d'une longue tunique au vert sombre, animée des mêmes reflets que ceux de la mer éclairée d'un soir de lune, Elvanthyell, duc d'Eodh, claqua trois fois dans ses mains.

Puisant dans sa magie, il quitta le sol et s'éleva deux mètres au-dessus de l'assistance. On ne pouvait que le remarquer. Les conversations perdirent de leur ampleur pour finir par cesser tout à fait. Même les musiciens de l'orchestre adoptèrent un silence respectueux.

Détail incongru, le Puissant d'Eodh était pieds nus, comme à son habitude, quel que fut le temps ou la température, et ses ongles se révélaient laqués du bleu d'Eodh.

— Mes amis, mes compatriotes, mes pairs, ce soir j'ai une déclaration à vous faire… Un aveu en quelque sorte. J'ai œuvré, d'innombrables années, pour le bien d'Eodh, pour le bien du Chaos, je crois l'avoir prouvé sans conteste. Cependant, aujourd'hui, je suis las des responsabilités, las des jeux de pouvoir. J'aspire à autre chose, j'aspire à la tranquillité d'une existence simple, j'aspire au délassement, à la contemplation… En conséquence de quoi, j'ai décidé de partir en retraite, de quitter la Citadelle pour au moins un couple d'années.

Un flot de murmures et d'exclamations accueillit cette tirade pénétrée.

Redressant ses mains baguées grandes ouvertes afin d'obtenir à nouveau le silence, le duc d'Eodh poursuivit :

— Je laisse les rênes du pouvoir à mon fils Morion, à qui je transmets librement mon autorité pleine et entière. Je le sais tout à fait capable de poursuivre mon œuvre, de continuer à porter haut les couleurs de notre Maison. Je vous demande donc de le traiter avec le même respect que vous m'accordez. Pour ma part, comme je l'ai annoncé, je vais vous quitter. Inutile de tenter de me dissuader, ma décision est irrévocable. Inutile d'essayer de tenter de me contacter, je veux le calme, je veux la solitude. Je pars serein. Je reviendrai, n'en doutez pas… En attendant, laissez-moi en paix, car c'est de paix dont j'ai le plus besoin.

L'archimage ouvrit ses bras en grand, il se mit à tourner sur lui-même, lentement tout d'abord, puis accélérant jusqu'à devenir un tourbillon de pouvoir et de lumière. Chargé de mana pur, le tourbillon devint vortex aveuglant. Une explosion de magie qui malmena les sens de l'assistance… Lorsque chacun retrouva la vue, Elvanthyell avait disparu.

La déclaration du Puissant, sa disparition, représentaient une surprise pour l'ensemble de l'assistance. Même Morion paraissait pris de court, chose rare. Voilà qui donnerait matière à supputations, à commérages et rumeurs, non seulement durant le restant de la soirée mais également pendant les semaines à venir. Le duc d'Eodh était un original, peu soucieux de l'étiquette, toujours prompt à adopter un comportement excentrique. S'il y avait bien quelqu'un pour troubler l'habituel ordonnancement du cours de l'existence, ce ne pouvait être que lui. Cette retraite, pourtant, en étonnait plus d'un. Elvanthyell dirigeait la Maison la plus puissante du Chaos, il détenait le pouvoir… Comment pouvait-il soudain renoncer à ce pouvoir que beaucoup, par ailleurs, jalousaient ? Comment tourner le dos à l'un des principaux moteurs de l'humanité ? Naquirent alors nombre d'hypothèses, d'analyses savantes ou non, sincères ou pas.

Cellendhyll constata la même surprise générale sur la majeure partie des visages. L'une des exceptions notables fut celle d'Estrée qui restait impassible malgré le discours de son géniteur.

Comme par enchantement, Morion apparut aux côtés du couple. Il fit signe à l'orchestre de relancer leurs partitions, puis se tourna vers sa sœur :

— Il aurait pu me prévenir tout de même ! J'ai besoin de te parler de toute urgence, sœurette. Il va falloir prendre des mesures et sans tarder !

Estrée jeta une œillade désolée à l'Adhan. En de telles circonstances, elle n'avait pas le droit de refuser cette faveur à son frère.

— À plus tard, lui sourit Cellendhyll.

L'Adhan se moquait bien de la déclaration du duc d'Eodh, si surprenante fût-elle. Il ne côtoyait Elvanthyell que de très loin et n'avait aucun avis sur la justesse de sa décision. Pour ce qu'il en savait, Morion gérait déjà une grande part des intérêts de la Maison d'Eodh. Un peu plus, un peu moins, cela ne changerait pas grand-chose, selon lui, et sa propre existence ne serait en rien changée.

Chapitre 8

L'archevêque Rymanus avait convoqué une nouvelle séance extraordinaire. La réunion avait lieu dans la salle de travail attenante aux appartements du prélat. La grande salle habituelle leur semblait incongrue, si vide, à présent que les seigneurs de l'Empire n'étaient plus que trois à présider aux destinées de la capitale de la Lumière.

— Comment va Xavier ? demanda l'administrateur Vaillence à peine assis.

Il était logique de poser cette question à l'archevêque puisque c'était lui qui dirigeait la Guelfe Blanche et ses prêtres-guérisseurs.

— Son état reste stationnaire, mais rassurez-vous, j'ai chargé mon médicastre personnel de s'occuper de lui. Notre ami Xavier ne peut être placé en de meilleures mains, et je ne doute pas que, bientôt, il sera guéri de cette vilaine fièvre.

Le prélat, qui avait délaissé ses austères robes blanches pour une grande tunique mauve à parements de fils d'or, poursuivit :

— Je me suis permis de vous rassembler ici pour une raison cruciale… Vous avez comme moi pris connaissance des rapports du guet. Le seigneur Alvéras de Castille vient d'être assassiné en compagnie de ses deux gardes du corps, et d'une patrouille du guet… Que la Lumière abreuve leurs âmes de ses bienfaits… Les corps de nos regrettés administrés ont été découverts dans l'un des entrepôts de la ville appartenant au seigneur Alvéras. Je soulignerai par ailleurs l'extrême sauvagerie avec laquelle ont agi les auteurs de ce crime…

Les seigneurs se regardèrent, cette information s'avérait tout aussi inquiétante que la maladie du connétable.

— Le guet a relevé sur les murs la marque de l'Hydre clairement apposée… avec le sang des victimes, renchérit Rymanus. Je pense que la secte a voulu nous envoyer un message, à nous, le Conseil de la Lumière. J'avais espéré éviter une telle atrocité mais vous n'avez pas voulu me croire, il faut à présent en assumer les conséquences… Heureusement, nous avons réussi à faire passer ces meurtres comme des crimes crapuleux, évitant ainsi une panique certaine. Mordiacre, allez-vous enfin ouvrir les yeux sur ce qui nous menace et réagir ? Il n'est que temps de prendre des mesures, et des mesures énergiques. Votons la création de cette commission de défense comme je l'avais proposé, et puisque l'état de Xavier le laisse incapable d'assumer ses fonctions, laissez-moi la diriger en m'accordant les pleins pouvoirs. Je ne vois pas d'autre moyen de nous défendre… hormis appeler notre Empereur à l'aide, au risque évident de passer pour des incompétents. Ce risque, ni vous ni moi ne voulons le prendre, n'est-ce pas ?

— Il faut réagir, effectivement, s'empressa de répondre Quentin de Bérune, les traits contractés, le teint blême.

Au bras gauche de son costume d'alpaga vert d'eau, il portait le brassard du deuil.

— Alvéras était le plus cher de mes amis, reprit-il, nous ne pouvons laisser un tel crime impuni ! Je me range à votre avis, archevêque, je ne doute pas que vous ferez bon usage des pouvoirs que le Conseil vous confère.

— Écoutez, Quentin… tenta Vaillence.

— Non, Vaillence. Vous savez que je vous apprécie, mais vous devez respecter mes décisions comme je respecte les vôtres, je serai intraitable sur le sujet !

— Fort bien, puisque c'est ainsi, puisque Xavier est incapable de tenir son rôle, pour le bien de nos administrés, je m'incline, signifia l'administrateur, après une grimace, ne se souciant pas de cacher sa réprobation.

Il ne pouvait plus rien faire pour s'opposer à l'inévitable.

Rymanus gonfla sa poitrine et se leva, posant les mains à plat sur la table ronde :

— Je prierai la Lumière pour qu'elle me donne la force d'accomplir ma tâche. À présent, je vais vous laisser, j'ai fort à faire. Ne doutez pas cependant de mon entier dévouement, je sauverai la ville du danger qui la menace ! Je prierai également pour notre camarade, Xavier, puisse-t-il sans tarder recouvrer la santé… Mais abordons un sujet plus plaisant, l'inauguration de nos projets… Je pense qu'il faut en maintenir la date. Nous devons montrer à ces marauds que nous ne les craignons pas. Annuler les cérémonies serait leur prouver que nous sommes faibles, ce qui n'est nullement le cas.

Les deux autres acquiescèrent, après quoi les seigneurs de la Lumière passèrent en revue le détail de ce qu'il restait à régler.

En quittant le Conseil, l'archevêque Rymanus retint un ricanement dans lequel la moquerie se mêlait au triomphe. Tromper ses pairs du Conseil avait été un jeu d'enfant. La mort d'Alvéras avait emporté la décision de Quentin de Bérune, comme le prélat l'avait prévu.

C'est de fort bonne humeur qu'il traversa le palais de marbre clair et réintégra ses appartements. Il avait de la besogne à abattre et toute l'énergie nécessaire.

Trouver un bon copiste pour imiter l'écriture de Vaillence avait été un jeu d'enfant. D'autant plus grâce aux nombreux documents officiels ou commerciaux que ce dernier avait rédigé ; ne serait-ce que le rapport mensuel du Commerce, distribué gratuitement à l'hôtel de ville. Le banquier s'était donc rendu directement dans le piège de l'archevêque, et tout le reste s'était enchaîné comme l'escomptait le prélat. Les meurtres sauvages du seigneur Alvéras et d'une patrouille du guet avaient ébranlé Vaillence et Quentin de Bérune ; ces derniers avaient perdu de leur assurance. De quoi laisser les coudées franches à Rymanus pour avancer ses pions. Il aurait pu s'attaquer directement à eux et les livrer à Ulqualöth, il y avait songé. Cependant, c'eût été une grave erreur, car alors l'Empereur n'eût pas manqué d'intervenir pour soutenir le Conseil amputé brusquement de trois de ses membres – sans compter qu'Hégel n'avait toujours pas été remplacé. Rymanus tenait à incarner l'homme providentiel, et si Priam intervenait, impossible que ce soit le cas.

Nourri de son succès qui en laissait augurer bien d'autres, Rymanus se sentit brusquement excité. Son jeune amant, le doux Gervaise, prêt à répondre à tous ses fantasmes, même les plus avilissants, serait bien le meilleur moyen de satisfaire le prélat de sa tension. D'ailleurs, à mesure que ses plans avançaient sur la voie royale de la réussite, les appétits de l'archevêque pour la chair croissaient d'autant.

Gervaise et ses traits délicats, quasi androgynes, sa peau olivâtre aux senteurs de musc, son fessier à la fois ferme et potelé, ses lèvres fraîches, son membre long et mince, sa fausse innocence, ses instincts si délicieusement pervers… Tout lui plaisait chez le giton. Le sexe de Rymanus se durcit sous sa longue robe de brocard blanche.

Rymanus avait rencontré son amant lors d'une soirée donnée par Quentin de Bérune. Gervaise était le troisième secrétaire du comte Miros, l'un des notables de la ville. Il avait abreuvé l'archevêque d'œillades discrètes, se débrouillant même pour se rapprocher de lui, jusqu'à lui frôler l'entrejambe. Leur attirance puissante et réciproque n'avait fait que croître, jusqu'à ce que l'archevêque n'en puisse plus d'attendre et de s'exciter, jusqu'à ce qu'il use de sa propre influence pour que le comte Miros lui cède le jeune homme.

Les mains croisées sur son érection, Rymanus pressa le pas, impatient de rentrer dans ses appartements, de convoquer Gervaise. Après leur dernière coucherie, le jeune homme avait proposé à l'archevêque d'introduire un nouveau compagnon de jeu dans leurs rendez-vous. Le giton semblait n'avoir comme seul désir que de satisfaire la libido du prélat, assurant ce dernier qu'il avait trouvé le candidat idéal pour leurs jeux de plaisir.

Deux, pourquoi pas ? Il est temps, en vérité, de parfaire mes plaisirs, décida Rymanus. *Après tout je suis en pleine forme pour un homme de mon âge et si je ne profite pas de ce genre d'aventures maintenant, quand le ferai-je ?*

Il se frotta les mains d'aise, sans se rendre compte qu'il dévoilait ainsi son érection, juste en face de la douairière Albina de Vallengo. Cette dernière détourna le regard en reniflant, tout en songeant qu'en dépit de son âge avancé, elle savait encore plaire aux hommes.

Chapitre 9

Cellendhyll longeait l'un des nombreux couloirs de la forteresse. Murs gris, tentures pourpre foncé, tapis épais bleu nuit – les couleurs d'Eodh. Estrée partie, il avait lui aussi quitté le bal, la présence de la jeune femme étant la seule raison pour laquelle il s'y sentait bien. Il était rentré dans ses appartements. À peine la porte ouverte, il avait trouvé sur le seuil un mot d'Estrée.

J'ai besoin de te voir. Il s'est passé quelque chose d'important.

Rejoins-moi dans la salle de la Licorne.

Ne tarde pas. Sois discret.

Estrée

Malgré son laconisme, le message traduisait l'urgence. Qu'avait-il bien pu se produire depuis qu'il l'avait quittée ? Y avait-il un rapport avec le départ du duc d'Eodh ?

Il n'avait aucune raison de se méfier de la jeune femme. Il repartit aussitôt pour la retrouver au lieu de rendez-vous qu'elle proposait.

Cellendhyll arrivait en vue des portes-fenêtres de la terrasse. Une dizaine de mètres avant, il s'immobilisa. Son instinct éprouvé lui fit brusquement lever la tête. Collé au plafond par quelque procédé mystérieux, nimbé d'un halo rouge qui l'enveloppait tel un suaire, se tenait un homme vêtu de cuir également rouge, le crâne rasé, élancé, les paupières curieusement peintes de noir.

L'homme se laissa tomber les pieds joints visant le haut du crâne de l'Adhan. Ce dernier plongea sur le côté, effectua une roulade et se retourna en position de combat. Dans le même temps, l'inconnu se reçut sans heurt sur le tapis avec une souplesse étonnante. Lui aussi prêt à l'affrontement.

Cellendhyll avait suffisamment arpenté les voies de la violence pour le savoir. Il n'avait pas besoin de réfléchir ou d'interroger l'autre. Ce dernier était là pour le tuer, c'était évident.

Tuer ou être tué, il en revenait toujours là. C'était son élément, son oxygène, son essence.

— Qui t'envoie ? demanda calmement l'homme aux cheveux d'argent.

L'autre ne répondit pas. En revanche, il étira ses poings devant lui, en parallèle, dévoilant des sortes de gants, surmontés au niveau des jointures par des pointes métalliques. Visiblement des armes conçues pour provoquer d'horribles blessures.

Cellendhyll dégaina la dague sombre de son fourreau de botte d'un geste coulé. L'homme eut un geste curieux du poignet et le halo qui l'enveloppait gagna en intensité. Aimantée par une force mystérieuse, la Belle de Mort fut arrachée de la senestre de l'Adhan pour venir se coller sur l'un des gants de son adversaire. Ce dernier arbora un rictus satisfait avant de décrocher l'arme pour la lancer derrière lui, hors de portée.

Pourquoi cet homme voulait-il le tuer ? Contrairement à la majorité des adversaires qu'avait affrontés l'Adhan, il n'avait pas menacé, ne s'était pas vanté. Il n'avait pas soufflé mot, ni donné la moindre indication de ce qui pouvait motiver cette attaque. Était-il seul ? N'était-ce qu'un exécutant ? Cellendhyll ne l'avait jamais vu auparavant, de cela il était sûr.

L'agresseur avança sur l'Ange, zébrant l'air d'allers-retours rageurs de ses poings gantés ; ce dernier recula, avant de faire un pas de côté et de frapper son adversaire d'un coup de pied sauté dans l'épaule. L'assassin accusa l'impact et repartit à la charge. Cellendhyll détourna une frappe de son avant-bras, riposta d'un coup de coude au visage. La pommette violemment tuméfiée, le tueur secoua la tête mais ne tomba pas. La lumière rouge qui l'enveloppait s'intensifia et l'hématome s'effaça dans les quatre secondes suivantes.

L'assassin était rapide, son style à la fois fluide et puissant. Il se mouvait comme un guerrier éprouvé qui n'avait pas dû souvent goûter l'amertume de la défaite. Pas vraiment étonnant, s'il était protégé de sa magie pourpre.

Chaque fois que Cellendhyll provoquait une blessure, la lueur s'avivait pour guérir son adversaire. Ce dernier d'ailleurs ne prenait plus soin de sa défense, seule l'offensive le motivait et l'Adhan avait du mal à résister à sa puissance. Il savait qu'il devait utiliser ce manque de défense à son avantage.

L'Adhan reçut un coup de genou dans les côtes, il plongea de côté, évitant un revers de gant qui lui aurait arraché le visage, il se redressa, lança un atémi en arc de cercle. L'assassin esquiva, fit un pas en avant et balaya l'air d'un revers du droit. Son gant déchira le pourpoint de Cellendhyll comme du papier, lacérant sa chair également, à hauteur des côtes. Tout entier concentré sur le combat, l'Ange refoula la douleur dans un recoin de son esprit. Il recula pour se mettre hors de portée. Mais l'autre enchaînait déjà, tournant sur lui-même pour prendre de la puissance ; son autre poing vola en diagonale haute pour atteindre Cellendhyll en pleine poitrine. Une nouvelle blessure, tout aussi cuisante que la première.

Pourtant Cellendhyll avait l'avantage à présent, et le prix qu'il venait de payer valait bien la peine, car porté par son assaut, l'autre avait fait un pas de trop.

L'Ange emprisonna les deux mains tendues de l'agresseur à l'intérieur de son avant-bras, les bloquant contre sa hanche, avant d'asséner un coup de tête au visage du tueur. Dans la foulée, il se glissa derrière l'assassin dont il crocheta le dessous du menton. Il lui lança aussitôt un coup de genou dans les reins. Puis, tout en renforçant son étreinte autour du cou de l'autre, il le força à s'arquer en arrière. Cellendhyll pesa alors de toutes ses forces, son genou collé dans les reins de son ennemi. Un rictus sauvage aux lèvres, il contracta ses muscles, se cambra. La colonne vertébrale de l'assassin céda, se brisant dans un craquement écœurant. Le halo de couleur qui enveloppait le cadavre de l'assassin se mit à luire mais c'était trop tard. Une telle blessure ne pouvait être guérie par la lumière pourpre.

Peu après la lumière rouge s'intensifiait encore et se mit à dissoudre la dépouille de l'assassin dans son entier, avant de refluer, puis de disparaître.

Cellendhyll récupéra sa dague sombre. Il lui sembla que cette dernière frémissait de frustration et de colère. Elle ne communiqua pas avec lui pour autant.

Il rejoignit la salle où il était censé retrouver Estrée. L'héritière brillait par son absence et cela n'étonna pas l'Adhan. La missive était bel et bien un piège.

Il repartit en chemin inverse, cette fois prêt à tout. Avec la disparition du cadavre, il n'y avait aucune preuve de ce qui venait de se produire, hormis la lettre d'Estrée. Sans attendre, passant par des chemins dérobés, il se rendit chez elle.

Qu'un assassin se fût introduit ici, probablement venu de l'extérieur d'après l'instinct de l'Ange, était un fait inquiétant. Les défenses magiques de la forteresse interdisaient toute téléportation étrangère. Cela ne pouvait signifier qu'une chose : le tueur avait bénéficié d'une complicité au sein du Chaos.

Cellendhyll pénétra dans la suite d'Estrée, après que cette dernière lui eut ouvert la porte.

La jeune femme remarqua tout de suite qu'il avait été la cible d'une attaque. Elle le fit entrer dans le salon, s'asseoir, avant d'aller chercher de quoi désinfecter ses blessures et les panser.

Tout en se laissant ôter sa chemise et son pourpoint lacérés, il déclara :

— J'ai reçu un mot de toi, me demandant de te retrouver dans la salle de la Licorne. Juste avant de l'atteindre, je me suis fait surprendre par un assassin. J'ai réussi à le vaincre mais son cadavre s'est dissous dans une sorte de lueur rouge. De la magie, mais j'ignore de quelle souche.

Estrée fronça les sourcils et cessa de tamponner la peau de Cellendhyll avec une compresse :

— J'espère que tu ne me soupçonnes pas de t'avoir tendu ce piège.

— Il se trouve que non. Sinon nous ne serions pas en train de parler aussi paisiblement, ma belle.

— *Ma belle*… J'adore quand tu me parles ainsi ! Surtout, n'hésite pas à recommencer le plus souvent possible !

— Estrée !

— Pardon, dit-elle en reprenant ses soins. Montre-moi ce message…

Cellendhyll se releva du canapé, le temps d'aller chercher la lettre dans son pourpoint. Il la tendit à Estrée qui en entreprit aussitôt la lecture.

— Je ne comprends pas. C'est bien mon écriture et pourtant…

Soudain, sur le papier, les lignes se mirent à clignoter deux secondes avant de se modifier, révélant une écriture bien différente de celle d'Estrée. Puis les lettres s'effacèrent pour ne laisser qu'une page vierge.

— Ah, je comprends mieux à présent, dit Estrée. Un sort d'illusion basique. Dont l'effet vient de s'annuler.

Ils n'avaient eu que le temps d'étudier la calligraphie employée. Les mots avaient été délicatement tracés, la marque d'une personne cultivée, mais possédant une écriture plus ramassée que celle de la Fille du Chaos. Ni Estrée ni Cellendhyll ne reconnaissait ce style. Était-ce l'écriture d'une femme ? On pouvait le penser. Toutefois ce pouvait aussi bien être le stratagème d'un homme voulant faire penser à une femme.

— Je me demande une chose, reprit Estrée. Cet homme qui t'a assailli, était-il un assassin unique ou faisait-il partie d'un groupe ? Va-t-il y avoir d'autres de ces attaques contre toi ?

— Aucune idée.

— Cela ne semble pas te tracasser plus que ça, commenta Estrée tout en déroulant un bandage propre.

— Bah ! Ce n'est certes pas la première fois qu'on cherche à me tuer et pas non plus la dernière. Je suis habitué, tu sais.

— Qui peut vouloir ta mort ? renchérit la jeune femme. Qui a assez de pouvoir pour introduire un tueur au sein de la forteresse ?

— Pour commencer, je ne suis pas précisément le résident le plus sympathique de la Citadelle du Chaos. Sinon, deux noms me viennent immédiatement en tête : le Père de la Douleur, qui a ordonné ma mort, et Gamaël, qui m'a trahi et abandonné sur Valkyr. Le Père souhaite ma mort plus que quiconque et ferait un parfait suspect, bien plus que Gamaël. Si ce dernier voulait m'abattre, il le ferait de ses propres mains, après m'avoir confronté, j'en suis persuadé. Mais je ne vois pas comment le Roi-Sorcier pourrait avoir accès à la forteresse. De plus, le tueur n'était pas un Ténébreux, la mystérieuse magie qui l'entourait n'avait rien à voir avec la magie du Sang ténébreuse. En revanche, le tueur disposait d'un complice au sein du Chaos, cela ne fait aucun doute.

— En ce qui concerne cette question, je dirais que n'importe laquelle des Maisons pourrait être impliquée, à part la nôtre bien sûr. Chaque clan dispose de son propre portail, le seul moyen d'entrer ici sans se faire arrêter, que ce soit par les sentinelles magiques ou physiques…

— Je pense à une chose : cette personne sait qu'on peut me manipuler à travers toi, puisque cette lettre était l'appât ; quelqu'un qui sait que tu comptes pour moi.

— Qui ?

L'Ange haussa les épaules :

— Cela peut-être n'importe qui. Il suffit par exemple d'avoir assisté à la réception de ce soir et de nous avoir vus danser pour comprendre sans peine que nous tenons l'un à l'autre.

— Que vas-tu faire ? Avertir Morion ?

— Moins j'en dis à ton frère et mieux je me porte. Je n'ai aucun élément à lui apprendre, pas même de cadavre à lui montrer. Il risquerait de me parquer dans quelque recoin pour me tenir en sécurité et je veux garder toute ma liberté. Du reste, je suis assez grand pour me débrouiller seul et ne pas l'appeler à l'aide au moindre danger.

— Mon héros… souffla-t-elle, et ce n'avait rien d'une moquerie.

— Je n'ai rien d'un héros, Estrée… vraiment rien.

Le bandage terminé, la jeune femme se releva pour aller ranger sa trousse de soin. Elle revint auprès de l'Ange et lui proposa :

— Veux-tu dormir ici ? L'endroit me semble plus sûr que tes propres appartements. Je ne te propose pas de venir dans mon lit, grand bêta, ne fais pas cette tête-là. Mais si quelqu'un t'en veut, tu seras plus en sécurité ici que n'importe où ailleurs dans la forteresse et surtout plus que dans ta propre suite, l'endroit logique où l'on pourrait chercher à t'atteindre.

— Ceux qui me pourchassent ont démontré qu'ils savaient que nous sommes amis, Estrée, c'est même cette information qui leur a permis de me tendre cette embuscade. Si je reste ici, je risque de t'attirer des ennuis.

— Moi aussi, je sais me défendre, Cellendhyll de Cortavar. Et le seul que j'appellerai à l'aide, si je me sentais en danger, se trouve en face de moi. Je te le répète, si un assassin a réussi à s'introduire dans la Citadelle, ses complices éventuels peuvent te tendre une embuscade dans tes appartements. Chez moi, cela leur est impossible, l'appartement de l'héritière d'Eodh est nettement mieux protégé que celui d'un commandant, tu le sais ; mes murs et mes portes sont renforcés des meilleurs charmes d'Eodh, mon frère y a veillé… Alors, reste ici, tu seras tranquille. De plus, blessé comme tu l'es, de toute manière, tu n'es pas apte à la bagatelle. Donc inutile que je gaspille mon énergie pour tenter de te violer.

— Ce ne serait pas un viol, Estrée, tu le sais parfaitement.

— Non, je n'en sais rien, mais j'aimerais bien que tu développes un peu le sujet, s'il te plaît…

Ils échangèrent un long regard. Ils se tenaient au bord de la ligne. Cette ligne tracée entre eux, tissée par la séduction et l'attirance. Ils pouvaient franchir cette ligne, tous deux, d'un commun accord, et concrétiser ce désir qui les harcelait, plonger ainsi dans l'amour et la passion. Ou bien continuer encore un peu de flirter avec cette frontière, de l'approcher, le plus possible, sans la dépasser. Du moins pas encore. Car ils le savaient tous les deux, l'Ange et l'héritière, ils allaient se donner l'un à l'autre, cela couvait entre eux depuis trop longtemps, avec trop d'élan pour ne pas se réaliser.

Toutefois, sans se le formuler vraiment, ils désiraient tous deux prolonger la danse de cette séduction complice, ce chassé-croisé, cette chasse amoureuse ; l'un comme l'autre préféraient cette option, pour des raisons différentes mais tout aussi légitimes. Peut-être avaient-ils peur, s'ils franchissaient le pas, de découvrir que l'autre n'était pas si parfait que cela, contrairement aux apparences, ou bien inversement de ne pas être à la hauteur de l'idéal de l'autre, ce qui n'était pas un sort plus enviable.

— Bien, c'est décidé, tu restes, finit par dire Estrée. Ce ne sera pas la première fois que tu dormiras dans mon salon.

Ils partagèrent une infusion d'écorces noires, devisèrent de sujets légers, sans se quitter du regard.

Une fois la jeune femme retirée dans sa chambre pour la nuit, l'Ange se rendit sur la terrasse, retira son bandage en le déroulant et livra sans pudeur son torse à la lumière de l'ardente Valistar, la lune du Chaos.

En lui s'éleva peu après la pulsation familière indiquant que son second cœur, son cœur de Loki, s'éveillait pour accélérer le processus de guérison.

Mais l'homme aux cheveux d'argent ne songeait pas à la magie réparatrice que Morion avait implantée en lui.

Estrée lui avait dévoilé ses propres sentiments. Cela le touchait intimement mais ça lui faisait également peur. Chaque fois qu'il s'était ouvert à l'amour, qu'il avait ouvert les portes si épaisses, si bien cadenassées de son cœur, il en avait été méchamment, cruellement puni. Ysanne, Devora... Son cœur meurtri était bien fragile, trop peut-être, pour supporter un nouvel échec.

Après avoir rafraîchi son visage et peigné sa longue chevelure, Estrée alla se coucher, inquiète. La menace qui planait sur celui qu'elle considérait comme *son homme* occultait son désir pour lui.

La soirée avait si bien débuté, pourtant. Ce bal, quel rêve enfin comblé, quelle réalité romantique ! Quel beau couple ils avaient dû former, portés par la musique !

Sûr que Morion, qui désapprouvait totalement la relation – quelle qu'elle soit – qui unissait sa sœur à son agent le plus redoutable, allait en faire une crise d'hémorroïdes ! Bien fait pour ce fouineur ! Ce dernier, d'ailleurs, ne l'avait convoquée que pour se plaindre de la décision de leur père, qui, déplora-t-il, ne l'avait pas consulté. Morion en profita pour lâcher un sous-entendu sur le fait qu'il ne voyait pas d'un bon œil les rapports d'intimité qu'il constatait entre sa sœur et son Ombre favorite. Estrée lui avait ri au nez.

En dépit de son désir pour lui, en attente depuis des années, la fille d'Eodh n'était plus aussi pressée qu'avant de découvrir l'Adhan comme amant, de se livrer à lui, toute sa passion libérée. Elle voyait bien l'attirance que ressentait l'Ange pour elle, une attirance qu'il maîtrisait mais qu'il n'étouffait pas pour autant. Les barrières avaient sauté entre eux, depuis leurs aventures sur le Plan des Sang-Pitié. La froideur qu'avait si longtemps affichée Cellendhyll à son égard n'était plus qu'un mauvais souvenir. Rien que cela représentait une insigne récompense. Leurs rapports étaient éclairés par l'amitié, déjà, et cette amitié n'était nullement un frein à quelque chose d'encore plus intime qui représentait pour Estrée une passerelle vers le merveilleux. Elle en tirait une sérénité qui la surprenait.

Elle cessa de songer aux potentialités de sa relation avec l'homme aux cheveux d'argent pour se concentrer sur des pensées nettement moins agréables. Elle avait retenu parmi ce qu'elle venait d'apprendre un point qui l'interpellait avec force : le Père de la Douleur avait ordonné la mort de Cellendhyll. Pourquoi ? En quoi l'Ange le menaçait-il ? Comment le découvrir ?

Songeant à divers moyens d'arriver à ses fins, elle finit par plonger dans le sommeil.

Chapitre 10

Le lendemain matin, une longue douche avait dispersé le souvenir de sa nuit tourmentée. Enveloppée dans un peignoir ivoire, sa chevelure dénouée, emperlée de gouttelettes, Estrée entra dans le salon pour constater que Cellendhyll avait quitté ses appartements.

Il avait tout de même pris le temps, avant de s'éclipser, de lui préparer un plateau pour le petit déjeuner. Un jus de fruit fraîchement pressé, une mangue délicatement épluchée dans une assiette, quelques tartines de pain noir, une baratte de beurre, une serviette pliée, même.

Ce geste la toucha. La rassura, également. Si l'Adhan avait pris le temps de préparer ce plateau, c'est que tout allait bien, qu'il était parti tranquille, et pas enlevé contre son gré par quelque puissance démoniaque.

Estrée prit le plateau qu'elle alla déposer sur la petite table ronde disposée devant sa terrasse.

Rêveuse, elle saisit un petit morceau de mangue qu'elle fit glisser dans sa bouche.

Chaque jour, Cellendhyll ébauchait plan sur plan pour retrouver la trace de Gamaël. Il allait régulièrement s'enquérir de l'enquête de Morion, mais ce dernier n'avait jamais rien à lui apprendre. L'Ombre Kereth était toujours à la recherche du félon.

Les journées s'écoulèrent, paisibles. Nul tueur ne se manifesta dans ses appartements ni ailleurs, et les blessures infligées par l'assassin n'étaient plus qu'un mauvais souvenir. Le cœur de Loki de l'Adhan en avait effacé jusqu'aux cicatrices.

L'Ange songeait également à Arasùl. Il avait promis à sa Belle de Mort de retrouver le cadavre de ce mystérieux seigneur ténébreux. Mais la bibliothèque du Chaos et ses rayonnages démesurés, si riches fussent-ils, ne contenaient aucune information sur Arasùl ou sa prophétie.

Morion refusait de parler de ladite prophétie en invoquant des prétextes que l'Ange trouvait spécieux. Il laissait faire pour le moment, peu désireux de provoquer une confrontation avec son seigneur, qui eût risqué de porter atteinte à sa liberté de mouvement.

Il croisa Estrée, deux ou trois fois. La jeune femme allait et venait, dans un tourbillon de charme, s'attirant bien des regards par sa beauté retrouvée, par sa joie de vivre si soudaine.

La fille d'Eodh était transfigurée et personne ne savait pourquoi. Sauf peut-être Morion, qui grinçait des dents.

Cellendhyll avait envie de la voir mais il ne fit rien pour cela, se laissant porter par le courant du destin. En dépit de sa peur de s'engager formellement, l'évolution de leurs rapports était si agréable pour lui qu'il comptait bien en profiter pleinement. À sa grande surprise, laisser les choses mûrir entre eux, naturellement, était source de sérénité et non pas d'impatience.

Et ce foutu Loki qui ne rentrait toujours pas de ses vacances. Ce damné Boule de Poils commençait à rudement lui manquer. Si Cellendhyll n'avait été focalisé sur tous ses problèmes, il aurait sans doute réfléchi à cette absence pesante et peut-être inquiétante de son meilleur ami.

Chaque jour, l'Adhan entretenait sa forme parfaite, se dépensant sans réserve comme il savait si bien le faire, que ce fût dans la salle d'exercice ou sur la terrasse de ses appartements. Le Hyoshi'Nin devenait de plus en plus aisé à appréhender. Le Ressenti Pur était du ressenti justement, on ne pouvait que le vivre. Cellendhyll s'entraînait à passer du Zen au Hyoshi'Nin mais il avait encore du mal à relier les deux mondes. Les deux transes s'avéraient complémentaires en termes de pouvoir mais pas encore d'utilisation.

Il finit par tourner comme un fauve en cage, sombrant dans une routine qui le hérissait. Pour en apprendre plus, que ce soit sur Arasùl ou Gamaël, il devait quitter la forteresse pour les Territoires-Francs, il en avait le vif pressentiment.

Des tréfonds de l'Éther, c'est alors que le destin ricana, une nouvelle fois.

Chapitre 11

L'air était frais dans les profondeurs de la forêt de Streywen. Nimbé d'un halo d'énergie violette, le portail se forma au milieu des ruines d'un péristyle abandonné en pleine forêt. Déchirant son voilage de mana, les cabalistes en sortirent. Ils étaient trois. Leurs silhouettes étaient dissimulées sous de larges capes de cuir noir, leurs visages voilés par une magie protectrice.

Aussitôt arrivé, l'un d'entre eux alla inspecter les ruines avant de revenir et d'annoncer :

— *Il* n'est pas encore arrivé.

— Je vous le dis, il faut agir, c'est le moment ! déclama aussitôt une voix féminine, chargée de passion.

— Bien au contraire, tempéra aussitôt le plus grand des cabalistes. Nous devons suspendre nos plans, je croyais d'ailleurs que nous étions d'accord sur ce point.

— Tout à fait, renchérit le troisième conspirateur. La situation provoquée par la retraite d'Elvanthyell demande à être examinée de près.

— Sacré Elvanthyell, il a tout de même le chic pour tromper son monde ! gloussa l'autre homme.

La silhouette féminine émit un reniflement de désapprobation.

Le plus grand des conjurateurs reprit :

— Nous ne devons pas oublier notre but, celui pour lequel nous nous sommes alliés : affaiblir Eodh. Pas l'anéantir. Car abattre Eodh serait affaiblir le Chaos tout entier et nous voulons juste rétablir l'équilibre entre les Maisons. Nous attaquer à Morion maintenant risquerait, par effet de ricochet, de faire vaciller notre empire tout entier.

— Je n'aurais su mieux dire, renchérit l'autre. Morion va devoir gérer encore plus de choses avec le départ de son père, il devrait être trop occupé pour manigancer comme il en a l'habitude. Voyons comment il s'en sort avant de nous décider à agir contre lui.

— J'estime que vous faites une erreur, intervint la voix féminine. Vous voulez affaiblir Eodh ? Frappons maintenant, profitons de l'occasion, nous n'en aurons peut-être pas de meilleure.

— Ma chère, la guerre que nous menons est secrète et doit le rester, nous devons donc user de subtilité. Nous n'avons rien à perdre à attendre, pour le moment…

— Êtes-vous sourds ou bornés tous les deux ? Je vous dis qu'il faut agir !

— Puisque vous ne voulez pas entendre la voix de la raison, soumettons cette question à un vote qui nous départagera… proposa le grand cabaliste. Pour ma part, je vote pour suspendre les hostilités, il sera toujours temps de les reprendre si nous constatons que cela s'avère nécessaire.

— J'appuie votre vote, décida le second homme.

— Puisque nous sommes trois, l'affaire est entendue. Désolée ma chère, mais c'est la meilleure des attitudes à tenir en regard des circonstances, j'espère que vous finirez par le reconnaître.

La femme ne répondit rien, mais tourna le dos à ses compagnons. Son mécontentement était palpable, il plombait l'air ambiant. La cabaliste finit par se retourner, un peu brusquement, mais un bruit de pas dans les fourrés, à mi-pente, à la lisière des sapins, suspendit la tirade acerbe qu'elle se préparait à asséner.

— Me voici, annonça Gamaël, qui venait d'apparaître dans le chemin.

L'Ombre renégate était vêtue d'un ensemble et d'une cape de cuir vert foncé. Gamaël s'avança d'un pas serein, dégageant cette assurance propre aux guerriers d'élite. Son beau visage arborait un sourire ironique tandis que son regard gris pâle ne perdait aucun détail de son environnement.

— Que me vouliez-vous donc, seigneurs ?

— Tout simplement vous prévenir que nous suspendons temporairement nos plans.

— Tiens donc ! Et puis-je vous en demander la raison ?

— Certains éléments qui viennent de se produire à la Citadelle nous donnent à penser qu'il est plus intelligent d'attendre et de voir venir.

— Vous évoquez le départ du duc d'Eodh, je me trompe ?

— Non, c'est bien cela. Ce départ change la donne et nous avons décidé de surseoir à nos menées contre Morion. D'y surseoir provisoirement, je tiens à le préciser.

— Hum, se contenta de répliquer Gamaël, qui ne souriait plus.

— Voilà une bourse pleine pour vous faire patienter, annonça le plus petit des conspirateurs, avant de jeter l'objet en direction du guerrier.

Gamaël attrapa habilement la bourse en plein vol, il en vérifia le contenu – des licornes d'or – avant de la ranger dans son pourpoint.

— Je patienterai, donc. Mais pas éternellement…

— Quel grief vous anime donc tant contre Morion ? demanda la femme, d'un ton où perçait la curiosité.

Gamaël se tourna vers elle, son petit sourire réapparut :

— Cela ne regarde que moi.

La femme croisa les bras :

— Toujours aussi insolent… Un jour, messire, il se pourrait que vous le regrettiez !

Gamaël ricana :

— J'aimerais bien voir ça !

— Allons, allons… Calmons-nous, intervint le plus grand des cabalistes. Ce serait aller contre nos intérêts communs et respectifs que de nous disputer. Messire Gamaël, sommes-nous bien d'accord sur le fait d'interrompre nos plans envers Morion d'Eodh ?

Le guerrier haussa ses larges épaules :

— Nous le sommes car vous payez ma patience.

— La chose est donc entendue. Je vous dis à bientôt, nous vous contacterons dès que nous aurons du nouveau.

Une fois le trio disparu par le portail, le guerrier redescendit la pente, les mains sur les poignées de ses épées.

Gamaël se plongea dans un monologue intérieur :

Si puissants qu'ils soient, quels naïfs ! Ils se sont révélés incapables de se douter que j'étais là, avant eux, et que j'ai épié leur échange. Ainsi, la retraite d'Elvanthyell les pousse à faire marche arrière. Comme ça les arrange, ces pleutres ! Sauf elle, *évidemment. De toute évidence, elle hait Morion, sans doute autant que moi, mais elle manque par trop de finesse... Au fond, je dois admettre que cette frilosité m'arrange. Je ne peux pas tout gérer de front, en dépit de mes immenses talents, en dépit de ma rage, consumée pour être aussitôt renouvelée. Oui, j'ai prévu cette variante à mes plans. Et cette variante, qu'incarne Cellendhyll de Cortavar, demande un grand doigté. Je me réjouis que l'Adhan ne soit pas mort sur Valkyr, c'eût été un gâchis sans nom alors qu'il représente peut-être la meilleure des armes contre Morion. Je patienterai donc mais je ne t'oublie pas pour autant, Puissant d'Eodh. Tu paieras ta traîtrise, sur mon honneur et ma vie !*

L'Ombre renégate disparut entre les arbres, et bientôt un bruit de chevauchée s'éleva pour s'amenuiser à mesure que le cavalier s'éloignait dans le flamboiement onirique du coucher de soleil.

Chapitre 12

Cellendhyll et Estrée avançaient au pas, main dans la main, leurs montures cheminant côte à côte. L'étalon d'Estrée était un entier à la robe noire parsemée de traits gris fumé, et le hongre de l'Adhan, un athlétique alezan brûlé.

L'Adhan étouffait dans la Citadelle chaotique, et il avait proposé une promenade à cheval, ce que la jeune femme s'était empressée d'accepter.

Ils avaient galopé à en perdre haleine sur les chemins de la grande forêt ; ils revenaient à présent à petite allure, approchant de la Citadelle.

Ils chevauchaient côte à côte, se souriaient. Leurs mains s'étaient naturellement trouvées et ils avaient continué ainsi, portés par leurs montures complices, leurs doigts unis dans une chaleur excitante.

Cellendhyll finit par stopper son hongre. Il se pencha vers Estrée. Leurs bouches se rapprochèrent l'une de l'autre. Un baiser monté, une grande première pour l'homme aux cheveux d'argent. Leurs lèvres allaient se toucher. Estrée avait les yeux mi-clos.

Du coin de l'œil, l'Ange s'avisa que son cheval étira brusquement ses oreilles en arrière. Cela lui suffit. Il plongea sur Estrée pour tomber avec elle dans le fossé d'herbe drue, à gauche de la piste. Presque en même temps, un carreau d'arbalète jaillit des fourrés, de l'autre côté du chemin, pour aller se planter, vibrant, dans le tronc d'un chêne. Privés de cavaliers, les chevaux galopèrent hors de portée.

Cellendhyll et sa compagne se redressèrent.

Quatre hommes jaillirent des fourrés, l'un d'eux laissa tomber son arbalète déchargée. L'Adhan reconnut les *frères* de l'homme qui l'avait assailli dans la Citadelle chaotique. Sveltes, le crâne rasé, les yeux aux paupières peintes de noir, chargées du poids de la mort, et ce halo incarnat qui les enveloppait comme un linceul. Tous portaient des gants métalliques mais sans pointe cette fois. Ils étaient armés de haches à double tranchant.

Estrée comprit tout aussi rapidement que l'Adhan la nature des assaillants et leurs motivations.

Cellendhyll ne sortait jamais sans arme de la Citadelle, la jeune femme non plus d'ailleurs. Elle dégaina sa rapière d'un geste ample et la pointa sur ses adversaires.

L'un des assassins ondula du poignet, la lueur qui l'entourait s'aviva et la lame d'Estrée échappa brutalement à sa poigne pour aller se coller sur l'un des gants métalliques du tueur. L'épée courte de l'Adhan connut le même sort. Cellendhyll lança une dague de jet, cette dernière fut interceptée par la magie d'un gant qui l'aimanta à lui. Une seconde dague connut le même échec.

Pas d'injures, aucune menace. Les tueurs se rapprochèrent, leurs poings gantés relevés devant leurs torses, formant un arc de cercle. Leur approche assurée, leur placement, indiquaient qu'ils avaient l'habitude de combattre de concert.

Cellendhyll murmura d'un ton rapide :

— Passe derrière moi, Estrée et file dans la forêt.

— Quoi ? Non, je ne te laisserai pas tout seul affronter ces hommes, répliqua-t-elle sur le même mode.

— Obéis ! Je ne te demande pas de fuir, je veux vérifier une chose ; soit ils vont rester sur moi tous les quatre, soit l'un deux va te suivre… Tu comprends ?

— Oui. Tu veux avoir la confirmation qu'ils te veulent toi, juste toi, ou si je représente aussi une cible.

— Exactement. Alors maintenant tu fais ce que je t'ai dit. Une dernière chose, cette lumière rouge soigne leurs blessures et les isole de la douleur… Si tu dois les combattre, adapte-toi. Seuls des coups directs aux points vitaux pourront les vaincre.

La jeune femme hocha la tête. Puis, mimant la frayeur, elle recula derrière l'Adhan et s'enfuit entre les sapins. Aucun des agresseurs ne la suivit.

Ils se trouvaient trop loin de la Citadelle du Chaos pour espérer aller chercher des secours.

C'est bien après lui qu'ils en ont.

Les tueurs approchaient toujours, sans se presser. Ils avaient compris que leur proie ne fuirait pas. Cellendhyll ne bougea pas, patiemment fléchi sur ses genoux, attirant le Zen à lui. Il préférait attendre que les guerriers baissent leurs défenses pour mieux riposter.

Estrée en décida autrement. Dans un cri de défi, elle jaillit des fourrés et bondit sur les assaillants, armée d'un bâton taillé à partir d'une branche de chêne, qu'elle avait pris le temps de confectionner pour contrer le pouvoir de la magie rouge.

L'assaut d'Estrée semblait aveugle mais il n'était pas irréfléchi pour autant. Elle avait choisi son moment pour intervenir. Le bâton manié par la guerrière fendit la tempe de son adversaire ; il chancela, mais la lumière incarnate ne tarda pas à refermer la plaie. Estrée n'eut pas le temps de profiter de son avantage, un autre se jetait sur elle. Mais son intervention avait brisé la progression des quatre tueurs et l'Adhan en profita immédiatement. Il feinta un départ sur la gauche, bondit sur la droite pour percuter celui qui menaçait Estrée d'un coup d'épaule. L'assassin accueillit le choc d'un roulé-boulé, écart qui permit à la jeune femme de se repositionner. Les tueurs ne pouvaient plus ignorer la fille du Chaos. Deux d'entre eux se détachèrent pour l'assaillir tandis que les deux autres se concentraient sur l'Adhan. La mêlée devint dense. Pas d'injures ni de cris ; seuls les ahanements d'Estrée troublaient le bruit des coups portés et celui des feuilles piétinées. Streywen retenait son souffle, non pas craintive devant un tel déploiement de violence, mais curieuse, attendant patiemment le tribut qu'on allait lui offrir ; le sang et la vie s'écoulant, fuyante, pour nourrir le sol de la sylve.

Estrée et Cellendhyll évoluaient sans se gêner, se couvrant lorsqu'il le fallait. Les leçons données par l'Adhan avaient porté leurs fruits. Estrée savait parfaitement se battre seule, et elle était à présent capable de combattre en binôme.

Le Zen offrait à l'Adhan une carte mentale du combat, il pouvait visualiser ses assaillants, qui se détachaient environnés de l'habituel halo orangé qui avait pris le pas sur le linceul rouge des assassins. Il percevait nettement leur présence, même celle des assaillants qui pouvaient se trouver derrière lui. Grâce au Zen, il ne pouvait pas être vraiment pris par surprise. D'autant plus que les tueurs, il le constata une fois encore, péchaient par excès de confiance du fait de leur magie protectrice. Ils se livraient presque impudemment, portés tout entier sur l'attaque.

L'Adhan lança un ordre rapide, composé d'un seul mot. Il plia la jambe, se campant solidement en équilibre.

Estrée prit appui sur la cuisse pliée et ferme de l'Ange ; elle s'en servit comme d'un tremplin pour réaliser un saut périlleux avant qui l'expédia de l'autre côté des tueurs. À peine retombée au sol, en parfait équilibre, la jeune femme frappa d'un revers de bâton. Cueillant l'un des assassins dans les reins, elle l'envoya s'écrouler face à l'Adhan, qui le reçut d'un coup de botte en plein visage. Puis, il le saisit de chaque côté de la tête avant d'imprimer un mouvement de torsion. La nuque brisée, le tueur s'effondra définitivement.

Un autre des tueurs contra le bâton d'Estrée en interposant le manche de sa hache, avant de frapper la jeune femme d'un coup de genou dans les côtes. Il redressa sa hache pour frapper du haut vers le bas, droit devant lui. Estrée recula d'un bond tout en relevant son bâton à l'horizontale pour faire barrage. L'acier trancha le bois, elle se retrouva avec deux tronçons de chêne. Qu'elle abattit aussitôt de chaque côté des oreilles du tueur, profitant de la fin de mouvement de la lourde hache qui entraînait inconsidérément le guerrier vers l'avant.

Frappé à chaque oreille, le tueur poussa un hurlement silencieux. Sa magie referma les plaies mais ne bloqua la douleur qu'avec un léger temps de retard. Estrée asséna un coup en diagonale basse pour frapper son adversaire dans la gorge. Puis en plein front. Elle effectua un tour complet sur elle-même avant de détendre son bras en un coup de fouet latéral. Le tronçon qu'elle maniait de sa senestre força la chair avant d'écraser la trachée-artère de l'agresseur.

Il n'en restait plus que deux. Ces derniers continuaient de n'afficher aucune expression en dépit de la mort des leurs. Ils auraient pu rompre, fuir, ou du moins le tenter, mais cela semblait hors de question.

Le premier bouscula Estrée d'une bourrade et la fit tomber. Il releva sa hache, prêt au coup de grâce.

Cellendhyll feinta le second avant de lui faucher l'arrière des genoux. Puis, il fit trébucher celui qui menaçait Estrée d'un coup de pied dans les chevilles. Il tira un lacet d'étrangleur de sa manche droite, le passa vivement autour du cou du guerrier, et serra de toutes ses forces.

Le dernier des tueurs revenait à la charge, sa hache brandie pour frapper l'Adhan. Estrée surgit sur sa droite et le fit reculer d'un coup de pied sauté en pleine poitrine. L'homme qu'emprisonnait l'Ange hoquetait, le visage cramoisi. La magie rouge ne pouvait rien pour lui, capable de guérir ses blessures mais pas de l'aider à respirer. Le tueur se débattait mais la posture de l'Adhan lui interdisait tout espoir de se libérer. Après deux soubresauts successifs, son corps finit par s'amollir. Cellendhyll laissa tomber dans l'herbe l'assassin devenu cadavre.

D'un autre coup de pied, Estrée parvint à faire sauter la hache des mains du dernier assassin qui lui faisait face. Celui-ci la frappa alors d'un revers du poing puis d'un coup de genou sur la cuisse. Estrée chancela. L'assassin sortit un poignard de combat de son fourreau de ceinture ; son bras s'éleva, la lame accrochant la lumière du soleil.

Cellendhyll se jeta en travers de la trajectoire, tout en dégainant sa propre dague qu'il avait jusqu'ici tenue en réserve. Il para in extremis le poignard avec sa Belle de Mort, changea sa prise en main. Empoignée en prise inversée, la lame sombre remonta en diagonale haute pour éventrer son adversaire du pubis jusqu'à la gorge.

La magie rouge se révéla incapable de contrer celle de la Belle de Mort. Les viscères fumantes et dénudées du tueur, son sang jaillissant de l'énorme plaie, la chair fendue… Le glas inéluctable frappait encore une fois, jaillissant comme un vent de sauvagerie des mains de l'Ange du Chaos.

Le combat terminé, les cadavres disparurent dans un nuage de fumée colorée.

— Quelqu'un t'en veut sérieusement, Cellendhyll de Cortavar, déclara Estrée en chassant une mèche sombre qui barrait son regard, et il a manifestement mis les moyens pour t'abattre. Qui sont ces tueurs lancés à ta poursuite ? Qui les a engagés ?

— Si je le savais, crois bien qu'à toi je le dirais, répliqua l'Ange.

Une fois encore, on pouvait songer à une complicité au sein du Chaos. La Citadelle était soigneusement cachée dans Streywen, nul étranger n'en connaissait sa localisation. Comment les assassins pouvaient-ils être au courant que Cellendhyll était sorti chevaucher en forêt, si ce n'est grâce à un indicateur ? Qui savait que l'Adhan était hors des murs avec Estrée ? Des gardes, le personnel de l'écurie, pour ne citer qu'eux. N'importe qui aurait pu le découvrir avec un peu de ténacité.

Cellendhyll se frotta pensivement le menton :

— Ces tueurs savent se battre, ils disposent de magie, cinq déjà se sont manifestés, cela sous-entend des moyens importants…

— On en revient aux mêmes déductions. Seul un noble a les ressources nécessaires pour engager de telles forces contre toi.

— Je ne comprends pas… Je n'ai aucune querelle avec les seigneurs chaotiques, mêmes ceux des Maisons vassales. Je les connais d'ailleurs à peine. Si j'avais fait du tort à quelqu'un de la Citadelle, je m'en souviendrais tout de même !

— Que vas-tu faire alors ?

— Je ne sais pas, mais crois-moi, d'une façon ou d'une autre, je finirai bien par mettre la main sur celui qui a lancé ces tueurs à mes basques. Alors, je réglerai le problème à ma manière.

Chapitre 13

Les deux cavaliers rentrèrent au Chaos, rangèrent leurs montures – qui étaient revenues d'elles-mêmes une fois le danger passé – à l'écurie, les étrillèrent, leur donnèrent de l'eau et du grain.

Sans rien dire, d'un commun accord, ils se rendirent chez Estrée. Silencieux, tous deux, jusqu'à sa chambre.

Ils se déshabillèrent mutuellement, tout en se dévorant du regard avec une acuité qui leur donnait des frissons délicieux.

Avant même qu'elle ne le touche, l'érection de Cellendhyll était déjà glorieusement érigée. Estrée voulut s'en emparer mais il la repoussa gentiment. L'Adhan avait peu d'expérience en tant qu'amant mais il savait toute l'importance de ces moments exploratoires. Doucement mais fermement, il allongea la jeune femme. Alors il se mit à caresser son corps ; préliminaire à ce qui allait suivre, découverte de la chair si douce.

Lorsqu'il sentit que c'était le moment, il commença à s'attarder sur les seins d'Estrée, descendit sur son ventre, enfin sur l'intérieur de ses cuisses. La bouche entrouverte, totalement abandonnée, la jeune femme frémissait.

Cellendhyll s'abaissa au niveau de son pubis, de sa féminité. Il embrassa le velouté de ses cuisses, provoquant de nouveaux émois. Il goûta cette chair si tendre, savoura cette odeur si particulière, si enivrante. Elle était humide, déjà.

La langue de l'Ange était légère mais précise, adroite et audacieuse. Estrée hoquetait, serrait les draps de ses poings, agitait faiblement ses orteils. Priait pour que ce qu'elle vivait en cet instant présent ne s'arrête jamais.

Elle était au bord de l'embrasement, Cellendhyll le sentait aux contractions qui agitaient son intimité, à son souffle de plus en plus heurté. Il accéléra le mouvement de ses doigts, devenus impérieux. Le corps d'Estrée s'arqua en arrière, elle poussa un gémissement qui s'étira sous les doigts et la langue de son amant. Elle retint brusquement sa respiration, ouvrit les yeux en grand, avant de relâcher son souffle dans un cri libéré, emportée par un orgasme ravageur qui se termina en soupir rauque, la laissant vidée d'énergie, tremblante.

Cellendhyll se pencha sur elle, se repaissant de sa beauté, une beauté secrète, nouvelle, qu'il ne découvrait qu'en cet instant présent.

— Viens en moi, souffla-t-elle. Je n'en peux plus de t'attendre. Par pitié, prends-moi.

Il plongea dans son écrin accueillant. Estrée écarquilla les yeux devant le plaisir qu'il arrivait encore à provoquer en elle. Une félicité différente, complémentaire de celle provoquée quelques instants plus tôt.

Chaque va-et-vient emportait la jeune femme un peu plus loin vers les frontières extrêmes de ce territoire secret. Cellendhyll variait les intensités, temps forts, temps faibles, le plaisir n'en était que meilleur. Il était si dur, si doux, si réceptif, tout cela à la fois. Il adoptait le bon rythme, d'instinct, le rythme parfait, sans qu'elle eût besoin de le guider. Estrée perdit contact avec la réalité. Elle n'était plus que sexe, désir, jouissance. Elle n'était plus qu'abandon, émerveillement et reconnaissance. Et ces sentiments-là ne pouvaient naître que de l'amour.

La jouissance chez Estrée était une ode à la vie, elle semblait n'avoir aucune limite – à la surprise, d'ailleurs, de cette dernière. C'était comme si Cellendhyll avait ouvert une porte en elle qui donnait sur un univers étrange, sans tabou, où le plaisir était roi. La fille d'Eodh avait connu maints libertinages, s'était abandonnée dans la dépravation. Jamais cependant elle n'avait éprouvé une telle extase, à la fois si complète, si naturelle, si renouvelée. L'Ange de son cœur l'emportait si loin dans ces terres exquises et immatérielles qu'elle se demandait si elle pourrait revenir à la réalité.

Enfin, le moment était venu pour lui. Cellendhyll s'était retenu autant qu'il le pouvait, à la limite du supportable. Les palpitations étaient descendues le long de son dos pour gagner ses cuisses, pour se rassembler en un noyau brûlant qui se mit à remonter le long de son membre. Il semblait à l'Adhan que son phallus enflait encore, au-delà du possible, étreint par cet anneau soyeux, appelé par cette féminité épanouie. Il tenta de se retenir, encore quelques instants, encore un peu, un tout petit peu. Mais c'en était désormais trop pour lui, il ne parviendrait plus à différer encore.

Un trait de lumière éclatante le traversa de part en part, parcourant son corps comme son esprit, laissant derrière lui des corolles d'un infini bien-être. Cellendhyll s'abandonna à longs jets, au plus profond d'Estrée, tandis que sa jouissance provoquait un nouvel orgasme chez la jeune femme.

Il retomba à côté d'elle. Ils étaient tous deux haletants, tous deux comblés. Leurs mains se cherchèrent, se trouvèrent. Tout allait bien.

Éreintés du plaisir qu'ils s'étaient prodigué réciproquement, impressionnés par l'intensité de ce qu'ils venaient de partager, ils se blottirent l'un contre l'autre et s'endormirent, le même sourire fleurissant sur leurs lèvres.

Le matin les vit se réveiller dans les bras l'un de l'autre. Ils échangèrent un baiser tendre, complice. Estrée s'étira de tout son long et Cellendhyll la trouva encore plus belle qu'auparavant.

Après une douche commune et sage – ils s'avouaient momentanément rassasiés – ils préparèrent ensemble un copieux petit déjeuner, qu'ils allèrent partager sur la terrasse baignée de soleil, saisissant le moindre prétexte pour se toucher.

Cependant une nouvelle vague d'inquiétude tenaillait l'Ange.

Où allons-nous ? Vers quel horizon ? Chaque fois, j'ai souffert. Le destin est-il conjuré ? Trop tard pour faire marche arrière. J'ai peur et tout à la fois je désire cette relation avec Estrée, encore plus après ce que nous venons de partager.

Estrée… Elle pouvait être ardente et douce, attentionnée à son égard, compréhensive, apaisante… Il y avait trop de qualificatifs pour la décrire.

Ne t'emballe pas, ne cède pas à la passion. La passion est l'ennemie de l'amour serein. La passion est un gouffre. Que dois-je faire ?

— Ne t'inquiète pas, dit alors Estrée en caressant son dos de la main, comme si elle avait deviné son trouble. Nous avons couché ensemble et c'était… inoubliable. Nous nous plaisons… Mais il vaut mieux laisser faire les choses tranquillement, sans forcer, ne crois-tu pas ? Je ne te demande ni promesse, ni serment, aucun autre engagement que celui d'être sincère.

— Cet engagement-là, je le prends de bon cœur, ma belle !

En dépit de sa réticence à s'engager, Cellendhyll se sentit soudain bien plus à l'aise qu'il ne l'aurait cru.

Chapitre 14

Les deux amants avaient prévu de passer quelques jours en tête à tête dans la forêt de Streywen, pour y chevaucher de concert, coucher à la belle étoile, s'aimer dans la nature profonde et sauvage, la meilleure manière selon eux de se découvrir l'un l'autre, tout en évitant la surveillance potentielle de Morion.

Ce doux projet, hélas, n'eut pas lieu. À peine Cellendhyll sortait-il de l'appartement d'Estrée, la jeune femme à son bras, qu'une petite étoile violette naissait du vide, à trois pas de l'Adhan. Elle se mit à tinter délicatement.

La convocation était claire et nette.

— Comment ose-t-il ! se hérissa la jeune femme. Dans mes propres appartements !

— Techniquement, nous sommes juste au-dehors et non dans ta suite. Et puis, c'est mon maître, grimaça l'Ange. Tu sais comme moi qu'il se prétend au-dessus des contingences, quelles qu'elles soient. Je dois lui obéir et te laisser.

Ils échangèrent un baiser et l'Adhan s'engagea dans le couloir.

Peu après, il franchissait la porte en écaille de dragon rouge qui gardait l'entrée de l'antre de Morion.

Le seigneur d'Eodh était vêtu tout de noir, velours et cuir, béret compris. Son bureau avait retrouvé ses lambris clairs, ses bibliothèques, ses statues et ses tableaux. La cheminée était toujours là, de même que la longue baie de cristalune qui surplombait la canopée de Streywen. La table de travail était surchargée par des piles de dossiers, de parafeurs, de porte-documents. On voyait à peine le Puissant installé derrière.

À peine l'Adhan arrivé, Morion poussa deux piles de documents sur les côtés pour mieux discuter avec son agent secret, tandis que ce dernier s'installait dans un confortable fauteuil en cuir. Morion lui annonça d'un ton guindé :

— Je ne te demande pas si tu vas bien, Cellendhyll, puisque je t'ai vu parader au bal au bras de ma sœur, puisque tu pars en promenade avec elle dans la forêt. Je ne cacherai pas que je désapprouve totalement ce rapprochement, il ne peut que te déconcentrer dans ton rôle d'Ombre. Je t'interdirais de la fréquenter si je le pouvais mais je me doute que cela ne servirait à rien. Enfin, ce n'est pas pour évoquer cette relation que je t'ai fait venir. Je suis débordé, le départ de mon père a triplé ma charge de travail, alors je vais être bref. Je te confie une nouvelle mission : tu vas partir sur les Territoires-Francs. Plus précisément, dans la capitale de la Lumière, cette ville que tu connais bien… la cité des Nuages. Je viens de recevoir un rapport qui ajoute à mes soucis…

Le Puissant poursuivit :

— Un homme a été assassiné là-bas : Alvéras de Castille, un notable proche du gouverneur Quentin de

Bérune. Une escouade du guet qui a tenté de lui porter secours a également été massacrée. En outre, le connétable Xavier est tombé gravement malade et personne ne semble connaître de remède à sa fièvre. Mon instinct me souffle que quelque chose se trame dans la capitale de la Lumière. Est-ce une nouvelle attaque des Ténèbres, il est trop tôt pour le dire, mais je t'envoie sur place pour découvrir ce qui se passe là-bas.

— C'est là une tâche d'espion, pas d'assassin, protesta l'Ange sans pour autant hausser le ton.

Morion se massa le front, comme soudain en proie à une redoutable migraine :

— Cellendhyll de Cortavar, vas-tu désormais discuter toutes mes décisions à ton égard ? Pourquoi cherches-tu à me pousser à bout ainsi ?

— Ne vous fâchez pas, je vais y aller. Quelle sera ma couverture sur place ?

Il se trouve que cette mission m'arrange fort, en fait. Elle va me permettre de quitter Eodh.

— Comme d'habitude, tu seras l'envoyé du prince Yggdrasill. Ce dernier a investi pas mal de capitaux dans les entreprises lumineuses. Puisqu'il a de gros intérêts financiers répartis en ville, il est tout naturel qu'il s'inquiète de ce qui peut se passer dans la cité de l'Aube et qu'il envoie quelqu'un enquêter. Les détails, tu les trouveras dans le dossier qui est sur mon bureau, avec tous les papiers dont tu as besoin. Tu connais la procédure. Je te veux sur place dès demain matin.

— Oubliez-vous que je suis connu des instances lumineuses ? Je me défends comment, si on m'arrête et si on m'interroge sur ce que j'ai fait depuis ma disparition, sans parler des motifs de cette disparition…

Morion croisa ses doigts fins :

— Tu réponds tout simplement que les Ténèbres t'ont enlevé. Après avoir été torturé, transformé en esclave sur un Plan annexé par les Ténébreux, tu as fini par t'échapper grâce à l'aide du prince Yggdrasill qui t'a sauvé. Reconnaissant, tu es entré à son service… Brode autour de ce thème, tu devrais t'en sortir. Au passage, il se trouve que l'Orage ne te recherche plus, l'empereur Priam a annulé l'édit qui pesait sur toi. Tu n'es donc plus traqué par la Lumière, mes informateurs me l'ont confirmé.

Le prince Yggdrasill – la principale identité factice du Puissant d'Eodh – était probablement le seigneur indépendant le plus renommé des Territoires-Francs. On le voyait rarement – et pour cause –, mais toutes les instances dirigeantes du Plan Primaire le connaissaient ne serait-ce que de réputation. Une excellente réputation. L'Adhan soupçonnait Morion de s'être rendu de temps à autre sur les Territoires-Francs pour incarner Yggdrasill, de manière à le rendre plus réel tout autant que pour se divertir.

— Des questions ? Non ? Alors file, mon temps est compté, conclut le seigneur d'Eodh.

En quittant les appartements de son maître, Cellendhyll fut pris d'un violent soupçon… Cette nouvelle mission n'était-elle pas le meilleur moyen qu'ait trouvé Morion pour l'éloigner de sa sœur ?

Chapitre 15

Mhalemort, forteresse des Ténèbres. Le Père de la Douleur reposait dans son grand trône en os de la salle des Fumées, son visage et son corps cachés sous une lourde robe de brocard violet.

— La mort brutale de Rosh Melfynn nous prive de notre seul espion au sein du Chaos, Leprín.

— Oserais-je vous dire, seigneur, que vous oubliez Estrée d'Eodh ?

— Je contrôlais parfaitement Rosh et ce dernier m'était tout acquis. Pouvons-nous en dire autant de l'héritière d'Eodh ?

Le légat savait que son maître n'attendait pas de réponse. Il savait également qu'Estrée se révélait trop indocile.

— Cela étant, reprit son supérieur incontesté, je reconnais qu'elle a fini par nous livrer des informations exploitables. Nous savons maintenant que le Chaos n'a pas de véritable armée, que les guerriers qu'il peut mobiliser ne tiendraient pas longtemps devant mes troupes. Nous connaissons également la fortune des Maisons et, toujours grâce à Estrée, avons désormais en notre possession bon nombre de contacts qui nous permettraient sans doute de reprendre les investissements du Chaos à notre compte une fois les Maisons anéanties.

Le souverain se tut un instant, tapotant de son index griffu l'accoudoir de son siège, comme s'il rassemblait ses pensées.

— Mais il nous manque encore une information capitale : la localisation exacte de la forteresse du Chaos, reprit-il Nous savons que la cité est camouflée dans la forêt de Streywen, et nous avons un portail qui nous permet de nous y téléporter au point de rencontre convenu avec Rosh. Mais la forêt est immense et sauvage ; comment lancer une attaque si nous ignorons la position exacte de la forteresse du Chaos ? Nous ignorons également quelles sont les défenses qui protègent la Citadelle. Nous devons en outre connaître les possibilités de repli de chaque Maison. Disposent-elles chacune d'une autre place forte ? Sans oublier l'emplacement des éventuels cœurs de nodus dans le voisinage, de quoi pouvoir invoquer des portails de transfert mieux placés que celui que nous avons déjà.

— Dois-je en conclure que vous prévoyez de lancer un assaut contre le Chaos, monseigneur ?

— Qui sait, Leprín ? Je dois encore mûrir ce projet mais le moment me semble plutôt bien choisi… Je ne vois pas comment ils pourraient s'attendre à une attaque de notre part… Par ailleurs, si tel était mon désir, il me faudrait avant cela rassembler des troupes et nous manquons toujours d'un seigneur des Conquêtes. Nous pourrions cependant peut-être nous en passer si nous étions en possession de ces informations. La supériorité de mon armée sera un atout suffisant pour peu que je sache où la lancer.

Le souverain se tut, le temps de tapoter une nouvele fois l'un des accoudoirs de son trône d'un index griffu.

La fumée grise répandue à ses pieds paraissait assoupie. Leprín savait qu'il n'en était rien.

Le Père finit par reprendre :

— Je regrette de ne pas avoir demandé à Rosh une carte du Plan du Chaos, elle nous serait bien utile pour mettre au point une stratégie d'assaut. Tu vas donc reprendre contact avec Estrée et obtenir ces informations cruciales. La liste des agents des Ombres qu'elle m'a promise passe désormais au second plan, elle ne sera qu'un bonus en regard de ce que j'attends d'elle à présent. Enfin, enferrée comme elle doit l'être par la bleue-songe, elle ne sera pas si difficile à convaincre.

— Estrée d'Eodh a de la ressource, seigneur, et un puissant caractère. Je dois me montrer subtil pour ne pas nous la mettre à dos.

— Use de toute ta persuasion et débrouille-toi. Elle ne doit pas s'en douter mais, avec la disparition de Rosh, l'héritière d'Eodh devient notre carte maîtresse pour abattre le Chaos.

Le légat opina avant de saluer bas.

La voix de son maître le héla alors qu'il marchait vers les grandes portes noires qui fermaient la salle des Fumées.

— N'oublie pas une chose, Leprín. Tu restes sur un échec avec la fuite de Cellendhyll de Cortavar. Je t'ai pardonné cette faute, mais n'abuse pas de ma mansuétude à ton égard. Tu serais douloureusement déçu.

Glacé, le légat salua une nouvelle fois :

— Je ne vis que pour vous servir, monseigneur. Et je continuerai à vous prouver que je mérite votre confiance.

Le Roi-Sorcier hocha très légèrement la tête sous son capuchon et le congédia d'un revers de son poignet blanchâtre.

Chapitre 16

Siméus se tenait devant un homme de petite taille, légèrement enrobé. Les cheveux très noirs, lustrés, taillés courts sur les côtés, longs derrière la nuque, l'individu avait les yeux surlignés d'un khôl noir, les lèvres fardées, les ongles laqués. Une robe ample, d'un gris chatoyant et décorée de petites runes cabalistiques, couvrait sa silhouette replète ; des bagues à cabochon ornaient chacun de ses doigts ; ne lui manquaient que des pendants d'oreilles.

La salle dans laquelle se tenaient les deux hommes était un long rectangle aux murs couverts de rayonnages en bois, chargés de fioles, de vases, de bocaux, de verres, de pots. Une paillasse d'alchimiste reposait dans un coin, couverte de matériel. Le maître des lieux se tenait assis derrière son bureau d'orme rouge.

Imposant dans son manteau de laine bleu cobalt, le chevalier de Nilfær déclara :

— Maître Albédor, vous savez qui m'envoie… Quelque chose ne va pas, le traitement semble cesser de faire effet, la fièvre baisse et le sujet commence à recouvrer ses esprits.

Albédor ricana, pas le moins du monde surpris :

— Mais c'est tout à fait normal, chevalier. La puissance magique qui régit la potion n'est que temporaire, et cela n'a rien d'un hasard car je l'ai voulu ainsi.

— À quoi jouez-vous, Albédor ?

— Je ne joue pas… Bien au contraire.

Siméus fit un pas en avant, les poings serrés :

— J'ai bien envie de vous…

— Je vous le déconseille, chevalier, le coupa l'autre d'un ton sec. Vous êtes au cœur de mon repaire. Ici mes pouvoirs sont supérieurs aux vôtres, vous seriez abattu avant d'avoir pu lever la main sur moi. Comprenez bien que je ne crains en rien vos pouvoirs de paladin.

Siméus recula d'un pas, prudent.

L'apothicaire reprit d'une voix plus douce :

— Accordez-moi toute votre attention, je vous prie… L'effet de cette drogue que je vous ai livrée n'est que temporaire, je vais vous en exprimer la raison sans détour… J'ai simplement voulu prendre une assurance sur la vie. C'est plutôt simple à comprendre. Je ne sais pas quels sont vos buts concernant *le sujet*, et je m'en moque. Mais je suis loin d'être naïf, et je tiens à ma vie… Or, je sais que je représente pour vous, disons, une sorte de maillon faible. Il pourrait vous venir à l'esprit de m'éliminer pour couper tout lien entre le poison et votre maître. Sauf que si vous commettiez cette erreur, le sujet finirait par sortir de sa fièvre, ce qui pourrait plutôt se révéler gênant pour vous, il me semble. D'autre part, s'il m'arrivait quelque chose, une série de lettres détaillant nos relations et nos échanges seront déposées au bureau du guet, à l'hôtel de ville et à la gazette publique.

— Vous jouez avec le feu, Albédor.

— Pas le moins du monde, sourit largement l'apothicaire. Ce serait le cas, en revanche, si je n'avais pas pris cette précaution à votre encontre. Attention, chevalier, ne vous leurrez pas, je n'exerce aucun chantage, nous restons en affaires, comme avant. J'ai été fort bien payé pour mes services et cela me suffit amplement. Je vous fournirai d'autres potions actives, régulièrement, sans vous compter le moindre supplément. Je suis le seul à pouvoir les fabriquer, vous le savez fort bien, c'est bien pour cela que vous êtes venu me trouver. Du reste, je n'ai aucun intérêt à vous trahir puisque alors je me dénoncerais moi-même comme complice au premier chef.

— Mon maître n'aimera pas cela.

— Peu me chaut, du moment qu'il accepte mes conditions et il n'a pas vraiment le choix, n'est-ce pas ? Car, pour résumer, si je tombe, votre maître tombe également.

La bouche pincée, Siméus grommela :

— Je transmettrai le message.

— Je n'en attendais pas moins de vous, chevalier.

L'apothicaire ouvrit l'un des tiroirs de son bureau et en sortit une fiole oblongue qu'il tendit au chevalier :

— Voici votre dose. Revenez me voir lorsqu'elle cessera ses effets et vous en aurez une nouvelle. À présent, je ne vous retiens pas.

Lorsque Siméus rentra en droite ligne faire son rapport à l'archevêque, ce dernier le prit de court en éclatant d'un rire gras :

— Ainsi donc Albédor s'avère être un roué gredin !

L'archevêque se tenait assis derrière son bureau, une pile de parafeurs posée devant lui. Au lieu de tempêter comme on aurait pu s'y attendre, il présentait tous les signes de l'amusement.

— Monseigneur, je ne comprends pas… Albédor se joue de nous et vous riez ?

— Oui, je ris, en effet. On dit que le rire est le propre de l'homme, Siméus, ne le sais-tu pas ? Oh, mais je te sens énervé contre l'apothicaire, apaise-toi donc. Pour le moment, Albédor ne représente aucun problème, au passage dois-je te rappeler qu'il nous a toujours bien servi ? Tant qu'il continuera à nous fournir son élixir, il nous reste utile, il le sait bien. Et nous n'avons pas à craindre qu'il nous dénonce sinon il s'incriminerait lui-même, il te l'a également dit.

— Vous allez donc le laisser s'en tirer ainsi ? Pourtant, quoi qu'il ait affirmé, il demeure une épée suspendue au-dessus de nos têtes et je suis certain que, contrairement à ses propos, un jour ou l'autre, il tentera de nous faire chanter.

— Je partage ton opinion, chevalier. Mais si Albédor croit s'être protégé de nous, crois-moi, il se trompe. Et lorsqu'il s'en rendra compte, il sera trop tard… Pour le moment, nous avons besoin de lui pour garder Xavier dans son état actuel, c'est un fait. Toutefois, nous ne pouvons garder le connétable indéfiniment alité. Il nous faudra bien en finir avec lui, définitivement. Vaillence et Bérune me laissent à présent les coudées franches mais je sais bien que, jamais, Xavier ne sera un soutien pour moi. Quand sera venu le moment de régler le problème, Albédor ne servira plus à rien et je me ferai un plaisir de le faire arrêter comme ami des Ténébreux. Je le ferai passer pour l'un des chefs de l'Hydre, et je le mettrai aussitôt au secret. Évidemment, tu te chargeras de son interrogatoire… tu lui feras avouer où il a caché les documents dont il a parlé pour se couvrir, je n'en doute pas. Nous les récupérerons, puis nous l'éliminerons. Rien de plus simple…

— Je préfère ça, soupira Siméus. Mais pourquoi attendre d'en finir avec le connétable ?

— S'il mourrait, d'autant plus s'il mourrait de mort violente, je pense que l'Empereur finirait par s'alerter. Oh, il ne viendrait pas en personne, mais il enverrait certainement sa propre commission d'enquête et cela, je n'en veux à aucun prix. Je ne t'ai pas tout dévoilé de ma stratégie mais sache que nous n'avons plus longtemps à attendre… Je n'ai, en revanche, pas encore décidé de la manière dont je me débarrasserai de Xavier. Je voudrais pour lui quelque chose de particulier, à la fois artistique et infiniment douloureux, je voudrais qu'il ait le temps de regretter de s'être dressé contre moi. Mais assez de cette conversation… D'ici quelques jours aura lieu l'inauguration du casino ; tu m'y accompagneras. Tout doit être parfait ce soir-là. Alors tu viendras avec *tes* hommes, tu vois ceux dont je veux parler… Ils resteront évidemment dehors et si quelqu'un voulait déranger le bon déroulement de la soirée, ils devront s'en occuper.

— Aucun problème sur ce point, éminence.

— À la bonne heure ! À présent laisse-moi, j'ai encore une masse de dossiers à consulter.

Chapitre 17

Cellendhyll frappa à la porte de la suite d'Estrée. La jeune femme le fit entrer avant de lui offrir un sourire radieux :

— Alors, c'est bon ? Nous pouvons partir ?

L'Adhan secoua la tête :

— Hélas non, et crois bien que je le regrette… Je pars en mission. Ton frère m'envoie sur les Territoires-Francs, à la cité de l'Aube. Je quitte la Citadelle dès demain matin.

Estrée se mordit la lèvre inférieure, les sourcils froncés :

— Tu seras prudent, hein ?

— Non, je vais me lancer nu et désarmé contre une bande de Serpentères sauvages ! Enfin, Estrée, je suis toujours prudent, tu le sais.

— Peut-être, mon cher, mais j'avais besoin de l'entendre de ta bouche, c'est tout. Dis-moi, puisque tu ne pars que demain, nous pourrions fêter ton départ en tête à tête, qu'en dis-tu ?

— Bonne idée. Chez toi ou chez moi ?

— Chez moi, je préfère, si tu veux bien. L'endroit est bien mieux gardé que tes appartements et personne ne pourra venir nous y déranger.

— Très bien, alors je m'occupe du repas.

— Oh, Cellendhyll, j'adore cette idée !

— Tu seras moins enthousiaste quand tu auras goûté mes plats, sourit-il. Mais tant pis pour toi, c'est trop tard pour changer d'avis… Je te laisse, je dois préparer mon départ et notre souper. À tout à l'heure, ma belle.

Elle le tira à lui le temps de lui offrir un baiser vorace puis le repoussa d'un air malicieux.

Estrée referma la porte en chantonnant. Elle fit un tour sur elle-même, en plein milieu du salon puis esquissa quelques entrechats gracieux.

Quelle robe choisir ? Je dois être parfaite pour lui.

Chapitre 18

Une fois rentré dans ses appartements, Cellendhyll se concentra sur sa mission. Le dossier qu'il avait pris chez Morion contenait les détails dont il avait besoin ainsi qu'une lettre de cachet qui subviendrait à ses besoins immédiats. Comme à chaque fois, il mémorisa le dossier et le brûla dans sa cheminée. Pour cette nouvelle mission, il prendrait le nom de messire Lame, patronyme tout à fait approprié, choisi comme à chaque fois par son maître.

L'Adhan était partagé. Il n'avait aucune envie de quitter la fille du Chaos, et en même temps, il était heureux de partir car c'était l'occasion de se consacrer à ses devoirs secrets... retrouver et ce traître de Gamaël et l'endroit où reposait la dépouille du seigneur Arasùl.

— *Trouve Arasùl*, se manifesta justement la Belle de Mort dans son esprit. *Trouve son tombeau.*

— Eh, la dague, tu crois que c'est facile ? Aide-moi donc si tu es si impatiente !

— *Peux pas. Cherche. Trouve !*

— Merci, merci beaucoup de ton appui, il me réchauffe le cœur ! Si tu ne peux pas faire mieux, alors je préfère autant que tu retournes à ta sieste !

La dague mit fin à l'échange d'un ricanement.

L'Adhan n'accorda pas plus d'attention à cette manifestation. Ces dialogues avec l'arme étrange, bien que peu fréquents, étaient devenus pour lui chose naturelle.

De quoi avait-il besoin en matière d'armes ? De sa dague sombre, une évidence, elle ne le quittait jamais. Il n'avait hélas plus ces formidables lames de jet en méthalion forgées par Maurice. Où était passé ce curieux bonhomme ? Que lui était-il arrivé ? Il n'en avait aucune idée.

L'Ange se rendit devant le mur à gauche de l'entrée et appuya sur un relief indiscernable le long de la plinthe. Un grand panneau s'effaça dans la paroi de pierre pour laisser apparaître un râtelier d'armes. Il y en avait deux douzaines, lames longues ou courtes, fines ou épaisses, toutes d'excellente facture. Certaines forgées pour la guerre, d'autres pour les duels, d'autres encore, plus vicieuses, pour l'assassinat.

Son regard de jade parcouru le râtelier, songeur. Une épée ne devrait pas lui servir à grand-chose dans la capitale de la Lumière, réputée civilisée. Cellendhyll préféra donc se munir d'un poignard de combat à lame dentelée, d'un trio d'étoiles de jet en argent, et de quelques instruments propres à chacune des Ombres du Chaos.

Pour compléter ses préparatifs, il préleva dans sa garde-robe trois costumes bruns – taillés sur mesure, dignes de l'émissaire du prince Yggdrasill –, trois chemises, une rouge foncé, une bleue et une grise, du linge de corps, une paire de bottes de rechange – il préférait le daim au cuir. Quelques affaires de toilette complétèrent son équipement. Il rangea le tout dans le sac de voyage qu'il avait tiré du fond de son placard.

Il était prêt au départ.

Enfin libre de songer à sa soirée, il se demanda ce qu'il allait faire à manger afin d'honorer le mieux possible son tête-à-tête avec Estrée. Il aurait pu faire livrer un repas de gastronome, il préféra cependant se reposer sur ses propres capacités culinaires, moindres certes, mais plus engagées. Choisir puis préparer un repas intime était quelque chose de particulièrement plaisant en regard de son habituel quotidien et il tenait à bien faire les choses.

La suite que lui avait allouée Morion en même temps que son grade de commandant comportait une vaste cuisine. Une fois qu'il eut sélectionné son menu, il sortit acheter les provisions dont il aurait besoin. L'intendant d'Eodh devrait pouvoir lui procurer tout le nécessaire.

Cellendhyll arriva tout propre chez son amante, vêtu d'une chemise blanche et de son costume de cuir bleu, l'un de ses habits les plus élégants – tout en restant pratique –, qui plus est offert par la jeune femme. Il était chargé d'un lourd plateau de victuailles, de son sac de voyage et d'un autre contenant le restant du souper.

Estrée, pour sa part, avait pris un soin particulier à se préparer. Elle avait passé pour l'occasion une robe de soie fluide, violette, fendue sur les côtés, qui laissait voir ses bas arachnéens et le haut de ses jarretelles en dentelle de Védyenne. Des escarpins à hauts talons rehaussaient, si cela était possible, le galbe de ses jambes parfaites. Sa longue chevelure était dénouée, lissée de dizaines de passages de brosse. À ses oreilles pendaient de larges anneaux d'or blanc, à son cou un collier aux trois ors, agrémenté de trois diamants en forme de larme. Elle s'était parfumée, sans excès, elle avait laqué ses ongles des mains et des pieds d'un rouge légèrement brillant.

Elle était belle, envoûtante, sensuelle. Elle rayonnait d'une joie qui faisait pétiller ses prunelles. Son homme, son Ange, était là, ce soir, pour elle et elle seule. L'amour, le véritable, avait une saveur particulière, inimitable, bien supérieure à tous les autres plaisirs de l'existence.

Le repas qu'avait cuisiné l'Adhan consistait en un assortiment de poissons crus, qu'il avait découpé en fines tranches, auquel il avait ajouté des lamelles de mangues et d'avocats agrémentées d'un mélange d'huile d'olive et d'épices douces. Il servit le poisson avec du riz safrané. Il avait lui-même cuit le pain, un campagne à lourde mie, à croûte croquante, parsemé d'éclats de noisettes. Une fois n'est pas coutume, il avait choisi un vin blanc, un chevalier-palissandre ; robe d'or pâle, à la fois sec et fruité, avec un arrière-goût de fumé. Il le réservait pour les grandes occasions et c'en était une.

Une salade de cresson et de fromage de chèvre suivait le plat de résistance. En guise de dessert, il servit une tarte aux figues, cannelle et crème d'amande, légèrement trop cuite. L'intendant d'Eodh, recruté par Morion lui-même, était vraiment bien achalandé.

Les deux amants mangèrent, rirent, discutèrent, se burent des yeux. Ils étaient en parfaite harmonie. Estrée complimenta plusieurs fois l'Adhan pour ses talents de cuisinier, avec tant d'enthousiasme et de franchise qu'elle le fit presque rougir.

Une fois le repas terminé, ils quittèrent la table pour s'installer en face de la cheminée, leur verre en main.

Elle le couvait du regard comme jamais elle ne l'avait fait et c'était agréable de sentir cette attention exclusive, cette promesse. Cellendhyll tombait amoureux, lui si méfiant d'ordinaire, lui au cœur blessé, piétiné par la trahison.

— Viens, finit-elle par dire, soudain debout devant lui, la main tendue, la bouche entrouverte.

Il prit cette main fuselée, à la poigne à la fois tendre et volontaire, il la suivit, dans sa grande chambre, tous ses sens en éveil, excité par ce qui allait suivre.

Cette fois, Estrée ne lui laissa pas les rênes du plaisir.

À peine dans la chambre, elle le plaqua contre le lit et le dévêtit sans perdre le moindre instant. Elle était ensuite partie à la découverte de son grand corps aux muscles longs, si virils. Elle avait embrassé certains endroits, caressé d'autres, elle avait palpé certaines zones, les avait mordillées, griffées, ou bien encore humectées de sa salive généreuse. Et lorsqu'elle s'était enfin focalisée sur son sexe dressé, Cellendhyll en avait gémi, oublieux de la violence et de la dureté, ces armures qu'il revêtait pour affronter le quotidien, oublieux de ses responsabilités et de ses tourments intérieurs.

Il était nu face à elle, dans tous les sens du terme.

Bien plus experte que lui, tout aussi motivée, tout aussi abandonnée, elle le caressa de ses doigts agiles, le baisa de sa bouche brûlante, le chevaucha telle Yshûna, la légendaire Amazone. Trois fois, elle l'amena au bord de l'explosion. Elle ne portait plus que ses bas, ses porte-jarretelles et ses pendants d'oreilles. Lui avait la bouche sèche, le sexe dur comme jamais ; un noyau de plaisir et de désir s'amassait dans son bas-ventre et dans ses reins, s'épanouissant dans tout son corps en traits fusants et brûlants.

C'était mieux que bien. C'était mieux que tout. C'était l'oubli de la réalité, transcendé par cette complicité, ce flot velouté de plaisir dans lequel elle le plongeait, ce naturel…

Lorsqu'elle le décida enfin, elle lui permit de jouir dans sa bouche dont elle le harcelait depuis déjà plusieurs longues minutes. Cellendhyll se laissa inonder, emporter par la délivrance, cette vague irrépressible que l'on appelait la petite mort et qui, au fond, glorifiait les forces de la vie. Il se laissa emporter, fétu perdu dans un courant extatique, ivre, sans force, comblé de ce qu'Estrée avait produit, tiré de son corps en matière de jouissance, le transformant, lui, le guerrier impitoyable, en une victime soumise, offerte, reconnaissante.

Un formidable élan le renversa, éparpilla sa conscience en fragments ravis, soudain aussi légère qu'une pluie de pétales de rose. Le cri qu'il poussa en se libérant aurait pu fissurer les montagnes, abattre des forêts, renverser des murailles, tant il était puissant.

Elle en rit, de joie, attendrie, les larmes aux yeux, émue de ce qu'elle avait si bien amené, provoqué, accompli.

Elle quitta le lit, le temps d'aller chercher une serviette. Elle s'en servit pour essuyer son amant de toute la semence qu'il avait versée. Cellendhyll était répandu sur le lit, un sourire béat étirant ses traits, rajeunis par la douceur et l'apaisement.

Ils n'éprouvèrent pas le besoin de parler. Que dire après avoir partagé ce qui s'apparentait bel et bien à une symbiose ? Les mots étaient devenus grossiers, inutiles.

Il l'attira à lui. Ils se regardèrent, échangeant d'esprit à esprit, sentiment pour sentiment.

Il s'endormit peu après, avec le même sourire aux lèvres, à plat dos, épuisé par cette joute dont il n'avait rien maîtrisé ou si peu, elle allongée contre lui, sa tête reposant contre les muscles durs de ses pectoraux, la main posée sur son sexe repu.

Chapitre 19

Ils se levèrent tôt, heureux d'être ensemble, sans éprouver cette gêne que l'on ressent parfois en partageant une intimité nouvelle.

Ce deuxième petit déjeuner partagé fut aussi joyeux et tendre que le premier. Cellendhyll se sentait bien et, en cet instant, il regrettait d'avoir à partir en mission.

Pour sa part, Estrée brûlait de l'accompagner mais n'osait le formuler à voix haute. Sur un point au moins, elle était satisfaite de le voir partir : si l'Adhan quittait la forteresse, il s'éloignerait du danger qui le menaçait puisque les tueurs mystérieux qui le pistaient perdraient probablement sa trace. Du reste, elle s'était promis de ne pas s'imposer à lui et entendait bien tenir ce serment.

L'Adhan ne l'invita pas à venir avec lui, même s'il en avait fort envie. Il craignait tout d'abord d'être déconcentré dans ses tâches par la présence de la jeune femme. De surcroît, il estimait qu'elle serait moins en danger loin de lui ; il y avait tout de même cette histoire d'assassins lancés à sa poursuite qu'il n'avait pas réglée.

Ils parlèrent de tout et de rien, surtout pas de leur relation, surtout pas de la mission qui éloignait l'Adhan.

Enfin, Cellendhyll annonça :

— Si jamais tu as besoin de me contacter, fais-moi parvenir un message à l'hôtel *Meuritz*, ton frère m'y a réservé une chambre.

Un dernier baiser et il partait.

Chapitre 20

Estrée venait de terminer ses exercices martiaux, qu'elle fit suivre d'étirements avant de passer à la douche. Elle entra dans son salon, tout en finissant d'essuyer sa chevelure de jais.

La jeune femme avait, elle aussi, de quoi s'occuper. Puisqu'elle avait retrouvé son potentiel magique, elle estimait qu'il était temps de retourner se confronter à la pierre-de-vie de la Maison d'Eodh.

Trois heures plus tard, elle pénétrait au galop dans une petite vallée peuplée de hauts sapins se dressant çà et là, tels des gardiens silencieux.

Après avoir dépassé un lac à l'onde émeraude, elle arrêta sa monture devant une pente douce. En haut de cette pente, on distinguait la bouche sombre d'une grotte au granit moussu.

Estrée remonta la déclivité, s'engagea dans la grotte, franchissant la barrière impalpable des Jumeaux, ces redoutables gardiens éthériques chargés d'interdire les lieux à tout autre que la descendance d'Eodh. Elle traversa la caverne déserte et emprunta un tunnel creusé à l'opposé de l'entrée. Des torches fixées dans les parois éclairaient sa longue silhouette vêtue de cuir violet.

Estrée dépassa stalactites et stalagmites éclairées de l'intérieur d'un bleu phosphorescent. Enfin, elle franchit le seuil d'une salle aux dimensions modestes. L'endroit avait ses résidents, les nuées, les lumignons minuscules qui voletaient paisiblement autour de la pierre-de-vie. Les lucioles de mana vinrent l'entourer, l'examiner, avant de reprendre leurs postes.

Comme à chaque fois qu'elle venait ici, la fille d'Eodh prit le temps de détailler l'artefact le plus précieux de son clan. La contemplation d'une pierre-de-vie était un spectacle qui ne pouvait laisser indifférent.

Celle-ci était suspendue en l'air, surmontant un puits sans fond. Une ouverture circulaire avait été prévue dans la voûte de la grotte pour permettre à la lumière du soleil ou de la lune de la caresser. La pierre magique se présentait sous la forme d'un globe de trois mètres de diamètre, éclairé de traits chatoyants, indigos, violets et mauves, son cœur traversé de petits éclairs orangés. Tournant lentement sur elle-même, elle était hérissée d'aiguilles délicates à l'aspect cristallin.

Émue et respectueuse, la jeune femme s'avança jusqu'au bord du vide.

La pierre n'était pas qu'un simple artefact dénué de conscience, elle représentait beaucoup plus, symbolisant le Tout, la Vie et l'Avenir. Sans elle et ses sœurs, les Plans ne pourraient vivre, elles étaient la source nourrissante qui permettait à l'univers de fonctionner.

Estrée la ressentait comme une présence bienveillante, prête à communiquer avec ses enfants de chair, pour peu que ces derniers sachent trouver la voie de l'esprit.

Hélas, lors de leur précédente rencontre, la jeune femme avait échoué dans son invocation. À l'époque, elle se battait toujours contre l'addiction à la bleue-songe, incapable de puiser dans sa magie. Aujourd'hui, la drogue ténébreuse n'était qu'un mauvais souvenir. Grâce à Lhaër, son amie Spectre, injustement abattue sur Valkyr, le Plan des Sang-Pitié.

— Chère Lhaër, comme tu me manques ! Je me demande bien ce que tu dirais en constatant ma liaison avec ton commandant… Tu te moquerais de moi, sûrement, soupira Estrée, tout en sachant que cela n'eût pas été le cas, bien au contraire.

Estrée se concentra, chassant de sa conscience tout ce qui était extérieur à la caverne. Conformément aux instructions laissées par son père, ou plutôt qu'elle lui avait dérobées, elle forma un construct issu de son esprit. Naquit une part d'elle-même, une silhouette composée de son mana, qu'elle envoya planer au-dessus de son enveloppe charnelle.

La pierre-de-vie cessa de tourner sur son axe, comme si elle fixait son attention sur sa visiteuse. La voix de l'artefact, féminine, emplit aussitôt la conscience d'Estrée.

— *Tu n'es pas prête.*

C'était sans appel. La présence quitta l'esprit de la jeune femme. L'entretien était terminé, à peine ébauché.

Elle avait envie de hurler son dépit, mais Estrée ravala sa déception, son désarroi et le goût amer de l'échec. Si elle avait retrouvé son allant, ce n'était pas pour flancher à la première difficulté, si rebutante fût-elle.

Le message transmis par la pierre était laconique mais clair. La jeune femme avait peut-être un potentiel en matière de magie mais pas de réelle puissance. Il lui fallait donc acquérir cette puissance pour espérer entamer un dialogue avec la pierre-de-vie d'Eodh.

Eshée ressortit de la grotte, insatisfaite mais déterminée. Qui pourrait l'aider à travailler sa magie sans pour autant soupçonner ses buts secrets ?

Elle ne voyait personne… Son père, l'archimage Elvanthyell, aurait évidemment pu le faire, mais il avait disparu dans sa retraite. Quant à son frère Morion, il la surveillait déjà de trop près à son goût. Si elle déclarait son intérêt soudain pour le bel art, nul doute qu'il se méfierait aussitôt. En outre, elle refusait de lui demander une faveur. Qui alors ? Solitaire comme elle l'était, elle ne voyait pas.

Estrée se posait toujours la question lorsqu'elle rentra chez elle. Une résonance particulière, émise pour ses seules oreilles, qu'elle connaissait bien mais qu'elle n'avait pas entendue depuis longtemps, l'alerta.

Elle gagna son secrétaire pour y ouvrir un tiroir secret qui abritait nombre de ses objets précieux. S'y trouvait, entre autres, une pierre octogonale, noire, avec des reflets rouges. La pierre-de-contact que lui avait donnée Leprín. La gemme clignotait légèrement, signe d'un message. Estrée la saisit dans sa paume et se concentra sur l'image du légat.

Ce dernier avait besoin de la voir, il proposait un rendez-vous à l'endroit habituel.

Elle éprouvait pour le légat des sentiments conflictuels, elle en avait parfaitement conscience. Leprín avait abusé d'elle de différentes manières, certaines agréables, d'autres répugnantes, méprisables ou avilissantes ; cela, espérait-il à tort, afin de mieux la contrôler. Seulement voilà, Estrée n'était pas devenue sa chose.

Elle serra les mâchoires. Elle avait suffisamment différé leurs retrouvailles, il était temps d'assumer ses responsabilités.

Chapitre 21

Après un rapide crochet par Védyenne pour emprunter le grand téléporteur qui reliait la capitale de la Lumière à chacune des capitales de l'Alliance, l'Adhan arriva dans la cité des Nuages. Il n'eut même pas besoin de présenter sa lettre d'accréditation pour avoir le droit d'en fouler le sol. Le téléporteur était libre d'utilisation pour peu que l'on n'arrive pas les armes à la main et la mine hostile.

Cellendhyll huma la ville, comme le ferait un chien de chasse de retour en territoire connu. Ce lieu avait pour lui une signification particulière, comment ne pas y ressentir l'assaut des souvenirs ? Il y avait passé la dernière partie de sa jeunesse. C'était dans cette cité que son destin avait basculé, que tout s'était joué… Jeune aspirant, pétri de confiance, d'idéalisme, à l'aube d'un destin brillant, Cellendhyll avait soudain enduré la trahison, celle de Ghisbert et d'Ysanne de Cray, celle des Compagnons du Soir qu'il prenait pour ses amis. Il avait également connu l'amour bafoué, la torture, l'abandon, l'agonie…

Puis, enfin, le salut inespéré que lui avait fourni Morion. Le Puissant d'Eodh lui avait apporté l'espoir alors même que l'espoir était mort. Il l'avait sauvé avant de l'emmener avec lui, l'avait fait renaître, formé, entraîné, l'avait forgé, rendu plus fort, plus dur, jusqu'à en faire son Ombre secrète. L'assassin ultime, le tueur impitoyable. L'amant favori de dame la Mort.

Tourmenté par les violences qu'il avait subies, après avoir en vain imploré la Lumière de lui venir en aide, de le sauver de ce traitement injuste, Cellendhyll avait renié sa religion, et, bien que voué par instinct, par respect, par tradition et par la logique à suivre la voie de la Lumière, il avait choisi la voie du Chaos.

Il avait choisi la survie.

Sa survie. Sa destinée. Son mantra durant de longues années.

Pourtant il n'était pas satisfait. S'il était conscient de devoir beaucoup à Morion, il savait également qu'il avait payé son dû, durant toutes ses années au service d'Eodh. Il avait payé dix fois, cent fois, avec son sang et celui des autres. À présent, l'Ange était à la recherche de quelque chose de différent. D'une nouvelle voie. *Estrée*. Sa relation naissante avec elle représentait-elle un embranchement ? Une alternative viable ?

Peut-être.

Mais comment se défaire de son allégeance envers Eodh et Morion, comment s'en défaire tout en y survivant, tout en approfondissant sa relation amoureuse avec la sœur de son maître ?

Que de questions ! Et pas de réponse…

Vis. Survis. Et tu verras. La vie, c'est l'espoir.

Tel était le message que lui dictait sa conscience.

Avant de songer à toi, à ton avenir, songe tout d'abord au présent, à résoudre tes problèmes immédiats. Avance. Décide. Agis.

L'Ange du Chaos en marche. Stagner, atermoyer, c'était mourir. Et la mort, alors qu'il était si prodigue à la rassasier, ne l'attirait en rien.

Combats et survis. Ne te pose pas de question.

L'action avant tout. Soit. Au moins une musique familière. Une béquille. Un salut.

Merde à l'avenir. Je suis le présent... Et je reste sur mes gardes car la vie est cruelle. J'en ai payé déjà le prix plus que ma part.

Mais Estrée alors ?

Non, tais-toi, conscience ! En l'instant présent, penser à Estrée risque de me déconcentrer. Je dois rester fort, détaché. Inaltérable.

Il marchait toujours, se demandant soudain quelle vie il aurait eu s'il n'avait pas été trahi, s'il avait suivi la voie normale tracée pour lui en tant que lige de la Lumière ? Eût-il été plus heureux ? Mais alors il n'aurait jamais rencontré la fille du Chaos, justement...

Il retint un cri de colère. Il détestait être livré à ce genre d'introspection. Il détestait toutes ces questions sans réponses qui l'élançaient telle une dent malade.

Haussant mentalement les épaules, il continua de diriger ses pas vers l'ouest, s'enfonçant dans la ville basse, traversant le quartier des entrepôts jusqu'à rejoindre celui du port.

L'air marin emplit ses narines. Il n'accorda cependant aucune attention à la mer, aux navires amarrés là, aux mouettes qui s'ébattaient au-dessus des flots, faisant résonner leurs cris aigus. Il gagna la grande esplanade du port dominée par la grande cité, et la traversa pour rejoindre un bâtiment de deux étages, calé entre deux immeubles. Sur le fronton de l'auberge, un panneau au bleu délavé par les intempéries, sur lequel figurait la silhouette d'un oiseau survolant la crête des vagues.

La Mouette rieuse.

Cellendhyll entra dans l'établissement et descendit une dizaine de marches qui le conduisirent à une salle basse de plafond, dans laquelle on avait dressé des tables rondes recouvertes de nappes à carreaux rouges et blancs. Des box étaient creusés le long des murs latéraux ; faisant face à l'escalier, un long comptoir au bois usé. La clientèle s'avérait conforme à l'endroit, des marins en escale et des résidents de la ville basse.

Celui que l'Ange était venu voir était là, assis à une table au milieu de la salle, installé dos au mur, aisément reconnaissable ; Rhober Rathe, dit Rathe le Corbeau, comme à son habitude vêtu de cuir gris.

Le vieil homme semblait égal à lui-même, chevelure mi-longue, barbe et moustache gris fumé. Son regard toutefois avait changé, il semblait devenu terne et l'habituelle aura de malice et d'ironie qu'affichait le voleur était assombrie par un air morne.

Devant lui, un bâtonnet à fumée terminait de se consumer dans un cendrier empli de mégots ; à main droite, une chope de bière à demi-vide.

Le regard trouble, Rathe oscillait légèrement sur sa chaise. Il semblait ne rien voir de la pièce et de ses occupants, ni de l'arrivée de Cellendhyll qui se tenait devant le bar, à quelques pas de lui. Le voleur avait un autre bâtonnet à fumée au coin des lèvres. Une volute incertaine sortait lentement de ses narines, produisant une fragrance que Cellendhyll reconnut comme celle de l'herbe lokie. L'Adhan pinça les lèvres et fronça les sourcils.

Deux hommes barbus étaient accoudés au comptoir, à côté de l'Adhan. Ils ricanaient ouvertement en dévisageant Rathe. Avec leurs gilets rayés, leurs pantalons de toile épaisse et leurs carrures trapues, il s'agissait clairement de dockers.

— Regarde-le, ce débris ! lâcha l'un des deux.

— Ouais Togg, un vrai déchet ! renchérit l'autre.

— Hé, pépé, c'est dur de vieillir, hein !

Rathe ne parut pas les entendre, sourd et aveugle à la réalité.

— T'es pas loin du caniveau, pépé. Je dirais même que tu vas bientôt t'y vautrer !

Cellendhyll avait fort peu d'amis mais le voleur en faisait partie. Était-ce de voir son compagnon traité de la sorte, avec autant de mépris ? Ou de voir le vieillard dans cet état pitoyable ? Toujours est-il qu'il se retourna vers les deux importuns :

— Bon ça suffit, vous deux, vous avez assez rigolé, tirez-vous à présent, leur dit-il d'un ton glacé.

— Hé, tu te prends pour qui pour nous parler ainsi ?

— Pour celui qui va vous filer une correction si vous ne déguerpissez pas d'ici en vitesse.

— Toi, mon gars, déclama le dénommé Togg, tu ne sais pas à qui tu as affaire.

Et le docker échangea un regard complice avec son camarade.

— Je ne suis pas ton gars, répliqua l'Adhan. Et c'est vous qui ne savez pas à qui vous avez affaire.

Les deux hommes se détachèrent du comptoir. Rathe ne réagissait toujours pas. Les barbus se rangèrent de chaque côté de l'Ange, roulant leurs muscles épais. Cellendhyll fit tourner sa tête pour étirer ses épaules. Ses yeux verts étaient réduits à deux minces fentes.

— Regarde, Togg, encore un gandin qui va nous servir de paillasson !

— Ouais, Malff' et d'ailleurs…

Cellendhyll fit un pas en avant. De ses deux mains, il claqua les oreilles de Togg, le saisit par son gilet, et lui fracassa le front contre le comptoir. Il se baissa pour laisser passer un crochet au-dessus de sa tête, asséna un coup de tête à Malff' avant de lui broyer les testicules d'un coup de genou et de lui éclater les dents d'un coup de coude ascendant.

Il jeta une dizaine de licornes sur le comptoir, annonçant d'un ton sec au serveur qui se tenait derrière :

— Pour le désordre…

Togg tenta maladroitement de se redresser, en appui contre le comptoir. Cellendhyll prit son élan et le renvoya au sol d'un solide coup de botte en plein menton. Togg ne bougea plus, à l'instar de son comparse.

Cellendhyll vérifia qu'aucun des consommateurs n'avait de velléités d'intervenir. Ce n'était pas le cas. Dans la ville basse, la loi du plus fort prévalait. Alors il se rangea devant la table de Rathe.

Le vieillard parut enfin se rendre compte de l'arrivée de l'Adhan, ses prunelles retrouvant une brève clarté. Il afficha un sourire béat :

— Fiston ? s'exclama-t-il d'une voix éraillée. Par le Bouc Noir à trois pattes, c'est toi ? Non, j'ai dû un peu abuser sur la fumette, j'ai des hallucinations. Bah, dommage…

Son œil de nouveau éteint, le voleur oscilla avec plus d'amplitude et tomba le buste en avant, sur sa table, sa tête plongeant dans le cendrier.

Une moue désapprobatrice plaquée sur ses traits durs, Cellendhyll s'approcha de lui, plissant le nez devant le mélange de vinasse, de sueur aigre et de tabac froid exhalé par le voleur. Il le saisit dans ses bras et le hissa en travers de ses épaules avant de sortir, défiant du regard quiconque de l'en empêcher.

Malgré sa maigreur, le voleur pesait son poids. L'Adhan sortit de la taverne, traversa la grande place pour rejoindre le port, descendit un escalier qui donnait sur la jetée. Enfin, il projeta Rathe dans la mer.

Saisi par l'eau froide, le vieil homme s'ébroua soudain, crachant, jurant, s'agitant pour éviter la noyade, avant de se rendre compte que la mer n'arrivait qu'à ses hanches.

— Bastarde, mais qui ose ! Je vais étriper le fils de chienne vérolée qui prétend…

— Tais-toi ! le coupa l'Adhan. Tu devrais avoir honte de l'état dans lequel je t'ai trouvé. Tu n'es plus qu'une épave, honte sur toi !

— Cellendhyll ? Mais pas du tout ! bredouilla le voleur, ses vêtements dégoulinants. J'étais juste en train de méditer sur les tourments de l'existence. J'ai eu un petit passage à vide et tu m'as surpris au plus mauvais moment.

— Arrête tes salades ! Tu t'es laissé aller au-delà de l'admissible. J'ai besoin de toi, alors tu vas te reprendre, arrêter la fumette et la picole. Sinon je vais te faire regretter tes vices !

— Et le respect dû aux aînés, t'en fais quoi ? marmonna Rathe, tout en rejetant sa chevelure mouillée en arrière.

— Je ne respecte pas les paillassons ! Dans la taverne, j'ai surpris deux hommes à se moquer de toi. Ils te traitaient de débris ! Avaient-ils raison, es-tu devenu un déchet, Rathe ? Si c'est le cas, je me débrouillerai sans toi.

— Tu es dur avec moi, fiston !

— Je suis dur car tu ne mérites rien d'autre. Qui aime bien, châtie bien… Tu connais le refrain.

— Mouais, aide-moi à remonter au moins.

Cellendhyll se pencha, lui tendit la main et le hissa sur la rive.

— Tu es content de toi ? Je suis trempé maintenant, gémit Rathe.

— Bien fait !

— Dis, ces deux hommes, tu t'es occupé d'eux ?

— Évidemment. Bon, j'imagine que tu as toujours ta chambre à *La Mouette rieuse*… À présent que tu es lavé, on retourne là-bas et tu vas passer des vêtements décents, ceux que tu portes puent encore autant qu'un troupeau de chameaux en rut. Je t'attendrai dans la salle commune. Allez, dépêche…

Tout en jurant dans sa barbe, le voleur s'exécuta à grand pas.

Cellendhyll retint un sourire. Il était ravi de retrouver Rathe, en dépit de son état. Le voleur faisait partie du cercle fort restreint de ceux à qui il accordait sa confiance et son amitié.

Chapitre 22

Ils se retrouvèrent dans l'habituelle chambre, cette pièce toute simple d'une auberge anonyme perdue sur une lande pluvieuse, située sur un Plan neutre, tout aussi anonyme.

Elle était arrivée la première et l'attendait debout face à la fenêtre qui donnait sur la lande balayée par la pluie. Son ensemble de cuir blanc moulait ses formes parfaites, ses cheveux étaient dénoués et leur jais brillait.

La silhouette de Leprín se dessina sur le seuil, tout de soie noire vêtu, son long manteau de cuir, trempé, plié sur l'avant-bras. Il contempla fixement la jeune femme avant de dire gravement :

— Tu as changé, Estrée.

Si belle avec sa fierté retrouvée, elle répliqua avec dans la voix une tonalité légèrement méprisante :

— En effet. J'ai vaincu la bleue-songe.

La bouche du légat s'incurva vers le bas. Il entra, posa son manteau à plat sur la table pour le faire dégoutter.

— Que faisais-tu sur Valkyr ?

— J'étais prisonnière, figure-toi. J'imagine que tu dois savoir qu'un commando du Chaos a été envoyé pour libérer l'un de nos espions captif dans votre forteresse, ce dont au passage j'ignorais tout. Ce commando m'a surprise dans les couloirs de Mhalemort et Cellendhyll de Cortavar, qui commandait, m'a obligé à le suivre. J'ai réussi à éviter ses questions, ne t'inquiète pas à ce sujet… Personne ne me suspecte… Et comme tu peux le constater, j'ai réussi à rentrer chez moi en un seul morceau. L'épisode de Valkyr m'a permis de me défaire de ta drogue, dommage pour toi.

Estrée ne mentionna pas le fait qu'elle avait sauvé là-bas la vie de Leprín, menacé par Cellendhyll. La jeune femme l'avait fait par intérêt et le Ténébreux avait trop d'orgueil pour évoquer la question.

— Crois-le ou non mais je suis ravi de te voir en bonne santé… rétorqua le légat avec un sourire hésitant. Toujours est-il que mon maître désire de nouvelles informations sur le Chaos. Et ses demandes sont précises.

— J'écoute.

— Tu ne veux pas t'asseoir ? Tu veux que je te commande un verre de vin ?

— Je ne veux rien. Parle…

— Le Père te demande de prouver une bonne fois pour toutes que tu te ranges de son côté… Il désire une carte détaillée du Plan chaotique avec l'emplacement de votre forteresse et le détail des mesures anti-intrusion qui la protègent. Y a-t-il d'autres bases réparties sur votre Plan ? Si oui, où sont-elles et quels sont leurs modes de liaison ? Il veut également connaître les lieux de pouvoir se trouvant aux alentours de votre cité, sachant que la liste des Ombres de Morion devient secondaire.

Estrée laissa échapper un sifflement en deux tons qui se termina dans les aigus :

— Par tous les Chaos ! Les informations que tu demandes me laissent à penser que vous préparez quelque chose contre les clans. Je me trompe ?

Le Ténébreux détourna le regard :

— Mon maître ne m'a révélé aucun projet concernant le Chaos, il m'a juste demandé ces informations.

Elle ne fut pas dupe du mensonge. Elle tira une chaise à elle, et s'assit à l'envers, le buste calé sur le dossier, face au Ténébreux.

Elle resta plusieurs minutes à réfléchir. D'un ton très calme, elle finit par reprendre :

— Je ne dis pas que je ne te fournirai pas ces informations mais, avant cela, je veux en parler avec ton maître.

— C'est avec moi que tu traites, Estrée. Et avec moi que tu négocies. Tel est notre accord.

Le ton de la jeune femme se durcit sensiblement :

— Alors nous changerons d'accord, voilà tout. D'autant plus que la drogue ne constitue plus un paiement acceptable puisque j'en suis libérée. Ce genre de renseignements implique un grand danger pour les miens… Sans compter que si je me fais prendre, je ne pourrai leurrer personne. Je serai directement accusée de trahison. Alors la récompense se doit d'être à la hauteur des risques et je veux des garanties à ce sujet que seul ton roi peut me donner.

Leprín mâchonna sa lèvre inférieure. Habitué à ses relations précédentes avec la fille d'Eodh, qu'il dominait alors, il ne s'attendait nullement à ce que l'entretien prenne cette tournure. Il se sentait piétiné par l'assurance recouvrée de la jeune femme. Elle n'en était d'ailleurs que plus attirante. De nouveau excitante, indomptée. De nouveau elle-même, ce qui comblait son cœur mais ébranlait sa raison tout acquise à son devoir et à son maître, et vexait son esprit qui désirait tout autant qu'avant la dominer. Il ne chercha pas à lutter, troublé qu'il était par le renouveau d'Estrée.

— Je vais voir ce que je peux faire, abdiqua-t-il.

— Parfait. Au fait, mon père a déclaré sa retraite pour une année pleine. Il a quitté la forteresse prétextant qu'il était las des responsabilités. Voilà une information qui ne vous coûtera rien, en guise d'offrande à ton maître.

— Qui gère Eodh, alors ?

— Morion mon frère, qui, du coup, est débordé… ça lui fera les pieds d'ailleurs ! Si je t'annonce ça, c'est également car cela devrait me permettre d'aller fouiner dans ses dossiers et dans ceux de mon père. En effet, je suis persuadée que ce dernier ne les a pas emmenés avec lui ; il déteste la paperasse. Mais cette liste ne sera pas gratuite, tu le sais.

Estrée releva la tête et fixa le légat droit dans les yeux :

— C'est tout ce que tu voulais de moi, non ?

— Euh, je pensais à autre chose, en vérité.

Le sourire gourmand du légat parlait pour lui-même.

En le voyant, Estrée se releva tout en éclatant d'un rire dur :

— Après tout ce que tu m'as fait, tu espères encore coucher avec moi ? Vous les hommes ! Je vais mettre les choses au point, mon brave Leprín, histoire que tu ne te fourvoies pas me concernant. Nous avons passé de bons moments ensemble, au début de nos relations, surtout. Tu m'as fait découvrir des choses sur le plaisir que j'ignorais et l'espace d'un moment, nous avons même connu une grande complicité. Puis, tu as essayé de me manipuler avec la bleue-songe, te servant de la drogue pour me piéger. Cet esclavage a failli me tuer et m'a causé des souffrances que tu n'imagines pas. Cette vilenie, je ne risque pas de l'oublier. Aussi, dorénavant, Leprín, nos rapports resteront sur un plan strictement commercial, plus de coucheries entre nous. Notre intimité n'est plus que cendres, il faudra que tu t'y fasses. J'ai retrouvé mon libre arbitre alors je serai votre alliée, vous pouvez compter là-dessus, mais une alliée librement consentante. Et si tu tentes une nouvelle fois de me droguer, je fais de toi un eunuque !

Le légat ne répondit rien. Son visage se contracta. Il sortit sans rien ajouter, en claquant la porte.

Le masque d'assurance qui animait le visage d'Estrée fut balayé en quelques secondes. C'est profondément soucieuse qu'elle se rassit sur sa chaise, très droite. Avant de se ramasser sur elle-même, faisant disparaître son visage sous la masse ombrée de sa chevelure de jais.

Quelques instants plus tard, ses épaules étaient agitées de soubresauts. Il était impossible de dire si elle pleurait ou riait.

Lorsqu'elle sortit de l'auberge, Estrée ruminait toujours ce qu'elle avait appris de son entretien avec Leprín. Après avoir vérifié que le légat était bien parti, elle revint dans la chambre et bloqua la porte à l'aide d'une chaise.

Elle sortit de son pourpoint une gemme de forme triangulaire, vert émeraude, montée en pendentif. Elle réchauffa la gemme dans sa paume tout en se concentrant sur un visage particulier. Nul besoin de puiser dans son mana, la gemme faisait tout le travail. Estrée sentit le triangle magique se mettre à pulser. Elle le lança en l'air. L'artefact y resta suspendu, à hauteur de son visage. Il se mit alors à briller intérieurement d'un feu argenté et entama une lente rotation sur lui-même. Une note cristalline tinta, délicate ; le contact était établi.

Estrée ne prononça qu'un mot, un mot bien spécifique appris par cœur des années auparavant. Ce mot, elle le prononça d'un ton net, presque rageur. La compréhension, l'assentiment furent conclus d'une pensée rassurante de son interlocuteur.

Le dialogue, si court fût-il, était terminé. Le cristal s'éteignit, Estrée le saisit et le rangea.

Désormais, il était hors de question de faire marche arrière.

Chapitre 23

Les deux comparses étaient assis à une table de l'auberge de *La Mouette rieuse*. Le voleur s'était séché et changé pour passer la copie conforme de son costume de cuir précédent, mais cette fois propre.

Rathe foudroyait l'Ange du regard mais lui aussi était heureux de revoir l'Adhan, cela se distinguait à la petite lueur de malice qui ombrait de nouveau ses prunelles.

— Tu as des nouvelles de Reydorn ? s'enquit Cellendhyll. Je pourrais avoir besoin de ses services.

— Il est parti avec ce crevard de nain borné de Milo, qui l'a emmené chez les siens, dans les Montagnes de l'Ouest, et tu sais pourquoi ? Pour aller pêcher ! Donc non, tu devras faire sans lui.

— Je m'en arrangerai. Revenons à ton cas… Plus de fumette pour le moment, tu es à la diète, vieux brigand !

— Qui a décidé une telle ignominie ?

— Moi. Et ce n'est pas négociable.

— Tu es dur, fiston.

— En l'occurrence, je me trouve au contraire particulièrement clément.

— Enfin, qu'est-ce qui t'amène par ici ? Tu n'es pas du genre à prendre des vacances, toi.

— En effet, je suis ici en mission.

Et Cellendhyll résuma ses tâches : voir s'il pouvait découvrir quelque chose sur les meurtres perpétrés en ville, retrouver Gamaël, en apprendre plus sur Arasùl. Le voleur n'en demanda pas plus, il savait que l'Adhan travaillait pour le Chaos et s'en moquait bien. L'amitié était une valeur selon lui bien suffisante pour qu'il accorde son aide sans restriction.

Cellendhyll montra les croquis de Gamaël à Rathe. Ce dernier les mémorisa avant d'annoncer :

— Nifold en effectuera des copies, ainsi nous pourrons les distribuer à mes informateurs. Je vais voir ce que je peux dénicher sur les assassinats auprès de mes confrères. Pour le reste, je ne sais pas trop comment t'aider. Concernant ton Arasùl, peut-être que Nifold pourra t'aiguiller mais je n'en ai aucune certitude. Sinon, tu as un pied à terre en ville ou je dois t'en trouver un ?

— Je vais prendre une suite au *Meuritz*. Tu pourras me joindre là-bas ou me laisser un message.

— Eh ben, tu ne te refuses rien, toi !

— Mon maître a les moyens, tu ne le savais pas encore ?

— Bon alors tu me paieras un bon gueuleton avant de repartir. Faut tout de même fêter ton retour !

— Si tu veux. On va déjà se rejoindre ce soir, je vais fouiner un peu en ville. En attendant, attention, durant mon séjour ici que je ne te prenne pas en train de boire ou de fumer, sinon…

— Tu me gâches tout le plaisir de te revoir, là !

— Tu t'y feras, vieux brigand.

— C'est à voir !

Cellendhyll venait de partir. Rathe attendit quelques minutes avant de sortir un nécessaire à fumer d'un tiroir de sa commode. Quelques instants plus tard, il égrainait de lourds nuages de fumée verdâtre, tandis que l'odeur intense de l'herbe lokie se diffusait dans la chambrée.

Pas question que je me mette au régime sec. Si ce grand échalas croit ça, il s'enfonce le doigt dans l'œil jusqu'au coude. Arrêter la picole, soit, du moins un temps, mais la fumette, ça, hors de question !

Et derechef, il relâcha un cercle de fumée parfait.

Chapitre 24

— Cette situation est intolérable ! clama la baronne Mharagret Melfynn. De même ce manque flagrant de résultats !

Les mains posées sur ses hanches fines, la rousse se tenait face au maître de la Main Pourpre, qu'elle dominait de la taille. Ce dernier était assis à son bureau, tapi dans son antre de la cité de la Lumière.

Shaardra-Thul la fixait, imperturbable. Il posa la pipe à eau sur laquelle il tirait depuis une bonne heure et dit :

— Asseyez-vous…

La phrase était prononcée d'un ton éminemment posé, elle signifiait : « Asseyez-vous, calmez-vous ou vous le regretterez mille fois. »

Un instant matée, Mharagret consentit à prendre place dans le fauteuil dévolu aux clients.

— Je ne suis pas satisfaite, Shaardra-Thul, scanda-t-elle alors avec plus de mesure. Pas satisfaite du tout.

Le regard faussement assoupi, le chef de la Main Pourpre posa les coudes sur son bureau et croisa ses doigts pour y poser le menton :

— Celui que vous nous avez désigné nous pose souci, il est vrai. Cela ne veut pas dire pour autant que la Main Pourpre n'honorera pas ses engagements. Nous ne faillissons jamais, dois-je le rappeler ?

— Il me semble, quant à moi, que le temps passe et que vous vieillissez fort mal, renifla la baronne.

— Votre statut de cliente régulière, les émoluments que vous nous versez pour ce contrat, sans compter la somme des précédents, vous donnent droit à certains privilèges, grinça le maître-assassin, soudain redressé, le regard acéré. Ne dépassez pas la mesure pour autant, baronne Melfynn !

L'agacement du maître valait pour un soufflet. Les deux antagonistes s'affrontèrent du regard sans bouger, sans rien dire.

La baronne avait peut-être des raisons d'être mécontente, mais pour Shaardra-Thul, même s'il n'en dévoilait rien, le souvenir des échecs infligés par l'Adhan s'avérait encore cuisant.

La dernière tentative, par exemple, lorsque ses tueurs avaient affronté Cellendhyll et Estrée dans la forêt de Streywen, n'avait été qu'une somme de déconvenues.

Shaardra-Thul se tenait dans les caves de la Main Pourpre. Une pièce sombre, aux murs nus. Au centre, une longue et large estrade de pierre sur laquelle étaient allongés quatre de ses hommes, plongés dans la transe pourpre.

Le maître-assassin était assis en tailleur au milieu de ses subordonnés. Devant lui, l'autel qui trônait habituellement dans son bureau et qu'il amenait avec lui dans ce genre de cas précis. Quatre des crânes enchâssés sur cet autel brillaient d'une lueur carminée ;

la même lueur enveloppait les corps des tueurs positionnés de part et d'autre de leur seigneur. Shaardra-Thul était plongé dans la transe de mort, celle qui protégeait les siens en pleine mission, qui leur conférait la possibilité de guérir leurs blessures à peine provoquées.

Le maître voyait simultanément à travers les quatre paires d'yeux de ses envoyés. Cela nécessitait une technique bien spécifique, jalousée, rare, si rare que seul un maître établi de l'ordre était capable de l'assimiler, et cela seulement après de longues années d'efforts et d'exercices.

Shaardra-Thul était confiant. Certes, la tentative initiale d'assassiner Cellendhyll de Cortavar, pendant la soirée de bal au Chaos, n'avait pas connu le succès escompté. C'était la faute du maître lui-même. Ce dernier le savait, il avait pêché par excès de confiance, estimant qu'un seul des siens suffirait pour abattre l'Adhan – cette décision avait été d'autant plus facile à prendre qu'infiltrer l'un de ses tueurs au sein de la Citadelle chaotique n'avait pas été tâche aisée, même avec l'aide de la baronne Melfynn. Cet Adhan n'était visiblement pas le premier guerrier venu, loin de là, et Shaardra-Thul en avait douloureusement pris la mesure.

Cette fois, en revanche, le seigneur de la Main Pourpre avait décidé d'envoyer un quatuor plein. De quoi parer à toute éventualité. La jeune femme qui accompagnait Cellendhyll de Cortavar ce jour-là avait l'allure d'une guerrière, d'une femme de tête, mais cela, dans l'esprit du maître-assassin, ne comptait pas pour grand-chose face à l'expérience, à la puissance du quatuor. D'ailleurs, la brune ne tarda pas à fuir.

Les tueurs du maître acculaient Cellendhyll, l'hallali allait bientôt résonner de son glas macabre…

Toutefois, là encore, la défaite frappa Shaardra-Thul et les siens tel un vent de tempête. Le premier des assassins mourut. Le crâne qui lui faisait référence dans la pile, enchâssé sur l'autel, éclata au même instant, inondant l'esprit de Shaardra-Thul d'un trait de souffrance pire que la pire des migraines. Le corps de celui qui venait de trépasser fut dissous par la lueur rouge, elle-même transformée en brume vorace juste avant de disparaître. Shaardra-Thul oscilla sur lui-même, combattant la douleur, la repoussant dans un recoin de sa conscience, pour enfin revenir au combat qui se déroulait. Sa vue spectrale n'avait plus que trois canaux et il dut mobiliser son énergie entière afin d'en accommoder le changement brutal.

Le deuxième des tueurs mourut à son tour, abattu par la femme brune qui finalement n'avait pas fui. Shaardra-Thul subit un nouveau contrecoup, encore plus puissant que le premier, tandis qu'un second crâne explosait sur l'autel et que le cadavre de l'assassin était englouti par la magie pourpre.

Le maître se remettait à peine que le troisième tueur mourait puis, dans la foulée, le quatrième.

Shaardra-Thul reçut ces deux coups de boutoir consécutifs qui fouaillèrent sa conscience, éclatement de novas lacérantes, fragmentation brutale et incisive. Les yeux révulsés, le sang giclant de ses narines, il partit en arrière, se cognant brutalement le crâne contre la pierre, plongé à la limite de l'inconscience.

Lorsque Shaardra-Thul recouvrit ses esprits et un semblant d'allant, il ne put que constater les dégâts. Outre la correction mentale qu'il avait reçu, son autel de pouvoir avait souffert lui aussi, amputé à présent de quatre de ses crânes. Il faudrait en reconstituer l'unité avant de pouvoir l'utiliser à nouveau et il devrait sans doute lui-même trouver les crânes de remplacement.

— Qui est cet homme que vous voulez voir mort, baronne ? s'enquit le maître, en lissant les poils de sa barbiche. Qui est-il pour vaincre ainsi ceux que j'ai formés ?

Jamais personne depuis la fondation de l'ordre, plus de cinq cents années auparavant, n'avait pu prétendre survivre à un quatuor. Qui était cet Adhan, véritablement ? Shaardra-Thul se posait la question chaque nuit. Et il eût préféré en savoir plus sur sa proie avant de lancer un nouveau raid.

C'est que le maître n'avait pas tant d'hommes que cela à perdre. Il misait sur la qualité de ses effectifs et non sur leur quantité. Jusqu'ici, il n'avait jamais eu à s'en plaindre. Jusqu'ici, le Grand Livre des Faits de l'ordre, où il consignait religieusement chaque étape du destin tumultueux de la Main Pourpre, pouvait en attester : jamais une cible ne lui avait échappé, jamais l'un de ses guerriers n'avait été abattu par un adversaire seul. Cellendhyll de Cortavar se révélait l'exception et cela lui avait déjà coûté cinq valeureux subordonnés.

Or, le contrat qui pesait sur la tête de l'Ange du Chaos n'était pas le seul en souffrance. Une bonne partie des tueurs confirmés de Shaardra-Thul étaient répartis sur d'autres missions ; ses deux autres quatuors, pour ne citer qu'eux, étaient occupés, l'un à Védyenne, l'autre dans la région de Claire-Aube. Il ne pouvait les rappeler, pas plus qu'il ne pouvait rappeler les autres. Il restait la masse des novices en cours de formation… Si talentueux fussent-ils, Shaardra-Thul ne les croyait pas suffisamment capables pour venir à bout de l'Adhan, après ce qu'il avait constaté de l'indéniable art du combat de cet adversaire.

Shaardra-Thul aurait certes pu réclamer l'aide de ses confrères, membres d'obédiences implantées dans d'autres villes du Plan Primaire, mais cette alternative n'en était pas une. Elle aurait signifié le discrédit de Shaardra-Thul face à ses pairs, un sort pire que la mort pour le maître. Pire que la torture extrême qu'il pouvait lui-même infliger avec tant de science et de passion.

— Qui est-il ? répliqua Mharagret en haussant ses sourcils épilés. C'est un guerrier, que voulez-vous qu'il soit d'autre ? De ce que je sais de lui, un officier commandant de la Maison d'Eodh, ayant précédemment servi dans les troupes d'assaut que nous entretenons.

— Un guerrier des forces spéciales n'est pas suffisant pour défaire un quatuor de mes hommes, estima en retour Shaardra-Thul. Et ce Cellendhyll de Cortavar a non seulement échappé à mon quatuor mais de plus, il l'a abattu dans sa totalité. Jamais auparavant cela n'était arrivé, je dois l'avouer. Je vous repose donc la question : qui est cet homme ?

— Je me moque de qui il est, il a tué mon Rosh ! répliqua la rousse d'un ton haineux. Il doit mourir !

Cette haine vive qui oblitérait la raison de l'héritière du clan Melfynn ne s'adressait pas à Shaardra-Thul, mais à l'homme aux cheveux d'argent. Le maître-assassin le comprit aussitôt.

— Je ne saurais mieux faire que de vous conseiller de prendre des renseignements précis sur ce Cellendhyll de Cortavar, reprit-il d'un ton qu'il voulait persuasif. Cela pourrait nous faciliter la tâche à tous deux… Au moins, j'ai un élément à vous fournir qui devrait vous plaire : la confirmation que l'Adhan se trouve bien en ville, comme votre espion vous l'a laissé entendre. Mes hommes sont sur sa piste, Cortavar est venu de lui-même se fourrer entre les crocs de la Main Pourpre ! Dès que je connaîtrai sa localisation exacte, ce qui ne saurait tarder, nous frapperons, et, sous peu, je vous annoncerai sa mort, n'en doutez pas…

Sa tirade achevée, le vieillard saisit à nouveau son narguilé, sur lequel il se remit à tirer d'une bouche avide.

— Je l'espère, pour vous comme pour moi, Shaardra-Thul. Mais je vous préviens : si vous traînez encore à exécuter le contrat sur lequel vous vous êtes engagé, je n'hésiterai pas à en demander l'annulation, comme j'en ai le droit, et aller voir ailleurs… Vous n'êtes pas le seul dans votre partie… Dois-je également évoquer la mauvaise publicité que cela ferait rejaillir sur votre ordre ?

— Vous pourriez aller voir certains de mes confrères, je l'admets d'évidence, riposta le maître-assassin dans un nuage de fumée rosâtre. Mais pourquoi avoir commencé par engager la Main Pourpre, sinon parce que nous sommes les meilleurs, baronne, comme vous le savez fort bien ? Tranquillisez-vous, ajouta-t-il en arborant un sourire confiant, je vous garantis de vous apporter satisfaction, comme je l'ai toujours fait par le passé. Pour le cas présent, si ardu soit-il, ce ne sera l'affaire que d'une semaine, tout au plus…

C'est en vitupérant sur l'irrespect des hommes et leur incompétence notoire que la baronne Melfynn ressortit de chez Shaardra-Thul. Le visage enlaidi par un masque mitigé de contrariété et de ressentiment, elle disparut à l'intérieur de son carrosse au bois laqué, tiré par quatre chevaux rouans, après avoir éructé un ordre sec. Le véhicule s'ébranla quelques secondes plus tard au son d'un coup de fouet vigoureux. Il remonta l'avenue des Innocents avant de disparaître.

Chapitre 25

Cellendhyll quitta la ville basse et retourna dans le quartier des commerces, qu'il traversa en direction de l'est jusqu'à rejoindre le centre. Il marcha encore dix minutes et finit par arriver à destination ; une vaste esplanade au pavage irréprochable, éclairée d'un soleil printanier, arborée de chênes et de cyprès vénérables.

Renommé comme l'un des trois meilleurs hôtels que la ville pouvait offrir à ses visiteurs de haut rang, le *Meuritz* se détachait de la masse des bâtiments par l'élégance de son architecture. Haut de cinq étages, il surplombait ses voisins avec une majesté un peu froide mais indéniable.

Repoussant la porte circulaire à battants, Cellendhyll entra.

Encadrées de fougères odoriférantes et de fleurs exotiques, de hautes et larges colonnes de marbre blanc soutenaient une imposante voûte translucide destinée à filtrer les rayons parfois agressifs du soleil sans pour autant altérer la qualité de la lumière. Une fontaine de cristalune rosé égrenait son chant délicat en plein milieu du hall d'entrée, centre d'une mosaïque aux arabesques fluides, aux tons azur, jaune bouton-d'or et violet. Au fond, de larges escaliers aux rambardes d'or. Le long des murs, des vitrines exposaient aux acheteurs potentiels un échantillon de la production des meilleurs artistes et artisans de la ville.

L'atmosphère était feutrée, comme toujours en ce genre d'endroit. Hormis le personnel, les lieux se révélaient presque déserts. Un couple d'âge mûr, chargé de bijoux, respirant l'autosatisfaction et le clinquant, discutait mollement, installé sur une méridienne de cuir. L'homme et la femme ne prêtèrent aucune attention à l'arrivée de l'homme aux cheveux d'argent.

À grands pas, Cellendhyll traversa le hall de marbre luisant sans se soucier de tout cet étalage de luxe et de prétendu raffinement.

Debout derrière le pupitre vernissé de l'accueil, le concierge était un homme mince au crâne chauve, aux yeux noisette, à la barbiche frisottée mais soigneusement taillée. Son air compassé n'avait d'égal que la perfection de sa tenue galonnée, tissée dans un velours grenat.

— Que puis-je pour vous ? demanda-t-il à l'Adhan qui venait de s'arrêter en face de lui.

— Je suis messire Lame, l'émissaire du prince Yggdrasill, annonça l'Ange. Vous avez une suite à son nom, n'est-ce pas ?

L'homme consulta son registre avant d'opiner :

— C'est tout à fait exact, messire Lame. Bienvenue au *Meuritz*... voici votre clé. Votre estimé seigneur nous fera-t-il la grâce de vous rejoindre ?

— Cela m'étonnerait beaucoup.

— Fort bien. Une dernière formalité et je vous fais conduire à vos appartements... Paierez-vous votre séjour ou dois-je faire porter vos dépenses sur le compte du prince ?

— Mettez ma note sur son compte, ce sera aussi bien.

— Parfait. Une petite signature en bas de ce document, s'il vous plaît… Merci à vous. Messire Lame, je vous souhaite un parfait séjour au *Meuritz*, n'hésitez pas à faire appel à nos services, nous sommes là pour ça.

— Justement, pourriez-vous aller faire chercher mon sac de voyage ? Il est à la consigne, voici le justificatif.

— Messire, ce sera avec plaisir que le *Meuritz* vous rendra ce service, sourit l'hôtelier.

Le concierge avait trois petites clochettes posées devant lui. Il saisit celle de gauche et l'agita délicatement.

Surgi de nulle part, un chasseur en uniforme de velours grège rehaussé de parements rubis apparut. Le concierge transmit le ticket de consigne et donna ses instructions. Le subordonné partit aussitôt remplir sa mission.

Alors le réceptionniste saisit la clochette du milieu, qu'il agita à son tour. Une jeune femme aux traits délicats, aux jambes fines, elle aussi en uniforme grège, se rangea aux côtés de l'Adhan qu'elle accueillit d'un chaleureux sourire. Le concierge lui ordonna d'escorter l'Ange jusqu'à sa suite, au dernier étage de l'établissement.

Le *Meuritz* répondait visiblement aux critères de Morion. Le prince Yggdrasill ne pouvait qu'apprécier tant de confort et de luxe, et se devait d'être à la hauteur de sa réputation.

Toujours souriante, toujours charmante, l'hôtesse conduisit Cellendhyll jusqu'à ses appartements, qu'elle lui fit visiter avant de prendre congé, nantie d'un confortable pourboire.

La suite comportait deux grandes chambres dont la peinture venait d'être refaite en vert pastel, un double salon aux boiseries chaudes, une salle d'eau à jets multiples et une terrasse arborée. Le coin détente du salon était un carré creusé dans le sol, formant une large niche ; il fallait descendre trois marches pour s'installer confortablement dans l'un des canapés de cuir ocre, devant une petite cheminée ouverte qui remontait du centre de la pièce.

Les meubles étaient taillés dans le cèdre, l'orme ou l'acajou, avec un souci esthétique particulier. Les tapis lie-de-vin étaient incroyablement moelleux et la décoration irréprochable.

Ma foi, j'ai beau me moquer du confort, je m'en accommoderai sans trop d'efforts, songea l'Adhan.

— *Arasùl. Trouve Arasùl*, le rappela à l'ordre la Belle de Mort.

— Mais oui, la dague, mais oui… c'est comme si c'était fait. Tu sais quoi, je vais sortir sur la place, devant l'hôtel, et hurler : « Arasùl, Arasùl, où es-tu ? »… Puis j'attendrai une réponse… Bon franchement, si tu ne peux pas m'aider correctement à retrouver ce fichu seigneur, mieux vaut te taire, d'accord ?

L'arme étrange ne répondit rien, soudain emmurée dans un silence boudeur. Cellendhyll lâcha un ricanement, heureux pour une fois d'avoir le dernier mot sur sa mystérieuse alliée.

Il sortit sur la terrasse qui surplombait le centre-ville et s'accouda à la rambarde de cuivre forgé qui le séparait du vide.

Tu me manques, Estrée. Tu me manques déjà.

Chapitre 26

Depuis sa nomination à la tête de la commission d'enquête avec les pleins pouvoirs allant de pair, l'archevêque Rymanus flottait sur un nuage d'euphorie.

Allongé dans l'épais canapé violet de son salon, un verre de liquoreux glacé en main, il faisait face au chevalier de Nilfær qui était resté debout, superbe dans son uniforme de cuir gris clair.

— Siméus, tu as fait ce qu'il fallait ?

— Oui, votre grâce, comme convenu. Voici la liste. Nos hommes seront bientôt en mesure de noyauter la hiérarchie lumineuse. Une fois en place, ils entameront la campagne de propagande en votre faveur. Vaillence et Bérune vont se retrouver isolés. Je commence à voir où vous voulez en venir. Vous allez incarner l'homme providentiel et l'Empereur ne pourra que vous nommer régent.

— Excellente déduction, Siméus. Dommage qu'il ait fallu sacrifier des innocents pour en arriver là mais c'était le prix à payer. Ça y est, je tiens presque la cité dans le creux de ma main. Ma politique est la seule possible, la seule viable pour retrouver notre panache d'antan. Je le sais intimement depuis longtemps. Nous sombrons peu à peu dans la décadence sur le Plan Primaire, nous laissons l'Alliance nous imposer ses diktats. Cette attitude coupable nous affaiblit et je suis le seul à en être conscient. À toi qui as toute ma confiance, je peux bien le dire, chevalier, je regrette la frilosité du Patriarche. Je le respecte trop pour le taxer d'inconséquent, mais tout de même ! Nous aurions déjà dû œuvrer pour la reconquête de notre puissance. Cela fait de longues années que je patiente, que je manipule, que j'intrigue pour accéder aux plus hautes instances du pouvoir... Comme je le mérite d'ailleurs. J'en ai bientôt terminé avec toutes ces manœuvres. Je suis sur le point de recueillir le fruit de mes efforts. Les pleins pouvoirs. Et lorsque je serai régent, je pourrai alors commencer ma grande œuvre. Car oui, enfin, bientôt, je vais être libre de mener ma propre stratégie. Celle qui nous permettra d'en finir avec notre ennemi honni, les Ténèbres, puis à moyen terme, de nous renforcer économiquement face à l'Alliance, enfin, à plus longue échéance, de devenir la Puissance dominante du Plan Primaire.

— Brillant, votre grâce. Comme toujours...

— Merci Siméus... Et ne t'inquiète pas, tu profiteras amplement de mon succès. Je sais pertinemment ce que je te dois, le nombre de fois où tu t'es sali les mains pour moi...

— Je n'ai jamais regretté d'être entré à votre service, monseigneur.

— Et jamais cela ne sera, je te l'affirme. Parfait. La situation est sous contrôle, la commission d'enquête que je dirige a repris les rênes de l'enquête sur les meurtres d'Alvéras et des autres. Nous ne risquons rien.

— J'ai demandé à mes informateurs de se tenir aux aguets, renchérit le chevalier. Cela ne coûte rien et si quelqu'un s'intéresse de trop près aux meurtres, ils me préviendront.

— C'est encore mieux, effectivement. Cela dit, d'ici peu, il nous faudra trouver des coupables à présenter, je suis en train d'y réfléchir. En attendant, je prépare le vote d'une loi qui me permettra de contrôler les arrivées dans la ville. Sous couvert de vérifier que les étrangers désireux d'entrer dans la capitale de la Lumière ne sont pas des terroristes en puissance, cela me fera un moyen de contrôle supplémentaire.

— À terme, pourquoi ne pas taxer ces arrivées ? Après tout, pour la plupart, les voyageurs empruntent le portail principal de la ville, il ne serait pas illogique qu'ils payent un tribut pour l'utiliser.

— C'est une brillante idée, Siméus ! J'aurai dû y penser moi-même.

— Vous êtes tellement occupé, monseigneur, comment pourriez-vous penser à tout ? Si c'était le cas, de plus, à quoi vous servirais-je ?

— Décidément, tu n'as que trop raison et je me félicite une fois encore de t'avoir pris sous mon aile. Laisse-moi à présent, je vais me reposer un peu avant ma prochaine réunion. Je reçois les sicaires supérieurs de l'Orage pour leur donner mes instructions, préparer avec eux leur programme de patrouille. Désormais, la ville sera sous ma surveillance, de jour comme de nuit.

Resté seul, l'archevêque remplit son verre dont il admira les reflets d'or pâle.

Il était, lui, Rymanus de Gordhäs, destiné à redonner à la Lumière sa magnificence d'antan, la redorer mais également lui faire atteindre de nouveaux sommets.

Cette tâche ardue, il la mènerait à bien, quoi qu'il en coûtât. Il s'en était fait l'irrévocable serment, faisant couler son propre sang pour sceller sa promesse. Une promesse qu'il considérait comme sacrée, dictée par la Lumière elle-même.

Car il ne songeait pas à lui-même en agissant ainsi, en manipulant ses pairs. Il estimait agir pour un bien supérieur, indiscutable. La Lumière l'avait élu dans ce rôle précis et il ne lui faillirait pas, sous aucun des prétextes que le destin pourrait lui jeter à la face. Rymanus était fier de cet engagement aveugle qu'il avait choisi, accepté, qui lui avait été soufflé par la voix de sa déesse.

Priam perdait de sa substance comparée à la Sainte Lumière. Priam n'était qu'un mortel, si puissant soit-il, un soldat de la foi, comme lui. Un mortel de haut rang dont lui, Rymanus, se considérait à présent comme l'égal.

Chapitre 27

L'heure du déjeuner approchait. Utilisant le combiné du tuyau cuivré qui permettait de communiquer avec la réception, Cellendhyll commanda une salade de tomates, d'oignons frais et de fromage de chèvre, des fruits secs, une demi-miche de pain, accompagnés d'un pichet d'eau de source. Il mangea sur la terrasse de sa suite.

Il s'accorda une sieste d'une heure puis débuta l'après-midi par une séance de combat simulé suivi d'une série d'étirements. Une douche rapide et il sortait dans la rue. Il était temps de commencer sa mission.

Le guet avait pour base la tour du Milan, un robuste bâtiment circulaire, crénelé, érigé en brique rouge sur trois étages, situé au sud du centre-ville.

Cellendhyll se présenta au planton et demanda à voir le lieutenant Dulach – censément le contact que Morion lui avait demandé d'aller voir. Après une dizaine de minutes d'attente, il fut reçu.

Le bureau de l'officier était situé au dernier étage, au fond du couloir nord. Une pièce plutôt vaste, avec une cheminée et une baie de cristalune, des meubles et un parquet en pin.

Le lieutenant Dulach avait des traits fins, fatigués, la peau blanche comme si le moindre de ses loisirs était consacré à éviter le soleil. Ses yeux étaient des billes noires, volontaires et franches. Instantanément, il plut à l'Ange.

Repoussant sur le côté de son bureau un dossier qu'il était en train de compulser, l'officier prit la parole :

— Messire Lame, que puis-je pour vous ?

— Je viens vous voir à dessein, lieutenant. Je suis l'émissaire du prince Yggdrasill, voici son sceau qui en atteste. Soucieux de l'équilibre de la cité des Nuages, mon seigneur m'envoie pour en savoir plus sur des meurtres commis ici, ces derniers temps. Ceux du seigneur Alvéras de Castille et d'un groupe de vos collègues…

L'officier fit la grimace :

— Sur ordre de l'archevêque Rymanus, nous avons été dessaisis de l'affaire. Le connétable est gravement malade, il n'est hélas plus en mesure d'assumer ses fonctions. L'archevêque dirige une commission d'enquête, chargée de résoudre ces crimes… C'est lui que vous devriez voir pour en savoir plus. Je doute cependant qu'il vous reçoive, en dépit du rang de votre maître, car c'est un homme très occupé. Pour ma part, j'ai reçu ordre de ne rien divulguer concernant cette affaire…

Cellendhyll ne répondit rien. Il se contenta de fixer Dulach, tout en faisait tourner le sceau ouvragé d'Yggdrasill entre ses longs doigts.

L'officier semblait hypnotisé par le bijou. Il finit par reprendre :

— Je dois vous avouer, messire Lame, que je suis tiraillé entre mon devoir d'officier du guet et ma gratitude envers le prince Yggdrasill. Je lui suis redevable et j'imagine que vous devez en connaître les raisons : je viens d'un milieu modeste et c'est le prince qui a payé mes études d'officier, prenant même ma famille à charge…

— Pour ma part, je ne vois pas en quoi les deux sont inconciliables, rétorqua l'Adhan d'un ton aimable. Doutez-vous du prince ? Le jugez-vous ennemi de la Lumière ?

— Mais pas du tout. C'est que j'ai reçu des ordres clairs de ma hiérarchie, je ne dois rien révéler au sujet de ces crimes. Si les détails s'ébruitaient, cela risquerait de causer la panique en ville.

— Voyons, lieutenant, cela restera entre nous et le prince, je vous le promets. Me renseigner ne fera de mal à personne et mon maître vous en sera reconnaissant ; qu'avez-vous à perdre ?

L'officier n'hésita pas plus longtemps :

— Je vais vous dire ce que je sais mais vous constaterez que ce n'est pas grand-chose… Les meurtres sortent de l'ordinaire, cela ne fait aucun doute. J'ai été sur place pour effectuer les constatations de l'enquête préliminaire… Ceux qui accompagnaient le seigneur de Castille ont été démembrés puis dévorés, et lui-même n'a pas été épargné par cette cruauté sauvage dont on fait preuve les auteurs de cet ignoble forfait. Un ou plusieurs tueurs, il est impossible de dire combien ils étaient. Mais ils devaient être plusieurs pour parvenir à éliminer ainsi huit hommes dont sept habitués au combat. Jamais je n'avais vu une telle barbarie auparavant. Croyez mon expérience : ces meurtres n'ont rien d'ordinaire. Il faut être dément pour avoir commis un tel massacre.

— Le seigneur de Castille avait-il des ennemis ? Pourrais-je interroger sa famille ?

— Pas à notre connaissance. C'était au contraire un homme estimé, tant par ses confrères que ses serviteurs, on lui connaissait nombre d'amis, dont notamment l'administrateur Vaillence dont il était proche. Quant à sa famille, abattue par le deuil, elle a quitté la ville pour se rendre à Claire-Aube où elle possède une résidence secondaire mais, d'après moi, ils ne vous seront d'aucune utilité. En fait, le seul élément que nous ayons pour orienter l'enquête est le motif tracé par les coupables avec le sang des victimes, que nous avons trouvé sur place. Une sorte de signature, a priori. En voici une copie.

Après avoir tendu un croquis à Cellendhyll, le lieutenant poursuivit :

— Selon le Conseil, il semblerait qu'une secte affiliée aux Ténèbres, l'Hydre, comme elle se fait appeler, ait décidé de s'attaquer à notre cité. Dans quel but, je l'ignore, mais la sauvagerie avec laquelle le seigneur Alvéras et les nôtres ont été tués ne peut qu'annoncer le pire. Les recherches que nous avons initiées avant d'être dessaisis n'ont rien donné et, croyez-moi, nous étions pourtant motivés pour faire le maximum ; je le déplore mais personne en ville ne semble savoir quoi que ce soit au sujet de cette secte... Peut-être que la commission d'enquête en sait plus mais elle n'a rien communiqué à ce sujet. Pour ma part, dès que j'ai du nouveau, si jamais j'en ai, je vous contacterai. Cela vous convient-t-il ?

— Parfaitement. Merci de votre collaboration. Vous pourrez me joindre au *Meuritz* en cas de besoin.

— Au revoir, messire Lame. Assurez le prince de mes meilleurs sentiments.

Chapitre 28

Le soir même, comme prévu, Cellendhyll rejoignit Rathe à *La Mouette rieuse*. Le voleur le conduisit aussitôt dans un autre endroit, situé dans le quartier des commerces. Les voleurs avaient choisi la taverne du *Bateau ivre* pour accueillir leur dîner.

L'endroit était sympathique, fréquenté par une clientèle bigarrée et offrant une cuisine familiale et copieuse, un confort simple mais appréciable. Rathe et les autres avaient réservé une table au premier étage, le long de la balustrade qui surplombait la salle inférieure et le bar.

Les retrouvailles avec les comparses de Rathe se déroulèrent avec autant de cordialité que de naturel. Barrowmer salua l'Adhan avec effusion, Nifold avec élégance. Rathe compris, les voleurs n'étaient plus que trois puisque Milo Fléau-des-Dragons était parti pêcher avec Reydorn, le mage du Cercle Vert.

À présent attablés, ils attendaient une serveuse pour passer commande.

Colosse ventru aux cheveux blond paille, vêtu de velours ocre jaune, le très – trop – corpulent Barrowmer Doigts-Agiles était un individu pataud, capable de se cogner dans n'importe quoi, même à jeun. Excepté au contact du danger et lorsqu'il *jouait*. Cartes, dés, billard, fléchettes… il faisait preuve alors d'une passion renforcée d'un mélange brillant d'adresse et de chance.

Personnage débonnaire, gourmand, querelleur à ses moments, mais si talentueux dans l'exercice de son art : gagner des licornes. Hélas pour lui, il les gaspillait aussitôt ou presque. Dans ses costumes par exemple, toujours d'étoffe coûteuse mais pas forcément de bon goût, qu'il déchirait, abîmait ou maculait dès les trois premiers jours où il les exhibait.

Jetant un coup d'œil au billard du rez-de-chaussée, son visage s'éclaira soudain de malice :

— Hé Cellendhyll, tu veux jouer ? Je te laisse trois boules d'avance…

— Non merci, Barrowmer, j'ai envie de garder mon caleçon !

La serveuse arriva avec les menus. Ils cessèrent de discuter le temps de parcourir la carte.

Rathe commanda des rognons flambés au cognac, Nifold, une sole aux amandes sur son lit de légumes, Barrowmer, des paupiettes de veau aux petits oignons rouges et Cellendhyll opta pour une araignée de bœuf poêlée aux morilles.

Après tergiversations, Rathe et Nifold – Barrowmer n'avait pas voix au chapitre – tombèrent d'accord sur un vin rouge, cépage montrachy, d'une année respectable. Le joueur commanda en plus un double pichet de bière blonde et Cellendhyll une carafe d'eau.

Une fois la commande passée, Rathe fit à ses camarades un résumé des missions de l'Adhan. Ce dernier distribua les croquis de Gamaël. Nifold les examina avant d'annoncer :

— Il me faudra deux ou trois soirées pour faire suffisamment de copies. Mais cette rude tâche ne me posera pas de problème excessif, le travail de nuit, c'est bien le moment où je donne le meilleur de moi-même.

Nifold affectait l'allure d'un universitaire avec son costume en velours brun, sa chemise bleu foncé, son gilet de daim et ses petites bottines en chevreau. Sous des dehors d'intellectuel posé, c'était pourtant un redoutable bretteur au sabre. Et lorsqu'il s'appliquait, c'était également un faussaire de premier ordre. Certains lui reprochaient de s'exprimer sur un ton ampoulé, lui estimait ne faire preuve que d'élégance. La diction lente, la prononciation claire, sans jamais une faute d'accentuation, de conjugaison ou de syntaxe, il aurait pu en remontrer à maints maîtres de chaire.

— Le jeu, c'est mon affaire... tonna alors Barrowmer. Je m'occupe d'interroger les cercles publics et privés sur ton Gamaël. J'y ai de bons contacts mais il faudra graisser quelques pattes, tu as du répondant ?

— Tu auras ce qu'il te faut, assura l'Adhan.

Même s'il avait dû payer de sa poche, ce qui n'était pas le cas, il l'aurait fait de bon cœur. Il était prêt à tout pour mettre la main sur Gamaël.

Les plats arrivèrent. À peine servi, Barrowmer se jeta sur le sien, fourchette et couteau brandis, comme s'il livrait avec son assiette le combat de sa vie.

Rathe claqua des doigts :

— Mais j'y pense, le Conseil de la Lumière inaugure justement un nouveau casino dans deux jours. Celui-ci sera directement géré par la ville et, d'après ce que l'on en sait, ce sera un établissement haut de gamme. Peut-être que ton homme y sera. Ça pourrait valoir le coup pour toi d'y faire un tour. Mais ne compte pas sur

Barrowmer pour t'y faire entrer : contrairement à ce qu'il dit, il ne fréquente pas ce genre de cercles huppés.

Ce dernier venait d'engloutir une énorme fourchetée de veau. La seule réaction qu'il put produire fut de froncer les sourcils et de secouer la tête d'un air apitoyé.

— Je me débrouillerai, rétorqua l'Adhan.

— Concernant les femmes, vous avez des connections ?

— J'aimerais bien, mais pas vraiment, répondit Rathe, et, quant à Barrow', comme il a une affinité prononcée pour les boucs, faut pas compter sur lui non plus !

— Tant pis, dit Cellendhyll, je vais aller visiter les bordels huppés de la ville et interroger ceux qui les dirigent.

— Parce que tu crois que les mères maquerelles vont te renseigner ? Tu rêves ! Dans ce genre d'établissements, la confidentialité est de mise. Quant aux prostituées, elles ne seront pas plus fiables. Mais j'ai une idée. Si tu es prêt à payer, on peut contacter les femmes de chambre. Elles savent tout ce qui se passe dans un bordel et personne ne fait attention à elles, ça pourrait marcher. Je peux m'en charger, si tu veux.

— D'accord. On n'a rien à perdre.

Une fois leur méthode établie pour retrouver Gamaël, les compagnons changèrent de sujet. Les voleurs contèrent à Cellendhyll quelques-unes de leurs aventures de l'année passée. Visiblement, ils connaissaient à présent une longue période d'oisiveté, cette oisiveté qui avait provoqué la dépression de Rathe. En retour, l'Adhan leur narra son périple sur Valkyr, le Plan des défunts Sang-Pitié, dans une version évidemment expurgée de ses détails. Tandis qu'ils échangeaient,

Rathe ne savait que faire de ses doigts. Encore et encore, il roulait un cône imaginaire.

Barrowmer mangeait comme quatre, buvait pour trois, sans que l'alcool eût l'air de l'enivrer ; son teint rubicond était encore plus rubicond, il parlait un ton plus fort et c'était tout. Rathe était à l'eau, suivant le régime imposé par Cellendhyll. Nifold prenait de petites bouchées qu'il piquait de la pointe de sa fourchette, mâchant avec un détachement faussement blasé. La chair était bonne, le vin parfait, à la fois fruité et capiteux. Voyant la mine déconfite du vieil homme, Cellendhyll finit par lui servir un généreux verre de rouge ; il ne se voyait pas le priver d'un tel nectar. Le voleur le remercia d'un clin d'œil assorti d'une mimique soulagée.

Pour sa part, l'Adhan but trois verres de vin, les dégusta, et s'en tint là, finissant à l'eau claire, tandis que Nifold et Barrowmer commandaient une autre bouteille. Il refusait comme à son habitude de s'engourdir l'esprit et les réflexes. De même, il mangea avec appétit mais sans excès.

Barromwer continuait de bâfrer, ce qui ne l'empêchait pas de prendre part à la conversation. Au bout d'un moment, Nifold interrompit l'une de ses réparties :

— Diantre, ami Barrow', la mélopée qui s'écoule de tes lèvres, ce babil spongieux se révèle profondément discordant. Et c'est l'amitié qui me le fait dire, nullement une quelconque acrimonie.

— Ouais, en gros, si tu pouvais arrêter de nous postillonner dessus quand tu parles, Barrow', ce serait parfait, traduisit Rathe, le visage éclairé d'un sourire sarcastique.

— Je ne sais pas pourquoi je vous ai choisis comme amis, grommela le gros joueur.

— C'est pourtant évident : nous sommes les seuls à pouvoir supporter tes manières d'alligator !

Ils attendaient leurs cafés. Cellendhyll se pencha en direction de Rathe et lui souffla :

— J'ai besoin d'une chose particulière.

— Bah, je peux te trouver n'importe quoi, ici, énonça le voleur d'un ton qui frisait le suffisant.

— Même un anneau à portail universel ? Qui me permette de me téléporter en ville à partir de n'importe quel cœur nodal ? Oh, mais rassure-toi, un anneau à faible flux me conviendra fort bien.

— Euh, là, je crois que je ne vais pas pouvoir, se rembrunit Rathe.

— Ah bon ? Tant pis, je demanderai à Nifold ou Barrowmer…

— Barrow' ? S'il te fourgue un anneau de transport, tu peux être sûr qu'en l'utilisant, tu te trouveras téléporté directement dans le fondement d'un haut-dragon ! Non, je ne peux pas te laisser prendre ce risque. Laisse-moi un jour ou deux… Tu as de quoi payer au moins ?

— Je croyais que tu étais un maître-voleur… Prouve-le…

Il savait que Rathe ne pourrait refuser un tel défi, surtout pas avec Barrowmer et Nifold comme témoins. L'Ange aurait éventuellement pu puiser dans les fonds de Morion pour payer un tel objet, mais il voulait tenir le voleur occupé pour le tirer de sa dépression.

D'ailleurs, il enchaîna :

— Dis donc, Rathe, n'aurais-tu pas un projet qui te tienne à cœur, quelque chose que tu aimerais réaliser dans le futur ?

Le voleur lissa les poils de sa moustache avant de répondre :

— Tu sais ce qui me plairait ? Je veux dire vraiment ?

— Élever des chèvres sur les monts Kalkazz ?

— Barrow', tu sais quoi ? Tu prends ton l'élan et tu vas t'écraser le crâne dans le mur, d'accord ?

— Alors, ce projet, c'est quoi ? relança un Cellendhyll curieux.

Rathe se rencogna dans son fauteuil et croisa les mains sur son ventre :

— Ce qui me botterait bien, c'est d'acheter une maison en dehors de la ville, des vignes et de produire mon vin. J'y ai mûrement réfléchi... Il me faudrait une exploitation encore modeste mais avec un gros potentiel. De quoi faire un rouge haut de gamme dans quelques années, un rouge honnête pour tous les jours, et pourquoi pas un peu de blanc, mais alors du liquoreux.

— Et pourquoi pas du Vin Jaune ? C'est bon le Vin Jaune !

— Barrowmer, ne devais-tu pas t'emplafonner dans le mur ? Du Vin Jaune ? Pouahh ! Par les couilles du Grand Cornu, autant fabriquer de la pisse d'ânesse pendant que tu y es !

— Tu n'as aucun goût, Rathe.

— Quand je vois comment tu t'habilles, je te trouve particulièrement mal placé pour parler de goût, grosse baderne !

— C'est bon pourtant le Vin Jaune, maugréa le gros blond, mais d'un ton étouffé, et dans la raclette, c'est franchement délicieux !

Le voleur foudroya son corpulent comparse avant d'achever :

— Tel est mon rêve, Cellendhyll. Le problème est que je n'ai pas de quoi me le payer. Tu sais que tout ce que je gagne, je l'envoie à ma fille pour ses études de guérisseuse sur l'île de la Source. Et d'ailleurs, je ne le regrette pas une seconde, cette petite est un trésor ! Donc, du coup, je n'ai rien à investir.

— Au moins, as-tu trouvé l'endroit qu'il te faudrait ? demanda l'Ange.

— Il se trouve que oui, soupira le vieil homme. Un petit domaine, sur le versant ouest des collines de Pierreblanche. La terre est composée d'un bon schiste, l'exposition se révèle parfaite. Il faudra planter un peu pour accroître la production. Il y a une ferme à rénover avec trois corps de bâtiment, une chênaie, un petit lac… Un endroit parfait ! En plus le propriétaire Karl Hiddsiek vient de mourir, il a laissé de grosses dettes et ses héritiers sont pressés de vendre. Y a vraiment de quoi faire une bonne affaire.

— Et pour vinifier, tu sais à qui faire appel ?

— Moi ? s'enquit Barrowmer, d'un ton plein d'espoir.

— Toi ? Sûrement pas ! Pour que tu boives la production à toi seul ? En plus il te manque le sens du vin, tu n'es qu'une outre à bière… Non, pas toi, mais oui, je connais l'homme idoine. Il s'appelle Meyer… Un chic type, aussi à l'aise pour faire du rouge que du blanc, et encore du fameux.

— Tu m'étonnes, il fait un liquoreux admirable ! renchérit le joueur.

— Voilà bien une chose sur laquelle je suis d'accord avec Barrow', ajouta Rathe. Incomparablement fruité, avec cet arôme délicat de lacté qui couronne l'arrière-bouche.

— Certes oui, un breuvage digne de demeurer dans les annales du temps et de l'effort, renchérit Nifold, en tapotant son long nez.

— Le vin de Meyer, c'est l'meyeur !

— Affreux, littéralement affreux comme jeu de mots ! grimaça Nifold en levant les yeux au ciel.

— Et ça coûte combien, ton petit paradis ? relança Cellendhyll.

— Deux cent quatre-vingt-dix licornes d'or, révéla Rathe.

L'Adhan laissa échapper un sifflement étiré :

— Ah, tout de même !

— Pour ce que ça représente, c'est pas cher. Mais bon laisse tomber, de toute manière ce n'est qu'un rêve, je le sais bien.

— Eh, Rathe, tu ne lui as pas parlé du potager que tu prévoyais, tu sais, celui pour tes plantes « spéciales ».

Le voleur toussa, évitant le regard de Cellendhyll, qui le foudroya en retour.

— Oups, la boulette ! souffla Barrowmer tout en baissant la tête vers son assiette.

La soirée se poursuivit sur la même veine. Une fois la deuxième tournée de cafés terminée, l'addition payée spontanément par Cellendhyll, abondamment remercié par les autres, il se leva de sa chaise :

— Bien, on se retrouve ici demain soir pour faire le point, décida Cellendhyll. Sinon, vous pouvez me laisser un message au *Meuritz*.

— Ouh là ! messire descend dans le meilleur palace de la ville ! Dis, tu n'aurais pas une petite place pour moi dans ta suite ?

Rathe intervint :

— Si tu installes Barrow' avec toi, fiston, tu vivras d'ici peu dans l'endroit le plus crade de toute la ville !

— N'importe quoi !

Cellendhyll réprima un rire et annonça :

— Tu n'es pas mon genre, Barrowmer, désolé.

Ils se quittèrent devant l'auberge, et l'Ange rentra, le cœur léger, ravi d'avoir renoué le contact avec ses camarades. Il n'en vit rien mais, du haut des bâtiments qui le surplombaient, une silhouette masculine le suivait, bondissant de toit en toit avec une grâce inquiétante.

Chapitre 29

C'est accompagnée d'un Leprín aux airs revêches qu'Estrée pénétra dans la salle des Fumées de Mhalemort. Elle arborait pour l'occasion une robe longue et austère au violet presque noir, qu'elle avait boutonnée jusqu'en haut du cou, ainsi qu'une cape de même facture ; ses cheveux étaient ramassés en une longue natte torsadée.

Une fois arrivée dans l'austère salle des Fumées, elle se plaça devant le trône d'Épines sur lequel était juché le souverain des Ténèbres, s'agenouillant pour saluer ce dernier avec toute la dévotion qu'elle était capable d'afficher.

— Bienvenue à Mhalemort, fille d'Eodh, susurra le Roi-Sorcier tout en indiquant à la jeune femme qu'elle pouvait se redresser. Leprín m'a transmis ton message, que me veux-tu exactement ?

— Votre seigneurie, je serai franche… Je ne me leurre pas : vous me demandez des renseignements qui vous permettront de lancer un assaut direct sur le Chaos. Ces renseignements sont donc capitaux. Bien que sachant que si j'étais découverte par les miens j'encourrais pire que la disgrâce, j'estime pouvoir vous les fournir, mais il vous faudra en payer le prix.

— Que veux-tu ?

— Une fois que vous serez maître du Chaos, je veux sa régence. Vous n'aurez pas à regretter ce geste car vous aurez en moi la plus fidèle des alliées. Ne vous l'ai-je pas démontré depuis longtemps en vous fournissant tous ces secrets sur les Maisons ? Je suis consciente que le prix que je demande est élevé mais en contrepartie, je vous livre les clés de mon royaume… Je sais que Leprín espérait me payer avec de la bleue-songe mais je n'en suis plus esclave.

Après un temps de réflexion, le Père répliqua :

— Jusqu'ici tu ne nous as pas livré suffisamment pour demander une telle récompense… En revanche, si véritablement tu me donnes ce que je veux, tu auras fait la preuve de ton engagement envers moi… Et je serai ravi de te nommer régente du Chaos.

— Je ne faillirai pas, monseigneur.

— Nous verrons. Tu peux disposer à présent. Leprín, raccompagne-la et reviens me voir.

Une fois Estrée engagée dans le portail qui la ramènerait à l'auberge de *La Lande perdue* – soucieuse plutôt que triomphante, étonnée que le Père de la Douleur ait aussi facilement accédé à ce qu'elle réclamait, se demandant si elle pouvait accorder quelque crédit aux promesses qui lui avaient été faites –, Leprín retourna voir son maître.

Le Roi-Sorcier l'interpella aussitôt :

— Eh bien, Leprín, que penses-tu de cet entretien ?

— Sans vouloir vous manquer de respect, je m'étonne de votre réaction, monseigneur. Vous avez promis à Estrée rien de moins que la régence du Chaos…

Le Père de la Douleur lâcha un petit rire aux accents discordants :

— Chère Estrée d'Eodh ! Oui, je lui ai promis cette insigne récompense… Tu devrais cependant me connaître assez pour te douter que je n'ai pas l'intention de tenir ma promesse… En vérité, une fois le Chaos asservi, c'est toi que je songe à nommer comme régent. Si quelqu'un mérite ce poste dans mon entourage, c'est bien toi, Leprín… Pour sa part, cette Estrée me semble trop bouffie d'ambition pour que nous puissions véritablement lui faire confiance. Rosh Melfynn était faible et je pouvais le manipuler à ma guise, la fille d'Eodh se révèle d'une tout autre trempe. Laissons-lui croire qu'elle aura ce qu'elle veut.

Le légat des Ténèbres opina gravement, le regard brillant à l'énoncé de la rétribution qui l'attendait. Son souverain poursuivit :

— Je cerne mal l'étendue de tes relations avec cette jeune femme, Leprín. Éclaire-moi, veux-tu ? La désires-tu ? Éprouves-tu pour elle des sentiments plus profonds encore ?

Leprín pesa sa réponse :

— Je la désire, seigneur, je ne peux que l'admettre. Estrée d'Eodh est une femme qui sort de l'ordinaire et je rêve de la posséder. L'aimer ? Comment un Ténébreux de pure souche pourrait-il aimer un membre du Chaos ? Non, je n'éprouve que de la concupiscence à son égard, rien de plus…

— À la bonne heure ! Le cas échéant, tu m'aurais fort contrarié. Le désir est un sentiment acceptable, l'amour en revanche est une infamie que je méprise. C'est même la pire de *vos* faiblesses.

Leprín ne se méprit pas sur la tonalité de l'avertissement, c'est bien pour cela qu'il avait menti à son seigneur. Il devrait continuer de cacher l'amour dévorant qu'il éprouvait pour la jeune femme et qu'il avait tant de mal à juguler.

— Ainsi donc Estrée a réussi à vaincre l'addiction à la bleue-songe… Je ne croyais pas la chose possible. Cette petite a décidément de la ressource. Nous verrons bien si elle tient parole. Si c'est le cas, une fois le Chaos conquis, elle aura une récompense mais nullement celle qu'elle a demandée. Sinon, si elle cherche à nous tromper, elle connaîtra le poids de ma colère. En attendant, à toi de la gérer, Leprín. L'héritière d'Eodh est la clé qui nous ouvrira les portes du Chaos.

Chapitre 30

Cellendhyll était seul dans le hammam de l'hôtel, exsudant les toxines de la veille dans une pièce ronde à quatre piliers centraux, décorée d'une faïence à petits carreaux verts et bleus. La vapeur chuintait, sifflait, issue de bouches d'aérations placées en bas des murs.

Assis sur un banc de pierre, vêtu d'un seul pagne, l'Adhan suait à grosses gouttes. Il s'abandonnait à la brume brûlante, plongé dans une agréable torpeur. Les contours de la grande pièce avaient disparu, comme absorbés par la vapeur.

Un mouvement de l'autre côté des piliers le fit se redresser. Il n'était plus seul.

Un léger halo rougeâtre se forma à droite d'un pilier. Cellendhyll se mit en position de combat. Le halo avait disparu. L'Adhan tenta une nouvelle fois de percer la brume du regard, sans succès.

Un mouvement soudain sur sa gauche. Le halo réapparut, nimbant la silhouette de celui qu'il protégeait. L'Ange eut juste le temps d'entrevoir un visage au teint pâle, maigre, figé par la détermination. L'assaillant était athlétique, vêtu comme lui d'un unique pagne, avec des cheveux très courts.

Percuté de côté, l'Adhan s'effondra. Il accompagna sa chute d'un roulé-boulé, se redressa tout en se retournant. Ses mains brusquement croisées devant lui interceptèrent le coup de pied qui le menaçait. Il emprisonna la cheville de l'assassin, qu'il releva vers le plafond, avant de faucher son autre jambe. L'homme chuta mais réussit à tourner sur lui-même pour s'arracher à son étreinte.

Cellendhyll se jeta sur lui mais l'autre le repoussa d'une ruade des jambes jointes. Le tueur se remit sur pied d'une torsion des reins avant de relancer son assaut. Cellendhyll pivota, frappa du coude, reçut un crochet sur la pommette, riposta d'une manchette qui manqua son but.

Un nouveau coup de pied le cueillit en haut de la cuisse. L'Adhan fit semblant de perdre l'équilibre, avant de se détendre comme un fouet. Le coup qu'il porta fendit la joue du tueur mais ce dernier sembla ne rien ressentir et la blessure se referma quelques instants plus tard. Le tueur fit un pas en avant, feinta un crochet du gauche et frappa d'un revers de la droite qui atteignit Cellendhyll au front, le sonnant quelques instants. L'autre en profita pour passer derrière lui et lui faire une clé au cou.

Cellendhyll tendit les muscles de sa gorge pour se protéger. Mais, torsadé de muscles, l'avant-bras du tueur l'étranglait sans qu'il puisse se dégager de son étreinte.

Un coup de talon sur l'arrière du pied de l'assassin lui procura un léger répit. L'Adhan frappa vers l'arrière, du coude, en plein plexus solaire. Puis il se cassa en deux et fit passer le tueur par-dessus lui, l'entraînant dans un vol plané. À peine au sol, son adversaire releva une jambe tendue pour le frapper en plein torse et le faire reculer. Il se redressa d'un bond. Cellendhyll combla l'écart et lui décocha un coup de pied dans le genou pour le déséquilibrer. Fit suivre d'un coup de coude dans la gorge, d'un autre dans l'oreille.

Le tueur encaissait les coups, néanmoins, protégé par la magie rouge, il n'était que freiné et pas amoindri. Cellendhyll, en revanche, commençait à ressentir la fatigue et les douleurs qui s'accumulaient. Il était harcelé depuis le début du combat, aucun répit, impossible de se plonger dans le Zen ou d'atteindre le Hyoshi'Nin.

Il parvint enfin à saisir le poignet de l'assassin, à le retourner pour obliger l'homme à se courber en deux. L'autre répliqua d'un coup de pied arrière dans le genou de l'Ange, en profita pour se libérer et enchaîner immédiatement d'une frappe du coude en pivot arrière. L'homme aux cheveux d'argent se baissa pour éviter la riposte et se redressa aussitôt après pour bousculer son adversaire d'un coup d'épaule. Le tueur partit en arrière, glissa, se cogna contre un pilier. Cellendhyll se rua sur lui, décidé à profiter de l'avantage. Mais le choc fut étouffé par la magie rouge et le tueur n'en fut nullement diminué. Il prit appui contre la colonne de pierre et jaillit en avant. Porté par son élan, il percuta Cellendhyll en plein torse, le projetant à son tour contre un pilier. L'Ange n'avait rien, lui, pour le protéger de la douleur. Le choc contre la pierre fit naître une langue de feu intense qui remonta tout le long de son dos tandis que son cerveau était flagellé d'explosions de lumière.

L'homme revint au contact. Profitant de l'hébétude de Cellendhyll, il le saisit par le cou et bascula dans une roulade arrière. Entraîné par l'élan, impuissant, l'Ange s'envola pour s'écraser par terre, à nouveau victime d'un déferlement de souffrance.

Le tueur se jeta sur lui. Les membres enchevêtrés, les deux combattants roulèrent sur le sol dans un corps à corps que le désir de vaincre exaspérait d'autant plus que la moiteur ambiante rendait leurs peaux glissantes et leurs mains maladroites. Tous deux avaient les cheveux courts, pas de prises possibles non plus de ce côté-là.

L'assassin se révélait plus lourd. Il parvint finalement à se hisser sur l'Adhan, pesant de tout son poids. Il tentait de planter ses doigts dans les yeux de l'Ange. Ce dernier secouait la tête pour l'en empêcher. L'autre changea de tactique. Il frappa l'Adhan à la mâchoire, avant de le saisir au cou des deux mains et de serrer. Cellendhyll cogna dans les côtes, mais fut contré par la magie rouge qui effaçait la douleur. Alors il saisit les deux pouces du tueur plaqués contre sa gorge et les retourna d'un geste sec, les brisant net à leur base. Le tueur ne ressentit rien mais ses mains perdirent de leur force. Cellendhyll passa son avant-bras en travers de la gorge de son assaillant et s'en servit comme d'un levier pour le repousser sur le côté. L'autre tenta de se redresser mais l'Adhan pivota sur lui-même, toujours allongé dos contre le sol, et frappa le tueur du bout du pied, fauchant le genou replié sur lequel l'homme prenait appui. Tandis que l'homme retombait, Cellendhyll étendit ses jambes en ciseau et les passa autour du cou de son adversaire. Puis il croisa ses chevilles et serra, la tête de l'assassin bloquée entre ses genoux.

L'assassin se débattit du mieux qu'il put mais il avait perdu l'avantage et la magie protectrice se révélait inopérante devant une telle attaque. Il tenta bien de frapper l'Adhan mais ce dernier lui emprisonna le poing, qu'il tordit, tout en cambrant les reins, toujours en train de l'étrangler. Le visage du tueur se marbra. La magie rouge protégeait de la douleur, pouvait guérir des coups, des entailles ou des lacérations, elle ne pouvait cependant lui apporter l'oxygène dont il avait besoin.

Un claquement sourd résonna soudain dans la salle et la tête du tueur resta figée dans un angle impossible, son corps amolli. Il venait de glisser dans la mort qu'il avait vainement – pour la dernière fois – tenté d'infliger.

Haletant, Cellendhyll mit quelques instants pour se relever. Des élancements parcouraient tous ses muscles. L'affrontement avait été bref mais intense.

Comme les fois précédentes, la lueur rouge qui enveloppait l'assassin enfla, gagnant en intensité, avant de disparaître, emportant le cadavre avec elle, gommant toute trace du combat.

Après avoir vérifié qu'aucun autre ennemi ne le menaçait, Cellendhyll retourna à son casier, se rhabilla, récupéra sa dague. Désormais, même au hammam, il ne la quitterait pas.

Il était plutôt soulagé que le cadavre eût disparu. L'Adhan ne se sentait pas la force de le transporter ailleurs, si tant est qu'il eût disposé d'un endroit où le parquer – il n'avait aucune envie d'alerter le personnel du *Meuritz* sur la traque dont il était la proie.

Étouffant une grimace de douleur, il remonta, sur ses gardes, droit vers sa chambre, prêt à dégainer au moindre signe de danger. Une douche brûlante était le meilleur remède en attendant de pouvoir offrir son corps à la lumière des lunes jumelles et ainsi se livrer à sa propre magie curative, celle offerte par son cœur de Loki.

Chapitre 31

Une heure et demie plus tard, après une courte sieste, Cellendhyll sortit prendre l'air. Ses muscles protestaient de la fatigue du combat livré mais il les fit taire d'une gifle mentale.

Il passa la journée à arpenter la ville, à poser des questions sur Arasùl dans certains endroits, sur le meurtre du seigneur Alvéras et sur la secte de l'Hydre dans d'autres. Il ne récolta aucun renseignement mais espérait bien finir par débusquer les séides de l'Hydre, finir également par trouver une piste qui le mènerait sur la voie du tombeau d'Arasùl. Il se retrouvait avec trois enquêtes distinctes à mener de front. Un véritable enquêteur eût probablement préféré agir dans l'anonymat, surtout sans se faire repérer… Cellendhyll toutefois n'était pas un enquêteur. Son domaine à lui n'était pas l'expertise ou la réflexion élaborée. Son domaine était l'action, l'action violente, meurtrière, il le savait parfaitement et endossait ce rôle sans hésitation ou remords. Quant à la tactique qu'il emploierait pour mener ses recherches à bien, éprouvée plusieurs fois avec succès, elle consistait tout au contraire à attirer l'attention sur lui. « Agiter le chaudron », comme disait

Gheritarish. Un bon moyen de provoquer une confrontation, de faire surgir ceux de l'Hydre pour mieux les capturer, les interroger et leur régler leur compte. Ainsi Cellendhyll n'enquêtait pas réellement, il provoquait, espérant finir par obtenir une confrontation.

Il avait demandé au concierge du *Meuritz* de lui fournir une invitation pour cette inauguration de casino. Il espérait y faire d'une pierre deux coups… Repérer Gamaël, si ce dernier daignait se montrer, et obtenir un entretien de l'archevêque Rymanus, dont avait parlé le lieutenant Dulach. Car si ledit Rymanus s'arrogeait le contrôle d'une enquête qui normalement ne le concernait pas, il était peut-être en possession d'informations intéressantes sur les meurtres. Cette réception donnée par la Lumière, à laquelle l'archevêque ne manquerait pas d'assister, offrait un excellent moyen de rencontrer le prélat. Accepterait-il de parler à l'émissaire du prince Yggdrasil ? C'était une autre affaire mais l'Adhan verrait bien une fois le moment venu.

La veille au soir, Nifold lui avait obligeamment fourni une liste des librairies qu'il connaissait, sans prétendre toutefois que Cellendhyll y trouverait des réponses à sa quête. L'Adhan ne pouvait évidemment pas se rendre à Mhalemort et demander benoîtement des renseignements sur le seigneur ténébreux. Tandis qu'ici c'était possible. Les Ténèbres étaient l'ennemi juré de la Lumière, les Ténèbres étaient le mal, il était donc logique qu'on en étudiât les différents aspects ; de plus Arasùl était un seigneur, il se pouvait que son histoire ait été consignée par quelque historien.

Il y avait plus de vingt librairies disséminées dans toute la cité, certaines généralistes, d'autres plus spécifiques. L'Adhan entama leur visite par ordre de liste.

Cette première série ne donna rien. Aucun des hommes ou des femmes de lettres que questionna l'Adhan sur Arasùl n'avait d'élément à lui fournir.

Au cours de ses déambulations, cependant, une idée germa puis le titilla, enfla jusqu'à devenir incontournable. Le soir même, Cellendhyll la soumit à Nifold, en aparté. Ce dernier convint sans aucune réticence qu'elle était excellente et qu'il fournirait à l'Adhan les renseignements complémentaires nécessaires pour la concrétiser.

La nuit était tombée depuis un bon moment. Cellendhyll quitta *La Mouette rieuse* après y avoir partagé du bon temps avec les voleurs. Ces derniers n'avaient, pour le moment, récolté aucune information digne de faire progresser ses missions mais il avait tout de même passé un excellent moment en leur compagnie.

Chapitre 32

Costume brun, chemise blanche, apparence irréprochable, Cellendhyll contemplait l'intérieur du casino, les lèvres pincées.

De la verdure, partout.

Des plantes grimpantes aux fleurs de couleur vive tombaient paresseusement des murs, encerclaient les colonnes de soutien, s'entremêlaient à des lianes, à des arbustes, à des arbres exotiques. Des fontaines dressées dans la salle délivraient, non pas de l'eau pure, mais du champagne ou de l'alcool de fleurs rafraîchi.

Le contraste entre cet aspect de nature, factice, et les tenues apprêtées et luxueuses des invités apparaissait ridicule aux yeux de l'Ange. Pour sa part, il ne pouvait aimer que la nature sauvage, fière, dangereuse. Il respectait sa vérité, son âpreté. Tandis que l'ersatz composé sous ses yeux l'agaçait, ce n'était là que gaspillage et mauvais goût. Ce tapis en vrai gazon par exemple, c'était d'un ridicule consommé.

Quant aux costumes ajustés des serviteurs, assemblage de feuilles, de fleurs et de verdure cousu sur des justaucorps et des collants, il y avait de quoi s'esclaffer à gorge déployée.

L'Ange entendit cependant bon nombre d'invités s'extasier devant ce décor jugé si original, si frais. Il retint une grimace puis se gourmanda. Quelle importance au fond ?

Un quart d'heure après l'arrivée de l'Adhan, un fiacre s'arrêta devant le casino, situé à l'est de la ville, au début des hauteurs des quartiers riches. En descendit une jeune femme blonde. Elle avait les traits durs mais harmonieux, les cheveux courts, cendrés, et portait une coûteuse robe vieil or. Vigilant, son regard turquoise semblait mémoriser le moindre détail de son environnement. Elle entra dans le bâtiment.

L'inauguration avait débuté avec le discours inaugural de Quentin de Bérune aux côtés duquel se tenaient l'archevêque Rymanus et l'administrateur Vaillence, les membres valides du Conseil. Cellendhyll écouta à bonne distance de Vaillence, ne tenant pas particulièrement à se faire reconnaître de celui qui avait fréquenté son défunt père. Le discours prononcé par le seigneur de Bérune était un modèle du genre mais ne présentait aucun intérêt pour l'Adhan.

Aussitôt l'intervention terminée d'un retentissant « Amusez-vous ! », la foule des invités s'égaya, joviale, excitée, se divisant pour rejoindre les places de jeu, après un détour ou non vers l'un des buffets encadrés de verdure, chargés de victuailles et d'alcools rares.

La soixantaine d'invités avait été triée sur le volet parmi la noblesse, la haute bourgeoisie, le monde tortueux de la finance. Les invitations avaient été lancées sur l'ensemble des Territoires-Francs, et tous pouvaient s'appuyer sur une certaine richesse, voire une richesse certaine. Cellendhyll en reconnut certains ; le satrape de Thyranas, l'émyr de Korgoth, la comtesse de Vyvalin, le baron Kluth, réputés pour leur fortune et leur aptitude à la dépenser.

Bénéficiant de l'aura du prince Yggdrasill, l'identité factice de Cellendhyll ne détonnait aucunement au sein de cette puissante assemblée.

Il y avait pléthore de jeux destinés à satisfaire les parieurs. Conçus tout autant pour soulager leurs bourses que pour les distraire.

Ainsi, l'inévitable roulette aux cases azur et orangé, posée sur un grand rectangle de pierre brute, au centre de la salle, entourée d'une épaisse pelouse vert émeraude. Les jeux de cartes étaient dignement représentés, avec notamment le Valet d'Orage, le Mendiant, ou la suite d'Élémentaires. Les dés avaient également leur place, comprenant les inévitables dés-dragons, bien sûr, mais également le Mur, le Quitte ou Double, ou encore le Simplet.

Des deux côtés de l'entrée trônaient les robustes machines hydrauliques dans lesquelles on glissait une licorne tout en espérant faire sonner le gros lot. Certains invités se pressaient déjà devant d'autres jeux encore, inconnus de l'Ange et dont il se moquait.

Les maîtres de jeu officiaient à chaque table, arborant un sourire engageant, s'exprimant d'une voix paisible et mélodieuse, et leurs gestes se révélaient aussi habiles que gracieux. Choisis pour leur physique agréable, leurs manières impeccables, serveurs et serveuses s'ébattaient pour satisfaire les désirs de leur clientèle ; les mets et boissons qu'ils proposaient étant évidemment gratuits.

Gamaël viendrait-il à l'inauguration ? L'ouverture de cet établissement représentait-il un point d'intérêt suffisant ? L'Adhan n'en avait aucune idée. Il en connaissait si peu sur le renégat… Il parcourut la salle à pas lents, comme s'il admirait la décoration alors que son regard scrutateur balayait les convives.

Rathe avait placé certains de ses guetteurs à l'extérieur après s'être assuré que ces derniers avaient mémorisé les croquis réalisés par Estrée. Ils resteraient sur place les jours suivants en effectuant une ronde de surveillance.

De ce que l'Ange en voyait, sans pour autant être un spécialiste, l'opération effectuée par le Conseil lumineux paraissait être un franc succès et cet endroit ne tarderait pas à dégager d'importants bénéfices. De ce qu'il constata, en outre, aucune partie ne semblait truquée. Cela n'était pas nécessaire, la loi des probabilités assurait au casino des rentes bien suffisantes.

Les riches personnages ici présents pariaient gros et lorsqu'ils perdaient cela n'entamait ni leur fortune ni leur bonne humeur.

Le seigneur de Bérune l'avait annoncé, à la fin du mois, un restaurant gastronomique serait ouvert sur la terrasse du casino, dont on terminait d'assembler la verrière. Bérune avait ajouté que le sire Rabelaÿs, maître-cuisinier renommé sur l'ensemble du Plan Primaire, officierait lui-même aux cuisines. De quoi attirer les riches gourmands en plus des joueurs.

Au fond de la salle, figuraient trois paliers supérieurs. Sur le dernier se tenait l'archevêque Rymanus. Siméus l'escortait tandis que les seigneurs Vaillence et Bérune avaient pris congé.

L'archevêque rêvassait à un destin supérieur lorsque Siméus l'interpella doucement :

— Monseigneur, devinez qui je viens de repérer en bas…

— Je n'en ai aucune idée, chevalier. Parle donc…

— Cellendhyll de Cortavar… Il est ici, dans cette salle !

— Par la Sainte Lumière ! Laisse-moi réfléchir deux secondes, et surtout ne le perds pas de vue.

Cellendhyll se cala l'estomac avec une série d'amuse-bouche à base de poisson frais et de légumes. Un page l'aborda quelques minutes plus tard :

— Messire ? L'archevêque Rymanus désirerait s'entretenir avec vous…

Tiens donc…

— Je vous suis, répliqua Cellendhyll, curieux de savoir ce que l'ecclésiaste lui voulait.

La jeune femme blonde déambulait dans la salle, une coupe de champagne à la main. Elle avait misé sur certaines tables, sans paraître soucieuse de perdre ou de gagner. Son regard turquoise balayait la salle de gauche à droite, à la recherche de quelque chose ou de quelqu'un. Elle se figea brusquement, tandis que son attention s'attardait sur Cellendhyll, escorté du page, qui se rendait vers le fond de la salle.

Alors elle se rapprocha de l'endroit, elle aussi, pour finir par se glisser derrière un ficus aux abondantes feuilles vert et argent. Après avoir vérifié que personne ne s'intéressait à elle, elle se concentra sur l'échange à venir.

Cellendhyll monta les marches menant au palier où se tenait Rymanus. Il reconnut aussitôt Siméus mais n'en montra rien. Ce dernier le salua d'un hochement de tête des plus neutres.

— Messire de Cortavar ! s'exclama l'archevêque avec un grand sourire. Que de rumeurs, que d'interrogations à votre sujet ! Certains vont même jusqu'à vous dire suppôt des Ténèbres…

Cellendhyll éclata de rire :

— Balivernes ! Je n'ai rien à voir avec les Ténèbres, envers qui je ne ressens d'ailleurs aucune sympathie, bien au contraire. En vérité, je sers un tout autre maître à présent, proche de la Lumière, à savoir le prince Yggdrasill.

— Qui n'a pas entendu parler du prince ? rétorqua le prélat qui dévisageait l'Adhan avec une insistance affichée.

Siméus se tenait trois pas derrière le prélat, imperturbable. Celui-là, l'Adhan ne risquait pas de l'oublier, et pour cause. Mais chaque chose en son temps. Il reprit :

— Mon maître justement s'interroge sur les meurtres perpétrés en ville. J'ai cru comprendre que vous en dirigiez l'enquête. Que pouvez-vous me dire à ce sujet ? La secte de l'Hydre est-elle une piste sérieuse ?

— Oui, cette sale engeance ténébreuse nous menace mais plus pour longtemps. Nous sommes sur leurs traces et bientôt mes hommes leur feront regretter d'avoir osé s'en prendre à notre cité.

— Je suis rassuré et mon maître le sera également. Mais comment se fait-il que ce soit vous, justement, qui dirigiez cette enquête ? Je croyais que les frères de la Guelfe Blanche étaient voués à soigner…

— Simple concours de circonstances, dit le prélat. Le connétable Xavier étant souffrant, il fallait quelqu'un pour défendre nos concitoyens de ce péril haïssable. Le Conseil m'a élu pour cette tâche délicate et par le biais de cette commission, je dirige l'Orage et le guet… Mais dites-moi, messire de Cortavar, poursuivit l'ecclésiaste tout en arborant un sourire aussi onctueux qu'une motte de beurre au soleil, puisque nous parlons de l'Orage, je songe à son ancien maître, le défunt cardinal Hégel… D'après le chevalier de Nilfær, mon second ici présent, que vous avez déjà rencontré, vous avez eu un *entretien* avec le cardinal peu avant sa mort. Je me trompe ?

Ce pourceau d'Hégel a passé la nuit à me torturer, oui ! Avant que je ne lui règle son compte. Quant à Siméus, il a participé, je m'en souviens aussi.

— Ah ce bon Hégel ! rétorqua Cellendhyll. Nous avions toujours, lui et moi, de passionnantes conversations. Lors de notre dernier entretien, justement, nous avions eu une petite divergence politique, mais l'affaire avait fini par être réglée. Mes arguments l'ont emporté et nous nous sommes quittés bons amis…

Bons amis, quelle rigolade… Lors de notre première confrontation, je lui ai coupé les oreilles, et durant la seconde, je lui ai rompu la nuque.

Siméus s'approcha alors, lui aussi souriant, et tendit sa grande main à l'Adhan :

— Le passé est le passé… Sans rancune ?

— Sans rancune, rétorqua Cellendhyll.

Il saisit la main de l'homme, le tira brusquement à lui avant de lui briser le nez d'un violent coup de tête. Il n'avait pas pu se retenir. Complètement surpris, choqué par le coup, Siméus s'écroula trois pas en arrière, le visage en sang.

Rymanus recula, le visage contracté. Au regard haineux que l'ecclésiaste lui jeta, l'Ange du Chaos comprit qu'il venait de se faire un ennemi de plus, et pas des moindres. Cela ne le dérangea pas pour autant.

Il y avait quelque chose chez le prélat qui le hérissait instinctivement, et lui donnait envie de frapper.

— Vous n'êtes qu'un sauvage, Cortavar ! Hégel avait bien raison à votre sujet !

— Sauvage sans doute, mais Hégel se trompait sur un point, comme je vous l'ai dit, je n'ai rien à voir avec les Ténèbres. Quant à votre chevalier, il l'a bien mérité… Lorsqu'il se relèvera, vous pourrez toujours lui demander pourquoi.

— Je devrais vous faire arrêter, mais cela gâcherait cette soirée. Dans l'intérêt du Conseil, je ne peux me le permettre, alors partez. Et faites bien attention à vos manières, désormais je vous ai à l'œil !

Cellendhyll haussa les épaules et tourna les talons.

Le coup de tête de l'Adhan passa complètement inaperçu pour le reste des convives massés en bas. Excepté pour la jeune femme en robe dorée. Cette dernière, néanmoins, ne parut pas choquée outre mesure par le geste de l'Adhan.

Sans plus se soucier des deux notables de la Lumière, Cellendhyll redescendit calmement les marches pour retourner au milieu des joueurs. Suivi du regard incisif de la femme blonde, il fit le tour de la salle à deux reprises, cherchant à repérer Gamaël. En vain. Si ce dernier avait été présent, l'Ange l'aurait su d'instinct.

Lassé par ce lieu d'illusions et ses recherches infructueuses, Cellendhyll finit par se décider à partir. L'archevêque et le chevalier avaient quitté le palier supérieur, empruntant une porte dérobée, il ne vit aucune trace d'eux.

Il sortit à l'air libre, prit à gauche, tourna au coin de l'avenue, longeant le casino qui occupait tout le pâté de maison. Parvenu au milieu de cette deuxième artère, éclairée de hauts lampadaires et de la lumière des lunes jumelles, Felleyran la Bleue et Yrénas la Blanche, l'homme aux cheveux d'argent se figea.

Un groupe de six hommes venait de sortir de l'ombre d'une porte cochère, de l'autre côté de la rue, qu'ils traversèrent pour lui barrer le passage. Trois autres hommes surgirent de l'autre côté afin de lui couper toute retraite.

Cellendhyll se plaça dos au mur du casino, dans lequel se découpait une lourde porte de chêne, et les laissa approcher.

J'ai déclenché quelque chose.

Les neuf individus avaient les cheveux courts, très courts, des silhouettes nerveuses ou massives. Dans leurs regards et dans leur postures, ils dégageaient cet air propre aux militaires ; leurs vêtures cependant – cuir et capes sombres – avaient une coupe civile.

Ils approchèrent, suintants d'agressivité, les traits durs, le visage fermé. Ils avançaient les mains nues mais l'Adhan repéra plusieurs lames portées à leur fourreau de ceinture.

Impavide, prêt à tout, il les laissa venir à lui.

— Une bien belle soirée, n'est-ce pas messires ? les interpella-t-il d'une voix engageante.

Son regard de jade en revanche luisait d'un éclat glacé.

— Tu as importuné le chevalier de Nilfær… riposta l'un des hommes, croisant ses bras musculeux devant lui.

L'accusation était nette, le sous-entendu également.

— Et donc il vous envoie à sa place ? ironisa Cellendhyll.

— Ben oui, le chevalier ne va pas gaspiller son énergie avec un manant dans ton genre, répondit un autre.

— Ne perds pas de temps à discuter avec lui, Nikar, intervint un troisième, le plus costaud du groupe, qui se tourna ensuite vers l'Adhan : tu as osé porter la main sur le chevalier de Nilfær, maintenant on va te défoncer la gueule à coups de bottes !

Cellendhyll fit bouger sa tête pour étirer les muscles de ses épaules et un sourire carnassier vint éclairer les traits de son visage glacial.

— Voilà un programme qui me semble un peu trop ambitieux pour vous, les gars, mais j'avoue que je suis curieux de voir comment vous allez réaliser ce fantasme.

— Ah ouais… Eh bien, tu vas…

Cellendhyll bondit sur son interlocuteur qu'il frappa sèchement au gosier d'un revers du tranchant de la main. Il poursuivit son élan, tourna sur lui-même, brisa la rotule du deuxième d'un coup de botte avant de l'envoyer bouler contre la masse des autres.

Un autre sbire surgit sur sa gauche. D'une fourchette formée de ses deux doigts raidis, Cellendhyll aveugla son vis-à-vis. Sans temps d'arrêt, il remonta son coude et frappa un quatrième en pleine gorge. Puis il pivota sur sa jambe droite, remonta l'autre en équerre et le talon de sa botte épaisse fracassa la mâchoire du cinquième. Le tout n'avait pris que quelques secondes et les assaillants se retrouvèrent étendus sur le sol.

La rapidité d'exécution de son assaut multiple, l'aisance avec laquelle il l'avait perpétré fit hésiter les suivants. Des renforts cependant arrivaient à la rescousse de tous côtés. Cellendhyll recula jusqu'à s'adosser à la porte. Elle était verrouillée.

Ils étaient probablement trop nombreux, mais il en abattrait le plus grand nombre possible avant de succomber.

Les guerriers se rapprochèrent de nouveau, cette fois les armes à la main. La défaite se profilait.

C'est alors que derrière l'Ange résonna un claquement métallique. La porte s'ouvrit.

— Entrez, vite, souffla une voix féminine.

Cellendhyll s'exécuta aussitôt. À peine entré, la porte fut refermée, le verrou passé.

Devant l'Adhan se tenait une jeune femme élancée aux courts cheveux blonds, revêtue d'une robe de soirée plutôt attrayante. Ses grands yeux d'un bleu intense le fixaient d'un air amical.

Les coupe-jarrets frappèrent la porte de chêne à coups redoublés, sans pour autant parvenir à l'ébranler.

— Venez, lui dit la femme. Ces voyous vont probablement tenter de vous intercepter devant l'entrée principale. Je vais vous conduire de l'autre côté du bâtiment, vous pourrez sortir en sécurité.

D'un hochement de tête, l'Adhan signifia son accord. La jeune femme le guida vers un escalier puis une longue galerie d'où l'on pouvait discerner le brouhaha étouffé de la salle de jeu. Ils montèrent un nouvel escalier, empruntèrent un nouveau couloir, avant de s'arrêter devant une double porte. Son accompagnatrice se tourna vers lui :

— Vous pouvez vous esquiver par là.

— Merci, ma dame. Quel miracle a bien pu vous placer sur ma route ?

— Cela n'a rien d'un miracle, messire, sourit-elle en dévoilant les fossettes de ses joues. Je suis sortie sur l'un des balcons du casino pour m'aérer un peu, et je vous ai vu d'en haut en bien mauvaise posture. Je ne pouvais pas rester sans rien faire alors j'ai décidé de vous aider dans la mesure de mes moyens. Estimant que je n'aurais pas le temps de chercher du secours, je me suis contentée de descendre les escaliers jusqu'au rez-de-chaussée et de vous ouvrir. Cela n'a rien d'un exploit.

— Eh bien, pour moi, c'en est un. Comment vous remercier ?

Elle balaya l'air de la main :

— Vous ne me devez rien, j'ai fait mon devoir, rien d'autre. Je me demande tout de même ce que vous voulaient ces brutes.

— J'ai déplu à quelqu'un, ils voulaient me le faire payer, expliqua l'Adhan.

— Pour qu'il y ait autant d'hommes en face de vous, c'est que vous avez affaire à quelqu'un de puissant, analysa son interlocutrice.

— À quelqu'un que je n'ai pas frappé assez fort, surtout, et qui va finir par regretter de m'avoir rencontré, asséna l'Ange. Enfin, mille mercis en tous les cas de m'avoir sauvé.

L'Adhan ouvrit la porte, qui débouchait dans une rue calme. Il salua celle qui l'avait sauvé et sortit. Bientôt happé par les ombres de la nuit.

La jeune femme en robe d'or foncé l'observa s'éloigner d'un regard pénétrant, avant de repartir de là où elle était arrivée, un pli pensif lui barrant le front.

Cellendhyll redescendait vers le centre-ville. Il avançait tout en songeant à ce qu'il venait de vivre, à l'attitude de l'archevêque, à celle de la jeune femme qui l'avait aidé. Il n'avait même pas pensé à lui demander son nom. Et le prélat, que signifiait son attitude ? Que faisait Siméus à ses côtés ?

Il y a quelque chose de pourri dans l'empire de la Lumière, estima Cellendhyll. *Que Siméus soit au service de l'archevêque n'est pas un bon signe. Je me demande si ces deux-là n'ont pas eu partie commune avec cette pourriture d'Hégel. Ils exsudent un fanatisme au moins équivalent. Au moins, Hégel n'ennuiera plus personne, et surtout pas moi. Je l'avais prévenu, pourtant, de me laisser tranquille... Quant à l'archevêque Rymanus, en dépit du fait qu'il me déplaise, il me paraît suffisamment coriace pour gérer la menace de cette secte ténébreuse.*

Chapitre 33

Nourri de ces pensées, l'homme aux cheveux d'argent avait quitté la ville haute, abordant un secteur résidentiel paisible qui faisait tampon avec le centre. Un glissement de pas étouffé, dans la ruelle, derrière lui, mit fin à ses supputations. Un bruit tenu, certes, mais qui lui suffit pour s'alerter.

Étaient-ce les tueurs lancés à sa poursuite ? Les sbires du chevalier Siméus ? Ceux de la secte de l'Hydre ? Il n'en savait rien mais était bien décidé à le découvrir.

Plutôt que de continuer vers le centre-ville, trop peuplé même en cette fin de soirée, il obliqua vers le sud, choisissant les rues qu'il estimait les moins fréquentées.

C'est alors que la voix de celui qui le suivait s'éleva, comme sécrétée par un vent sournois.

— Je regrette les Spectres, tu sais, Cellendhyll…

Gamaël. L'Ange avait passé une partie de la soirée à le traquer et c'est finalement lui qui l'avait débusqué. Risible.

L'Adhan tourna la tête en tous sens, tentant de déchiffrer les ombres qui s'étiraient tout autour de lui, mais le renégat, où qu'il se tapisse, restait indétectable. Alors Cellendhyll reprit sa marche, nettement sur ses gardes à présent. Il lui fallait de l'espace pour obliger l'autre à se démasquer, mais dans un endroit où il ne serait pas dérangé pour l'affronter.

— Je ne croyais pas vivre ça un jour, mais c'est bien le cas : j'ai commis une erreur, je n'aurais pas dû agir ainsi sur Valkyr… reprit Gamaël, d'une voix étouffée qui paraissait surgir de partout et de nulle part.

Cellendhyll avançait sans se presser, il ne voulait surtout pas perdre son interlocuteur. Il continua ainsi, sans paraître se soucier de la voix qui se répercutait doucement sur les murs des bâtiments.

— Je voudrais te parler, t'expliquer certaines choses. Mais je ne sais pas si tu m'en laisseras la chance. Il *faut* que nous discutions !

— Eh bien, montre-toi, si tu veux dialoguer, Gamaël, puisque c'est ainsi que tu t'appelles réellement, riposta l'Adhan qui ne voyait pas où le renégat voulait en venir.

Il avait l'impression qu'une forme humaine se dessinait, sur sa droite, dans l'ombre d'une maison. Sans montrer qu'il avait repéré son interlocuteur, il poursuivit :

— Après tout, j'avoue que j'aimerais en savoir plus sur ce qui s'est passé à Valkyr. Je n'étais pas là quand Khorn et Melfarak sont morts. C'est toi qui les as tués, vraiment ? J'ai du mal à y croire…

L'apparition se densifia en approchant d'un pas. C'était bien Gamaël, les épaules couvertes d'une cape de cuir vert sapin.

— Écoute, dit le renégat d'un ton très doux, je sais que les apparences sont contre moi mais…

Cellendhyll ne lui laissa pas le loisir d'aller plus loin. D'un bond, il combla l'écart qui les séparait et frappa.

Du tranchant de la main, droit vers la gorge de Gamaël. Le guerrier para in extremis de ses mains croisées. L'Ange enchaîna d'un coup de genou qui toucha son adversaire au ventre, il voulut lui fracasser la nuque du coude, mais Gamaël se tordit sur lui-même et roula hors de portée.

Le renégat se redressa, fléchi en position de défense. Ses cheveux avaient repoussé, ils étaient bruns à présent et son visage se révélait toujours aussi séduisant.

— Tu as dit que tu étais d'accord pour parler, dit-il, je t'ai fait confiance.

— Non, c'est moi qui t'ai fait confiance et tu m'as trahi ! s'écria l'Adhan, les traits déformés par la colère.

Il bondit à nouveau, cette fois feinta à gauche, tourna sur lui-même et décocha un revers que Gamaël esquiva à grand-peine.

— Maudit sois-tu d'être ainsi borné ! s'exclama le renégat en le repoussant d'un coup d'épaule.

Il prit la fuite, s'élançant à travers une ruelle qui remontait vers le nord. Cellendhyll courut sur ses talons.

Ils ne souciaient plus d'éviter les regards ; par chance pour eux deux, la nuit était si avancée que personne ne traînait plus dans les rues.

En pleine forme, aussi rapides l'un que l'autre, ils filaient tels le vent des Montagnes Peintes, leurs faciès marqués par la concentration.

Gamaël franchit un croisement, bifurqua à droite, puis à gauche, s'engouffrant dans une ruelle étroite.

Cellendhyll adopta la même trajectoire mais dérapa sur un pavé glissant ; il reprit son équilibre en ayant perdu un peu de terrain. À son tour, il se jeta dans la ruelle, la silhouette du fuyard en point de mire.

Ils traversèrent une place déserte, l'un en fuite, l'autre en chasse, les lunes éclairant leurs silhouettes mouvantes.

Course, fuite, poursuite, épreuve, ils remontèrent la cité endormie en direction du nord. Cellendhyll avait lancé ses trois étoiles de jet dentelées, armes au tranchant redoutable que le renégat sut esquiver à chaque fois, laissant les lames fuser, terminer leur vol pour aller se ficher dans les murs ou les portes. Cependant, ses deux cœurs en pleine harmonie, son cœur de Loki renforcé par la lueur bénéfique des lunes jumelles, accroissant légèrement rythme et résistance de son possesseur, l'Adhan avait comblé son retard.

L'Ange entendait parfois, porté par l'écho, le rire de Gamaël qui sonnait étrangement, rire appuyé, teinté d'un amusement fiévreux en dépit de la tension qui les étreignait.

L'Adhan atteignit le carrefour juste à temps pour voir Gamaël s'avancer sur une vaste esplanade déserte piquetée de frangipaniers, de clecthus centenaires et de cyprès. Au centre, sur une légère éminence de pierre se dressait une grande bâtisse translucide. Gamaël s'engouffra à l'intérieur de ce bâtiment très spécial, la salle des Glaces. L'Ange se rua dans la même direction.

Il entra à son tour, avide de vengeance. Aucune trace de l'Ombre renégate. Il avança, prêt à renouer avec la violence, son éternelle et gourmande complice.

La salle des Glaces était en fait un vaste labyrinthe aux méandres infinis et aux murs tapissés de miroirs étincelants. Libre d'accès, elle était éclairée de jour comme de nuit par des faisceaux de gemmelitte fichés dans les plafonds.

Cellendhyll y progressait lentement, sondant le terrain du bout du pied, tous les sens en alerte. Les allées qui séparaient les miroirs étaient parfois étroites, parfois larges, renvoyant à chaque fois, démultipliée à l'infini, l'image de sa colère déterminée.

— Elle s'appelait Ysandre, c'était ma jeune sœur. J'avais promis à mes parents, sur leur lit de mort, de veiller sur elle. Elle était fraîche, gaie, intelligente, belle comme un soir d'été. Son caractère, hélas, était faible…

Bercé par la voix omniprésente de son adversaire, ce timbre lent et fantomatique, l'Adhan marchait au hasard, tâtonnant pour vérifier son cheminement. Sa perception rendue confuse, il devait puiser dans ses ressources mentales afin de maintenir sa vigilance malmenée par cet océan aux reflets miroitants.

— Sans le vouloir, Ysandre a fini par s'attirer l'intérêt de notre seigneur. Ce dernier s'est mis à la courtiser. Ma sœur hésitait, impressionnée par son statut. Pourtant, à force d'attention et de prévenance, Morion a réussi à trouver le chemin de son cœur… On les voyait se promener main dans la main sur les remparts de la Citadelle, dans les jardins ou la forêt. De vrais tourtereaux…

Tout en parlant, Gamaël apparaissait et disparaissait, sa silhouette transformée en traits fusants, détournés, amplifiés par les miroirs.

— Ils riaient, s'enlaçaient ou s'embrassaient, sans se soucier du regard des autres. Ysandre aimait Morion avec la passion sans concession d'une adolescente. Le seigneur était son premier homme, je pensais qu'il allait l'épouser, et j'étais si fier que ma petite Ysandre soit l'élue du Puissant d'Eodh !

Comment savoir quelle image du renégat était la vraie ? Comment le découvrir alors qu'à chaque vision, on avait à choisir entre dix, vingt, trente, cent représentations ? Ce maelström visuel déconcertant rendait la traque totalement improbable.

— Mais Ysandre ne représentait pas un assez bon parti pour le fils d'Eodh. Au bout de trois mois, il a commencé à se lasser de cette relation. Il prétexta ses responsabilités pour la voir moins, il refusa ses rendez-vous. Ma sœur finit par comprendre et la rupture brisa son cœur qu'elle avait trop sensible. Un beau matin, après avoir peigné ses longs cheveux, passé sa plus belle robe, elle s'est jetée du haut de la terrasse d'été de la Citadelle…

Cellendhyll ne parvenait toujours pas à repérer la position de Gamaël.

Là, dans le couloir de gauche, c'est lui… Non, encore une illusion d'optique.

— Le soir même de son suicide, après avoir pleuré la mort d'Ysandre, je suis allé voir Morion. J'étais en colère contre lui, je voulais qu'il m'explique comment ils en étaient arrivés à cette tragédie. Le seigneur m'a pris de haut d'emblée. Froidement, il a nié être responsable de quoi que ce soit concernant ma sœur. Il ne semblait aucunement touché par sa perte. Le ton est monté, ma colère également. Je l'ai insulté avant de renverser son bureau. Puis je suis parti, ma fureur obscurcissant mes pas et ma raison…

L'Adhan fit brusquement volte-face. Gamaël était derrière lui mais il se recula et disparut à nouveau.

— Trois jours plus tard, Morion m'envoyait en mission. Sur un Plan que tu dois connaître, celui de Xylofyr. J'étais censé infiltrer l'armée du satrape de Bakki'lar afin d'y copier le plan d'invasion qu'il prévoyait contre les tribus Ab'fellas. J'ai pris toutes les précautions possibles, comme à chaque fois. Sauf que les hommes du satrape m'attendaient dès mon arrivée. Qui aurait pu prévenir le satrape de mon arrivée sinon Morion ?

Cellendhyll se méfiait du renégat, et pour cause… Et pourtant, les paroles de ce dernier s'enracinaient de plus en plus profondément dans son esprit, résonnant avec une véracité dérangeante.

— Trois ans à croupir dans les geôles de Bakki'lar, tu imagines ce que j'ai enduré ? J'ai finalement réussi à m'échapper, avec les oreilles fraîchement découpées du satrape dans mes poches. Et depuis tout ce temps, je ne pense qu'à Morion, à ce qu'il m'a fait subir… Tu comprends à présent ? Il doit payer, pour tout ce qu'il m'a fait !

— Tu mens, tu cherches à me monter contre Morion, rien d'autre.

L'Adhan emprunta un passage sur sa droite. Puis un autre à l'opposé. Il entendait les pas de son adversaire glisser sur le sol, non loin de lui. Soudain une idée le traversa. Comment n'y avait-il pas songé plutôt ? Il se contraignit au calme, laissant venir le Zen à lui.

— Tu te trompes, Cellendhyll, je ne fais que te dessiller les yeux à son sujet. Morion finira par te trahir toi aussi.

— Inutile de gaspiller ta salive. Tu as tué Melfarak, Khorn, et Khémal, bafoué Faith. Tu nous as trompés, de la pire des manières.

— Je ne faisais qu'exécuter un contrat que j'avais accepté avant de vous connaître. Je te l'ai dit, je regrette… Si j'avais su, tout eût été différent.

— Que veux-tu de moi, Gamaël ?

— Devenir ton ami. Que tu le veuilles ou non, nous avons beaucoup de choses en commun toi et moi.

Le monde bleuté s'ouvrit pour lui, pulsant d'un rythme différent. La silhouette de Gamaël s'imprima alors sur la carte mentale de l'Ange.

Cellendhyll éclata d'un rire incrédule :

— Toi ? Mon ami ? Je t'appréciais lorsque je te connaissais sous le nom de Dreylen, mais depuis tes forfaits, tu n'as plus rien à espérer de moi, sinon la mort !

Et l'Ange bondit sur sa gauche, brisant d'un coup de pied sauté le miroir placé là. Le verre éclata en mille morceaux, laissant apparaître Gamaël qui se tenait posté derrière. Piétinant les débris, Cellendhyll avança encore et percuta son adversaire d'un coup de botte en pleine poitrine. Dans sa chute arrière, le renégat fendit une autre glace avant de retrouver l'équilibre et de repartir en avant.

Cerné de l'habituel halo orangé secrété par la transe guerrière, le renégat bougeait cependant aussi vite que l'Adhan. Lui aussi plongé dans son propre Zen ?

Les deux guerriers échangèrent une dizaine de coups rapides, des frappes du coude, du tranchant des mains ou des genoux. Toutes furent parées ou repoussées tant ils semblaient de force, de précision et de ruse égales.

Reflétés par les glaces, des centaines de Cellendhyll affrontèrent des centaines de Gamaël. Ce dernier ne pouvait plus fuir à présent que l'Adhan l'avait en point de mire mental.

Ils se battaient avec acharnement. Ombres tous deux, passé contre présent, l'un acharné à tuer, l'autre à se protéger.

Car si le renégat se livrait pleinement, il restait cependant cantonné à la défense, choix visible, d'évidence. L'Ange en revanche était aveuglé d'une obsession : tuer. Tuer Gamaël, de ses mains nues de préférence, contempler son agonie, éteindre les voix des Spectres qui réclamaient vengeance.

L'égalité continuait de prévaloir. Les deux Ombres portèrent des coups, en reçurent. Destinés à la même fonction, formés par le même maître, avec les mêmes méthodes, ils partageaient les arts secrets de la destruction. Ils étaient deux faces d'une même pièce reposant sur la tranche, en équilibre précaire, et qui pouvait à tout moment tomber d'un côté ou de l'autre.

Gamaël ne parlait plus, ses traits étaient figés dans un sourire nerveux. Se défendre ne suffisait plus à sa survie. Il était contraint à l'assaut sous peine de se faire submerger par la fureur glacée de l'homme aux cheveux d'argent qui arborait un rictus sauvage dévoilant ses dents.

D'un petit saut groupé, l'Adhan évita de se faire faucher les genoux. Il retomba pour aussitôt détendre la jambe en diagonale haute et toucher son adversaire au creux de l'épaule. Gamaël tressauta sous l'impact mais parvint à saisir la jambe de l'Adhan qu'il tordit. Cellendhyll décolla du sol. Tout en accompagnant le mouvement circulaire imprimé à sa cheville, il tourna sur lui-même et, de son pied libre, frappa le renégat en pleine mâchoire. Ce dernier s'écroula en relâchant son étreinte. Cellendhyll se reçut sur les mains et se releva d'un sursaut des reins. Il se jeta sur son adversaire mais cette fois, ce dernier réussit à lui faucher les genoux d'un balayage.

Les deux hommes se redressèrent, prêts à reprendre les hostilités. Gamaël avait la bouche meurtrie, elle enflait déjà.

— Cela suffit, dit-il. Tu ne veux pas m'écouter, soit.

Il prononça alors un mot à consonance hachée. Sa silhouette parut perdre de sa densité et l'instant d'après, il avança droit sur l'Ange. Ce dernier l'intercepta d'un coup de botte mais son pied ne rencontra aucune substance. Il redoubla d'un revers du coude, même échec. Devenu immatériel, Gamaël se riait des coups. Le renégat avança encore, passa littéralement à travers le corps de Cellendhyll. Aidé du Zen, ce dernier le vit mentalement se retourner, retrouver sa compacité normale, lever le bras, le rabattre…

Un choc sur la nuque. Un trou noir vers lequel l'Ange plongea. La voix de son adversaire l'accompagna dans sa glissade :

— À ton réveil, souviens-toi d'une chose… Je pouvais te tuer et je n'en ai rien fait.

Cellendhyll sombra dans un abîme cotonneux.

Il s'éveilla le lendemain matin d'humeur maussade. Lorsqu'il avait repris conscience, Gamaël avait disparu. L'Ange était donc rentré à son hôtel, amer, et s'était couché, une solide migraine en guise de berceuse.

Vêtu d'un simple pagne, il gagna la terrasse et se plongea dans une longue série d'étirements. Il s'était passé tant de choses la veille qu'il avait besoin de faire le tri.

Les révélations du renégat concernant sa sœur et son sort tragique ne pouvaient que l'interpeller. Pour autant, il ne le croyait pas aveuglément. Il aurait à creuser cette histoire, plus tard, de retour au Chaos, lorsqu'il en aurait le loisir. Gamaël semblait l'avoir débusqué sans difficulté. Il ne servait plus à rien, pour le moment, de le rechercher. Son instinct lui dictait que, d'une manière ou d'une autre, le renégat provoquerait une nouvelle rencontre. Il suffisait de patienter. Gamaël aurait effectivement pu le tuer, et il n'en avait rien fait. Alors, que lui voulait-il sinon le manipuler ? Contre Morion, par exemple. Si tel était son dessein, il pouvait toujours courir ! Le seigneur d'Eodh et lui avaient des divergences mais Cellendhyll ne le trahirait jamais pour un autre camp.

D'un mot, certes runique, le renégat l'avait terrassé. Cette défaite agaçait son orgueil de guerrier. La prochaine fois, il aurait le dessus, il s'en fit le serment. Quelle était donc cette magie qu'utilisait son adversaire ? Pour ce qu'il en savait, elle n'avait rien à voir avec celle du Chaos. Où le renégat l'avait-il apprise ? Comment se faisait-il qu'il en soit capable ? Des questions, encore des questions…

Il décida de laisser le cas de Gamaël de côté, du moins provisoirement. Il lui restait à enquêter sur le seigneur Arasùl et sur les agissements de l'Hydre.

Il repensa à son début de soirée, à sa rencontre avec l'archevêque Rymanus et son détestable acolyte, Siméus, à celle nettement plus agréable avec cette jeune femme blonde…

L'attaque des sbires du chevalier prouvait que ce dernier cherchait sa revanche. Soit. Qu'il y vienne celui-là ! Le prélat oserait-il le faire arrêter ? Difficile de le dire. Il devrait tout de même se montrer prudent et s'il fallait s'occuper du cas de Siméus, il serait nécessaire de le faire sans témoin.

Ses étirements terminés, il se jeta sous une douche glacée. Sa migraine n'était plus qu'un mauvais souvenir.

Il enfila sa chemise rouge sombre, sans col, passa l'un de ses costumes bruns, chaussa ses bottes de daim et sortit.

Chapitre 34

Alors que Cellendhyll franchissait le seuil de son hôtel, Rymanus achevait son petit déjeuner, une plâtrée d'œufs au lard. Il essuya le gras qui maculait sa bouche et poussa un soupir de contentement.

On frappa à la porte, il donna l'ordre d'entrer. Le chevalier de Nilfær apparut.

— Alors Siméus comment te sens-tu ce matin ?

— En colère, rétorqua le chevalier.

La fracture de son nez avait été guérie par le médicastre personnel de l'archevêque, censé s'occuper du connétable Xavier, ce qui n'était en rien le cas. Cependant, le chevalier n'avait visiblement pas digéré l'affront que lui avait fait subir Cellendhyll.

— Oui, je conçois ton humeur, dit le prélat. J'avoue que j'ai du mal à cerner ce Cellendhyll de Cortavar… Quelles sont ses motivations, je me le demande. Que penses-tu de lui, Siméus ?

— Je vais le tuer, siffla ce dernier.

— Siméus reprends-toi, mordiacre ! Apaise ta colère, en ce cas précis, elle ne me sert à rien !

Le chevalier relâcha une longue expiration avant de souffler :

— Mes excuses, votre éminence… Ce que je pense de l'Adhan ? Qu'il appartient à une sale engeance, qu'il représente un réel danger pour nous. J'ose vous rappeler qu'il a fait échec aux projets du cardinal Hégel à Gar-Vallon, avant de le tuer.

— Que la Lumière veille sur Hégel, c'était un saint homme, décréta le prélat. Et je lui ferai honneur en redorant le blason de la Lumière.

— Laissez-moi m'occuper de l'Adhan. Il suffit de le faire arrêter.

— Non, Siméus, ce n'est pas si simple, car si Cellendhyll est bien au service du prince Yggdrasill comme tout le laisse à penser, nous devons nous montrer prudents. Yggdrasill est un personnage éminent du Plan Primaire, trop éminent, il a le soutien de l'Alliance, comprends-tu ? S'attaquer officiellement à son homme de confiance équivaudrait à s'attaquer à lui. Cela provoquerait sans doute un scandale diplomatique et nous aliénerait l'Alliance, ce qui n'est pas encore une option envisageable… Curieux tout de même que cet homme surgisse ici au moment où je lance mes plans.

— Je vous le dis, seigneur, il représente un danger. Non seulement il vous a interrogé sur l'Hydre, mais je viens de l'apprendre, il a posé des questions dans toute la ville.

Rymanus balaya l'air de sa main :

— Cela n'est pas un sujet d'inquiétude. Il n'y a rien à trouver sur l'Hydre, puisqu'elle n'existe pas. Qu'il s'échine à poser ses questions, il ne fera que brasser du vent. Le seul à pouvoir le mettre sur notre piste est l'apothicaire Albédor, et ce dernier n'a aucun intérêt à le faire, tu le sais comme moi… Nous allons tout de même prendre une petite précaution. Tu dois aller voir

Albédor pour récupérer son élixir, n'est-ce pas ? Avertis-le au sujet de l'Adhan. Si ce dernier vient le voir, qu'il s'en occupe et nous prévienne, mais attention, je le veux vivant, c'est impératif…

Nilfær acquiesça.

— Tu peux disposer à présent, Siméus. Reviens me voir une fois rentré de chez l'apothicaire.

Laissé à lui-même, Rymanus resta quelques instants à réfléchir à la manière dont il pouvait intégrer Cellendhyll à ses manigances. Puis un tiraillement familier dans son bas-ventre l'incita à se lever et à rejoindre sa chambre.

D'ordinaire, il prenait le temps de digérer, mais l'excitation qu'il ressentait était bien supérieure aux humeurs de son estomac. Il s'en rendait compte, l'exercice du pouvoir l'excitait encore plus qu'auparavant. Rymanus était virtuellement en passe de diriger la capitale de la Lumière, et cela abreuvait sa libido avec autant de force que les potions qu'il prenait pour renforcer ou magnifier son désir.

Gervaise était là, alangui sur le lit du prélat, attendant son bon vouloir. L'archevêque l'avait détaché de ses fonctions, le gardant désormais pour contenter son seul plaisir.

Le jeune homme aux airs graciles portait son harnais d'esclave en cuir clouté, il avait fardé ses lèvres, huilé ses cheveux bouclés. S'attardant sur le sexe long et mince de son giton, Rymanus passa la langue entre ses lèvres. Son propre vit était déjà dressé.

— Maître… que puis-je pour vous satisfaire ?

— Silence esclave ! tonna le prélat, tout en délaçant les pans de sa tenue de brocard mauve. Tu n'es pas là pour parler. Viens plutôt ici, et montre-moi à quel point ta bouche est avide de me plaire.

La pupille allumée par la concupiscence, Gervaise se laissa glisser du lit. C'est à quatre pattes, ondulant du bassin, qu'il rejoignit son amant.

Chapitre 35

La journée se terminait dans un flamboiement rougeoyant qui couronnait les hauteurs de la ville de Lumière, tandis que le chevalier Soleil agonisait de ses efforts.

L'Ange retourna défricher le savoir livresque. Comme la fois précédente, il rencontra des gens de lettres agréables, d'autres nettement moins. Tous cependant avaient collaboré à ses recherches en présentant une réponse unanime : ils ne savaient rien. Il restait une personne sur la liste, la dernière à visiter et l'Ange avait presque perdu espoir de dénicher un renseignement utile.

La devanture de la librairie était laquée de rouge. Cellendhyll entra sans prêter garde aux ouvrages positionnés derrière la vitrine d'exposition.

Une jeune femme se tenait derrière un comptoir, vêtue d'une robe de soie moulante aux reflets vert d'eau. Elle était grande, plantureuse, les cheveux châtains, mi-longs et torsadés.

— Bonjour, ma dame. Je cherche un livre qui traite d'un sujet un peu particulier.

Le sourire de la libraire devint encore plus avenant. Après l'avoir toisé sans se cacher, d'un air entendu, elle répondit à Cellendhyll :

— Vous êtes au bon endroit, messire. Venez dans l'arrière-boutique, j'ai des ouvrages véritablement intéressants, certains sont mêmes passionnants… J'aime la passion, pas vous ?

— Ah, je pense qu'il y a méprise, dit Cellendhyll. Le sujet qui m'intéresse concerne le seigneur Arasùl.

La femme se mordilla la lèvre avant de répondre :

— Ce nom ne me dit rien.

— C'est un seigneur ténébreux. Il est mort et je cherche à en savoir plus sur lui, notamment à localiser sa tombe.

Tout en continuant de le dévisager, son interlocutrice se mit à jouer avec l'une de ses mèches.

— Quelle drôle d'idée ! Je n'ai pas ce genre d'ouvrage en rayon, moi, je fais exclusivement dans la littérature érotique…

— Oui, je viens de le comprendre.

— Vous êtes sûr de ne pas vouloir venir derrière ? susurra-t-elle d'une œillade appuyée. J'ai des estampes de grande qualité, elle sont délicieusement coquines. Si vous voulez, nous pourrions les détailler ensemble…

— C'est flatteur mais j'ai déjà quelqu'un avec qui partager ce genre d'activité.

— Ah. J'aurais dû m'en douter, les beaux gosses dans votre genre ne sont jamais célibataires.

— Merci du compliment.

— Cela dit, je ne suis pas du genre jalouse.

— Et moi je suis fidèle.

— Quelle sale maladie ! Je pourrais vous en guérir vous savez ?

— Vous êtes fort séduisante mais non merci.

— Tant pis, soupira-t-elle. Si vous changez d'avis, vous savez où me trouver.

Alors que Cellendhyll s'apprêtait à partir, elle le héla.

— Concernant votre Arasùl, le doyen de la bibliothèque municipale, le sage Nixius, saura peut-être vous renseigner. Il est un peu abrupt mais c'est un homme d'un grand savoir.

— Merci pour le renseignement, ma dame.

Et pour la remercier, il lui décocha un sourire éclatant – chose peu commune pour lui.

Il décida qu'il en avait assez fait comme ça dans la journée et rentra au *Meuritz*. Il y prendrait une douche avant de rejoindre ses compagnons voleurs.

Ils étaient retournés à la taverne du *Bateau ivre*. Installés à leur table du premier étage, ils avaient commandé un soufflé de foies de volailles et quenelles de pommes de terre pour Rathe, une fondue de poisson pour Cellendhyll. Barrowmer opta pour une énorme tourte à l'ancienne – un plat prévu pour deux –, Nifold pour un faisan en choucroute. Un haut-moutiers charpenté aux reflets rubis fut sélectionné pour accompagner leurs mets.

Rathe, constata Cellendhyll, avait meilleure mine qu'à son arrivée. Il en félicita le voleur et lui accorda volontiers le droit de boire à volonté, du moins pour cette soirée, avec la promesse que le voleur irait transpirer aux bains publics dès le lendemain.

L'Adhan ne parla pas de sa rencontre avec le renégat, il évoqua encore moins ses révélations concernant Morion. Cela ne les concernait pas.

Les voleurs n'avaient pas avancé, ni sur Gamaël, dont les portraits circulaient en ville, ni sur Arasùl. En ce qui concernait la secte ténébreuse, Rathe annonça :

— J'ai lancé tous mes contacts sur cette secte de l'Hydre. L'Hydre est apparue de nulle part, ne laisse aucune trace, aucune piste. On ne sait rien à son sujet dans la pègre, aucun contact n'a été pris chez nous, je suis formel. Et avec tous ceux que je connais ici, je le saurais, crois-moi... Et quand je dis rien, c'est rien de rien, pas même la moindre petite rumeur, nib ! Vraiment inhabituel, c'est comme si elle n'existait pas.

— Curieux, souffla l'Adhan.

— Bon, sinon, tu m'avais demandé un truc spécial... Le voilà... annonça le voleur, la moustache frétillante.

Il tendit à l'Ange un petit sachet de cuir. À l'intérieur, Cellendhyll découvrit un anneau de métal torsadé, couvert de petites runes.

— Bravo, Rathe, je savais que je pouvais compter sur toi. Comment as-tu fait ?

— Secret professionnel, se rengorgea le vieillard.

Son œil brillait d'un tel éclat que l'on pouvait se douter qu'il avait dû rivaliser d'astuce, d'ingéniosité, de finesse, de furtivité et d'adresse, en bref mobiliser tous ses talents pour obtenir l'anneau de transfert que désirait Cellendhyll. Un exploit, en un délai si court.

Un tel artefact faciliterait énormément les déplacements de l'Adhan. Celui-ci sourit :

— Allez Rathounet, tu as bien mérité de t'en rouler un.

— Aahh ! Je savais que tu étais un mec sympa, sous l'épaisse couche de sévérité qui te recouvre.

Le vieil homme ne se le fit pas dire deux fois. Il sortit son nécessaire à fumer et, en deux temps trois mouvements, se confectionna un vénérable cône d'herbe lokie n° 3 qu'il partagea avec Nifold, ce dernier daignant de temps à autre s'adonner à la fumée.

Une fois le repas achevé, l'addition présentée, Barrowmer Doigts-Agiles claqua dans ses mains et demanda :

— Quelqu'un aurait-il de quoi m'avancer ma part du repas, j'ai plus un flèche !

— Oh-oh, Barrow', quel fichu panier percé tu fais ! souffla Rathe, tout en relâchant un épais nuage de fumée de ce bleu-vert caractéristique de la production lokie,

— Je gage que notre ami au physique avantageux a une fois encore tenté dame la Chance en pariant sur les fils du dieu Equus, sourit Nifold.

— Peuh, la chance n'intervient pas aux courses, c'est tout un art.

— Mais la malchance si, hein !

— Bah, je croyais avoir un tuyau imparable, *Rameau de l'Espoir* dans la quatrième... Mais ce fichu canasson a chuté dix mètres après le départ.

Rathe éclata de rire :

— Dix mètres ? Mon pauvre vieux, c'est bien la pire mésaventure que j'ai entendue de ta part !

Le gros joueur baissa la tête, soudain penaud. Nifold intervint, en bon conciliateur qu'il était :

— Allons, mon ami, aussi inconséquent sois-tu, tu sais bien que la tolérance régit nos rapports et les liens qui nous unissent depuis toutes ces années... Nous te prenons tel que tu es, poète et rondouillard !

— Poète, c'est plus que vrai... Rondouillard ? Que nenni, j'ai un physique de bon vivant, mais vous n'entendez rien à l'esthétique de la corpulence, bande de rats verts !

Cellendhyll se renversa contre le dossier de son fauteuil tout en étirant ses longues jambes. Un sourire flottait sur ses lèvres. Il se sentait aussi détendu qu'il pouvait l'être, comme chaque fois en leur compagnie.

Sa rencontre initiale avec Rathe et ses comparses, lorsqu'il était en pleine vengeance, semblait un trait du destin. Ceux-là, il n'avait nul besoin de les voir souvent pour les apprécier sans retenue. Ils ne voulaient de lui rien d'autre que son amitié, ils étaient prêts à l'aider s'il en avait besoin, sans demander d'explication ou de salaire. Cette fidélité librement consentie le touchait profondément. Il le ressentait avec d'autant plus de joie qu'à présent son cœur d'humain était réchauffé par l'amour d'Estrée.

Où es-tu ma belle ? À quoi passes-tu le temps ? Tu me manques. Tu me manques réellement mais c'est bon, si bon. Cela me prouve que je tiens à toi. Cette pensée me rassure et me vivifie tout autant qu'elle m'effraie.

Chapitre 36

Morion avait tenu à cette soirée. Il devait prouver à ses pairs qu'Eodh n'était nullement amoindrie par la retraite du duc Elvanthyell… Oui, Eodh tenait son rang, quelles que soient les circonstances, elle conservait son assurance et sa position dominante : tel était le message que le seigneur voulait afficher aux yeux des autres clans.

La réception qu'il avait prévue était placée sous l'auspice de la lune Valistar. En son honneur, des formes rondes ou en croissant teintes à la couleur exacte de Valistar, un ivoire légèrement bleuté sur les bords, pendaient du haut plafond de la salle de réception, ondulant légèrement, caressées par une douce brise magique.

Renouvelé, toujours aussi somptueux, mobilier et décors étaient en noir ou en blanc. De même pour les uniformes du personnel.

L'hôte des lieux accueillit chacun à l'entrée de la salle, délivrant avec prodigalité ses gracieusetés, ses traits d'humour ou ses conseils.

L'homme aux traits figés dans l'adolescence par le biais de ses propres pouvoirs s'était choisi comme écrin un costume sang de bœuf, une tunique à long col gris fumé, des poulaines de brocard bleu nuit, et à la place de ses habituels bérets un chapeau pointu orné d'une longue plume de paon.

Tous les Puissants avaient répondu positivement à l'invitation, ainsi que leur parentèle et leurs vassaux. La salle était quasi pleine, en dépit de ses dimensions respectables. Les mises des convives se révélaient impeccables, chacun ayant tenu à offrir le meilleur visage possible.

Morion avait insisté pour qu'Estrée soit présente. Cette dernière avait fini par céder, comprenant les motivations de son frère. Elle se tenait donc là, adossée à un pilier de marbre, contemplant les couples en train de s'ébattre sur la piste de danse.

Cellendhyll absent, elle n'avait personne à qui plaire, de qui s'occuper. Sa robe de velours noir était l'une des plus sobres de sa garde-robe. Une ceinture en fil d'argent et ses cheveux rassemblés en une longue natte complétaient sa parure ; elle se révélait toutefois toujours aussi sensuelle en dépit de la simplicité de sa tenue.

La fille d'Eodh était plongée dans ses pensées. Comment ne pas songer à cet instant divin où elle avait dansé avec son Ange ? Où était-il ? Allait-il bien ? Pensait-il à elle ? Quand allait-elle le revoir ? Elle n'oubliait pas pour autant l'ultimatum délivré par le Père de la Douleur. Ultimatum réitéré par Leprín à l'aide de sa pierre-de-contact. Elle devrait livrer les informations désirées pour la fin de semaine. À Mhalemort même.

Pour sa part fort détendu, Morion laissa ses invités se distraire, boire et manger, danser, converser, avant de les convier à le rejoindre sur la terrasse.

La surprise qu'il avait préparée attendait les convives sous forme d'une pluie de pétales de rose, comme surgie du néant. Lesdits pétales pourpres tombaient lentement, tout en émettant de minuscules tintements lorsqu'ils explosaient en petits lumignons qui s'éparpillaient telles des lucioles ivres.

Puis, lorsque l'assemblée fut au complet, chacun et chacune une coupe à la main, Morion offrit le clou de la soirée. En face de la terrasse explosèrent alors une série de feux d'artifices s'égayant avec pétulance au-dessus des frondaisons de Streywen. Les traits qui fusèrent adoptaient toutes les couleurs du spectre de l'arc-en-ciel, avivées et rendues chatoyantes par la magie du Puissant. Les visages étaient levés vers le ciel pour admirer ces traits de mana multicolores, de lumières diffractées, vortex palpitants, comètes ardentes. Le bruit des explosions de magie, les exclamations excitées de l'assistance, l'orchestre qui jouait toujours, bien qu'en sourdine, tout cela créait un mélange parfois détonnant mais pas désagréable pour autant.

Morion, car c'était bien lui l'auteur du spectacle, avait puisé dans son infini talent pour proposer une féerie qui resterait longtemps dans les mémoires.

Mina de Pélagon était là, elle aussi, vêtue d'une robe en taffetas rose, sa chevelure blonde toujours courte, et ses yeux pervenche éclairés d'une lueur étrange. Accompagnée de trois de ses proches amies, jeunes, attirantes dans le genre nubile, visiblement portées sur la débauche, la jeune femme aborda Estrée. Elle portait deux coupes de vin blanc glacé.

— Trinquerez-vous avec nous, ma chère ? Eodh nous a encore gratifiés d'une soirée de goût.

La fille du Chaos accepta sans réfléchir, sans véritablement prêter attention à l'héritière de Pélagon.

— Cul sec ! s'écria Mina d'un grand sourire.

Les jeunes femmes vidèrent leurs coupes, Estrée les imita. Elles l'abrutirent ensuite de leur babil inconséquent. La fille d'Eodh les écouta distraitement, son esprit soudain engourdi.

Mina adressa un signal convenu à ses camarades qui la laissèrent seule avec l'héritière d'Eodh. La dame de Pélagon dévisageait Estrée avec insistance. Cette dernière se sentait la tête lourde, brûlante.

— Qu'y a-t-il Estrée, vous semblez souffrante ?

— Je ne sais pas… Je…

Estrée ne pouvait plus parler, les mots refusaient de se former. Ses jambes flageolaient.

— Venez avec moi, je vais m'occuper de vous, susurra Mina.

La fille du Chaos se sentit empoignée par le coude, tirée, conduite hors de la salle, sans pouvoir rien y faire. Sa volonté s'étiolait, son corps devenu automate.

Estrée se réveilla les tempes bourdonnantes. Elle était installée dans un épais fauteuil, les mains liées aux accoudoirs.

Mina se tenait en face d'elle, un sourire triomphant et fiévreux fleurissant sur ses lèvres fines. Elle lâcha sans ambages :

— Nous sommes chez moi, à Castel-Boivin. Cela te rappelle quelque chose ? C'est ici que j'ai perdu ma joie de vivre, à cause de toi, sale catin ! Tu as aidé Cellendhyll de Cortavar à assassiner mon Rosh, tu as ruiné ma vie ! Je vais boire ta souffrance, tu vas en payer mille fois le prix !

— Rosh n'était qu'un misérable pervers, répliqua Estrée.

Mina la gifla sauvagement :

— Tu mens ! Rosh était le meilleur des hommes, il était parfait et si brillant ! Et vous l'avez lâchement abattu.

— Tu divagues totalement, Mina ! Cet abruti de rouquin n'a finalement eu que ce qu'il méritait. Il corrompait le Chaos avec ses drogues, tu as pu le constater toi-même à travers les soirées que vous organisiez. Il trahissait les siens à la moindre occasion, Cellendhyll le premier. Rosh n'a fait que provoquer sa fin, une fin à la hauteur de ses méfaits.

Une nouvelle gifle, encore plus appuyée, balaya la tête d'Estrée sur le côté.

Cette fois, la fille d'Eodh choisit de se taire. Mina était folle, à n'en pas douter. Aveuglée, incapable d'entendre raison, de percevoir la réalité.

— Tu es si belle, Estrée, on dit d'ailleurs de toi que tu es la plus belle femme du Chaos. Tu dois y tenir, à ce beau visage que tu arbores avec tant d'impudence ? À ce corps renversant que beaucoup d'entre nous t'envient ? Je vais prendre mon temps et je vais m'en occuper un peu, juste de quoi te rendre moins… admirable.

La blonde tourna les talons sur cette tirade et claqua la porte, laissant sa captive en proie à de vives inquiétudes.

Chapitre 37

Assis sur le lit, à côté d'elle, Cellendhyll caressait les seins d'Estrée à travers l'étoffe de son corsage. Ses attouchements devinrent plus énergiques, à la limite du supportable.

Estrée ouvrit les yeux et la réalité la frappa telle une gifle. Ce n'était nullement l'Adhan qui la touchait mais l'un des gardes de Mina, un gaillard détestable, peu soigné, aux cheveux gris ramassés en une queue-de-cheval. Depuis le début de son incarcération, il la contemplait avec une concupiscence affichée, lourde de sous-entendus.

— Je sais ce que tu veux, souffla Estrée sans se démonter. Je te le donnerai, en échange d'un repas.

— Pourquoi marchander ? ricana le garde en se relevant, manifestement ravi de la situation. Ce que je veux, je le prends et tu n'es pas en mesure de m'en empêcher !

— C'est vrai, convint Estrée. Mais si je suis consentante, ce sera bien meilleur… Réfléchis. À moins que tu ne préfères baiser une planche ?

À l'air qu'arborait son vis-à-vis, elle constata que l'argument avait porté.

— Allons, poursuivit-elle d'une voix ronronnante, tu n'as rien à perdre à m'amener de quoi manger. Je serai reconnaissante, crois-moi.

L'homme passa la langue sur ses lèvres épaisses.

— C'est d'accord, je reviens, annonça-t-il avant de sortir en verrouillant la porte.

Abandonnée à elle-même, la fille d'Eodh lâcha un long soupir. Sur les ordres de Mina de Pélagon, on l'affamait depuis le début de sa captivité.

Retenue prisonnière à Castel-Boivin, la résidence secondaire de la blonde, Estrée était détenue dans une des chambres du second étage. En l'absence de Mina, elle patientait attachée par des ceintures de cuir aux montants du baldaquin de son lit, avec pour seule tenue son corsage et ses dessous.

Estrée se sentait épuisée, sale, à la merci du premier venu. Combien de temps tiendrait-elle encore ? Elle refusait pour le moment de songer aux traitements que cette démente de Mina ne manquerait pas de lui infliger dès son retour.

La blonde avait annoncé ses projets : immoler Estrée en haut de la tour de Castel-Boivin. À l'endroit exact où Cellendhyll avait tué Rosh Melfynn.

Mais cette condamnation ne viendrait pas tout de suite. Mina l'avait déclaré ouvertement, elle voulait faire souffrir Estrée avant d'honorer la mémoire de son rouquin, son amant défunt. L'héritière d'Eodh était donc destinée aux pires tourments et cela commençait par un jeûne forcé. Trois jours sans rien d'autre que de l'eau pour se sustenter, trois jours sans pouvoir se laver, avec juste un pot de chambre pour se soulager.

Elle devait s'échapper le plus vite possible. Dans son piètre état, pourtant, elle ne voyait pas comment faire, incapable d'utiliser ses faibles ressources magiques. Impuissante, Estrée ne connaissait aucune magie offensive, ni aucun sort qui pût l'aider à se libérer.

Un bruit de pas dans le couloir la tira de ses pensées.

La porte fut déverrouillée, rouverte, laissant apparaître le garde, porteur d'un plateau.

— Je vais te détacher une main, tu te débrouilleras comme ça, déclara-t-il d'un ton suffisant.

Un simple repas – un morceau de poulet, une tranche de fromage, une autre de pain, deux pommes – mais qui, pour la jeune femme, représentait un festin.

Elle mangea donc sans attendre, sous le regard amusé de son geôlier.

Manger, rien que cela représentait une épreuve. Estrée devait prendre garde à ne pas tout dévorer – son estomac ayant rétréci – sous peine de vomir, et elle ne devait pas perdre de temps non plus, ne sachant quand exactement Mina comptait revenir à Castel-Boivin.

Au moins, la nourriture lui redonna quelques forces. Pas suffisamment toutefois, mais elle devrait faire avec.

— Bon, tu as fini ? finit par s'impatienter l'homme. Je vais te rattacher, maintenant. On va pouvoir passer aux choses sérieuses.

— Voyons, comment veux-tu que je te baise si je reste attachée ?

— M'est égal en fait, tu n'auras qu'à agiter les hanches. Pas besoin de te libérer pour te prendre ! Et puis, c'est plus sûr.

Estrée lui jeta un sourire dévastateur :

— Attends un peu avant de me rattacher, regarde déjà ce que je peux faire avec une main…

Elle posa sa main sur le sexe du garde, qu'elle palpa, caressa, à travers l'étoffe de son pantalon gris. Jusqu'à provoquer une rapide et nette érection. Malgré lui, les reins en avant, le garde se laissa subjuguer par le doigté remarquable de la fille d'Eodh.

— Alors, souffla Estrée, tu vois que je sais y faire… Imagine avec ma bouche…

Un sourire béat se peignit sur les traits du garde.

Sentant à sa posture qu'il s'abandonnait, Estrée décalotta violemment son phallus, tira sur le membre comme si elle voulait l'arracher, avant de le tordre dans un aller-retour ô combien douloureux, avec toute l'énergie qu'elle pouvait déployer

Ébranlé d'une souffrance inimaginable, son frein rompu, le guerrier trébucha en avant et s'affala en travers des cuisses de la jeune femme. De sa main libre, Estrée le saisit par sa natte, lui tira brutalement la tête en arrière, plongea sur la gorge offerte et mordit.

L'instinct de survie la rendait d'une implacable férocité. Elle mordit, encore et encore, louve carnassière, arrachant la chair du geôlier, jusqu'à parvenir à trancher l'artère jugulaire.

Elle emprisonnait toujours l'homme par sa queue-de-cheval, lui interdisant toute possibilité de se dégager. Portée par l'énergie du désespoir, elle parvint à le maintenir ainsi, malgré ses efforts pour se libérer, jusqu'à ce qu'il expire dans un bain de sang, saigné à blanc par l'hémorragie.

Essoufflée par ses efforts, Estrée repoussa la dépouille et détacha la ceinture qui emprisonnait son autre main, puis ses pieds. Chancelante, elle quitta le lit.

Elle gagna le cabinet de toilette attenant à sa chambre. S'empressa de se laver du sang qui la maculait, de nettoyer ses dessous le mieux possible avant de les essorer. Entre garder ses sous-vêtements humides ou rester nue, elle choisit l'humidité.

En quête d'une tenue de rechange, elle revint dans la chambre fouiller les placards. Aucune trace de ses vêtements. Elle haussa les épaules. Finalement, même si elle les avait retrouvés, sa tenue de bal n'aurait fait que l'entraver pour s'enfuir. Ceux du garde, trempés de son sang, se révélaient par trop rebutants pour qu'elle les enfile.

Un bruit de pas lourds dans le couloir. La poignée de la porte qui s'abaissait. Estrée se plaqua contre le mur, du côté opposé à l'ouverture du battant.

— Gröger, tu fais quoi ? On te cherche depuis une demi-heure… On t'a déjà dit de laisser la fille tranquille, non ?

Un garde entra, ces mots à la bouche. La vue de son comparse, ou plutôt de son cadavre, le laissa figé, bouche bée.

Estrée profita de ce répit pour bondir sur l'homme et l'assommer à l'aide d'un chandelier prélevé sur une table. Enfin, elle s'empara de ses vêtements. Du moins une partie. Elle flottait dans le pantalon et la ceinture était trop large. Elle décrocha un cordon de rideau qu'elle glissa dans les passants.

Oui, cela allait, peu esthétique, certes, mais efficace.

La chemise bleue du garde fut nouée à sa taille ; son pourpoint se révélait également bien trop large, gênant ses mouvements. Elle le délaissa. Quant aux bottes, trois pointures trop grandes, elles ne serviraient à rien. Au moins, du fait de sa grande taille, n'avait-elle pas de problème d'ourlets. Elle prit l'arme du garde, un large et robuste poignard de combat, qu'elle passa dans sa ceinture improvisée.

Elle ressortit dans le couloir. Fouilla l'étage, sans rien trouver pour rajouter à sa tenue.

Dans son état de faiblesse, Estrée se sentait incapable de livrer un nouveau combat. Il lui fallait donc éviter toute confrontation. Elle connaissait les lieux. Elle les avait explorés avec Cellendhyll lorsqu'ils cherchaient Faith pour la délivrer. L'idéal eût été de trouver des vêtements à sa taille, de voler de la nourriture et de s'enfuir de Castel-Boivin pour se terrer dans la forêt le temps de récupérer ses moyens, notamment sa faible magie.

Pour invoquer un portail, il lui fallait une pierre de transfert. La sienne reposait sagement dans un tiroir de la commode du salon, dans ses appartements. À des lieues de là, dans la forteresse du Chaos.

Seulement voilà, il était hors de question de descendre au rez-de-chaussée pour essayer d'atteindre les portes du château ; l'endroit était trop bien gardé. La seule issue possible consistait à escalader l'enceinte qui entourait Castel-Boivin. Et pour cela, il fallait passer par les remparts.

Elle ouvrit prudemment la fenêtre, priant pour que celle-ci ne grince pas. Se pencha furtivement audehors, étudia les lieux. Elle avisa un rebord de maçonnerie qui courait le long du bâtiment. Ce rebord, pour peu qu'elle ne chute pas, lui permettrait de gagner les remparts. De là, elle devrait parvenir à descendre jusqu'à la forêt.

Se sentait-elle prête ? Certes non, mais elle n'avait pas le choix. Elle se glissa dans l'ouverture, se retourna face à la façade et tâtonna de son pied nu pour trouver une assise sur l'étroit rebord. Elle y parvint. Alors, elle agrippa les sarments de vigne vierge qui couraient librement sur la maçonnerie de Castel-Boivin. Lentement, elle commença à glisser latéralement sur le muret.

Elle surplombait la cour intérieure pavée, pour le moment déserte. De même que les remparts, elle avait vérifié que personne n'était là avant de se lancer dans son escalade.

Elle était arrivée à peu près à mi-chemin lorsqu'un miroitement apparut en plein centre de la cour. La lumière magique enfla pour former un arc de cercle vertical empli d'un halo fuligineux. Deux gardes sortirent du bâtiment principal pour accueillir le visiteur.

Estrée frémit mais ne cessa pas pour autant d'avancer. Il suffisait que l'un des guerriers d'en bas lève la tête pour la découvrir. Heureusement pour elle, l'attention de ceux-ci se focalisait essentiellement sur le portail, enfin stabilisé. Une silhouette mince vêtue de cuir noir apparut.

Mina.

Estrée continuait toujours à progresser, accrochée au treillis végétal. Plus que quelques mètres et elle pourrait aborder le rempart.

Son pied droit glissa. D'un sursaut, elle reprit son aplomb, mais, délogée par son mouvement brusque, la dague qu'elle portait glissa de sa ceinture de corde… et tomba. La fille d'Eodh retint un cri d'horreur.

La lame rebondit sur les pavés en un cliquetis métallique. Les gardes et Mina s'entre-regardèrent, un instant figés. Jusqu'à ce que l'un des guerriers lève la tête et s'exclame, l'index pointé droit sur Estrée :

— Là-haut !

Fébrile, Estrée sauta sur le plat des remparts. Du contrebas, ses geôliers s'agitaient, vociféraient, Mina la première.

La fille d'Eodh scruta l'extérieur de l'enceinte et les arbres avoisinants. Ce sapin, là… elle pouvait peut-être sauter sur l'une de ses branches puis se laisser glisser jusqu'au sol pour ensuite s'enfuir dans le sous-bois. Au-delà de Castel-Boivin régnait la forêt.

Dépêche-toi, ma fille, ils vont arriver.

Estrée monta sur le rebord du rempart, entre deux créneaux, et sauta.

Elle réussit à atteindre la grosse branche qu'elle convoitait mais ses maigres forces, bien entamées par son escalade du mur, la trahirent. Elle lâcha prise. Sa chute fut interrompue par le travers d'une autre branche ; elle s'y cogna brutalement la hanche. Le choc lui coupa le souffle. Elle chuta encore, heurta d'autres obstacles, avant de retomber lourdement sur le sol, le souffle coupé.

Heureusement, la terre et les feuilles amortirent l'impact. Cependant tout son flanc droit la brûlait.

Si elle n'avait pas eu la présence d'esprit de s'enfuir par l'un des côtés de l'enceinte et non par l'entrée, les gardes n'auraient eu qu'à ouvrir les grandes portes et faire quelques pas pour la cueillir. Tandis qu'à présent, ils devaient contourner les murailles à l'extérieur par le chemin étroit qui les longeait, terrain peu propice à la course.

Elle entendait leurs cris fleurir de l'autre côté des murs, ceux de Mina qui retentissaient d'une hystérie vengeresse, le bruit des portes dont on ôtait les barres.

La poursuite s'ébauchait.

Une main sur sa hanche, boitant, Estrée s'engagea sur la pente qui descendait vers les bois, s'enfonçant sous leurs frondaisons.

Chapitre 38

Après avoir clopiné sur la pente légère du sous-bois qui s'étalait tout autour du manoir, Estrée avait ensuite abordé une zone de plat. Elle avançait sur un semblant de piste qui s'enfonçait entre les sapins. Sa hanche l'élançait toujours, il lui était pour le moment impossible de couper à travers les bois sans la malmener davantage.

Castel-Boivin se trouvait dans l'extrême partie est de la forêt de Streywen. À des milliers de lieues de la Citadelle chaotique, son refuge. Dans cet endroit désolé, aucune autre habitation connue. Aucun allié possible.

L'après-midi s'écoulait lentement. Estrée cheminait sans avoir de véritable destination. Elle ne connaissait rien de ces bois, ignorait où elle allait, se contentant de fuir, de s'éloigner le plus possible du manoir, sans autre but que celui de semer ses traqueurs.

Cette partie de la sylve se révélait résolument différente de celle qui entourait la forteresse chaotique. C'était une zone de basse montagne, mélange de pentes, de vallons, de reliefs accidentés, de plateaux, essentiellement couverte de conifères, de fougères grises et de lierre vivace.

Estrée n'allait pas bien vite à cause de son état, d'autant moins que ses pieds nus commençaient à la faire cruellement souffrir. La jeune femme puisait dans des réserves qui s'érodaient. Ses forces déclinaient de plus en plus et l'énergie apportée par son repas était brûlée depuis longtemps.

Contrairement à l'héritière d'Eodh, Mina se trouvait en excellente forme physique. Depuis qu'elle avait décidé de se venger de Cellendhyll et de l'héritière d'Eodh, elle s'était astreinte à un entraînement martial rigoureux. Elle suivait le train de la poursuite sans perdre haleine.

Elle et ses hommes avaient perdu du temps au départ, obligés de se séparer pour retrouver la piste d'Estrée. Mais une fois que Boswiek, le forestier du clan Pélagon, l'avait détectée, le groupe composé par Mina et ses sept gardes commença à combler son retard. Les poursuivants étaient confiants, surtout avec le forestier pour les mener, sachant en outre que la fugitive était loin d'être en parfaite santé.

Estrée avait coupé une grande piste dans sa largeur, se refusant à l'emprunter ; il était vraisemblable que Mina avait envoyé des cavaliers surveiller ce genre d'artères. Elle traversa une combe, remonta une pente, gagna une nouvelle éminence encombrée d'arbres et de broussailles. Sa hanche avait fini par cesser de la faire souffrir, et elle put enfin accélérer son allure.

La fille d'Eodh avait un nouveau souci, cependant : son pied droit, entaillé sur un morceau de silex, laissait des traînées de sang derrière elle. Elle avait bien tenté de refermer la plaie avec de la mousse mais elle n'avait rien pour se confectionner un emplâtre et rien pour le maintenir en place. Et comme elle ne devait en aucun cas s'arrêter, sous peine d'être rattrapée, sa piste devenait d'autant plus repérable.

— Ici, regardez.

Boswiek souleva une feuille coincée entre deux branchages, au niveau du sol, juste devant un épais massif de laurier sauvage ; le reste de la troupe attendait plusieurs mètres en arrière afin de ne pas brouiller d'éventuels indices. Sur l'une des faces de ladite feuille, une traînée pourpre. Le pisteur la montra aux autres :

— Elle s'est coupée.

À la vue du sang d'Estrée, Mina dévoila ses dents :

— La catin est à nous !

— Certes, ma dame, reprit le pisteur d'un ton qui se voulait apaisant, mais nous devons continuer à nous montrer prudents. Nous avancerons sans traîner mais sans courir non plus. Rappelez-vous ce que je vous ai dit en partant du manoir : le traqueur prend son temps. Si nous allons trop vite, nous risquons de nous faire leurrer par une fausse piste et de perdre sa trace.

Mina était emplie d'une rage impatiente mais elle ne connaissait pas de meilleur pisteur que Boswiek. Elle s'inclina. De mauvaise grâce, mais elle s'inclina.

Le forestier à leur tête, le groupe des huit poursuivants s'enfonça dans les fourrés.

Estrée avait des crampes au ventre, les muscles de ses jambes commençaient à se rebeller. La faim l'avait reprise, en sus de la fatigue. Seule la volonté lui servait de béquille.

Le bruissement d'un cours d'eau attira son attention. Elle franchit un rideau d'ormes et découvrit un torrent qui coupait les bois en une ligne droite quasi parfaite, large d'environ six mètres. Estrée n'hésita pas. Elle descendit jusqu'à l'onde. Estimant que le courant n'était pas trop fort, elle s'y engagea.

La froideur de l'eau fut comme un baume pour ses pieds, lavant le sang, chassant les élancements. La jeune femme prit le temps de boire, de s'asperger le visage. Elle réfléchit quelques secondes avant de se décider. Elle se rapprocha de l'autre rive. Une fois arrivée à un mètre de la berge, immergée jusqu'aux mollets, elle longea le bord de l'eau en descendant vers l'aval.

Plus de traces de sang ou d'empreintes pour la trahir.

À leur tour, les gardes de Mina se rafraîchissaient à l'eau du torrent.

Accroupi à l'écart, le forestier se caressait le menton tout en regardant le ruban liquide. Il venait de traverser afin de vérifier que les traces d'Estrée qu'il avait suivies jusqu'ici s'arrêtaient bien là où il se trouvait. Et ne repartaient pas de l'autre côté.

— Elle est maligne cette petite, annonça-t-il entre ses dents, mais pas assez pour le vieux Boswiek. Dans son état, elle n'est pas assez forte pour remonter la pente de ce courant. Elle n'a pu que descendre et je finirai bien par retrouver sa piste…

Il se redressa et hocha la tête en direction de sa blonde maîtresse.

Cela marquait la fin de leur pause.

Un buisson de mûres avait temporairement apaisé ses crampes d'estomac. Estrée venait de quitter le couvert des arbres. Elle trébucha sur une racine qu'elle n'avait pas vue, à demi-enfouie par le champ de fougères qu'elle traversait, s'infligeant ainsi une nouvelle entaille au pied. Elle se redressa en serrant les dents, en maudissant Mina de toute son âme.

Clopinant pour soulager ses plaies, elle fuyait toujours. Elle grimaçait quasiment à chaque pas.

Il est impossible que cela finisse de la sorte. Pas maintenant. Mon Cellendhyll... nous avons encore tant à parcourir ensemble !

— Non, car tu m'as assassinée. Tu ne mérites pas Cellendhyll, tu ne le mériteras jamais ! lui hurla en esprit le visage de Devora, rendu livide par la mort.

Estrée se figea. C'était comme si elle avait été frappée par la foudre. Elle dut attendre quelques instants avant de retrouver un semblant d'aplomb. Pour la première fois, la voix spectrale s'adressait à elle ainsi, en plein jour. S'imposant hors du royaume des rêves.

Devenait-elle le jouet de la folie ? Ce n'était pas vraiment le lieu ni le moment pour y songer. Elle reprit sa fuite.

Un quart d'heure plus tard, elle atteignit un autre cours d'eau, plus large, bien plus vigoureux que le précédent. Une simple passerelle de bois, chaque extrémité calée entre deux gros rochers, enjambait le courant rugissant.

Estrée franchit le ponton à pas hésitants. Une fois de l'autre côté de la rive, elle empoigna la planche dans le but de la faire tomber. Il suffisait de la déloger d'entre les rochers pour la faire ensuite glisser dans le torrent.

Elle n'y parvint pas, épuisée.

La jeune femme lâcha l'extrémité de la passerelle et se laissa tomber sur les genoux. Des larmes inondèrent son visage.

Non, je ne peux abdiquer, que penserait Cellendhyll de moi, si je craquais maintenant... J'ai survécu à Valkyr, à la bleue-songe, je refuse d'abandonner devant une simple planche !

Estrée fit de sa volonté un brandon. Le brandon rougeoya jusqu'à devenir embrasement. Cet embrasement inonda son être, faisant taire – un bref moment – la fatigue extrême, les douleurs, l'abattement. Transcendée par cet accès de volonté, charriant soudain une force qu'elle ignorait posséder, la fille d'Eodh se redressa et revint à la charge. Elle saisit la planche, s'arc-bouta, puis souleva.

Allez, bouge, cracha-t-elle au bout de bois. *Bouge ! Bouge ! Bouge !*

Et la planche bougea... Oh, pas de beaucoup, certes, mais juste ce qu'il fallait pour être délogée de son assise. Ensuite, Estrée put la faire glisser par à-coups réguliers, pousser et non plus soulever, jusqu'à ce que la passerelle chute dans l'eau rugissante, aussitôt emportée par le courant.

La fille d'Eodh s'affaissa à nouveau le temps de retrouver l'énergie de continuer. Son effort extrême la laissait tremblante, exsangue d'énergie. Elle secoua la tête tandis que des points noirs voletaient devant ses yeux. Puis elle lâcha un gémissement, elle ne devait pas rester ici. Elle n'avait qu'une idée pourtant, une obsession presque, s'allonger, accueillir le sommeil qui l'appelait de toutes forces, s'y plonger, s'y engloutir jusqu'à tout oublier.

À la traîne de ses camarades, Sishtas en avait plein les bottes de cette course-poursuite. Et pour cause : il avait chaussé ses bottes neuves le matin même. Quelle idée, le jour où il devait justement crapahuter en pleine forêt. Mais comment aurait-il pu prévoir de se lancer dans une telle entreprise ?

Autant en profiter pour se soulager ; sa vessie l'élançait depuis vingt bonnes minutes. Le guerrier dégrafa son pantalon, se campa sur ses jambes, et laissa la nature suivre son cours, son urine arrosant les feuillages.

Il se sentit empoigné de chaque côté de la tête, tandis qu'on imprimait une sévère et formidable torsion à son cou. Sishtas entendit un énorme craquement résonner dans sa tête. Puis plus rien. Il venait de trépasser, les vertèbres rompues.

Chapitre 39

Boswiek contempla l'endroit du torrent où aurait dû se trouver la passerelle. Il n'en doutait pas, c'était Estrée qui avait délogé la planche après avoir traversé.

— Elle est passée de l'autre côté, annonça-t-il à Mina. Mais ici impossible de franchir le courant, nous serions emportés. Il y a un autre guet à un quart d'heure d'ici, en ne traînant pas. Je pense savoir vers où elle se dirige, elle est foutue.

— Eh bien, qu'attendez-vous ? s'impatienta la blonde.

— Attendez, maîtresse, il manque Sishtas.

— Peu me chaut cet incapable, trépigna Mina, il n'aura qu'à nous rattraper. Seule Estrée compte et je la veux ! En route !

Les branches la giflaient, les buissons la griffaient, les pierres et les cailloux l'entaillaient. C'était comme si la forêt s'était transformée en adversaire, déterminée à entraver sa fuite.

Hors d'haleine, Estrée déboucha à la lisière des arbres, face à une clairière ovale tapissée d'herbe et de sable, entourée de grands sapins, de genévriers, de buissons et de broussailles aux teintes grisées.

La fille du Chaos n'en pouvait plus. Son corps vibrait de douleurs qu'elle jugeait insoutenables. Elle avança encore d'une vingtaine de pas avant de se laisser tomber dans l'herbe. Elle avait tenu au-delà du possible, elle n'en pouvait plus.

Bientôt, ils arriveraient pour l'hallali.

Elle tressaillit.

Non... pas *bientôt*... ils étaient déjà là.

Les guerriers de la Maison Pélagon surgirent des fourrés, derrière elle, des deux côtés. Estrée se retourna. Mina arrivait dans la clairière, stoppant l'approche de ses sbires. La grimace de jubilation qui enlaidissait les traits de la petite blonde la fit frémir.

Estrée aurait encore pu tenter de fuir au sud de la clairière, à travers ce massif d'alliacées, mais à quoi bon ? Ils la rattraperaient en quelques minutes.

— Sale chienne, éructa Mina, tu nous as fait courir ! Mais c'est fini à présent et je vais te châtier pour ta misérable tentative.

— Approche, salope, si tu l'oses ! riposta la fille d'Eodh en redressant la tête. Approche et affronte-moi !

Ce n'était que des mots vides de sens, elle n'avait plus une once d'énergie.

Elle avait joué, elle avait perdu...

Adieu mon Cellendhyll...

Chapitre 40

Mina lâcha un ricanement peu élégant :

— Tu n'es pas en état de te battre et puis je préfère économiser mes forces pour te fouetter ! Saisissez-la vous autres !

Les gardes dépassèrent Mina, déployés de part et d'autre d'Estrée. Ils avancèrent sur elle, prêts à refermer l'étau.

Une forme élancée jaillit des fourrés, sur la gauche de l'arène.

L'homme était grand, bien découplé. Il avait un regard au gris assuré et bougeait vite. Des cheveux bruns encadraient son beau visage aux traits fins marqué par une alliance de détermination et de joie sauvage, marqué également de meurtrissures en voie de guérison.

Sa coupe de cheveux avait changé et il était désormais brun, pourtant Estrée le reconnut d'emblée.

Gamaël ? Mais que fait-il ici ?

En pleine course, le renégat dégaina les deux épées qui se croisaient dans son dos. Il feinta à droite, partit à l'opposé. Il leva le bras, le rabattit. Son épée courte à lame runique fendit le visage du premier garde en plein travers. L'homme s'effondra. Gamaël poursuivit son avancée sans temps d'arrêt.

Mina recula à l'arrière du rideau formé par ses sbires, désireuse avant tout de se mettre hors de portée de celui qui les attaquait avec tant d'assurance. La blonde aurait pu s'enfuir, elle l'aurait fait si elle avait su qui était Gamaël. Elle n'en fit rien toutefois, confiante dans la supériorité numérique de ses hommes. Une fois protégée par une haie de haches, elle se rendit compte qu'Estrée avait profité de cet assaut-surprise pour disparaître dans les fourrés sud qui bordaient la clairière.

Gamaël esquiva habilement un coup de taille, répliqua d'un coup de tête. L'homme sonné, il plongea son épée dans son ventre avant de la retirer d'un geste sec.

Un coup de hache en attaque haute menaçait de lui fendre la tête. Gamaël se laissa aussitôt tomber sur un genou. Il écarta ses lames, les rabattit devant lui, en cisailles. Le mouvement horizontal de ses lames runiques, effroyable de puissance, trancha les deux jambes de son assaillant au niveau des genoux. Le cul-de-jatte mourut quelques instants plus tard, saigné par l'hémorragie.

L'Ombre renégate se révélait un véritable feu-follet. Ses adversaires n'arrivaient pas à le cibler efficacement. Ils n'en étaient pas à se gêner mais étaient incapables d'unir leurs forces comme avaient su si bien le faire les défunts Spectres formés par Cellendhyll – dont Gamaël avait fait partie sous le nom de Dreylen, avant de les trahir.

L'assaut initié par le guerrier brun semblait n'avoir pas de fin, comme si tous ses gestes faisaient partie d'une seule et même intention. Pas une fois, il ne cessa de se mouvoir ; pas une fois, il n'hésita. Sa vitesse d'exécution, la justesse de ses frappes laissèrent Mina la bouche grande ouverte, muette de saisissement, la moitié de ses hommes, ou plutôt leurs cadavres, répandus à ses pieds telles des offrandes païennes.

Le prenant en tenaille, deux gardes encore en vie attaquèrent d'un même élan. Gamaël effectua un rapide pas de côté pour esquiver la charge. Son épée fendit l'air, rabattue droit vers le sol pour clouer le pied du premier adversaire dans la terre. Gamaël se fendit avec sa seconde lame pour embrocher le deuxième garde au niveau du nombril. Boswiek, le dernier des hommes de Mina, se dressa dans son dos, prêt à le hacher par derrière.

Sans bouger, Gamaël fit sauter son épée dans sa main, le temps d'inverser sa prise sur le manche, avant de relever le bras dans une diagonale arrière. Sa lame cueillit Boswiek dans le bas-ventre.

Le renégat poursuivit son élan, pivota sur lui-même, et son épée droite revint trancher le cou du pisteur, il tourna encore, tout en délogeant son épée gauche fichée dans le pied du garde, et la fit voler dans un mouvement latéral, remontant légèrement la pointe, jusqu'à ce que l'acier transperce la gorge du dernier des guerriers.

Ne restait plus que la blonde face à Gamaël. Ce dernier lui adressa un sourire cruel et agita ses lames jumelles ruisselantes de sang.

Livide, Mina recula, recula jusqu'à se retrouver soudain bloquée, un bras passé en travers de sa poitrine. Une voix susurra à son oreille. Celle d'Estrée :

— Rosh Melfynn n'était qu'un porc, une pourriture, il n'a eu que ce qu'il méritait. Il fallait vraiment être folle pour tomber amoureuse de cet abruti et voir en lui quelqu'un d'estimable… et plus folle encore pour oser s'attaquer à moi… Je n'avais rien contre toi, Mina, et je t'aurais laissée en paix si tu ne m'avais pas outragée. Alors tu vas pouvoir retrouver ton Rosh, salue cette fiente de ma part !

Et la fille d'Eodh enfonça sa lame – qu'elle avait récupérée sur le cadavre du premier garde tué par Gamaël – dans les reins de Mina, tout en la maintenant collée contre elle.

La blonde mourut en quelques instants. Estrée se laissa une nouvelle fois tomber au sol, à côté de celle qu'elle venait de tuer. Définitivement à bout de forces, elle plongea dans une inconscience agréable.

Les jambes allongées sur un lit de fougères, le dos calé contre un rocher moussu, la fille d'Eodh contemplait les flammes dansantes du petit feu et à travers elles le visage de Gamaël.

Tandis que le soleil se couchait sur l'horizon, le guerrier l'avait portée jusqu'à ce refuge improvisé, un coin perdu au milieu des sapins, suffisamment loin de Castel-Boivin à son goût.

Estrée avait tué Mina et n'en concevait nul regret. Elle ne pensait pas être inquiétée par les autorités du Chaos pour son geste, d'autant plus que la victime, c'était elle.

Le renégat se montrait courtois envers elle, presque prévenant, tout en gardant une certaine distance. Elle ne savait quoi penser de lui. D'un côté, Cellendhyll le traquait pour avoir trahi les Spectres, de l'autre, il venait de lui sauver la vie. Il avait même pris le temps de lui laver le pied avant d'y appliquer un emplâtre curatif. En dépit de la méfiance qu'il lui inspirait depuis le dénouement de Valkyr, elle se sentait instinctivement en sécurité en sa compagnie, presque autant que si c'était l'Adhan qui la protégeait, bien suffisamment pour se sentir détendue.

— Pourquoi ? demanda-t-elle simplement.

Gamaël soupira :

— Contrairement aux apparences, et probablement à votre jugement envers moi, je ne veux aucun mal à Cellendhyll de Cortavar. Je ne suis pas l'homme que vous croyez, Estrée. J'ai fait ce que j'ai fait sur Valkyr, et croyez-le ou non, mais je le regrette. J'avais mes raisons alors, et je me suis rendu compte, bien trop tard, qu'elles étaient mauvaises. Le mal est fait cependant et je n'y peux plus rien... Je ne vous demande qu'une chose : dites à Cellendhyll que je vous ai sauvée. Je le ferais bien moi-même, mais je doute qu'il me laisse le loisir de parler si nous sommes confrontés à nouveau l'un à l'autre. Votre sauvetage sera le gage de ma bonne foi à son égard. Et au vôtre d'ailleurs, car rien, vraiment, ne m'obligeait à intervenir pour vous sauver la mise. Je vous sais suffisamment intelligente pour vous en rendre compte par vous-même.

Estrée scruta intensément le visage de Gamaël. De ce qu'elle pouvait en lire, il semblait dire la vérité.

— Quelqu'un cherche à tuer Cellendhyll, dit-elle abruptement. Avez-vous quelque chose à voir dans cette affaire ?

— Nullement ! Au contraire, je ne veux que le bien de l'Adhan... Oh, je ne prétends pas pour autant être quelqu'un de bien, Estrée... Oui, je suis un tueur, telle est devenue ma nature, et c'est votre frère qui m'a formé dans ce but. Votre frère Morion et personne d'autre !

Estrée avait entendu les mêmes paroles dans la bouche de Cellendhyll. Cela la troubla plus encore que le reste du discours de Gamaël.

Ce dernier reprit :

— Parlez-moi de ces tentatives de meurtre…

Elle lui rapporta tout ce qu'elle savait des assassins, qu'elle avait vus de près dans la forêt de Streywen.

— La baronne Mharagret a voulu m'embaucher pour tuer Cellendhyll, révéla Gamaël après un temps de réflexion. Et j'ai refusé à son grand dam. Je gage qu'elle en a trouvé d'autres pour la satisfaire… La Main Pourpre en l'occurrence.

— La Main Pourpre ?

— Oui, de la couleur de leur magie, que vous m'avez décrite. Un ordre d'assassins très ancien. L'une des bases de leur ordre se trouve dans la capitale de Lumière, mais j'ignore où exactement. Leur maître se nomme Shaardra-Thul, j'ai entendu parler de lui.

— Mais dites-moi, Gamaël, pourquoi avoir trahi Cellendhyll sur Valkyr ?

— J'exécutais un contrat, et lorsque je l'ai accepté, je ne connaissais ni l'Adhan, ni les Spectres avec qui j'allais tant partager. À force de les côtoyer, je n'ai pu m'empêcher de les apprécier. Mais c'était trop tard, j'avais accepté ce maudit contrat et je ne pouvais plus faire marche arrière sous peine de ternir ma réputation. Je vous le jure : jamais je n'en ai voulu personnellement à Cellendhyll ! Je ne voulais pas la mort des Spectres, j'ai été contraint de me défendre contre Khorn et Melfarak, rappelez-vous… Et je n'ai rien à voir dans la mort des autres, vous le savez, vous étiez là. Je sais toutefois que les apparences sont contre moi. J'ai essayé d'en parler à Cellendhyll il y a quelque temps, il ne m'a pas laissé le temps de m'expliquer.

Les marques que je porte sont le résultat de ma tentative.

— Il va bien au moins ? s'inquiéta immédiatement la jeune femme.

— Rassurez-vous. J'ai dû l'assommer pour me défendre mais rien de grave, je vous le promets. D'ailleurs, si vous le voulez, je vais vous mener à lui. Vous pourrez lui parler de la Main Pourpre ; vous, il vous écoutera. Mais vous êtes épuisée. Dormez, au moins une heure. Je monterai la garde. Ensuite je vous conduirai à Cellendhyll. Cela vous convient-il ?

— Oui, j'aimerais le voir, en effet…

Je ne rêve que de ses bras.

Elle cessa de le jauger et se laissa aller au sommeil. Deux minutes plus tard, elle dormait. Laissant Gamaël sur le qui-vive, livré à ses propres tourments.

Il contempla le visage altier de la jeune femme.

Je pourrais la tuer, maintenant. Une sœur pour une sœur, cela ferait une bonne vengeance… Mais non, Morion est le seul responsable, c'est à lui et lui seul que je dois demander des comptes. Et puis elle est si belle, peut-être plus encore qu'Ysandre. Une telle beauté mérite de vivre, d'autant qu'elle est courageuse, je l'ai constaté aujourd'hui tout comme je l'avais constaté sur Valkyr. Là-bas, je l'ai vue au bord de l'épuisement, de la maladie, comme nous harcelée par les Sang-Pitié, recouvrer ses forces, devenir une guerrière. Je l'ai respectée pour cela. Je ne peux le nier, j'admire son attitude, elle mérite de vivre…

Plongée dans le sommeil, Estrée ne se doutait pas des tergiversations de Gamaël. Elle se trouvait de nouveau harcelée par son ennemie intime :

— *Cellendhyll n'est pas pour toi, tu ne le mérites pas !* cracha une nouvelle fois Devora revenue hanter son esprit. *Votre relation repose sur la tromperie : tu as accusé Rosh Melfynn du crime que tu as toi-même commis. Je ne t'avais pas fait le moindre mal, je ne te connaissais même pas. Tu m'as tuée, juste parce que tu m'as vu lui sourire ce jour-là, sur la place des Roses, juste parce que je prétendais l'aimer.*

— *Personne ne peut aimer Cellendhyll autant que moi !* se défendit Estrée, toujours plongée dans le sommeil. *Car mon amour pour lui est sincère, pur.*

— *Pur ? Alors que tu m'as frappée dans le dos avec une dague empoisonnée ? Que tu mens par omission à Cellendhyll ? Laisse-moi rire. Pur ? Comme tu te leurres ! Cet amour que tu professes avec tant d'ardeur se nourrit de l'ichor noir et gangrené de la traîtrise, voilà la vérité !*

— *Mais tais-toi, laisse-moi !*

— *Non ! Je ne te laisserai pas ; à présent, je fais partie de toi. Tu m'as assassinée, Estrée, pourtant je suis toujours là, dans ton esprit. Tu es maudite, tu m'as créée, moi le spectre qui hante ta conscience tourmentée. Tu ne m'échapperas jamais !*

Chapitre 41

Plusieurs jours passèrent sans progrès notable pour l'Adhan, en dépit de ses recherches acharnées.

L'heure du dîner approchait. Allongé sur l'un des divans du salon, Cellendhyll fixait le feu qu'il avait allumé dans la cheminée centrale, sans vraiment le voir. Délassé, il ne songeait à rien de précis. Sa soirée était libre, les voleurs ayant leurs propres projets, très probablement une séance de beuverie à laquelle l'Ange ne désirait nullement participer.

Le tuyau de communication résonna, le tirant de sa rêverie. Cellendhyll en décrocha l'embout.

— Messire Lame ? Vous avez une visite…

— Qui donc ?

— Une dame qui dit vous connaître… Toutefois, sa tenue… Le mieux serait que vous veniez à la réception pour confirmation.

— J'arrive.

Intrigué, Cellendhyll descendit dans le hall. Il reconnut aussitôt celle qui venait le voir.

— Estrée ?

Assise dans un fauteuil, la fille d'Eodh avait la chevelure en bataille, les traits tirés. Elle était vêtue d'un manteau de cuir trop large pour elle, et l'un de ses pieds nus portait un bandage. Pourtant, son visage s'éclaira à la vue de l'Adhan.

Indiquant au concierge que tout allait bien, Cellendhyll la rejoignit. Estrée se leva à son approche et déclara sans ambages :

— Je viens de passer un sale moment. Nous devons parler…

— Viens.

Cellendhyll l'entoura d'un bras protecteur, salua le concierge d'un signe de tête et ramena Estrée dans sa suite.

Une fois à l'intérieur, elle devança ses questions.

— J'ai grand besoin de me laver, après je te dirai tout.

— Bien sûr, la salle d'eau est de ce côté… Tu as faim, soif ?

— Je dévorerais un troupeau d'aurochs !

— Je m'en occupe. Prends tout le temps qu'il te faudra et appelle-moi si tu as besoin.

Tandis que la jeune femme se débarrassait de la crasse et de la tension accumulées depuis le début de sa captivité, Cellendhyll s'empressa de commander de quoi dîner. Il parcourut la carte du restaurant. Étant donné les circonstances, il se décida pour du roboratif… Une énorme côte de bœuf, accompagnée de sa sauce aux trois poivres, un saladier rempli de pommes de terre rissolées, du pain noir, un gâteau au fromage et son coulis de fruits rouges. La carte des vins lui permit de choisir un falquiras rouge, qu'il appréciait pour son attaque ronde, son tanin souple, aromatique, ses notes de fruits noirs, et pour autant pas trop capiteux – il tenait à garder l'esprit clair avec la conversation qui l'attendait. Il en commanda deux bouteilles ainsi qu'un pichet d'eau minérale.

Il retourna ajouter une bûche de chêne dans la cheminée et tisonna le feu.

Emmitouflée dans l'épais peignoir mauve que l'hôtel mettait à la disposition de sa clientèle féminine, ayant changé son pansement – Gamaël lui avait obligeamment fourni le nécessaire –, Estrée revint dans le salon. Elle avait recouvré une apparence normale. Elle vint se blottir contre l'Adhan, soupirant d'aise.

Cellendhyll la serra, heureux de sa présence, oublieux de tout le reste. Comme elle lui avait manqué !

Ils restèrent ainsi sans rien dire, profitant de la simple présence de l'autre, retrouvailles, tendresse pour tendresse, abandon partagé, trésor béni…

La sonnette du monte-charge tinta, mettant fin à ces tendres instants. La commande était prête. Cellendhyll se releva et se chargea d'aller chercher les plateaux-repas qu'il posa sur le rebord inférieur de la cheminée carrée, justement prévu pour ce genre d'emploi. Il remplit les verres, en offrit un à Estrée.

— Je t'écoute, dit-il en tendant une assiette fumante à sa compagne.

Tout en mangeant, Estrée lui narra les événements depuis la soirée donnée par Morion, son enlèvement, sa fuite, sa libération par Gamaël.

La viande était fondante, relevée exactement comme il le fallait par la sauce poivrée, les pommes de terre étaient dorées et croustillantes, le pain était dense, chargé d'arômes. Le vin conforme aux exigences de l'Adhan. Le repas était parfait pour revigorer Estrée.

Parlant toujours, la jeune femme finit par reposer son assiette, dont elle avait fini les dernières miettes. Elle recula contre le dossier du divan tout en ramenant ses jambes sous elle. Cellendhyll resservit leurs verres, alimenta le feu, allongea ses propres jambes.

— C'était horrible, conclut-elle. Et sans Gamaël, je ne serais pas ici pour t'en parler…

À son tour, Cellendhyll narra son face-à-face avec le renégat. Après une hésitation, il décida de parler d'Ysandre et de Morion.

— J'ai entendu parler de cette liaison après coup, dit alors Estrée. Au moment où c'est arrivé, j'étais en voyage avec mon père. Les détails que tu m'as révélés m'étaient inconnus et tu connais mon frère comme moi, il ne dit jamais rien de sa vie privée, c'est même le plus nébuleux des mystères dont il aime à s'entourer. Je ne peux ni confirmer ni infirmer les déclarations de Gamaël… Nul doute en revanche que Morion détient sa propre version des faits.

— Laissons cette histoire de côté. Que penses-tu de Gamaël ? relança Cellendhyll après une gorgée de vin.

La jeune femme l'imita avant de soupirer :

— Je ne sais que te dire à son sujet. Je ne prétends pas le défendre mais ses actes récents, plus encore que ses paroles, sont troublants. Ils semblent indiquer qu'il ne te veut pas de mal et qu'il cherche ton appui. Rien ne le forçait à me sauver et s'il avait voulu te tuer, d'après ce que tu m'as raconté, il l'aurait fait dans la salle des Glaces… Une chose concrète ressort de ce qu'il m'a révélé cependant : selon lui, les assassins qui te pourchassent font partie de l'ordre de la Main Pourpre, dirigée par un nommé Shaardra-Thul et ils ont été engagés par Mharagret Melfynn. Je trouve cela plausible, Mina savait que tu as tué Rosh, elle a très bien pu en parler à la baronne…

— Cela ne m'étonnerait pas, grimaça l'Ange. Déclencher une vendetta contre moi lui ressemble parfaitement.

— Que vas-tu faire ? Tu ne peux t'attaquer de front à la maîtresse du clan Melfynn.

— J'en suis fort conscient.

— Je pourrai toujours témoigner devant le Conseil des agissements de Mina contre moi. Mais cela ne servirait pas à grand-chose car rien de ce que j'ai vécu n'implique la baronne et Mina étant morte, elle ne risque plus de révéler quoi que ce soit.

Cellendhyll haussa les épaules :

— Je trouverai un moyen, mais plus tard, Mharagret paiera d'une façon ou d'une autre. Je ne la laisserai pas s'en tirer sans dommage, crois-moi. Il va également falloir que je m'occupe de la Main Pourpre. Si cet ordre a bien une base en ville, ça va me faciliter le travail… Je vais réfléchir à tout cela.

— Et au sujet de Gamaël, que prévois-tu ?

— Je ne sais vraiment pas… Moi aussi je suis troublé. Il me déconcerte. Le fait qu'il t'ait aidé de la sorte plaide en sa faveur. Toutefois sa trahison demeure une infamie qui me reste en travers de la gorge. En fait, il semble capable du meilleur comme du pire.

— Oui. Et il a commencé par le pire pour glisser vers le meilleur…

— Peut-être. En te sauvant la vie, il s'offre une part de ma gratitude. Cela ne signifie pas pour autant que je vais lui accorder mon entier pardon.

Ils finirent la seconde bouteille. Cellendhyll débarrassa, se chargeant de ramener les plats et les couverts dans le monte-charge.

Estrée s'étira, une lueur dans le regard. Une lueur que l'Adhan avait appris à reconnaître.

— Je me sens beaucoup mieux, dit-elle. Et c'est bien grâce à toi, mon Ange. Si tu me faisais voir *l'ameublement* de ta chambre ?

Allongés sur le grand lit, éclairés d'une quinzaine de chandelles violettes, ils respiraient et transpiraient leur plaisir.

Les préliminaires avaient duré, chacun prenant l'initiative, les laissant l'un l'autre tenaillés par l'excitation.

Tout en empoignant l'érection de Cellendhyll qu'elle venait de laper goulûment, jusqu'à l'amener au bord de l'explosion, Estrée souffla d'une voix rauque :

— Prends-moi par-derrière…

— Euh, je ne l'ai jamais fait… révéla un Cellendhyll surpris mais pas rebuté.

Tout en branlant doucement le membre de son amant, la fille d'Eodh dévoila :

— Certaines femmes détestent, d'autres adorent… On appelle ça « la petite voie ». Si l'on est excitée, en confiance, c'est une vraie jouissance… Alors pour toi ce serait la première fois ? Cela m'excite encore plus !

Elle le lâcha, se retourna pour se placer à quatre pattes et reprit :

— On va essayer… Viens… Doucement… Oui. C'est ça… Tu sens comme je t'enserre ? Et si tu mets ta main devant, en haut de ma fente, et que tu me caresses tout en me prenant… Ooh, tu comprends si vite, mon Ange !

Excité comme jamais, les mains posées sur les hanches soyeuses de la jeune femme, Cellendhyll s'enfonçait dans l'intimité brûlante, élastique, appliqué à ne pas faire mal, appliqué à donner le meilleur de lui-même.

— Plus fort à présent, scanda encore Estrée. Je suis inondée tellement je te veux… Prends-moi, encore et encore, je me donne toute à toi ! Tu peux y aller, je n'aurai plus mal à présent. N'aie crainte, empale-moi… Tu sens cette houle de plaisir qui nous submerge ? Tu sens comme je me donne, comme je m'ouvre pour ton sexe dur ? Mon bel Adhan, mon bel Ange, tu me prends si bien !

Emporté par cette litanie qui le grisait, Cellendhyll allait et venait en Estrée. Il caressait son clitoris, embrassait sa nuque, mordillait son cou. Tout son corps tendu vers le plaisir, son esprit submergé, il ne pouvait répondre.

— C'est si fort, c'est si bon… répéta encore Estrée. Je suis à toi, je te sens si dur, si doux…

Cellendhyll relâcha enfin l'explosion qu'il retenait presque douloureusement. Un plaisir total l'envahit, impérieux, balayant toute réalité, aspirant son énergie pour le plonger dans un bien-être extrême.

Plus tard, apaisés, allongés l'un contre l'autre, l'une des jambes d'Estrée par-dessus les cuisses de Cellendhyll.

— Je savais que ça serait bon, soupira la jeune femme, mais à ce point-là ! Quelle magie as-tu utilisé sur moi, Cellendhyll ?

Il rit :

— Aucune ! C'est juste que cela me semble tellement évident entre nous.

Elle se hissa sur lui pour embrasser son front, ses tempes, ses pommettes, son nez, ses lèvres.

Quelle alchimie avait eu lieu pour les rendre ainsi si proches ?

Qu'allons-nous devenir ? se demandaient-ils, chacun dans son for intérieur.

— Il faut dormir un peu. Je n'en peux plus. Jamais je n'ai parlé ainsi à quelqu'un, j'ai l'impression d'être ivre de bonheur, je me sens si légère ! Tu dois me prendre pour une folle !

L'Adhan ne répondit rien. Il dormait déjà, le sourire aux lèvres. L'héritière d'Eodh le contempla, attendrie, de longues minutes, le cœur gonflé de joie. Elle finit elle aussi par sombrer dans le néant accueillant du repos.

Mais peu de temps après son endormissement, le visage spectral de Devora Al'Chyarys envahit une nouvelle fois ses rêves. La guerrière défunte scandait les mêmes accusations que les nuits passées :

— *Cellendhyll n'est pas pour toi ! Tu l'as trahi, tu le trahis encore, chaque jour, en faisant durer cette relation qui repose sur le mensonge. Si tu ne m'avais pas lâchement assassinée, lui et moi serions toujours ensemble. Tu m'as volé mon bonheur et ma vie, Estrée, je ne te laisserai jamais en paix !*

Estrée gémit dans son sommeil, se débattant intérieurement. Elle luttait, en vain. Devora répéta les mêmes mots, encore et encore, fouaillant la conscience de la fille d'Eodh. Elle martela son esprit, le railla, le maudit.

Et quand enfin Devora cessa ses attaques mentales, ce fut pour laisser la place à une tout autre menace. Toujours plongée dans le sommeil, Estrée sentit une nouvelle présence, pesante, étouffante, charriant une malveillance pire encore que celle de la guerrière blonde.

— *Tu es à moi, Estrée, et tu ne le sais pas encore*, susurra le Père de la Douleur, reconnaissable à son timbre grinçant. *Chaque jour qui passe, chaque heure, te lie d'avantage à mon influence, te rend captive de ma volonté. Je vais asservir les tiens, m'emparer de vos terres et de vos richesses. Je vais m'emparer de toi, tu seras ma chose. Et c'est ta forfaiture qui a rendu possible tout cela !*

Alors reprirent les reproches stridents de Devora, ses gémissements accusateurs, qui se mêlèrent aux chuchotements détestables, aux gloussements obscènes du Roi-Sorcier, créant une litanie discordante, une symphonie qui agressait Estrée, se répercutait en elle, souillant son esprit.

Elle se réveilla en sueur, les yeux écarquillés par l'horreur, le souffle court.

Cellendhyll dormait toujours à côté d'elle, paisiblement. Elle se lova contre son corps chaud, s'emplit les narines de son odeur, serra ses muscles relâchés, s'imprégna tant qu'elle put de sa présence réconfortante.

Son regard toutefois resta hanté.

Chapitre 42

Le lendemain, Estrée s'éveilla au contact d'une caresse délicate. Cellendhyll était accoudé à côté d'elle, il la regardait avec un air si intense, si particulier, qu'elle se sentit toute chose.

— Bien dormi ? sourit-il.

— Oui.

C'était un mensonge, son sommeil avait été piétiné par les spectres de Devora et du Père de la Douleur.

— Le petit déjeuner est prêt, déclara Cellendhyll.

— Je file sous la douche et j'arrive !

Lorsqu'elle entra dans le salon, ses cauchemars n'étaient plus qu'un mauvais souvenir. Une surprise l'attendait ; une tenue féminine était étalée sur l'un des canapés. Une robe longue tissée d'une étoffe chatoyante, d'un beau vert émeraude à liseré d'argent, plus une paire de bottes de daim clair et une cape de cuir léger.

— C'est pour toi. Je me suis dit que tu préférerais porter une tenue correcte plutôt que les oripeaux avec lesquels tu es arrivée hier soir.

— Mais comment as-tu fait ? s'étonna-t-elle.

— Rien de plus simple, je me suis levé tôt et j'ai demandé à la chambrière de l'hôtel d'aller te chercher des vêtements corrects… J'espère ne pas m'être trompé dans les mesures.

Elle passa les vêtements et s'exclama :

— Ils me plaisent beaucoup et me vont parfaitement. Non seulement tu as le coup d'œil mais en plus tu me gâtes !

— Tu le mérites bien, ma belle…

Elle fit un tour sur elle-même :

— Alors, je te plais ?

— Tu le sais bien que tu me plais, Estrée.

— Oui, mais une femme adore entendre ce genre de gracieusetés.

— Tu me plais, tu me plais, tu me plais… tu me plais *véritablement*, Estrée d'Eodh ! Ça te va dans le genre ?

Elle fit la moue :

— C'est un bon début… Mais il faudra t'entraîner pour faire mieux. Je suis une femme difficile…

Il rit :

— Au lieu de faire ta coquette, viens plutôt manger !

Ils partagèrent un repas de galettes de blé au miel, de fruits frais, un pot de café des hauts plateaux.

— Alors, demanda l'Adhan, quels sont tes projets ? Tu restes quelques jours ou tu repars ?

— Je repars, hélas, j'ai des choses à faire à la Citadelle. Avec la retraite de mon père, Morion est débordé et j'ai promis de l'aider.

Je déteste te mentir, mon bel Ange, mais cela vaut mieux que de t'annoncer que je dois en réalité collecter des informations pour les Ténèbres. Je préférerais mille fois rester avec toi, m'abreuver de ta présence rassurante, mais c'est impossible. Il y a trop en jeu.

— J'aimerais te voir rester, soupira Cellendhyll, mais je suis plutôt occupé ici et je n'aurais pas vraiment eu beaucoup de temps à te consacrer. Et puis je suis soulagé de te savoir en sécurité à la Citadelle… Enfin, au moins tu ne perdras pas de temps pour rentrer. Mon anneau d'Ombre va te permettre de rentrer directement à Eodh.

Elle ouvrit la bouche pour répondre quelque chose… Il ne lui en laissa pas le loisir :

— Oui, Estrée, je te le promets : je serai prudent… C'est bien cela que tu allais me demander ?

— Tu commences à me connaître, mon cher.

Oh, Cellendhyll, comme je t'aime ! Je n'ose le crier mais je le ressens si fort. S'il t'arrivait quelque chose, mon cœur se briserait en mille parcelles.

— À ton tour de t'engager, Estrée… Jure-moi que tu ne te mettras pas entre la baronne Mharagret et moi, que tu ne chercheras pas à régler cette affaire à ma place, et que tu n'en parleras pas à ton frère…

— Juré. Je ne fais aucune confidence à mon frère, tu devrais le savoir… Quant à la baronne, je la laisserai en paix… Du moins tant que tu resteras en vie. Si tu devais mourir, alors je la tuerai de mes mains.

— Je ne suis pas facile à tuer, ma belle. Ne t'en es-tu pas rendu compte ?

— Si, sur Valkyr et puis après… C'est bien pour cela que je ne cède pas trop à l'inquiétude. Si quelqu'un peut faire face aux séides de la Main Pourpre, c'est bien toi.

Cellendhyll activa le téléporteur. Après une dernière embrassade, un dernier regard échangé, Estrée s'engagea dans l'anneau de pouvoir crépitant et disparut.

L'Adhan ressentit un grand vide, soudain. Mais plutôt que de se morfondre du départ de la jeune femme, il préféra aller s'entraîner sur la terrasse.

Chapitre 43

Le bâtiment qui abritait la bibliothèque de la ville avait la forme d'un croissant horizontal aux parois cristallines. Il surplombait les quartiers sud de la ville, tel un albatros aux ailes déployées comme assoupi par la chaleur du soleil. Cellendhyll traversa la grande esplanade qui menait à l'édifice, jetant un œil distrait à la fontaine qui en marquait le centre, taillée pour ressembler à une rose géante, délivrant le babil délicat de son eau ruisselante. Tout autour de la fontaine s'étalait une mosaïque de tesselles rutilantes censée représenter un paysage forestier aux tons verts, bruns et or.

Cellendhyll ne cherchait plus vraiment à retrouver Gamaël. Ce dernier semblait maître de la situation, avec toujours une longueur d'avance. De surcroît, après ce que lui avait rapporté Estrée, l'Adhan n'en doutait plus : le renégat finirait par se manifester à nouveau… Comment Cellendhyll réagirait-il alors ? Il n'en avait aucune idée, bien trop partagé de sentiments contradictoires sur la question.

Quant aux meurtres perpétrés en ville, il n'avait aucune piste à suivre. D'autant plus que l'Hydre semblait en sommeil ; elle n'avait commis aucune exaction qui puisse mettre l'Adhan sur sa piste et les voleurs ne parvenaient toujours pas à la débusquer. Ne restait que la recherche d'Arasùl, et là non plus la situation n'était pas brillante. Cellendhyll doutait de plus en plus que sa quête le conduise quelque part. Il ne voyait cependant pas quoi faire d'autre, sans compter que la Belle de Mort ne l'aidait en rien pour le moment. Il avait l'impression de perdre son temps dans la cité de Lumière et Estrée lui manquait encore plus depuis qu'il l'avait revue. Ses sentiments pour elle se renforçaient en même temps que ses réticences et les craintes de s'engager s'amenuisaient.

Restait le problème de la Main Pourpre. Selon Gamaël, ce Shaardra-Thul et ses assassins devaient avoir une base dans les parages, et il n'y avait aucune raison pour qu'il mente à ce sujet.

Mais pour le moment, l'Ange se focalisait sur Arasùl, d'où sa visite à la bibliothèque.

Vêtu de son costume brun et d'une chemise rouge foncé, Cellendhyll monta la vingtaine de marches qui menaient au bâtiment municipal et se fit indiquer les locaux du doyen où il se rendit sans tarder.

Il se retrouva au dernier étage, après avoir grimpé d'interminables escaliers et traversé un long couloir décoré de statues en marbre.

Après un court entretien avec la secrétaire, une honorable matrone au regard clair, Cellendhyll lui fit un léger clin d'œil. Pour vingt licornes d'argent, il venait d'obtenir un rendez-vous immédiat avec le doyen.

Les murs du bureau de l'homme de lettres étaient ornés de nombreux diplômes encadrés. l'Adhan ne prit pas la peine de les lire ; à ses yeux, dans le monde qui était le sien, ils ne signifiaient pas grand-chose. La salle comprenait d'épais tapis tissés à Védyenne, des meubles en merisier, une grande baie vitrée.

— Je suis un homme très occupé, on a dû vous le dire. J'espère que vous ne me dérangez pas pour rien.

Le doyen Nixius était un petit homme à la peau mate, au maintien nerveux. Il portait une longue toge blanche rehaussée d'arabesques mauves. Au terme de sa réponse, Cellendhyll hésita entre le faire passer directement à travers la baie ou faire usage de plus de finesse.

Essayons toujours la méthode douce.

— Je viens chercher des renseignements sur le seigneur ténébreux Arasùl…

La bouche de Nixius se resserra sur un pli incurvé tandis que le reste de son visage se fermait totalement. L'homme parlait du bout des lèvres et sur un ton peu amène :

— La bibliothèque n'est certainement pas censée livrer de renseignements concernant un individu qui appartient aux pires ennemis de l'Empire. Qui êtes-vous, messire ? Qu'est-ce qui motive cette démarche des plus importunes ?

— Je suis messire Lame, l'assistant principal du prince Yggdrasill.

Si ça ne marche pas, se promit-il, *tant pis pour lui, je le passe par la baie vitrée.*

Les traits du doyen s'éclairèrent en une fraction de seconde :

— Vous êtes envoyé par *le prince* ? Que ne le disiez-vous d'emblée ? Votre maître est l'un de nos mécènes les plus généreux. Il nous a fourni un lot inestimable de pièces rares, aussi bien en ce qui concerne les livres que les œuvres d'art ! Sa contribution à notre bibliothèque ne sera jamais oubliée, de même qu'il ne sera jamais dit que nous ayons fait mauvais accueil à son homme de confiance ! Que désire le prince ?

Cellendhyll ignorait tout de ce mécénat mais il ne put que s'en féliciter. Il répondit :

— Mon seigneur est loin de tout me dire, mais il est toqué d'antiquités et de mystères. Pour une raison qui m'échappe et je me garderai bien de l'interroger à ce sujet, il cherche à localiser le tombeau d'Arasùl.

— Arasùl, dites-vous ? Ce nom ne me dit rien, messire. Mais je n'ai pas dit mon dernier mot. Nous allons voir ce que peuvent nous offrir les registres…

Toute méfiance et toute retenue avaient disparu chez l'intellectuel. Ce n'était pas la première fois qu'Yggdrasill produisait cet effet.

Nixius convoqua deux de ses aides, leur fit consulter divers index, il se mit également à compulser ses ouvrages de référence… Tout cela en vain.

— Je suis désolé, finit par annoncer le doyen. Nous n'avons aucun document ici qui se réfère à Arasùl ni à son tombeau et croyez bien que j'en suis navré… Mais j'y songe, tout ce qui a trait aux Ténèbres relève de l'occulte… Il y a un homme en ville qui a la réputation de s'y connaître dans ce domaine. Je ne le connais pas personnellement mais on m'a parlé de lui. Il se nomme Albédor, c'est un apothicaire. Vous le trouverez au fond de l'impasse des Carmines. Peut-être pourra-t-il vous renseigner. Je l'espère en tous les cas… Surtout dites bien au prince tout le bien que nous pensons de lui, ici ! Et n'hésitez pas à revenir en cas de besoin !

— Je n'y manquerai pas.

L'homme l'agaçait fortement, il avait évité de justesse une chute libre, mais au moins lui avait-il livré un renseignement.

L'homme aux cheveux d'argent sortit du bâtiment et aborda l'esplanade. La soirée débutait. Il ne fit que quelques pas avant d'être interpellé par un groupe d'hommes aux cheveux rasés, arborant des longues robes orange recouvertes d'un long gilet de protection en mailles dorées. Chacun d'eux portait un bâton d'éclairs à la ceinture.

— Vous là, arrêtez-vous ! somma l'un des sicaires de l'Orage.

— Vos papiers d'accréditation ! renchérit un autre.

Cellendhyll tendit au moine-guerrier le document qui le faisait reconnaître sous le nom de messire Lame, au service d'Yggdrasill. L'ecclésiaste détailla le sauf-conduit qui résista à son examen scrupuleux.

L'Adhan regarda autour de lui. Il se trouvait dans un quartier calme, sans histoire, et de tous ceux qui parcouraient l'esplanade et les alentours, il était bien le seul à intéresser les sicaires.

— Pourquoi me contrôlez-vous ainsi ?

— Tu vas venir avec nous, riposta le sicaire en lui rendant son sauf-conduit.

Il y a du Siméus là-dessous, pressentit l'Ange. Pas question de suivre ces hommes.

— Tout d'abord vous ne me tutoyez pas, et ensuite, non, je ne vais pas venir, c'est de l'abus de pouvoir.

— Tu es sourd ? Tu es ici sur le territoire de la Lumière, tu obéis. Et puis je te tutoie si je veux !

— Non et encore non. En vertu du traité conclu avec l'Alliance, en l'absence d'un crime avéré, vous n'avez autorité que sur les membres de la Lumière et je n'en suis pas un. Je suis au service du prince Yggdrasill, je viens de vous le prouver.

— Oh, mais c'est qu'on a affaire à un petit malin. J'adore les petits malins…

Et le sicaire décrocha son bâton d'éclairs de sa ceinture. Il en tapota sa paume tout en fixant l'Adhan d'un air mauvais.

Cellendhyll étrécit ses yeux :

— Toi, tu rentres ton bâton ou je te le fais bouffer.

Le guerrier qui lui faisait face cracha sur le sol avec mépris. Il leva son arme magique et se lança sur l'Adhan, une promesse malsaine au fond des iris.

Dans un même mouvement fluide et gracieux, Cellendhyll bloqua l'attaque, un estoc vers son visage. Il retourna le poignet armé jusqu'à le briser, arracha le bâton de la main privée de force, et le plongea directement dans la bouche du sicaire, brisant ses dents au passage, avec une violence cruelle, glacée, implacable.

Son adversaire s'effondra sur le sol.

— Un autre prétendant pour se faire enfoncer quelque chose quelque part ? demanda l'Ange tout en affichant un sourire réfrigérant.

Les sicaires se tenaient en arc de cercle devant lui. Ils hésitaient.

Une voix impérieuse, féminine, les fit sursauter :

— Halte !

C'était la femme blonde qui avait aidé l'Adhan le soir de l'altercation près du casino. L'un des sicaires se tourna vers elle, les sourcils froncés.

— Qui êtes-vous, ma dame, pour oser ainsi nous interrompre ?

— Un mot en particulier, frère sicaire, et vous le saurez.

Elle prit l'homme à part et lui montra un objet qu'elle tenait dans le creux de sa paume. Cellendhyll ne voyait pas bien, il crut discerner un bref flash de lumière. Puis la blonde prononça une suite de mots rapides, qu'il ne put entendre. Le sicaire hocha la tête, le regard légèrement vitreux.

Il revint vers Cellendhyll et ses camarades. Sans daigner regarder l'Adhan, il donna le signal du départ d'un ton sec. Les sicaires redressèrent leur camarade blessé et s'éloignèrent en l'emportant avec eux.

Resté seul avec la jeune femme, Cellendhyll la toisa :

— Que voulez-vous de moi, ma dame ? Cela fait deux fois que vous intervenez en ma faveur, je vais finir par penser que cela n'a rien d'une coïncidence.

— Eh bien quoi, messire, vous êtes un homme séduisant, ne pourrais-je m'être entichée de votre charme ?

Le sourire qu'affichait la jeune femme était plus espiègle que séducteur. S'il y avait de la séduction dans ses manières, elle restait subtile.

— Pas de ça avec moi, répliqua l'Adhan.

Son interlocutrice ne sembla pas s'offusquer du ton sec avec lequel il avait répondu :

— Et pourquoi pas ? Apparemment, messire, vous n'avez pas sondé toutes les facettes des femmes !

— En effet, sourit-il malgré lui, mais quel homme pourrait le prétendre ?

— Que voilà une réponse sensée ! Au fait, laissez-moi me présenter, je suis Constance de Winter.

— Et bien, dame de Winter, merci de m'avoir à nouveau secouru.

— De rien, messire l'inconnu. Ou plutôt non, si véritablement vous désirez me remercier, alors invitez-moi plutôt à dîner.

— Fort bien. Mais cela fait un certain temps que je ne suis pas venu dans la cité, je vous laisse donc choisir un endroit à votre goût – c'était vrai, et il n'avait aucune envie de l'emmener au *Bateau ivre*. Pour ma part, je me nomme Cellendhyll de Cortavar.

L'Ange avait révélé sa véritable identité sur un coup de tête, par défi, pour voir sa réaction. La femme blonde ne montra aucune surprise. Du reste, il était à présent persuadé que leur rencontre ne devait rien au hasard.

Constance ne voyait aucun inconvénient à choisir le restaurant. Toujours souriante, elle héla un fiacre qui passait de l'autre côté de l'esplanade. Ils y montèrent et la jeune femme indiqua une adresse.

Le véhicule les conduisit en plein centre-ville. Jusqu'au *Cygne noir*. Le trajet se fit en silence.

Cellendhyll connaissait l'endroit de réputation – elle s'avérait fort bonne – mais n'y était jamais venu lui-même. Par ailleurs, de ce qu'il en savait, on n'y recevait que sur réservation.

La dame de Winter était manifestement connue des maîtres du lieu. Et n'avait nul besoin de réserver. Le maître d'hôtel la salua avec une discrète effusion teintée d'élégance avant de la conduire lui-même à une table bien placée, avec vue directe sur la cheminée. Sans attendre, il tira le fauteuil de la jeune femme afin de l'aider à s'asseoir. La table était située à l'opposé de l'entrée et l'Adhan avait tout loisir de dîner sans être surpris par un assassin motivé.

La salle était vaste, avec haut plafond et poutres apparentes, la large cheminée s'étendait sur la demi-largeur d'un mur. Les lumières étaient tamisées, l'atmosphère plutôt feutrée. Les tables, largement espacées les unes des autres, offraient calme et discrétion. Une nappe violette recouvrait la leur, immaculée, avec deux verres à vin bombés, un autre pour l'eau, en cristalune translucide, des couverts en argent et des serviettes monogrammées ; un couple de chandelles renforçait l'atmosphère d'intimité.

D'un commun accord, ils se passèrent d'apéritif. Après avoir détaillé la carte, Cellendhyll commanda des tomates fraîches servies en pétales avec des lamelles de parmesan et son ruisseau d'huile d'olive pressée à froid ; en plat de résistance, un porc au caramel façon Falkirk et du riz pourpre. La dame de Winter opta pour les aumônières de thon rouge à la crème de ciboulette puis le méli-mélo d'entrecôte et de foie gras, accompagné de pommes de terre rissolées dans de la graisse de canard. Avec les plats, on leur servirait des petits pains au maïs, au froment ou au blé noir, à peine sortis du four.

— Aimez-vous le vin ? demanda-t-elle.

— Le bon vin, oui.

— Alors choisissez, que je puisse juger de vos goûts.

— Hum, lourde responsabilité, dit Cellendhyll avant de se plonger dans la carte.

Il finit par faire son choix, se déterminant pour un marcaret-shiraz, troisième cuvée, qu'il demanda servi à température.

Le serveur obtempéra après une courbette appréciatrice.

— Parlez-moi un peu de vous, s'enquit l'Ange. Que faites-vous dans la vie ?

— Je suis ce que l'on appelle une riche héritière. Je vis de mes rentes. Et vous, messire ? À quoi occupez-vous votre existence, à part bien sûr à vous attirer les foudres de l'Orage ? Vous n'êtes assurément pas pâtissier !

— Je veille aux intérêts d'un éminent seigneur, vous avez dû entendre parler de lui… le prince Yggdrasill… Je suis en quelque sorte l'un de ses régisseurs, car le prince emploie d'autres que moi du même genre.

— Le prince ? Je le connais, oui, comme tout un chacun. Vous devez mener une existence passionnante, messire de Cortavar.

— Passionnante ? Je la qualifierais plutôt de mouvementée.

Le vin arriva enfin. Le serveur présenta la bouteille à Cellendhyll en faisant preuve d'une minutie religieuse. Cellendhyll goûta le breuvage, vérifia qu'il n'était pas bouchonné, puis opina son accord. Leurs verres servis, ils trinquèrent. Constance but une gorgée, la fit rouler dans sa bouche, en détailla minutieusement les arômes, le sourcil arqué.

— Alors, qu'en dites-vous ? demanda l'Adhan, qui s'était livré à un manège semblable.

— Je m'avoue impressionnée et pourtant j'ai bu un certain nombre de grands crus. Je constate que vous êtes un homme de goût.

— Du moins en ce qui concerne le vin, oui.

— Et en matière de femmes, relança-t-elle du tac au tac, quel est votre genre ?

Cellendhyll lui adressa un sourire incertain :

— Les femmes intelligentes avant tout… Les femmes d'action… Les femmes franches.

— Passionnante réponse. J'espère avoir un jour l'occasion de creuser la question.

Le sourire de la jeune femme s'était fait troublant. Confortablement assise, elle faisait tourner son verre de vin devant elle, de manière à pouvoir observer chacune des nuances subtiles de la robe au rubis prononcé. De manière à pouvoir également contempler les traits minces et durs de l'homme aux cheveux d'argent, mouvants dans la lumière des chandelles.

Les entrées furent servies. Ils délaissèrent un temps leur conversation, accordant à la nourriture une digne attention. Cellendhyll trouva la préparation succulente. Il mangea avec appétit, à l'instar de sa compagne.

Leurs plats achevés jusqu'à la dernière miette, Constance reprit :

— J'ai entendu parler d'un Cellendhyll de Cortavar et ce nom n'est pas répandu. Dites-moi, pourquoi avoir tourné le dos à la Lumière alors que vous étiez destiné à en revêtir le prestigieux manteau ?

La bouche de l'Ange se tordit, ses traits devinrent aussi durs que le granit des Montagnes Naines. Il rétorqua sans prendre le temps de réfléchir :

— C'est la Lumière qui m'a abandonné, en vérité, et non le contraire. Je n'ai aucune raison de faire marche arrière.

La jeune femme but une nouvelle gorgée de vin, la savoura, avant de reprendre d'une voix très douce :

— Expliquez-moi ça…

Cellendhyll avait bien raison sur une chose, elle s'intéressait à lui, pour une raison ou pour une autre. Saisi d'une impulsion, il lui conta le revirement brutal de son passé, du moins une bonne part… La trahison de celui qui était jusque-là son meilleur ami, Ghisbert de Cray, la haine de ce dernier à son égard, soigneusement cachée jusqu'alors ; la trahison d'Ysanne, sa sœur, celle que l'Adhan considérait comme son premier amour. Il narra ce fameux soir, où son destin avait basculé. Le soir où, sous l'instigation de Ghisbert et d'Ysanne, il s'était retrouvé roué de coups par les Compagnons du Soir, soi-disant fidèles amis ; le soir où il avait fini au fond d'une cellule, en train d'agoniser, frappé à mort par Ghisbert ; il raconta comment il avait prié la Sainte Lumière de venir le sauver, prié avec toute la ferveur et la confiance de son âme innocente, pour finir par constater que sa confiance était mal placée, que la Lumière ne répondait en rien. Enfin le dénouement… Lorsque son espoir s'était définitivement tari – et, avec lui, sa foi – et que le salut était finalement venu du prince Yggdrasill qui l'avait tiré de sa geôle avant de le guérir. Puis lui avait proposé d'entrer à son service.

Hormis sur l'identité véritable de son sauveur, il ne dit que la vérité.

Winter le dévisageait soudain gravement mais également avec quelque chose qui pouvait s'apparenter à de la compassion :

— Vous avez subi une grande injustice !

— En effet. Mais j'ai fini par obtenir réparation, et devant le Conseil de la Lumière. J'ai châtié Ghisbert, que j'avais provoqué en duel ; j'ai également châtié les autres.

— Tranquillisez-vous, messire de Cortavar, vous avez sauvé votre honneur, celui de votre famille. Mais ensuite vous avez une fois encore disparu… Pourquoi ? Certains vous ont même soupçonné d'être un traître, à ce que l'on m'a laissé entendre.

Le ton apaisant de la jeune femme amena l'Adhan à se détendre. Il répondit d'un ton calme :

— À tort, mais je m'en moque bien. En vérité, Auryel d'Esparre, ce bon prélat que tout le monde prenait pour le fleuron de la Guelfe Blanche, était un maître-espion des Ténèbres. Je l'ai percé à jour peu après avoir tué Ghisbert. Auryel a cependant réussi à user de sa magie sur moi pour me faire prisonnier. Cependant, craignant que sa couverture ne fût dévoilée, il m'a ramené avec lui à Mhalemort. J'ai fini par m'échapper et cela n'a pas été chose aisée. Et là encore, le prince Yggdrasill est venu à mon aide.

Tout ce qui concernait Mhalemort ne relevait que du mensonge. Car si Cellendhyll avait bien déjoué les manigances d'Auryel, principal instigateur des traîtrises perpétrées contre lui, il l'avait en réalité énucléé avant de le ramener captif à Morion.

Tandis que les plats principaux arrivaient, l'Adhan commanda une autre bouteille. La première ne serait bientôt plus qu'un cher souvenir.

Constance attendit que le serveur soit reparti avant de poursuivre :

— Décidément, le prince Yggdrasill tombe toujours à point nommé. Comment fait-il ?

— Vous soulevez là un point obscur, je l'ignore en fait, répliqua Cellendhyll qui mélangeait habilement vérités et billevesées. Le prince est un homme de grandes ressources mais peu disert sur ses méthodes et sa magie est subtile.

Une nouvelle pause fut décidée d'un commun accord, le temps de faire honneur aux plats.

La viande de Cellendhyll était succulente, elle fondait dans la bouche, rehaussée de cette sauce au caramel, et le riz faisait un contrepoint parfait.

Le plat de la jeune femme paraissait tout aussi réussi. L'Adhan apprécia la manière qu'elle avait de ne pas cacher son appétit.

— En somme, c'est bien ce que je disais toute à l'heure, jugea son interlocutrice, une fois les assiettes terminées, vous avez une existence passionnante. J'aimerais rencontrer votre maître. Ce doit être quelqu'un de fascinant…

Cellendhyll rit et la corrigea une nouvelle fois :

— Le prince est plus secret que fascinant. Du reste, je vais vous décevoir, je n'ai aucune idée de l'endroit où il se trouve à l'heure actuelle. Mon seigneur passe son temps à voyager et il ne reste jamais longtemps au même endroit.

— Mais où réside-t-il la plupart du temps ? Il a bien un lieu de villégiature précis.

— Je n'ai nul droit de le dire. Le prince tient avant tout à sa tranquillité, il l'a maintes fois déclaré. Si j'osais, je le qualifierai de misanthrope.

— Alors laissons de côté votre mystérieux prince. Avez-vous un jour songé… Je veux dire, ne pourriez-vous considérer la possibilité de revenir au sein des vôtres ? N'est-il pas temps de tourner la page ? Vous annoncez avoir perdu votre foi, soit. Mais est-ce si important au fond ? L'empereur Priam a déclaré avoir besoin d'hommes de valeur, il me semble bien que vous pourriez être l'un d'eux. Du reste, le conseil ne vous avait-il pas proposé le poste de lige ? Il y a là largement de quoi satisfaire une ambition, non ?

— *Les miens ?* ricana l'Adhan. Je ne leur fais plus confiance depuis que j'ai découvert que le mal se terrait dans mon propre camp. De surcroît, l'ambition n'est nullement un moteur pour moi et je déteste les politiques. Les années m'ont changé, vous savez, et je n'ai nul désir de revenir en arrière. Sans compter que je me sens à mon aise au service du prince… Il m'offre l'indépendance dont j'ai besoin.

Cellendhyll but un peu de vin. Que ce cépage était bon ! Il reposa son verre et se pencha en avant, ses iris de jade rendus luminescents par la caresse des chandelles :

— Nous avons assez parlé de moi. Que me voulez-vous, Constance de Winter ? Vous avez manifestement enquêté sur mon compte, dans quel but ?

Éclairés des mêmes lumières mouvantes, les yeux turquoise de la jeune femme se paraient de chaleur :

— Mon but premier est d'apprendre à mieux vous connaître, approfondir la bonne opinion que j'ai de vous… Que vous le croyiez ou non, c'est l'entière vérité. Pour le reste, je ne peux pas vous le dire. Pas encore. Mais je vous assure, et vous avez pu le constater par vous-même, que je ne vous veux aucun mal !

— Vous éludez mais peu importe… En tout cas, si je sais choisir le vin, vous savez choisir les restaurants. Je me souviendrai longtemps de ce repas.

— Je l'espère, et pas seulement à cause de la qualité des mets…

Il ne répondit pas, refusant de s'aventurer sur ce terrain.

Ils partagèrent une salade aux noix assaisonnée avec du vinaigre fin de Vériponte et Constance de Winter finit par ajouter :

— Tout à l'heure, dans la rue, je vous ai dit que je vous trouvais séduisant, messire. Je le pense sincèrement.

— Euh… Désolé… Il se trouve que j'ai quelqu'un…

Constance éclata d'un rire musical, enjoué, rehaussé d'une pointe de malice toute féminine :

— Ne peut-on dire à un homme qu'on le trouve charmant sans pour autant sous-entendre qu'on veut coucher avec lui ?

— Touché, grimaça Cellendhyll. Je me sens tout d'un coup bien penaud, comme vous pouvez le constater.

— Comme c'est attendrissant ! Mais c'est que finalement, je me demande si je ne vais pas avoir envie de vous ! Dites-moi, pour votre part, me trouvez-vous séduisante ?

Il ouvrit la bouche, la referma pour finalement déclarer :

— Oui…

Il ne sut quoi ajouter.

Constance sembla troublée un court instant mais cela ne dura pas. Un silence s'instaura. Plutôt agréable. Ils burent encore un peu de vin.

Au dessert, Cellendhyll dégusta un duo de chocolat noir et meringues, la dame de Winter des fruits rouges rafraîchis à l'alcool de fleurs avec des tuiles sablées.

Enfin, un thé aux écorces noires pour l'Adhan, un cognac millésimé pour la jeune femme. Cette dernière ne paraissait pas affectée par l'alcool qu'elle avait absorbé. Elle sortit un étui plat en platine dont elle tira un fin et petit cigare de tabac noir.

— Puis-je ?

— Je vous en prie.

— En voulez-vous un ?

— Je ne fume pas…

— Saine attitude. C'est vrai que vous avez le profil d'un athlète.

— Je me tiens en forme, rien de plus…

— Oh, vous faites nettement mieux que cela, j'en jurerais…

Cellendhyll lui répondit d'un sourire tout en haussant ses larges épaules. Il y avait un sous-entendu dans cette dernière phrase, il ne voyait cependant pas lequel.

Le cigare tenu entre deux doigts fuselés, Constance accepta la chandelle que lui offrait l'Adhan. Elle alluma le cylindre, inspira, retint la fumée quelques secondes avant de la relâcher, tamisée par ses poumons, vers le plafond.

— C'est une sale habitude dont j'ai le plus grand mal à me défaire. Et vous, messire de Cortavar, me révélerez-vous vos vices ?

— Un usage immodéré de la violence, peut-être.

Le visage de l'Ange s'était durci une nouvelle fois, mais la jeune femme ne sembla pas en prendre ombrage. Au contraire.

— Par certains côtés, je vous trouve inquiétant. Cela ne fait que renforcer votre charme, par ailleurs.

Ils se dévisagèrent un moment sans rien dire. Elle, le sourire aux lèvres, sûre d'elle. Lui, plus hésitant.

Il était temps de partir. Cellendhyll paya la note sans sourciller devant le prix. *Le Cygne noir* venait de prendre place dans le panthéon des meilleurs restaurants de sa liste personnelle. Il en avait apprécié autant la chère que l'ambiance, sans parler du vin… Et de la compagnie de la secrète et troublante Constance de Winter.

Ils sortirent dans la rue. Winter se tourna vers lui :

— Eh bien, messire de Cortavar, j'ai passé un fort bon moment à vos côtés. Vous voulez de la franchise, en voilà : je vous trouve, comment dire… intéressant… Il n'est pas impossible que nous nous revoyons.

Sans rien répondre, il la raccompagna jusqu'au fiacre, déclarant qu'il préférait la marche pour rentrer à son hôtel – il était persuadé qu'elle savait lequel.

Devant le véhicule, ils se regardèrent droit dans les yeux. Jusqu'à ce que la jeune femme rompe l'échange d'un léger hochement de tête, suivi d'un sourire impénétrable. Puis elle le salua d'une courbette gracieuse et monta dans le fiacre, qui s'ébranla une dizaine de secondes plus tard.

Tout en humant l'air de la nuit, Cellendhyll se dirigea en direction du *Meuritz ;* sans se rendre compte qu'un homme en cape sombre était sorti de l'embrasure d'une porte, en face du restaurant, pour héler un fiacre qui partit dans la même direction que celle empruntée par la dame de Winter.

En regagnant son véhicule, Constance lui avait saisi le bras, afin de s'appuyer sur lui, comme pouvaient le faire les femmes du monde. Posée sur son avant-bras, sa main était ferme. Celle d'une femme d'action. De plus, elle avait démontré une certaine sensibilité et de l'intelligence. Quant à la franchise, c'était trop tôt pour le dire mais, au vu de ses questions, elle lui avait paru plutôt directe. Tout autant qu'énigmatique d'ailleurs. Cette femme aimait à s'envelopper de mystère.

Arrête de penser à elle, tu as Estrée, lui souffla sa conscience.

Et alors ? Moi aussi je peux trouver une femme à mon goût sans pour autant vouloir la jeter dans mon lit.

Les faits avaient prouvé à deux reprises qu'elle tenait à lui venir en aide. Dans quel but ?

Était-elle l'un des assassins envoyés à ses trousses ? Elle ne correspondait pas au profil de la Main Pourpre et si c'était le cas, la méthode lui paraissait particulièrement tortueuse. Elle ne l'avait pas directement séduit, par exemple.

En somme, elle se révélait fort bien tournée, intelligente, et lui cachait des choses. Un mélange qui ne pouvait qu'éveiller un certain intérêt.

Toutefois, Cellendhyll avait ses principes, la fidélité y jouait un rôle, et il s'y tiendrait.

S'il avait passé une fort bonne soirée en compagnie de la jeune femme, il n'oubliait pas pour autant Estrée. Il devait se l'avouer, la fille d'Eodh avait su trouver sa place dans son cœur meurtri, ferment d'un avenir meilleur, il y songeait de plus en plus. Du reste, il n'y avait pas à choisir entre les deux femmes ; il n'escomptait nullement succomber au charme de Constance. Estrée avait pris trop de place dans sa vie – il se refusait encore à employer le terme d'amour – pour que Winter représente une rivale à la hauteur. En d'autres circonstances, cela aurait pu être le cas. Peut-être. Là aussi, il refusait de s'interroger à ce sujet puisqu'il n'y avait pas matière.

La dame de Winter pouvait cependant être considérée comme une alliée. Contre qui ? Rymanus, Siméus et ses sbires, pour commencer. Par deux fois la jeune femme blonde s'était opposée à eux en aidant l'Ange du Chaos, tout en semblant attachée à la Lumière.

Mais pourquoi tenait-elle tant à l'aider ? Quel but la motivait à son égard ? Parce qu'il lui plaisait ? Pas suffisant, selon lui. Possible mais difficile à croire. Parce qu'elle voulait s'opposer à l'archevêque et qu'aider Cellendhyll allait dans ce sens ? C'était là une explication nettement plus plausible.

Possible également qu'elle cherche à gagner sa confiance pour se servir de lui d'une manière ou d'une autre. Mais alors elle était particulièrement habile, car Cellendhyll n'était plus le jeune idéaliste de naguère, celui que l'on bernait avec quelques bonnes paroles.

Tout en la trouvant plutôt sympathique, voire attirante, il resterait sur ses gardes vis-à-vis d'elle. Il le pressentait, la dame de Winter finirait par s'expliquer, soit de son plein gré, soit par le biais de la persuasion dont il saurait faire preuve si les circonstances l'exigeaient.

Chapitre 44

Après avoir regagné son hôtel de luxe, Constance de Winter s'était téléportée sur l'île de la Source, cœur du Plan-Maître de la Lumière.

Allongée sur un grand lit de forme circulaire, dans une pièce confortable éclairée d'une multitude de chandelles à la fragrance lilas, la blonde jeune femme était à présent vêtue d'un coûteux déshabillé diaphane de soie noire. Le vêtement laissait entrevoir son corps fin et musclé, ses jambes séduisantes, ses petits seins haut perchés, le saphir qui ornait son nombril et son sexe soigneusement épilé.

Étendu à côté d'elle, un individu massif, à la musculature dense, entièrement nu. Un homme qui assurément marquait les esprits ; non seulement par sa corpulence, son visage tanné, carré, sa barbe claire et son regard d'azur si assuré mais aussi par l'aura de puissance qui se dégageait de lui.

Priam, empereur de la Lumière, monarque incontesté, goba un grain de muscat, qu'il mâcha et avala avant de déclarer :

— Ton enquête sur la secte de l'Hydre ne m'intéresse pas. Je t'ai envoyée résoudre ce problème, à toi de te débrouiller… Parle-moi plutôt de Cellendhyll de Cortavar, et au passage bravo pour l'avoir retrouvé… Dis-moi, que penses-tu de lui ?

Cherchant ses mots, Constance étendit la main pour caresser la forêt de poils blancs qui ornait la poitrine musculeuse de son seigneur :

— Je le juge comme un homme hors du commun. Je l'ai vu se battre, et s'il est un guerrier admirable, aussi sauvage qu'un fauve, il a pourtant de la répartie et de l'éducation. Il considère avoir été trahi par la Sainte Lumière et ne veut plus rien avoir affaire avec elle. Il m'apparaît solitaire, tourmenté par quelque blessure intérieure et en même temps sûr de lui, gouverné par un tempérament violent dont on ne sait trop s'il parviendra à le juguler. Tuer semble ne lui poser aucun problème. Mais je ne crois pas, contrairement aux rumeurs, qu'il soit passé du côté des Ténèbres…

— En somme, il t'a plu.

— Oui, seigneur, je mentirais en disant le contraire, répondit-elle, sa main descendue pour palper les abdominaux saillants de l'Empereur. De surcroît, il affirme que le véritable traître à la Lumière était l'archevêque Auryel, d'après lui un maître-espion ténébreux.

— Cette explication en vaut une autre, et d'instinct je la crois crédible. Maudit Auryel et maudit Roi-Sorcier ! Cellendhyll n'était donc qu'une victime, comme je le pressentais… Je préfère ça… Il doit nous revenir, dit alors Priam d'un ton net, c'est là une chose capitale, Constance… Il doit *me* revenir.

— Pourquoi cet intérêt particulier pour cet homme, monseigneur ?

Winter était bien la seule à pouvoir interroger ainsi le tout-puissant empereur de la Lumière, elle en était consciente. Cette faveur confirmait le rang si spécial qu'elle occupait auprès du monarque, sans que personne ne s'en doute.

— Un intérêt particulier pour un homme particulier, répliqua le Patriarche.

Après avoir marqué une légère pause, il ajouta :

— Je le crois prédestiné… Il est vital qu'il rejoigne la Lumière.

Priam avait répondu à côté, et Winter savait qu'elle ne devait pas insister. Avec lui, on n'insistait pas, jamais.

Après avoir ingéré un autre grain de raisin, le souverain ajouta :

— Il doit regagner le giron de la Lumière, mais il ne le fera que de sa propre volonté… Tu vas retourner dans la cité des Nuages et poursuivre ce pourquoi je t'y ai envoyée… Trouver l'Hydre et l'abattre… Mais également veiller sur Cellendhyll et trouver le moyen de me le rallier mais sans le braquer. Couche avec lui, s'il le faut, je n'en concevrai nulle jalousie.

Constance masqua sa surprise ; c'était bien la première fois que le monarque lui ordonnait d'employer ce genre de méthode.

— Assez parlé, décida Priam. Il ne nous reste pas beaucoup de temps. Montre-moi plutôt à quel point je t'ai manqué.

La jeune femme s'écarta du Puissant et s'étira langoureusement, spectacle propre à enflammer les ardeurs d'un moine vénérable. Il y avait un abandon dans sa posture, un abandon volontaire. Ce n'était pas de la soumission mais du consentement. Ce n'était pas de la servilité mais du respect. Priam le savait fort bien, ce caractère bien trempé était l'une des raisons pour lesquelles il appréciait tant la jeune femme. Si dominant qu'il l'était, Priam voulait du répondant. Avec Constance de Winter, il était servi.

Le sexe de l'Empereur se dressa de lui-même, impressionnante colonne de chair. Ayant fait valser sa nuisette, Constance sourit et le saisit à pleines mains, le fit coulisser lentement en prenant soin de l'humecter de sa salive.

Priam se laissa aller de tout son long, à présent livré au plaisir, à la fellation experte que lui prodiguait son amante. Cette dernière n'économisait ni ses efforts ni son talent, usant tant de sa langue que de sa bouche ou de ses doigts. Il s'écoula ainsi un long moment où Constance s'activa à branler, lécher, sucer, titiller, happer, absorber. Prêt pour la suite, Priam la redressa doucement, l'attira à lui et la souleva par les hanches afin de l'amener juste au-dessus de sa virilité triomphante

Constance joua des hanches pour se positionner comme il fallait avant de se laisser descendre, de faire glisser le membre dans sa matrice accueillante, déjà mouillée de désir. Elle s'empala lentement, tandis qu'il empoignait ses hanches, et léchait ses mamelons durcis.

Priam était un amant exigeant, inventif et fort capable. Une fois Constance suffisamment dilatée, calée contre son propre bassin, il imprima le rythme qu'il savait employer pour l'amener progressivement dans l'oubli de la petite mort.

Imbriqués l'un dans l'autre, ils mélangèrent leurs sueurs et leurs désirs. Cette fois, pourtant, tout en la pénétrant habilement de toute sa grosseur, en dépit des palpitations de son membre, Priam semblait ailleurs, son esprit emporté par quelque pensée secrète.

Cela n'empêcha pas Constance de jouir, haletante, emportée par un orgasme long et combien apaisant qui la fit frémir de la tête jusqu'aux bouts des orteils.

Dans sa conscience chavirée, l'image de Cellendhyll de Cortavar et son regard de jade s'était superposée à celle de l'empereur de la Lumière.

Chapitre 45

Ayant repris ses recherches le lendemain, Cellendhyll dut demander à plusieurs passants l'impasse des Carmines avant de la trouver. Il finit par s'y engager.

L'officine que lui avait indiquée le doyen Nixius se trouvait dans une ruelle qui plongeait entre deux immeubles, à la lisière du quartier des commerces. Elle était signalée par une enseigne de bois laqué sur laquelle figurait une fiole d'alchimiste accrochée le long du mur. Une porte robuste en chêne foncé ouvrait sur un escalier à rambarde de fer forgé, qui descendait sous le niveau de la rue.

Un garde du corps rembourré de muscles, sanglé dans un justaucorps de cuir noir, une masse cloutée à la ceinture, lui ouvrit et le fit entrer dans une antichambre aux murs recouverts de larges dais de velours vert foncé, avec une moquette un ton plus clair. L'air ambiant exhalait un mélange de fragrances à forte teneur épicée. Se recommandant du doyen, Cellendhyll demanda à voir maître Albédor.

Le portier opina sans rien dire puis escorta l'Ange à travers un long couloir percé de portes fermées. Il s'arrêta tout au bout, ouvrit un lourd battant et lui fit signe d'entrer.

L'Adhan pénétra dans une salle rectangulaire, comprenant tout le matériel propre aux apothicaires, un lot de fioles, de pots, d'éprouvettes, de bocaux divers, d'entonnoirs, de mortiers et de pilons, le tout rangé sur des étagères le long des murs. Il y avait également une paillasse d'alchimiste dans un coin, avec un brûlot.

Assis derrière son bureau de bois rouge, maître Albédor était un petit homme dont la corpulence replète était recouverte d'une robe au tissage brillant, rehaussée de petites runes de style cabalistique. Il portait de grosses bagues à chaque doigt, et tant ses yeux que ses lèvres étaient légèrement fardés.

Scrutateur, le regard noir de l'homme s'était fixé sur l'homme aux cheveux d'argent à l'entrée de ce dernier. Il garda le silence, toutefois.

— Messire Albédor ? Je suis messire Lame, envoyé par le doyen Nixius qui dirige la bibliothèque municipale… Ce dernier m'a conseillé de venir vous voir car vous êtes un spécialiste de tout ce qui touche à l'occulte. Mon maître, le prince Yggdrasill, cherche à localiser la tombe d'Arasùl, ce nom vous dit-il quelque chose ?

L'apothicaire continuait à le dévisager avec une insistance particulière, toujours sans rien dire. Puis son rire s'éleva dans la pièce, aigrelet, dérangeant. Enfin il parla, d'un ton très sûr de lui, amusé :

— Je lis en vous, messire, en dépit de votre pitoyable subterfuge. Ce prétexte d'Arasùl n'est qu'un leurre. En réalité vous venez ici pour enquêter sur *l'empoisonnement*. Vous êtes au bon endroit mais vous avez commis une erreur car vous ne repartirez pas vivant de chez moi.

Cellendhyll haussa un sourcil étonné, il ne comprenait rien au discours de l'autre :

— Je ne vois pas du tout de quoi vous parlez. Je suis venu pour retrouver la tombe d'Arasùl et rien d'autre. Donnez-moi le renseignement et je repars tranquillement.

— Inutile de continuer à mentir, je vous ai percé à jour. Votre histoire ne tient pas, Arasùl n'intéresse personne. Vous êtes venu fouiner ici et je ne peux tolérer ce genre d'impudence. Je veux savoir comment vous êtes arrivé jusqu'à moi !

— Mais…

Albédor leva la main en direction de l'Adhan puis effectua un léger mouvement de poignet. Cellendhyll n'eut pas le temps de réagir. Il sentit une piqûre au niveau du cou et tout son corps qui s'engourdissait soudainement.

— Vous autres guerriers ! s'esclaffa Albédor. Vous misez tout sur votre puissance, vous ne croyez qu'en vos muscles ! Vous avez l'air malin, à présent. L'art prévaut sur le muscle, je vous le prouve… Oh, ai-je besoin de préciser que je suis un maître en poisons ? Mais vous le saviez déjà, pauvre impudent !

Cellendhyll eût voulu rétorquer qu'il ignorait tout de l'apothicaire et de son délire paranoïaque, mais il sombrait déjà dans une inconscience cotonneuse.

Chapitre 46

L'Ange du Chaos se réveilla allongé sur une paillasse, les mains liées devant lui. Il se redressa et gémit. Une migraine harcelait ses sens, coupant son crâne d'un trait de feu implacable, irradiant derrière ses globes oculaires. Il était saisi de frissons et de nausées. Quoi que l'apothicaire lui ait injecté, c'était une mixture effroyable. L'Ange sentait son cœur second pulser en lui pour tenter d'en chasser les effets mais sans vraiment y parvenir. Son appendice avait en effet besoin de l'influence des rayons lunaires pour se charger d'énergie et être réellement efficace. Or, ici, pas de fenêtres.

Cellendhyll ne savait même pas combien de temps s'était écoulé depuis son évanouissement, une brume dense tamisait son cerveau, rendant ses pensées lentes et approximatives.

Il se trouvait dans une cellule aux murs nus ; une porte bardée de fer en bloquait la sortie. Il se releva tant bien que mal et s'appuya contre le mur de pierre, subissant une soudaine vague de vertiges. La nausée l'emportait telle une houle de tempête, il se plia d'un coup et vomit. Il vit des taches de lumière s'imprimer sur ses rétines avant de se transformer en corolles exubérantes.

Les vertiges passèrent, pas les nausées. L'Adhan tenta d'utiliser son anneau de transfert, camouflé dans son ceinturon, mais la pièce – et probablement le bâtiment – se révélait protégée contre la magie. Alors il resta ainsi, sur sa paillasse, à attendre, l'esprit chaviré, incapable de concentrer ses pensées sur un plan d'évasion.

Le verrou qui barrait la porte finit par cliqueter. Une silhouette athlétique s'encadra dans l'embrasure et demeura quelques secondes à fixer l'Adhan, sourire aux lèvres, avant d'entrer, aussitôt suivie d'une autre.

Cellendhyll cligna des yeux, le temps d'accoutumer sa vision. Il voyait deux hommes identiques. Ce n'était pas possible. Il commença à secouer la tête avant de se reprendre aussitôt, sa migraine lancinante venant de gagner une intensité supérieure.

L'un des hommes éclata d'un rire enjoué :

— Non, mon mignon, tu ne rêves pas !

— Nous sommes jumeaux, renchérit l'autre, passant un bras affectueux sur les épaules du premier.

— Les jumeaux Borsh, renchérit l'autre. Moi, c'est Ugull, lui c'est Môkh.

Pantalons et bottes de cuir noir graissé, les frères étaient torses nus, leurs muscles épais huilés. Ils avaient le même visage, large, le crâne rasé, les traits épais. Tous les deux arboraient des piercings aux tétons, aux sourcils, et dans la lèvre inférieure.

— Tu as réussi à contrarier le maître, reprit Ugull. C'est bien la première fois qu'un type résiste à ses potions. Il a essayé de te faire parler, mon mignon, mais chou blanc !

— Oui, il a dit que tu étais sous l'influence d'un conditionnement protecteur qui t'immunisait à ce genre de drogues.

— Alors il nous a demandé de nous occuper de toi, histoire de t'assouplir un peu !

— On a une méthode bien à nous. Elle marche parfaitement, même avec les coriaces dans ton genre ! glousa Môkh.

Sans forces, Cellendhyll fut redressé sans ménagement et conduit hors de la cellule. Ses geôliers lui firent suivre un couloir éclairé de torches jusqu'à atteindre une autre porte qu'ils ouvrirent. D'une bourrade dans les reins, ils le jetèrent dans une nouvelle pièce. Celle-ci était plus spacieuse, une table de chêne rectangulaire y trônait en plein centre, avec, le long des murs, les rayonnages d'une bibliothèque peu fournie, des étagères vides, et enfin une cheminée aux braises rougeoyantes.

Toujours en proie à son mal de crâne, l'Adhan chancelait. Un formidable coup de poing asséné par Môkh le courba en deux. Il s'effondra.

Les jumeaux se regardèrent, complices. Les bosses respectives de leur virilité déformaient le devant de leur pantalon, trahissant une excitation intense.

— Notre méthode est simplissime comme tu vas le constater sous peu, révéla Ugull. Tu vas nous servir de giton. On va te prendre, comme on aime le faire.

— L'un après l'autre, ajouta Môkh.

Ce dernier exhala un soupir de désir et renchérit :

— On va être un peu brutal, tu nous excuseras mais c'est notre truc ! On nous surnomme « les Étalons Borsh »… tu comprendras vite pourquoi !

— Oui, comme on dit : tu vas le sentir passer, mon beau, mais tu pourras crier tout ton saoul, les murs sont insonorisés !

Cellendhyll était incapable de réagir. Môkh le maintint par derrière tandis qu'Ugull dégrafait son pantalon, qu'il baissa jusqu'aux genoux. Ugull tenta de l'embrasser à pleine bouche. Malgré sa migraine, Cellendhyll secoua la tête, refusant de toucher les lèvres de son tourmenteur. Alors il fut encore frappé, puis retourné, et plaqué face en avant contre la table. Offert, sans défense. La nausée, les effets de la drogue le handicapaient trop pour qu'il puisse se défendre. Les jumeaux le savaient bien.

— Je commence ! s'exclama Môkh à l'adresse de son frère. La dernière fois, c'était toi et quand j'ai eu mon tour, le type était tellement dilaté que j'ai presque rien senti !

— Tu rigoles, on avait dit que c'était moi le premier !

Pantalon baissé sur les genoux, plus que son pagne comme rempart dérisoire, Cellendhyll se retrouva quelques instants livré à lui-même, tandis que les jumeaux se disputaient ses faveurs. L'Adhan frissonnait, saisi d'une sueur glacée. Livré à cette peur, cette terreur insane qu'il éprouvait sans rien pouvoir y faire.

Cette peur était comme une araignée noire qui le grignotait de l'intérieur, jusqu'à planter ses crocs dans son cœur. Car le viol lui faisait cent fois, mille fois plus peur que la mort. L'idée de finir déchiré par ces deux hommes, violé sans vergogne, le tétanisait tout autant que la nausée qu'il l'assaillait.

Mais Cellendhyll de Cortavar était un survivant. Confronté au pire du pire, il luttait, il était de cette trempe rare d'hommes qui, jamais, ne baissaient les bras.

Cette peur qui aurait pu le paralyser jusqu'à le transformer en loque gémissante, cette terreur d'être ainsi acculé, de ne plus représenter autre chose qu'une masse de chair bonne à prendre, à humilier, un jouet de plaisir… Cette peur insane se mua en rage.

Et la rage emplit l'Ange, tel un vent de fureur, capable de tout balayer sur son passage.

La décharge d'adrénaline provoquée par cette colère primale représenta le carburant inespéré dans ces circonstances, la seule pulsion capable de réveiller la puissance de son cœur second, toute aussi efficace que l'effet lunaire. En quelques battements, les pulsations cardiaques chassèrent les miasmes de la drogue et la migraine reflua, repoussée elle aussi par la magie du cœur de Loki.

Néanmoins, les jumeaux Borsh avaient trouvé un terrain d'entente. Môkh Borsh se pencha sur Cellendhyll, une main sur ses hanches, l'autre occupée à brandir son sexe noueux. Il allait ôter le pagne de l'Adhan.

Cellendhyll releva violemment la tête. L'arrière de son crâne fracassa le nez du garde, le repoussant en arrière, sonné. L'Adhan prit appui sur ses coudes, projeta ses deux pieds entravés en repliant les genoux, frappant Môkh en plein bas-ventre. Sans attendre, il se redressa et pivota du buste pour lui flanquer un coup de coude dans la mâchoire, un autre dans la glotte. L'homme s'écroula. Cellendhyll remonta son pantalon et sauta sur la table, roulant dessus pour atterrir de l'autre côté, hors de portée immédiate du second des jumeaux. À peine au sol, il ragrafait son pantalon et bouclait son ceinturon.

Ugull banda ses muscles, une grosse veine barrait son front épais :

— Qu'as-tu fait à mon frère ? éructa-t-il.

— Ce que je vais te faire dans quelques instants…

Le jumeau encore valide dégaina une dague d'un fourreau placé contre ses reins. Il l'agita devant lui :

— Peu importe ce qu'a ordonné le maître… Pour ce que tu as fait à Môkh, je vais… je vais…

— Oui, je sais, le coupa l'Ange qui arborait son sourire de fauve, c'est toujours le même refrain. Tu vas me crever… bla-bla-bla…

Ivre de violence, Ugull contourna la table et chargea, dague en avant, pointée vers le bas. Une attaque bien trop conventionnelle pour surprendre l'homme aux cheveux d'argent.

Lavé de la corruption des poisons d'Albédor, de nouveau Ombre et tueur, de nouveau Ange de la Mort, Cellendhyll empoigna son bras armé, le retourna d'une torsion jusqu'à lui briser le coude. Il le frappa ensuite au creux du genou d'un fouetté du pied. Ugull n'eut pas le temps de crier qu'un grand coup de coude lui fracassait la mâchoire. Il s'effondra aux pieds de son frère.

Les jumeaux reprirent enfin connaissance. Liés aux mains, aux jambes, tassés côte à côte sur le sol de pierre.

Cellendhyll se tenait immobile face à eux, debout, inquiétant. Inquiétant tant par son assurance que par sa posture. Inquiétant aussi par quelque chose d'indéfinissable, qui touchait à l'instinctif. En ces moments-là, il n'avait plus rien d'humain.

Il avait récupéré sa dague sombre dans la pièce à côté. Il la fit tourner dans sa main tout en regardant les jumeaux.

— Alors, les filles, vous avez voulu jouer avec moi mais vous avez perdu. C'est mon tour à présent… Oh, j'allais oublier, vous pouvez crier autant que vous voulez, la pièce est insonorisée.

Les Borsh n'étaient pas des enfants de chœur, c'était même tout le contraire. Mais ce qu'ils lisaient dans le regard de l'Ange, dans son ricanement sauvage, les figea dans l'horreur. Une même expression de bête acculée se peignit sur leurs traits jumeaux.

Lorsque Cellendhyll quitta la pièce, les jumeaux Borsh geignaient sur le sol, les membres toujours liés, cette fois bâillonnés. Il les avait laissés sanguinolents mais en vie. Dans une certaine mesure, bien qu'étroite en rapport à la morale, il s'était montré miséricordieux.

L'Adhan leur avait apposé sa marque et le châtiment auquel il les avait condamnés était à la hauteur de leurs prétentions malsaines à son égard.

Les *étalons* Borsh n'étaient plus que les *eunuques* Borsh.

Cellendhyll avait même pris soin de cautériser leurs deux effroyables plaies à l'aide d'un tisonnier. Ce qu'il leur avait infligé n'aurait eu aucun sens si les jumeaux avaient succombé peu après à l'hémorragie provoquée.

Cela ne l'avait pas apaisé pour autant. La rage était toujours là. Dirigée à présent sur celui qui l'avait conduit ici.

À gauche, le couloir se terminait par un escalier qui remontait aux étages supérieurs, il le gravit sans se soucier de visiter les autres pièces de ce niveau. Les jumeaux avaient parlé, jusqu'à en avoir la bouche sèche, avant de crier, de hurler. Cellendhyll savait où diriger ses pas.

Maître Albédor entra dans son cabinet particulier. Il gagna le centre de la pièce mais se figea. Quelque chose troublait son univers personnel.

Une haute silhouette sortit de l'ombre dans laquelle elle se tenait tapie jusqu'ici.

— Comment… balbutia l'apothicaire.

Cellendhyll se rua sur lui et le frappa d'un coup sec de ses doigts raidis dans le plexus solaire. Albédor s'effondra, le souffle coupé. L'Adhan le redressa sèchement par les pans de sa robe.

— Les jumeaux n'étaient pas à la hauteur. Et toi non plus. À présent que tu m'as mis en colère, tu vas me révéler ce que je veux savoir… Car avec ma colère, vient la douleur et la souffrance. D'abord celle des Borsh, maintenant la tienne…

L'Ange souleva le petit homme et le jeta sur le plan de travail. En retombant, Albédor fracassa les fioles, les éprouvettes et les bouteilles qui s'y trouvaient, aspergé brusquement de liquides divers. Sa chair tendre, son visage offert ne tardèrent pas à ressentir les effets éminemment corrosifs de ce traitement brutal.

Il se débattit, en vain, bien trop faible pour résister à la poigne de l'Adhan – les mains de ce dernier protégées d'une paire de gants d'alchimiste trouvés sur place.

— Ah ça brûle trop ! Arrêtez, je vais parler, croassa Albédor.

Son visage était déjà à demi brûlé, arborant crevasses et cloques, le teint maculé de taches rouges, jaunes ou vertes.

— J'ai fourni le produit que l'archevêque voulait, mais je n'étais qu'un exécutant ! C'était pour le connétable Xavier. Je ne sais rien d'autre.

— Arasùl, espèce d'abruti, je suis venu pour Arasùl ! Parle-moi de lui !

— Arasùl ? balbutia l'apothicaire. Alors vous disiez vrai ?

— Évidemment, tu aurais pu t'épargner ce traitement si tu m'avais renseigné. Rien de tout ceci ne serait arrivé. Maintenant parle !

— Arasùl… Seigneur des Ténèbres destiné à monter sur le trône. Avant sa brutale disparition.

— Où puis-je trouver sa tombe ?

— Mais je n'en ai aucune idée. Non, je vous assure, pitié ! Attendez ! Je connais quelqu'un qui aurait pu vous en parler… Enfin, il n'est plus ici…

— Qui donc ?

— Auryel d'Esparre. L'ancien archevêque en savait long sur les Ténèbres.

Cellendhyll haussa un sourcil :

— Et pour cause, puisqu'il était leur maître-espion… Auryel… J'aurai dû y songer moi-même !

— Vous saviez, hoqueta Albédor.

— Oh oui, c'est d'ailleurs moi qui l'ai fait disparaître, répliqua Cellendhyll tout en arborant un sourire sauvage. Reparle-moi de cette histoire d'empoisonnement à présent… Tu veux dire que Rymanus t'a engagé pour empoisonner le connétable Xavier ?

— Oui, oui !

— Intéressant…

— Écoutez, je vous ai dit tout ce que je savais. Vous allez me laisser, hein ?

— Hum, laisse-moi réfléchir… Tu vas me signer une confession sur cette histoire d'empoisonnement et tu auras la vie sauve.

— Tout ce que vous voulez !

D'une main tremblante, Albédor relata par écrit sa complicité avec l'archevêque Rymanus. Avant d'y apposer son sceau à l'aide d'un cachet de cire, authentifiant par là même la confession. Il eut du mal, dans son état, mais la dague de l'Adhan sut le motiver de ses morsures. Cellendhyll empocha la confession.

— C'est bien mon petit Albédor, tu as bien coopéré, finalement. Mais toutes ces émotions ont dû te dessécher le gosier, je pense qu'un petit rafraîchissement te ferait le plus grand bien.

Cellendhyll parcourut les étagères couvertes de divers liquides et breuvages. Albédor avait suivi son regard. Il comprit. Et hurla.

À l'aide d'un entonnoir trouvé sur place, l'Adhan entreprit de lui faire boire la presque totalité des liquides rangés sur les rayonnages. Il était trop fort pour l'apothicaire et ce dernier ne put que se soumettre.

Un peu plus tard, Cellendhyll quittait les lieux.

Le garde de l'entrée voulut l'empêcher de sortir. L'Adhan lui brisa un bras, les deux jambes, le ficela, et l'enferma dans un placard.

Il remonta l'impasse en sifflotant. Sa visite chez l'apothicaire s'était muée en une tornade dévastatrice. Les jumeaux Borsh émasculés, l'officine dévastée… Ce qu'il restait d'Albédor n'était pas beau à voir. Cellendhyll l'avait laissé à quatre pattes dans son officine dévastée, le visage ravagé, les intestins en feu, probablement agonisant.

L'homme aux cheveux d'argent n'éprouvait pas la moindre once de remords.

Chapitre 47

Un homme aux larges épaules arrivait à l'autre bout de la rue, vêtu d'un manteau bleu cobalt. En voyant Cellendhyll sortir de l'impasse, il se jeta sous le porche d'un immeuble sans se faire repérer. Siméus regarda passer l'Adhan, hésita, puis se rendit chez l'apothicaire. Il en sortit une dizaine de minutes plus tard, le visage marqué par la contrariété.

Albédor avait fait parvenir à l'archevêque une lettre indiquant qu'il avait capturé un individu qui enquêtait sur l'empoisonnement de Xavier. Le prélat avait donc envoyé Siméus aux nouvelles. Visiblement, Albédor n'était pas de taille à s'opposer à Cellendhyll.

Siméus fit son rapport dès qu'il fut rentré au palais. Rymanus partagea immédiatement son inquiétude :

— Voilà qui s'avère extrêmement ennuyeux. Pas tant pour le poison que nous fournissait Albédor, après tout Xavier ne constitue plus un danger. Non, ce qui m'ennuie c'est que je voulais garder Cellendhyll de Cortavar en réserve en attendant de fabriquer les preuves destinées à faire de lui le coupable idéal. Ce mécréant va m'obliger à hâter le processus.

— Que décidez-vous à son sujet ?

— Je vais me servir de la commission d'enquête pour lancer un mandat d'arrêt à son encontre, c'est le seul moyen pour le mettre hors d'état de nous nuire. Une fois que nous l'aurons entre nos mains, il sera temps de le châtier comme il le mérite.

— Je le veux, seigneur !

— Et tu l'auras, Siméus, j'en fais la promesse !

— Que faisons-nous pour Xavier ?

— Je vais le donner en pâture à Ulqualöth au moment voulu. Nous n'avons pas besoin du connétable. D'ailleurs, que dirais-tu de son poste, Siméus ?

— Une récompense inespérée, archevêque !

— Une récompense que tu auras amplement méritée, après toutes ces années passées à mon service. Alors la chose est dite. Plus que quelques jours et nous passons au stade final du plan. À son terme, je ne doute pas d'être nommé régent de la Lumière, avec les pleins pouvoirs, de manière définitive !

Chapitre 48

Leprín entra dans la salle des Fumées de Mhalemort et salua le Père de la Douleur. Comme toujours juché sur son trône d'ossements, le monarque annonça tout de go :

— Avant que nous ne recevions Estrée pour la réunion que nous avons convenue, je voudrais faire le point avec toi sur l'invasion du Chaos. Il est entendu que nous nous passerons d'un seigneur des Conquêtes, tant pis, il est trop tard pour trouver un candidat de confiance. Je prévois donc d'accorder la responsabilité de l'assaut à Croc-de-Haine. Il nommera l'un de ses Sanghs pour conduire les troupes. Cela m'ennuie de lui conférer un tel pouvoir, mais je n'ai pas le choix…

— Si vous permettez, seigneur, répondit le légat, j'ai une idée à vous soumettre.

D'un geste, le souverain donna son assentiment.

— Et si vous nommiez trois régiments différents ? Trois corps d'armée, trois points d'arrivée. Cela vous fera gagner du temps puisque nous ne pourrons sans doute pas transporter tous nos soldats par un portail à gros flux, ce serait courir le risque inconsidéré de nous faire repérer par magie. Chaque armée sera commandée par l'émissaire d'un seigneur de Guerre. Concurrents les uns des autres, ils donneront le meilleur d'eux-mêmes, rivalisant pour s'adjuger le mérite de la victoire à venir. Ce sera tout bénéfice pour vous, maître.

Le souverain partit d'un grand rire rauque qui enfla jusqu'à lécher la voûte noire qui couronnait la salle.

— Quelle merveilleuse idée ! s'exclama-t-il. Je vais peut-être réellement finir par te nommer seigneur des Conquêtes, Leprín ! Encore que je t'ai promis la régence du Chaos, avec Estrée à tes pieds pour te servir… Je ne l'oublie pas et je gage que tu préfères cette alternative.

— Je l'avoue sans fard, monseigneur, le fracas des armées ne me sied guère.

Rien ne m'attire plus qu'Estrée, et la régence passe en second, mais cela je ne l'avouerai jamais.

— Ta proposition me facilite grandement la tâche, Leprín, j'y souscris totalement. Ainsi je n'aurai pas à dégarnir le front de mes troupes ikshites. Il n'y aura donc pas de commandant en chef, chacun des seigneurs devra me fournir son propre contingent. Ils n'en seront que plus motivés pour prendre la forteresse du Chaos d'assaut et vaincre l'adversaire… Je donnerai mes ordres dans ce sens à la fin de notre entrevue.

Le Roi-Sorcier marqua une pause, le temps de faire crisser ses ongles laqués de noir sur l'accoudoir de son trône, créant un crissement désagréable.

— Abordons la question des forces en présence, maintenant, relança-t-il. Les guerriers du Chaos, d'après ce que nous en savons, ne dépassent pas les sept cents têtes, les informations d'Estrée et de Rosh se recoupent clairement sur ce point. Le seul mage de guerre est le duc Elvanthyell ; de tous les chefs de clan du Chaos, c'est le seul capable de nous poser problème avec sa magie offensive, et il a quitté les siens. Quant aux Ombres de Morion et à ce dernier, ils ne pourront rien devant le nombre, sauf peut-être retarder un peu l'échéance. Considérant ces faits, je prévois donc de mobiliser trois cent cinquante Sanghs – ces formidables guerriers comptent pour le double –, cinq cents Serpentères et cinq cents Mantes. Cela représente la presque totalité des troupes appartenant aux seigneurs de Guerre mais ils ne pourront refuser.

Leprín approuva d'un hochement de tête respectueux.

Le Père de la Douleur marqua une pause avant de lâcher un ricanement d'autosatisfaction :

— Ah, d'ici quelques jours, Leprín, je tiendrai le Chaos entre mes mains. Elvanthyell a fort mal choisi son moment pour quitter les siens. Lorsqu'il reviendra chez lui, dans sa cité, il trouvera son royaume bien changé ! Le Chaos, esclave des Ténèbres, que cela sonne bien à mes oreilles !

— En effet, majesté, renchérit Leprín.

Ce dernier partageait pleinement l'enthousiasme de son maître. Il restait son plus fervent serviteur, prêt à l'épauler envers et contre tout.

Mais à peine le légat était-il sorti de la salle d'audience que l'image d'Estrée s'imposait à son esprit. Elle devenait sa récompense, une récompense ô combien inespérée. La prendrait-il comme épouse ou comme esclave ? Leprín ne savait toujours pas ce qu'il voulait d'elle, sinon qu'elle soit près de lui. Il y avait une sorte de haine dans l'amour exclusif et passionné qu'il éprouvait pour la fille d'Eodh. Tout en l'aimant du plus profond de lui-même, il ne pouvait s'empêcher de vouloir l'humilier et la posséder.

Chapitre 49

Avalant les rues à grandes enjambées, Cellendhyll rentra à son hôtel. Malgré ses déboires, il avait progressé ! À présent, il savait où aller et qui interroger.

Il salua le concierge d'un signe de tête, prit sa clé et monta jusqu'à ses appartements.

Après avoir déverrouillé la serrure, il ouvrit la porte. Happé par le poignet, il fut brusquement tiré à l'intérieur, frappé au ventre et empoigné par les deux bras.

Trois assassins se tenaient dans la pièce, semblables aux précédents. L'un en face de lui, les deux autres maintenant Cellendhyll.

Les agresseurs ne dirent rien mais leurs regards étaient suffisamment éloquents.

— Attendez ! Je viens de voir Shaardra-Thul, votre maître. Je me suis entretenu avec lui, le contrat est annulé, lança l'Adhan d'une traite.

Les tueurs absorbèrent le mensonge, un bref instant figés. Cela suffit à l'Ange. Il asséna un coup de tête à l'un des guerriers qui le tenait, lui arracha sa main captive pour frapper l'autre d'une fourchette de ses doigts dans les yeux, puis d'un coup de coude. La magie pourpre soigna les blessures des assassins mais l'Adhan s'était libéré. Le troisième tenait une dague incurvée, il tenta un estoc vers le ventre de Cellendhyll. Ce dernier croisa ses mains devant lui pour contrer la menace, emprisonna la main armée, qu'il tordit pour faire tomber l'arme. L'homme le cogna à la pommette d'un crochet du gauche, Cellendhyll répliqua d'une manchette au creux du cou puis d'un coup d'épaule.

Il prit son élan et sauta par-dessus le canapé, effectua un saut périlleux qui lui fit dépasser la cheminée – au feu entretenu chaque jour par le service d'étage – et retomba sur le divan d'en face. L'un des assassins le suivit, bondissant lui aussi, franchissant le premier canapé et l'âtre. Pour être séché en plein vol par un coup de pied arrière de l'Adhan qui le percuta en plein sternum. Son élan coupé, les côtes fracturées, l'homme retomba le dos dans le feu. Il ne cria pas mais grimaça tandis que sa peau brûlait. Il roula sur le côté et s'affala tandis que s'élevait l'odeur caractéristique de la chair calcinée.

Les autres firent le tour, chacun d'un côté du carré de canapés. Cellendhyll n'attendit pas, il bondit sur le premier, qu'il frappa d'un revers du coude dans la gorge suivi d'un coup de genou dans l'entrejambe. Le second des assassins l'agrippa par derrière, ses deux mains plaquées sur son cou. L'Adhan lui saisit les pouces qu'il brisa, avant de tirer l'homme par un bras, de se plier en deux, et de faire passer son adversaire par-dessus lui jusqu'à lui faire percuter son camarade. Celui qui avait été brûlé se relevait chancelant, tandis que sa magie apaisait ses brûlures. Cellendhyll jura. Il bondit sur lui, pivota sur lui-même, bien en appui sur la jambe droite, tout en relevant l'autre en diagonale. Son coup de pied renvoya le tueur dans le feu.

Ses comparses s'étaient dépêtrés ; lames en main, ils chargeaient. Cellendhyll sauta de côté, passa par-dessus un canapé, rebondit dessus et retomba dans leurs dos. Il saisit les crânes des deux tueurs et les frappa l'un contre l'autre de toutes ses forces. L'un des deux éclata, envoyant l'homme à la mort, la cervelle broyée. Le deuxième tueur était plus que sonné, Cellendhyll lui rompit la nuque d'une torsion des mains.

Le brûlé n'était plus brûlé, il revenait à la charge. L'Adhan dégaina sa dague sombre de sa botte mais l'autre usa de sa magie pour la lui arracher des mains – l'Ange avait oublié ce pouvoir. Un sourire mauvais aux lèvres, le tueur avança, la Belle de Mort en main. Mais la dague sombre refusa de servir un autre maître que l'homme aux cheveux d'argent. Elle se mit à rougeoyer avec intensité et la main de l'assassin se mit à fumer. Tout en pestant entre ses dents, ce dernier relâcha l'arme, juste à temps pour prendre un coup de tête de l'Ange qui lui fracassa le nez. La magie pourpre vint une nouvelle fois à son secours, guérissant sa main et son visage, mais c'était trop tard pour lui. Cellendhyll l'avait cogné en plein plexus solaire pour lui couper le souffle. L'Ange le retourna dans la foulée, le saisit par le col et la ceinture et le projeta à nouveau dans l'âtre, tête en avant. L'assassin rua, tandis que sa figure se couvrait de cloques au contact des braises, Cellendhyll le frappa d'un coup de coude dans la nuque, qu'il redoubla, puis appuya sur la tête de l'autre, avec encore plus de force, comme s'il voulait l'enfoncer dans les braises.

— Mais tu vas crever, oui ! scanda l'Adhan.

Il continua de maintenir la face de l'autre dans les braises, pesant de tout son poids pour contrer les soubresauts frénétiques du supplicié. L'homme se débattit encore et encore, tandis que sa magie se démenait pour le soigner. Ils succombèrent à leurs efforts, tous deux, et le tueur de la Main Pourpre finit par goûter au baiser passionné de dame la Mort. Comme celui de ses comparses, son corps s'évapora dans les secondes qui suivirent.

Cellendhyll se redressa, le souffle court. Son corps l'élançait de douleurs éparses. Les drogues d'Albédor, les jumeaux Borsh et maintenant les assassins, cela faisait beaucoup pour une simple journée.

— Par l'Épée de Lachlann, cette Main Pourpre commence à me les hacher menu !

Les trois crânes magiques venaient d'exploser sur l'autel. Shaardra-Thul s'effondra sur sa table d'invocation, du sang coulant de son nez et de ses oreilles. L'échec, une nouvelle fois, accompagné de cette souffrance si violente.

Le maître-assassin épongea le sang qui s'écoulait de lui, fouilla dans sa tunique de soie incarnate pour en extraire un petit sachet de peau. L'ouvrant, il en tira un carré de pâte brunâtre qu'il enfourna aussitôt. Une vague de bien-être ne tarda pas à se répandre en lui, chassant les nausées et la douleur. Il se releva.

— Maudit sois-tu l'Adhan ! éructa-t-il en levant le poing devant lui.

C'en était trop pour le maître. Il allait battre le rappel de tous ses hommes répartis dans la région, tous sans exception et tant pis pour les contrats en cours. Ce Cellendhyll de Cortavar représentait un défi, une injure, une calamité qui prenait le pas sur tout le reste.

L'orgueil de Shaardra-Thul était bafoué et son honneur était engagé, auprès de lui-même et auprès de sa cliente, la baronne Melfynn. Le reste n'était plus que feuille dans la tempête.

Dès le lendemain, ou le surlendemain, il enverrait un assaut massif contre l'Adhan. Peu importe les conséquences, peu importe les pertes !

Il ne dormirait plus tant que l'Ange du Chaos serait en vie.

Chapitre 50

Conseil de guerre chez les voleurs. Cellendhyll, Rathe, Barrowmer et Nifold étaient assis à leur table du *Bateau ivre*. Cette fois, cependant, l'humeur n'était pas aux festivités. L'Adhan donnait le ton, son visage arborant un masque de colère froide et personne n'avait envie de plaisanter. La serveuse avait dû s'y reprendre à trois fois avant d'oser venir prendre la commande et l'Ange l'avait renvoyée d'un froncement de sourcils.

— La Main Pourpre, déclara l'Adhan d'un ton sec. Ils ont une base en ville. Je veux savoir où et je veux le savoir tout de suite !

— Mais, on ne dîne pas ? s'inquiéta Barrowmer.

— Viens, Barrow', souffla Nifold en le tirant pas la manche. Ton esprit chatoyant fera des siennes une autre fois, ou il risque bien d'entrer en collision avec une nova dont il ne saura se défaire.

Les voleurs revinrent plus d'une heure plus tard. Cellendhyll avait patienté devant un thé d'écorces noires tout en écumant d'une rage folle qui lui servait de combustible. Arasùl attendrait encore un peu. Il n'avait que trop tardé à régler le problème des assassins.

— C'est bon, fiston, on a l'info mais ça va coûter cher.

— Je m'en moque. Dis-moi où…

— L'avenue des Innocents. Dans les hauts quartiers.

— Parfait. Tu me diras combien je vous dois.

— On peut manger maintenant ?

— Oui, Barrow', tu peux commander. Rathe, toi, tu viens avec moi, tu prendras ton matériel au passage. Je veux une de ces infiltrations dont tu as le secret.

— Et nous ? s'enquit Barrowmer qui hésitait entre l'envie de participer à ce qui se préparait et l'attrait de la bonne chère.

— J'ai dit Rathe, c'est tout…

Personne ne répliqua. Lorsqu'il employait ce ton particulier, l'Ange avait tout d'un seigneur de Guerre à l'aube de sa plus grande bataille.

— Allez, on bouge !

Rathe se leva d'un bond, les yeux brillants. De l'action, enfin !

C'était le milieu de la nuit, éclairée par les lunes jumelles. Deux silhouettes avançaient dans les rues désertes, se faufilant d'ombre en ombre. L'une mince, au pas élastique, l'autre plus athlétique, plus déterminée. Rathe le Corbeau portait son habituel ensemble de cuir gris ainsi qu'une cape anthracite et une besace en peau de buffle à l'épaule, Cellendhyll était moulé dans le costume de cuir bleu nuit que lui avait offert Estrée.

Au terme d'un périple prudent et furtif, les deux compagnons abordèrent l'avenue des Innocents.

— C'est là, finit par souffler Rathe.

— Tu es sûr ?

Situé au milieu de l'avenue, l'immeuble ne présentait aucun signe distinctif, tout aussi florissant que les autres.

— Hé, tu te fous de moi, là ? railla Rathe sans pour autant élever la voix. Tu voudrais quoi, un panneau avec marqué : « Youhou, c'est nous la Main Pourpre, nous sommes là, venez nous chercher ! » ?

— Non, évidemment…

Le voleur répondit d'un reniflement réprobateur.

— Et tu peux me faire entrer là-dedans sans réveiller tout le monde ? questionna l'Adhan.

— Est-ce que le soleil se lèvera demain ? Est-ce que Barrow' a un cerveau ? Euh, non, ça c'est un mauvais exemple… Bien sûr que je peux te faire entrer, gamin, je suis un maître-voleur. Voyons, les toits ou les égouts… Je ne sais pas si le bâtiment dispose d'une cave… Hum, c'est probablement le cas, mais d'instinct, je choisis le toit, j'ai toujours préféré passer par le haut. Viens…

— Attends, avant d'y aller, j'ai quelque chose à te donner, j'ai d'ailleurs failli oublier… murmura Cellendhyll. Je ne sais pas trop ce qui m'attend, alors je préfère te donner ça maintenant.

Il ouvrit son pourpoint et en sortit un document plié qu'il tendit au maître-voleur.

— Tiens, reprit-il, un petit cadeau…

Curieux, Rathe s'empara du papier. De son autre main, il dévoila un mince fragment de gemmelitte jaune qui lui fournirait la lumière nécessaire sans pour autant attirer l'attention. Il déplia le document et lut :

— Une lettre de cachet ? Je ne comprends pas…

Cellendhyll arbora un sourire satisfait :

— J'ai profité du peu de temps libre que j'avais ces derniers temps pour aller voir un notaire. Apprends que j'ai signé la promesse de vente de la propriété que tu convoitais à Pierreblanche – Nifold m'a donné toutes les coordonnées dont j'avais besoin. Voilà… ce deuxième document, c'est l'acte de promesse de vente, il est à ton nom. Il te restera juste à finaliser l'achat et la lettre de crédit te permettra de t'acquitter du solde. Ton rêve est devenu réalité, vieux brigand !

Dépourvu jusqu'à présent de vie privée, Cellendhyll de Cortavar menait un train de vie que l'on aurait pu qualifier d'ascétique. Ses armes lui étaient fournies par les forges d'Eodh, il était nourri, blanchi, logé. Ses économies accumulées toutes ses années au service du Chaos – sa paye d'Ombre était confortable – auraient pu lui permettre de mener grand train sur les Territoires-Francs, au moins durant deux années pleines, ou de s'acheter une maison et du terrain. Cette somme était d'ailleurs déposée sur un compte privé et placée pour être rémunérée sagement mais sûrement.

Rathe écarquilla les yeux à s'en fissurer les vaisseaux puis se renfrogna :

— Non, c'est trop… je ne peux accepter…

— Écoute, Rathounet, chuchota l'Adhan, je préfère t'aider à concrétiser ce projet plutôt que de te laisser croupir dans l'ennui et la déchéance. Maintenant si tu ne veux pas de ces vignes, pas de problème, je donnerai l'acte à Barrowmer. Lui, je doute qu'il fasse la fine bouche.

— Barrow' ? Non, ce serait un monumental gâchis ! Bon, je m'incline, mais je te revaudrai ça, crois-moi.

— J'y compte bien. D'ailleurs à ce propos, je t'annonce que tu as un associé… Moi. À hauteur de trente pour cent des bénéfices.

— Toi et moi associés ? Par le Bouc Noir à trois pattes, c'est encore mieux ! Fiston… Je ne sais pas quoi dire… Mille et un mercis ! Je te réserverai un des corps de ferme pour toi seul, nous l'aménagerons à tes goûts et cela te fera un chouette pied à terre.

— Allez, il est temps de passer aux choses sérieuses, répliqua Cellendhyll.

Il n'en montra rien mais ce genre de geste était une première pour lui et il était heureux de voir l'air comblé de son ami.

Suivi de l'Ange, Rathe fit le tour du bâtiment pour finir par se ranger devant une conduite d'eau située à l'arrière de l'édifice.

— Je passe le premier. Cette gouttière sera parfaite.

— Et moi ?

— Toi, tu es trop lourd. Attends ici, je t'enverrai de quoi monter.

Le voleur se mit à grimper avec l'aisance d'un jeune homme. Bientôt il disparut dans la pénombre.

Quelques minutes plus tard, une cordelette à nœuds tombait du ciel, juste devant le nez de l'Adhan. Ce dernier l'empoigna et grimpa à son tour pour rejoindre Rathe en haut de l'édifice. Le voleur se tenait sur un mince rebord, surmonté d'un muret qui faisait le tour du toit. Cellendhyll se hissa dessus. Le toit était plat, une terrasse en somme dotée d'une guérite fermée d'une porte, destinée à pénétrer dans le bâtiment. Des triangles cuivrés étaient fichés sur chacune des extrémités du toit ainsi qu'en son centre.

L'Adhan s'apprêtait à enjamber le muret. Il se ravisa.

— Ces trucs, là, c'est quoi ? souffla-t-il en désignant à son comparse les triangles de cuivre.

— Bonne réaction, murmura Rathe. Deux secondes…

Fouillant dans son pourpoint, Rathe sortit ce qui ressemblait à une paire de bésicles aux verres bleutés qu'il chaussa.

— Hum… protections magiques, évidemment…

Grâce à ses lunettes, le voleur percevait clairement les lignes de pouvoir, des faisceaux bleu canard qui sortaient de chaque triangle pour s'entrecroiser sur toute la longueur de la terrasse, invisibles à l'œil nu, vigies magiques prêtes à donner l'alerte voire à incendier celui qui aurait l'imprudence de les toucher.

Après avoir détaillé à l'Ange ce qu'il venait de repérer, Rathe fouilla dans sa gibecière afin d'en extraire une gemme translucide, octogonale, qu'il posa sur le rebord du muret. Au bout d'une minute, la gemme produisit une note de musique ténue mais étirée. Au moment où la note s'achevait, l'artefact se mit à briller du même feu que celui des faisceaux, puis chacun des traits de mana se mit à clignoter, devenus esclaves de la gemme du voleur. Les défenses magiques existaient toujours, mais Rathe les avait rendues inopérantes, comme aveuglées.

Les deux comparses enjambèrent le muret et prirent pied sur le toit. Ils avancèrent en silence jusqu'à la porte qui permettait de rejoindre le dernier étage de l'édifice.

À l'aide d'une gemme d'intrusion, Rathe annula le glyphe de garde qui protégeait la guérite. Puis, il sortit ses rossignols et, tout en sifflotant entre ses dents, se pencha sur la serrure qui gardait la porte de chêne renforcée de barres d'acier. Si élaborée qu'elle fût, ladite serrure céda aux caresses subtiles des instruments du maître-voleur.

Au bout de neuf secondes, Rathe se redressa. D'un geste théâtral dont il avait le secret, il ouvrit la porte enfin docile. Un escalier les attendait. Le voleur prit la tête. Marche après marche il sonda les lieux, confirmant qu'il n'y avait plus de pièges ou de gardiens magiques.

En bas de l'escalier, ils débouchèrent sur une sorte de mansarde. L'arrivée des marches tombait en angle droit par rapport à la longueur de la pièce. Cellendhyll et Rathe ne pouvaient donc être repérés. Toujours aussi furtif, comme lui seul savait l'être, le voleur pointa le bout de son nez à découvert. Il montra son poing pour avertir d'un danger, puis leva l'index et le majeur, signifiant ainsi qu'il y avait deux gardes pour veiller sur ce palier.

Il recula, sortit de sa besace deux segments de bois noir qu'il vissa l'un sur l'autre puis se munit d'un étui noir contenant une série de fléchettes à empennage jaune. Il en préleva une qu'il glissa dans sa sarbacane, précisant qu'elle était enduite d'un poison anesthésiant – Rathe ne tuait que s'il y était obligé.

Pour sa part, Cellendhyll n'éprouvait pas ce genre de scrupules. La Main Pourpre n'obtiendrait pas une once de sa mansuétude.

Après avoir passé la tête au ras du sol pour vérifier la position de ses adversaires, il distribua les cibles à éliminer, une chacun.

L'Ange du Chaos se baissa à nouveau et gratta le bas de la dernière marche, sur laquelle il se tenait. Il produisit un son qui éveillait la curiosité sans pour autant être inquiétant. Au bout de trois secondes, il cessa et reprit quelques instants plus tard, cela jusqu'à ce que les sentinelles finissent par s'interroger.

— C'est quoi, ça, un rat ? dit l'un des assassins en poste.

— Je sais pas, va voir, je te couvre, rétorqua son camarade en dégainant un sabre courbe qui ornait sa hanche.

Le premier des gardes avança, tandis que son camarade attendait, prêt à intervenir.

Arrivé au pied de l'escalier, le guerrier mourut aussitôt, la dague sombre de Cellendhyll fusant pour plonger au milieu de sa gorge.

Au même instant, Rathe surgit sur le palier, porta sa sarbacane à ses lèvres et souffla. Le garde en retrait porta la main à son cou et s'écroula, inconscient. Il fut aussitôt pieds et mains liés, bâillonné, puis escamoté avec le cadavre de son acolyte derrière une série de caisses.

Cellendhyll s'étonna que les mesures de sécurité se révèlent si faciles à contrer. À voix basse, Rathe avança plusieurs explications. Tout d'abord, la Main Pourpre faisait nettement trop confiance à la magie – erreur classique selon l'expérience du voleur –, la preuve avec le toit ; sachant que l'entrée principale devait par ailleurs être nettement mieux surveillée. De surcroît, il ajouta qu'aucune place forte ne pouvait résister au maître-voleur qu'il était, et que ce n'était pas parce que lui avait déjoué les surveillances magiques sans difficulté que la chose était à portée de tout le monde. Enfin, il conclut que personne n'oserait s'attaquer à l'ordre des assassins, sinon un grand escogriffe d'Adhan fou furieux et complètement écervelé. Cette tirade finale lui valut une bourrade appuyée de la part de l'Adhan.

Qui reprit la parole pour annoncer d'un chuchotement :

— Merci Rathe, tu m'as bien aidé. Tu peux rentrer à présent, je vais me débrouiller pour terminer ce pour quoi je suis venu. On se retrouve à *La Mouette rieuse*…

— Quoi ? Je vais pas te laisser ici tout de même !

Cellendhyll eut une pensée pour les Spectres, ses amis, ses frères et ses enfants, tout cela à la fois, morts sur Valkyr. Pas question qu'un autre des siens subisse le même sort.

— Si, Rathe, dit-il, je travaille mieux seul. Inutile d'insister, tu gaspillerais ta salive.

— Bon, grommela le vieillard, si c'est comme ça que tu le prends. Mais sois prudent, à présent que j'ai un associé, j'aimerais bien pouvoir en profiter…

Et le voleur recula dans le couloir jusqu'à disparaître.

L'homme aux cheveux d'argent traversa les combles pour atteindre une autre porte. Cette dernière n'étant pas verrouillée, il l'ouvrit prudemment. Une nouvelle volée de marches. Il les descendit en silence pour aborder un nouveau palier fermé par une porte, correspondant au troisième étage du bâtiment. Cellendhyll l'ouvrit précautionneusement. Il se baissa et passa sa tête au ras du sol. Un couple d'assassins patrouillait d'un bout à l'autre un couloir ponctué de portes. Ils lui tournaient le dos. L'Adhan mémorisa l'allure à laquelle se mouvaient les gardes, se redressa et referma l'huis. Il attendit, visualisant le temps qu'il faudrait à ses adversaires pour revenir jusqu'à la porte et repartir dans l'autre sens. Lorsqu'il estima le moment venu, il rouvrit – son estimation se révéla juste, les gardes lui tournaient à nouveau le dos –, agrippa le premier des assassins, lui rompit la nuque d'une torsion imparable puis introduisit violemment sa dague sombre dans le tympan du second.

Un souffle d'air derrière lui. Cellendhyll se retourna d'un bloc, sa dague prête à mordre. Il retint son estoc in extremis. En face de lui, Rathe, un petit sourire aux lèvres.

— Je t'avais dit de partir, murmura l'Ange.

— Oui, je ne suis pas sourd, j'avais fort bien entendu, répliqua le voleur sur le même ton. Mais pas question que je laisse mon futur associé risquer sa peau sans rien faire.

L'expression arborée par le vieil homme était éloquente, il ne fléchirait pas.

— Vieux fou, soupira Cellendhyll.

— Jeune sot, ricana Rathe.

— D'accord, tu viens, abdiqua l'Adhan, mais tu resteras trois pas derrière moi…

Rathe opina gravement.

Après avoir caché les cadavres dans une pièce vide que le voleur verrouilla à l'aide de ses rossignols avant d'en obstruer la serrure, ils reprirent leur infiltration. Tous deux étaient d'accord, il était logique de penser que le maître-assassin se trouverait à cet étage, le plus élevé si l'on excluait la mansarde.

Chapitre 51

Une pièce éclairée de lampes fichées dans les murs, vide de meubles ou de décoration, à l'exception d'un autel placé dans un coin, formé par un empilement de crânes enchâssés en forme de pyramide, de toute évidence un artefact. Au milieu de cette salle, assis en tailleur, un homme âgé se tenait immobile, les yeux mi-clos. Corps sec, bien conservé, soie rouge, barbiche tressée également rouge. D'instinct, Cellendhyll sut qu'il avait affaire à son ennemi : Shaardra-Thul, maître de la Main Pourpre.

Veillant sur ses arrières, Rathe gardait l'extrémité du couloir. L'Ange entra, et referma la porte derrière lui.

Les yeux de l'homme s'ouvrirent tout à fait, noirs, brillants de vitalité.

— C'est donc toi, l'Adhan, dit-il d'une voix rauque.

— C'est donc toi, Shaardra-Thul, répliqua l'Ange.

— Il est temps d'en finir, annonça le maître des Assassins.

— Je suis justement venu dans ce but, répliqua Cellendhyll qui avança de trois pas.

Le visage tout en méplats du maître-assassin se fendit d'un sourire assuré. C'est alors que, mus par quelque mécanisme secret ignoré de l'Ange, porte et fenêtre se verrouillèrent. L'autel était abîmé – Shaardra-Thul n'avait pas eu le temps de remplacer les crânes. Il se mit pourtant à suinter une fumée incarnate qui ne tarda pas à épaissir et à se répandre dans la salle en léchant le parquet.

Shaardra-Thul était assis. Dans la seconde suivante, sans que son âge parût le handicaper, il était debout et son pied gauche volait vers le visage de l'Adhan, un coup destiné à lui fracturer les os. Cellendhyll para l'assaut de l'avant-bras et recula. Pour se relancer aussitôt à l'attaque.

Il feinta un crochet du droit pour abattre sa senestre en une frappe latérale. Shaardra-Thul para à son tour, enchaîna d'un coup de genou, esquivé par l'Adhan.

Ce dernier tenta un fouetté du pied mais l'autre avait bondi sur le côté avant de ricaner, et de disparaître dans la brume qui s'était épaissie et envahissait à présent toute la pièce. L'Ange ne voyait plus rien. Avalé par un rideau opaque, le maître-assassin était invisible. Ni corrosive ni même agressante – elle se contentait de l'aveugler –, la fumée paralysait pourtant complètement Cellendhyll. Inopérante, la Belle de Mort ne pouvait donc se gorger de sa magie.

L'Ange tentait de percer le rideau de brume lorsqu'il sentit une vive douleur sous l'épaule ; il se retourna juste à temps pour voir Shaardra-Thul reculer et disparaître à nouveau dans le voile rouge. Le maître venait de lui frapper le haut du dos d'un coup de dague.

L'Adhan avança d'un pas, balayant l'air de sa dague sombre. Il ressentit une brûlure à sa cuisse, celle-ci venait d'être entaillée et il n'avait rien senti du coup en lui-même. Il n'avait même pas vu venir son adversaire.

Aveuglé comme il l'était, il ne pouvait que se défendre et encore, bien trop mollement à son goût.

Frappé une troisième fois, sur le côté, il accompagna sa chute d'une roulade, se redressa en faisant effectuer un arc de cercle à sa Belle de Mort. En vain. Shaardra-Thul se jouait de lui.

Contrairement à la plupart de ceux qu'il avait affrontés dans ce genre de circonstances, le maître-assassin ne s'égosillait pas, ne gaspillait pas sa salive en menaces gratuites. Prudent, conscient de la puissance supérieure de l'Adhan, qui avait tout de même occis tous ceux qu'il avait lancés contre lui, Shaardra-Thul ne restait pas au contact. Il frappait, repartait dans la brume, revenait à l'assaut par un autre côté, préparant aussitôt sa prochaine offensive, impossible à cibler. Car le maître n'était nullement gêné par la brume rouge, cela se devinait à ses attaques assurées, à ses déplacements rapides et furtifs.

Cellendhyll, au contraire, ne voyait même plus les limites de la pièce, il était devenu captif de cet univers qui le baignait de son opacité, livré à un ennemi insaisissable. Ses blessures successives n'étaient pas graves pour le moment mais leur accumulation risquait bien de le saigner à blanc.

L'Ange avait beau continuer d'agiter sa dague, de zébrer l'air à l'aveuglette, il ne parvenait à rien. Fort de sa magie, le maître-assassin maîtrisait l'affrontement.

Chapitre 52

La fenêtre vola en éclats, défoncée par les bottes de Rathe, lui-même accroché à une corde. Aspirée au-dehors grâce à cette intervention inesperée, la brume ne tarda pas à se dissiper, ce qui permit à Cellendhyll de recouvrer la vue. D'une éructation, il ordonna au voleur de rester à l'abri au dehors.

La silhouette de Shaardra-Thul se profilait sur sa gauche, le visage grimaçant de dépit, une dague dans chaque main. Les traits déformés par un rictus sauvage, Cellendhyll avança droit sur lui.

Un échange vif s'engagea, métal contre métal, tintements redoublés. Talentueux, tous deux combattaient avec acharnement, chacun au sommet de son art, les deux dagues du tueur compensant la puissance supérieure de l'Adhan.

Les lames dansaient, s'entrechoquaient. Affirmées, les volontés s'affrontaient. Cristallisés par le danger, la soif de vaincre, les instincts s'empoignaient et les passes d'arme s'enchaînaient à toute allure, sans temps mort... Âpre et vif, tenace et subtil comme seul savait l'être le combat à la dague.

Mais l'échange s'éternisait. À tout moment des renforts pouvaient arriver pour venir en aide à Shaardra-

Thul. Justement, on frappa à la porte à coups redoublés. Le maître-assassin lâcha un ricanement. Il allait bientôt reprendre l'avantage. D'un ton autoritaire, il ordonna aux siens d'aller chercher de quoi enfoncer la porte. Il ne pouvait prendre le risque de reculer jusqu'au mécanisme caché qui ouvrait celle-ci sans risquer d'être submergé par son adversaire.

Il y eut deux, trois passes d'armes encore sans que l'un ou l'autre ne puisse prendre l'avantage. Du coin de l'œil, Cellendhyll avisa l'autel des crânes qui avait craché la brume magique. Une idée lui vint et il s'en rapprocha, tout en continuant de délivrer estocs, revers et coups de taille.

Arrivé à portée, il repoussa son adversaire d'un large revers de la dague sombre et donna un violent coup de pied dans cet assemblage d'ossements, brisant, fracassant ce dernier.

— Nooon ! hurla Shaardra-Thul.

L'espace d'un instant, il perdit le rythme parfait qui l'animait jusqu'ici et cela suffit.

Redevenu le héraut de la Camarde, Cellendhyll réagit. Porté par le Ressenti Pur du Hyoshi'Nin, d'un seul et même mouvement coulé, il lacéra le bras droit de l'assassin, perça sa défense, lui ouvrit le ventre d'un trait horizontal appuyé, et remonta la Belle de Mort vers le haut. Estocade imparable, coup de grâce sauvage, la dague sombre cloua Shaardra-Thul sous le menton, remontant jusqu'à son cerveau qu'elle transperça. Elle ronronna de plaisir dans sa main, livrée à sa danse de prédilection.

Le maître-assassin s'affala, ses deux lames tintant sur le sol, ses membres agités de spasmes, frappant le parquet à coups irréguliers ; inévitable glas que l’Adhan et sa Belle sonnaient avec une constance effrayante.

Emporté, impuissant, par les rets carnassiers qu’il avait si souvent infligés, Shaardra-Thul trépassa.

Toujours accroché à sa corde, le voleur passa la tête dans l’embrasure de la fenêtre :

— Un sacré associé que j’ai là… Je n’aimerais pas t’affronter avec une dague, gamin.

— Merci Rathe, sans toi… souffla l’Ange qui retrouvait son souffle.

— De rien, partenaire ! C’était même un plaisir.

De violents coups ébranlaient la porte. Le bois commençait à se fissurer.

— Allez viens, souffla Rathe, tu as eu ce que tu voulais, filons.

Les deux comparses redescendirent grâce à la corde du voleur ; une fois sur le trottoir, ils s’esquivèrent dans la nuit, environnés de la fumée du cône d’herbe lokie que le vieillard venait de rouler.

Chapitre 53

Une grande table de pierre noire trônait au centre de la pièce, éclairée nettement par un gros bloc de gemmelitte jaune. De part et d'autre de la table se tenaient Estrée, et le Roi-Sorcier qui lui faisait face une fois encore. Leprín se trouvait sur le côté, vêtu de soie noire. L'inquiétante fumée grise du Père brillait en revanche par son absence. À peine arrivée à Mhalemort pour son rendez-vous, la fille du Chaos avait été conduite dans cette pièce qu'elle ne connaissait pas.

Érigée d'après les spécifications du Roi-Sorcier, la salle des Conquêtes avait des murs recouverts d'ossements polis. Des os humains pour la plupart, ceux des ennemis du royaume, pour beaucoup issus des Grandes Guerres ; d'autres aussi, plus denses, différents, prélevés sur de grands prédateurs, ou sur des races extrahumaines conquises et asservies.

Il n'y avait aucun meuble, juste la table, les murs d'os, et le trône d'Épines sur lequel se tenait le monarque – transporté dans la pièce, depuis la salle des Fumées selon un procédé inconnu.

Estrée trouvait cet environnement pesant, lugubre, tout à fait à l'image de Mhalemort. Du reste comment être à l'aise en face du Père de la Douleur ? Ce dernier l'étouffait par sa seule présence. La jeune femme avait la peau qui fourmillait, la bouche sèche. Elle n'avait qu'une idée, quitter les lieux, sans perdre la moindre seconde.

La fille d'Eodh avait passé une tenue de cuir moulante, des bottes cuissardes, un lourd ceinturon et une cape en agneau. Elle arborait comme bijou une pierre triangulaire mauve montée en pendentif et des boucles d'oreilles faites d'éclats de diamants effilés de six centimètres. Elle n'avait pris aucune arme, de toute manière, les Ténébreux les lui auraient confisquées.

La carte de la forêt de Streywen qui recouvrait la table de pierre avait à l'origine été dessinée par la jeune femme, puis agrandie à cette échelle par les pouvoirs du Père de la Douleur.

Jusqu'ici les Ténébreux ne connaissaient de Streywen qu'une petite portion. Celle où ils se rendaient pour rencontrer Rosh Melfynn et lui livrer les drogues dont il avait besoin pour corrompre la jeunesse du Chaos.

Grâce à Estrée, le Père de la Douleur pouvait à présent situer précisément la Citadelle chaotique. Elle était située légèrement à l'est du milieu de la sylve, intégrée à un imposant contrefort rocheux, indétectable si l'on ne savait où chercher.

Il n'y avait aucune vraie route pour traverser l'impérieuse forêt, aucune ville ou village, juste des chemins, quelques clairières naturelles et différents cours d'eau. Les seules exceptions étaient quelques huttes de bûcherons – que la jeune femme n'avait pas pris la peine de retranscrire – et les palais d'été respectifs de chaque clan du Chaos, dans lesquels les nobles aimaient à séjourner pour célébrer la saison chaude, à l'écart les uns des autres, et pour le moment inhabités.

Estrée avait également omis de signaler l'emplacement de la vallée dans laquelle reposait la pierre-de-vie d'Eodh. Elle ignorait en outre où étaient conservés les fragments des autres Maisons. À sa connaissance, aucun des clans ne disposait d'une base secrète. Les seigneurs du Chaos, depuis fort longtemps, faisaient confiance à Streywen pour protéger leur berceau. Jamais jusqu'ici, il fallait le souligner, ils n'avaient eu à le regretter.

Seule la traîtrise pouvait conduire les ennemis du Chaos jusqu'au cœur du royaume.

La traîtrise. Celle d'Estrée.

Même Rosh Melfynn, pourtant avide de plaire au Roi-Sorcier, n'avait pas dévoilé la localisation de la forteresse chaotique.

Personne, ni Rosh, ni Estrée, ne pouvait fournir au Roi-Sorcier le moyen de se téléporter directement dans la Citadelle. Les protections magiques des six Maisons interdisaient formellement une telle tentative. L'héritière d'Eodh avait donc indiqué les lieux de pouvoir les plus proches de la Citadelle à même de transporter les envahisseurs, ainsi que leurs coordonnées éthériques. Aucun de ces lieux n'était distant de la forteresse de moins de trois jours de marche – cela n'avait d'ailleurs rien d'un hasard.

Le Père de la Douleur avait engrangé toutes les informations qu'avait bien voulu lui fournir la jeune femme et paraissait satisfait. Au passage, il n'avait pas reparlé à Estrée de la liste des Ombres de Morion qu'elle devait lui remettre. Il semblait s'en moquer à présent qu'il pouvait se concentrer sur son projet d'invasion.

— Nous pouvons clore la réunion, déclara le Puissant des Ténèbres, j'ai tout ce qu'il me faut.

— Puisque vous êtes satisfait, monseigneur, glissa Estrée, je vais vous laisser.

— Oh non, ma chère, ricana le souverain. Je crois plutôt que tu vas être l'hôte de Mhalemort durant toute la durée de l'invasion. Elle débute sous peu. Je ne t'avais pas prévenue, peut-être ? Mes excuses… Mes troupes seront bientôt prêtes. Il ne me manquait plus que tes renseignements sur les cœurs de nodus.

Estrée dévisagea Leprín dont le visage brillait d'une joie malsaine.

— À présent que je dispose de ces informations, reprit le souverain, je suis à même d'invoquer les portails de guerre. Il faudra juste attendre un peu, le temps que mes troupes se réunissent. Dès qu'elles seront prêtes, elles partiront pour le Chaos. Voici ce que j'ai prévu, Estrée, il est bien normal que tu saches ce qui attend ton peuple, gloussa le Père.

Il désigna un point sur la carte de son index livide et griffu.

— Les Sanghs de Croc-de-Haine vont se téléporter à partir de ce nodus, à l'ouest. Les Serpentères de Griffe-de-Sang arriveront du nord par ce lieu de pouvoir, ici. Et le portail de Berger-du-Massacre déposera les troupes mantes à cet endroit-ci, au sud. Chaque commandant d'armée attendra que sa troupe soit complète avant de se mettre en route. Il faudra un peu de temps pour faire passer autant de guerriers par un portail à faible flux, mais c'est l'assurance de ne pas être repéré. Une fois arrivés sur place, les seigneurs feront route et se regrouperont tous les trois devant la Citadelle pour donner l'assaut. Nous aurons l'avantage du nombre et de la surprise… Par ma bouche, les

Ténèbres t'en remercient, Estrée d'Eodh. Sans ton concours, jamais nous n'en serions arrivés là. Si tout se déroule selon mes plans, tu partageras notre triomphe et recevras ta récompense. Et si tu avais prévu de me jouer un mauvais tour, je t'aurai à portée de main pour te le faire payer. Veille au confort de notre invitée, Leprín, désigne une esclave pour répondre à ses besoins puis rejoins-moi. Je vais donner mes ordres.

Comment le Père prévoyait-il d'abattre les portes qui gardaient la cité chaotique ? Il n'en avait rien dit mais cela ne semblait pas lui poser un problème.

Estrée n'avait pas prévu d'être soudain prisonnière de Mhalemort. Le sang dans ses veines se changea en glace, les fourmillements de sa peau s'intensifièrent. Elle était coincée.

Les regards inquisiteurs des deux hommes s'appesantissaient sur elle, curieux de sa réaction.

Du calme ma fille... Si je suis arrivée jusqu'ici, ce n'est pas pour flancher maintenant. J'ai survécu à la bleue-songe, j'ai survécu à Valkyr... j'ai enfin trouvé l'amour de Cellendhyll – enfin, ce qui y ressemble –, je vais trouver un moyen de me sortir de ce guêpier.

— J'aimerais prendre un bain, annonça-t-elle aux deux Ténébreux avec un grand sourire.

Chapitre 54

Au petit matin, les coupures de Cellendhyll étaient déjà réduites à de simples cicatrices qui ne tarderaient pas à disparaître grâce à son cœur de Loki. L'Ange du Chaos prit congé du voleur, promettant à ce dernier qu'il serait bientôt de retour. Il était temps de songer véritablement à la quête du tombeau d'Arasùl. Cellendhyll avait une piste qu'il estimait solide.

— *Arasùl*, murmura la dague sombre à son esprit.

— Oui, ma Belle. Arasùl. Il est temps.

L'Ange usa de son anneau d'Ombre pour se téléporter directement dans la forteresse du Chaos, ce qui lui était possible car la cité des Nuages avait été bâtie sur un cœur de nodus. Bien lui en prit, car s'il avait décidé d'emprunter le portail principal de la cité, il eut été aussitôt arrêté par les sicaires de l'Orage que l'archevêque Rymanus avait lancés contre lui.

Pressé par la dague qui lui susurrait l'urgence au fond de son esprit, l'Ange rentra dans ce qui constituait son foyer. Un foyer imparfait, mais le seul qu'il connaissait.

Cellendhyll de Cortavar, espèce de grand crétin ! Auryel d'Esparre… évidemment ! Dire que je l'avais sous la main depuis le début et que, jamais, je n'avais songé à lui !

Sa vengeance perpétrée, quelques années plus tôt, Cellendhyll avait chassé le Ténébreux tout au fond de sa mémoire. Il était temps de l'en exhumer.

La chose n'était toutefois pas si simple. Cellendhyll savait que, depuis qu'il avait ramené le maître-espion chez Morion par la peau du cou, Auryel était confiné dans l'une des cellules d'isolement de la Maison d'Eodh. Or il était capital de s'entretenir avec lui en toute discrétion.

Aussi, à peine arrivé dans la Citadelle chaotique, l'Adhan se rendit chez Melkior, son frère d'Ombre favori. Occupé à relâcher d'opulents cercles de fumée qu'il tirait de son cigare, ce dernier était installé derrière son bureau laqué, les jambes gainées de cuir brun allongées sur le meuble. Melkior, responsable de la sécurité d'Eodh, était un robuste gaillard, cheveux et barbe taillée noirs, revêtu d'un uniforme de combat aux couleurs d'Eodh.

À l'arrivée de l'Adhan, le guerrier aux traits aussi durs que ceux de l'Ange haussa un sourcil interrogateur.

— Salut Mel', je dois interroger un prisonnier pour une affaire privée, révéla Cellendhyll, et cela sans que Morion soit au courant. J'ai besoin de ton aide…

— Hum… dit le guerrier sans se compromettre.

— À un autre que toi, jamais je n'aurais fait une telle demande.

— Si un autre que toi avait osé une telle chose, Cellendhyll, je l'aurais cassé en deux !

Melkior était réputé pour ses manières brusques voire violentes, une légende nullement usurpée.

Ils rirent de concert.

— Tu sais que je ne peux rien te refuser, mon frère, sourit le brun, son visage grêlé et son impressionnant regard noir soudain adoucis. Mais je ne veux rien savoir de plus sur ton affaire. Moins j'en saurai, mieux ce sera pour nous deux. Tiens, voilà ton sauf-conduit, il te permettra d'aller où tu veux sans être questionné… Pour le reste, je parlerai aux gardes… Le seigneur Morion ne saura rien de ta visite.

— Merci Mel', je savais que je pouvais compter sur toi.

— Oh mais de rien, mon cher, ça te coûtera tout de même une caisse de cognac… Inutile de préciser lequel…

— Tu l'auras.

Avant de se rendre dans le quartier de sécurité, il était passé voir Estrée mais cette dernière était absente de ses appartements.

La cellule d'Auryel était bâtie dans l'aile d'Eodh, au sixième niveau. Cellendhyll savait que les autres Maisons disposaient également de ce genre d'endroit. Le sauf-conduit délivré par Melkior lui ouvrit toutes les portes nécessaires et bientôt il se tint seul devant celle du prisonnier qui l'intéressait.

L'Adhan le contempla par l'œilleton. Il s'était attendu à voir une espèce de déchet, de mort-vivant, un homme vaincu, une ombre… Il n'eut pas ce plaisir. Assis sur son lit, un livre à la main, Auryel d'Esparre paraissait au contraire en excellente santé, tant physique que mentale. Il avait même maigri, perdant ses kilos superflus. Toujours aussi sûr de lui, il semblait n'avoir subi aucune torture, aucune avanie.

Grâce à des fenêtres haut perchées, la pièce se révélait lumineuse. Un lit repoussé contre un mur, doté d'une épaisse couverture et de draps propres, un coffre à effets, une table, deux chaises, un tapis aux couleurs d'Eodh. Il faisait bon, l'air était sec, les lieux propres, de toute évidence régulièrement nettoyés.

Cellendhyll se dit que cet endroit était bien la cellule la plus agréable de sa connaissance. Pourquoi Morion avait-il accordé autant de privilèges au maître-espion ténébreux ?

L'Adhan déverrouilla la porte, qu'il ouvrit, et entra, la rabattant doucement derrière lui. Il n'avait fait aucun bruit, Auryel ne détourna pas son attention de sa lecture.

Cellendhyll avança, toujours silencieux.

Un livre ? se dit-il soudain.

Comment Auryel peut-il lire ? Je lui ai arraché les yeux lorsque je me suis vengé de lui !

Le Ténébreux redressa enfin la tête. Il adressa un sourire paisible à son visiteur :

— Messire de Cortavar… Quelle surprise !

— Vous… vos yeux…

— Oui, ils sont bel et bien là, comme vous pouvez le constater, et ils fonctionnent parfaitement !

Ces derniers, prunelles couleur de sang, pupilles fendues de jaune, pétillaient d'amusement.

— Oui, Cellendhyll de Cortavar, je vois, je vois même parfaitement. Comment est-ce possible ? vous demandez-vous. Je vais vous le révéler : comme tout maître-espion qui se respecte, je suis un *métamorphe*. Ne comprenez-vous pas ? J'ai fait repousser mes yeux, avec l'autorisation du seigneur Morion. Et ce droit, sachez que je l'ai payé le juste prix… en informations sur le royaume ténébreux et les agissements du Père de la Douleur, celui qui représente depuis longtemps mon pire ennemi, comme vous le savez.

Auryel adressa à l'Ange une grimace contrite :

— Je ne vous tiens aucun grief du conflit qui nous a opposés. Après tout, c'est moi qui me suis attaqué à vous en premier, vous n'avez fait qu'équilibrer la balance, rien de plus. Comment vous en vouloir ? D'autant plus que mon visage est de nouveau intègre… Non, je n'ai vraiment nul de motif de vous haïr. En ce qui me concerne, notre regrettable affrontement se retrouve enterré par le poids du passé et je ne désire nullement en rouvrir les portes de fer.

L'Adhan ne s'attendait pas à ce genre de réaction :

— Je vous ai tout même démasqué et ramené ici…

Le Ténébreux haussa les épaules :

— Les aléas de la guerre… et de ma profession. Je vous l'avouerai, je suis plutôt bien ici, tranquille, et plus en sécurité que je ne l'étais sur le Plan Primaire, à la merci du moindre des assassins du Roi-Sorcier.

Autour du cou de l'homme, Cellendhyll remarqua une sorte de bijou ; un bandeau de métal fin orné de cabochons de gemmelitte violette… Il en connaissait la nature exacte. L'objet était un collier d'asservissement, d'un type particulier, destiné à priver Auryel de sa magie de maître-espion. Hormis cette exception, ce dernier gardait cependant toute la maîtrise de son intellect.

— Votre visite, je l'avoue, est une surprise. Êtes-vous venu me tourmenter, messire ?

En dépit de leur dernière confrontation, le Ténébreux ne semblait nullement craindre l'Adhan.

— Non, répliqua l'Ange. Je cherche à localiser la tombe d'Arasùl. On m'a dit que vous en connaissiez l'emplacement.

Auryel digéra l'information avant de se laisser aller à un rire d'amusement pur :

— Je craignais que vous veniez me torturer… Au lieu de cela vous m'offrez le salut !

— Le salut ?

— Oui, messire de Cortavar, parfaitement… Sachez que pour retrouver les ossements d'Arasùl, il vous faudra voyager fort loin, vous rendre sur un Plan reculé, abandonné, oublié… Qu'est-ce qui motive cette recherche ? Plus personne ne s'intéresse au défunt seigneur ténébreux, je dois l'avouer…

— Cela ne vous concerne en rien, rétorqua l'Adhan d'un ton sec.

Auryel lâcha un nouveau petit rire amusé :

— Soit. Je vous conduirai là-bas, si vous le voulez. Ce service aura un prix : ma liberté.

— Hors de question, se contenta de répondre l'Adhan.

— Fort bien, messire, dit Auryel en écartant ses mains en grand. Alors je continuerai de garder la localisation du tombeau dans l'un des recoins les plus secrets de ma mémoire. Au risque de me répéter, je suis un maître-espion. Nul ne peut me faire parler contre mon gré. Demandez à votre maître, si vous ne me croyez pas… Lui-même n'a pas réussi, en dépit de ses efforts, qu'en connaisseur je qualifierais d'habiles.

Auryel marqua une pause, avant d'ajouter :

— Vous vous demandez pourquoi on a placé le tombeau dans un endroit si reculé, si secret ? C'est tout bonnement que la mort du seigneur Arasùl ne fut pas naturelle, voyez-vous… Et d'après mes déductions éclairées, celui qui l'a assassiné ne tenait pas à ce que l'on retrouve la dépouille du défunt seigneur. J'ajouterai que je ne suis pas l'instigateur de tout ceci. J'ai appris ce secret, comme tant d'autres, en exerçant mes talents d'espion.

— Qui donc était Arasùl ?

— L’héritier légitime du trône des Ténèbres, petit-fils du grand Arvärakh, héros de notre race. Son père venait de mourir et Arasùl s’apprêtait à prendre le pouvoir. Il a disparu, soudain, et le Père de la Douleur, son oncle, se résolut finalement à le remplacer à la tête de mon peuple.

— Qui a tué Arasùl ? Ne serait-ce pas le Père de la Douleur justement ?

— Cela, messire de Cortavar, je l’ignore. Je n’étais pas à Mhalemort lorsque cela s’est produit. Cela m’étonnerait fort, au fond. À ma connaissance, Arasùl et son oncle entretenaient une grande amitié. En dépit de mes efforts pour en apprendre plus, rien n’a filtré à ce sujet.

Le Ténébreux paraissait beaucoup s’amuser, en dépit de sa situation de captif. Il se leva de son lit. À l’instar de ses yeux, l’aiguillon acéré de sa queue – attribut propre aux Ténébreux de pure souche qu’avait tranché l’Adhan lors de leur affrontement précédent –, avait repoussé. La magie métamorphique était donc capable de guérir les blessures qu’infligeait la Belle de Mort, c’était bon à savoir. Peut-être était-ce parce qu’elle créait un nouveau membre plutôt que d’essayer de guérir celui qui avait été mordu par la dague sombre. Qu’Auryel garde l’usage de son aiguillon, alors qu’on lui interdisait sa magie… Autre attitude curieuse de Morion, mais c’était bien dans ses manières que d’agir à l’opposé de toute logique.

— Dans ce cas, comment savez-vous où se trouve la tombe ? relança l’Ange.

Dressé en face de l’Adhan, Auryel claqua dans ses mains :

— Voyons, parce *qu’on* me l’a avoué et que je suis allé vérifier, rien de plus simple…

— *Trouve Arasùl !* scanda une fois encore la Belle de Mort, soufflant dans l'esprit de l'homme aux cheveux d'argent.

— *Dague, je m'y emploie !* répliqua mentalement l'Adhan d'un ton sec.

— Qu'y a-t-il dans cette tombe ?

— Les ossements d'Arasùl, je suppose. J'avoue que je n'ai pas réussi à ouvrir le tombeau, il paraissait scellé par une magie bien supérieure à la mienne. Je vous conduirai à la tombe, si vous le désirez. Mon prix est simple, je vous le répète : la liberté. Une fois que vous aurez trouvé la dépouille du seigneur, vous me laisserez repartir sain et sauf.

— *Trouve Arasùl !* insista la Belle de Mort pour la énième fois.

— *Tais-toi donc, maudite dague, ce n'est franchement pas le moment !*

Ayant muselé l'esprit de sa vieille alliée, Cellendhyll réfléchit. Il jouait gros car il doutait que Morion le laisse de bon gré libérer le maître-espion ténébreux. Ce dernier devait sans doute encore détenir bon nombre de renseignements alléchants pour le Puissant d'Eodh, qu'il devait être prêt à négocier puisqu'Auryel ne pouvait être contraint à parler.

L'Ange avait-il le choix ? Il était confronté à un dilemme : mécontenter son seigneur ou mécontenter sa dague…

Par l'Épée de Lachlann, après tout, ce ne serait pas la première fois que j'outrepasserai l'autorité de Morion, j'adore ça, d'ailleurs ! Le tout est de ne pas me faire prendre…

— Que proposes-tu ? demanda-t-il au Ténébreux.

Tel qu'il le connaissait, le maître-espion avait une solution toute prête.

— Enlevez-moi ce vilain collier. Je pourrai alors modifier mes traits afin de ne pas être reconnu et altérer les vigies magiques qui couronnent cette zone afin qu'elles ne détectent pas ma disparition. Pour moi, ce sera l'enfance de l'art ! Vous m'enlevez ce collier et nous sortons, je me charge du reste.

— Attention, Auryel, à la moindre tentative…

— Voyons messire, pourquoi tenterais-je de vous flouer ? Nous sommes en affaire vous et moi… Je vous montre la tombe d'Arasùl et vous me relâchez. Comme je vous l'ai dit, vous êtes mon sauveur, je serais bien stupide de m'attaquer à vous… Et au fait, le Plan où je vais vous conduire est désert, il nous faudra des provisions, de quoi camper à la belle étoile…

Une vingtaine de minutes plus tard, Auryel sortait librement du quartier d'isolement, en compagnie de Cellendhyll. Il avait changé d'apparence, ressemblant à présent à l'un des membres de la Citadelle et non plus à un captif des Ténèbres. Sa magie avait ainsi leurré les gardes, le faisant passer pour l'un des leurs, obscurcissant leur esprit pour qu'ils trouvent la chose évidente.

Cellendhyll lui remit son collier d'asservissement et l'enferma dans l'une des nombreuses réserves de la forteresse, le temps d'aller chercher l'équipement dont ils auraient besoin. Il prit le temps de faire un nouveau détour dans les appartements d'Estrée, mais toujours aucun signe de l'héritière d'Eodh.

Dommage, j'aurais aimé la voir, lui dire que je pense à elle de plus en plus. Lui avouer que…

Il ne termina pas sa pensée, interrompu par le ricanement mental de la dague sombre.

Chapitre 55

Le portail invoqué par Auryel les déposa sur un plateau désert. Ils se retrouvaient au beau milieu de nulle part.

À perte de vue, des dunes de hauteurs diverses, constituées d'un sable noir et granuleux. Le ciel était d'un rose aux reflets violacés ; le soleil, une grosse sphère boursouflée aux teintes orangées, brillait d'un ton voilé, et les nuages avaient la forme de minces filaments étirés paresseusement en altitude. L'air était chaud, sec, charriant une odeur prononcée de poussière.

Nul être vivant – homme, bête ou insecte – à l'horizon.

Cellendhyll reconnaissait les symptômes : ce monde inhabité, abandonné, était mourant. Quelque chose titilla son esprit mais de manière trop ténue pour remonter à la surface de sa conscience.

Les deux voyageurs étaient vêtus de costumes de cuir – bleu sombre pour Cellendhyll, noir pour Auryel – et d'une houppelande de coton clair. Équipés pour un périple de plusieurs jours, ils portaient chacun un sac à dos en toile renforcée, deux gourdes, et pour

Cellendhyll une épée courte à lame runique, sanglée en travers de son dos, la poignée dépassant de son épaule droite.

Auryel referma le portail magique. D'un geste de la main, il indiqua le plein ouest.

Cellendhyll lui répondit d'un signe de tête. Il laissa le Ténébreux prendre un peu d'avance, lui tourna le dos et, à son insu, sortit de son gilet multi-poches un objet métallique tout rond, inventé par Morion, de la taille de sa paume.

L'Ange activa la sphère en appuyant sur un petit bouton. Elle s'ouvrit, découvrant un mécanisme délicat, cranté, monté sur un axe à pivot. Trois aiguilles y étaient fixées, surmontées chacune d'une gemme bleutée. L'une des pierres pivota, pour finir par se fixer vers le lieu de pouvoir à partir duquel Auryel avait pu invoquer son portail. Cellendhyll appuya sur la pierre bleutée, faisant vrombir l'appareil. La pierre clignota avant de retrouver sa couleur initiale ; elle avait mémorisé l'emplacement du cœur de nodus nécessaire à l'invocation d'un portail.

L'Adhan rangea son instrument et s'engagea sur les pas d'Auryel qui l'attendait un peu plus loin, toisant l'horizon d'un air assuré.

Les dunes, leur relief atténué, se succédaient les unes aux autres. Quelques buissons de créosotes, quelques tamaris, rompaient parfois la monotonie de l'endroit, diffusant une ombre fragile.

Au bout d'une heure, tout en surveillant le Ténébreux du coin de l'œil – impossible d'accorder la moindre confiance à ce maître en duplicité –, l'Adhan se félicita d'avoir emporté sa boussole. Sans l'artefact, il doutait d'être capable de retrouver le cœur de nodus, en dépit de son sens de l'orientation, tant le paysage se révélait uniforme.

La chaleur restait supportable et le sable suffisamment ferme pour que leur progression ne soit pas un calvaire. L'Adhan se sentait néanmoins troublé. Le paysage avait quelque chose de familier mais, en dépit de sa mémoire avivée d'Ombre, il était incapable de trouver en quoi… quelque chose d'intangible bloquait les mécanismes de sa compréhension, sans qu'il en soit vraiment conscient.

Tout en marchant, il sentait la présence de la Belle de Mort, rangée dans le fourreau de sa botte en daim brun. La dague sombre paraissait en attente de quelque chose, comme si elle retenait son souffle, incapable cependant de communiquer avec son porteur.

Ils avançaient toujours, traçant des sillons parallèles dans le sable noir. Toujours aucun signe de vie. Ils restaient silencieux, improbables alliés, chacun gardant ses pensées par-devers lui.

Cellendhyll se demandait s'il laisserait Auryel en vie, une fois le tombeau découvert. Il se posait la question depuis le début de leur « association » et n'en avait certes nulle envie. Auryel avait tout de même été l'instigateur principal des trahisons du passé, le mentor de Ghisbert de Cray, qui avait poussé ce dernier à s'en prendre à l'Adhan. L'Ange s'était dit qu'il pourrait toujours le ramener à Morion par la peau du cou, histoire que le Ténébreux retrouve sa cellule. Ce serait là la meilleure chose à faire, en fait, il en était conscient. Enfin, il verrait bien, d'autant plus qu'il s'attendait à moitié à subir une trahison de la part de son allié. Et dans ce cas, sa manière de traiter le Ténébreux se révélerait… sanglante, définitive. Et la plus douloureuse possible.

Pour sa part, si la situation avait été inversée, si Cellendhyll s'était trouvé confronté à celui qui lui avait arraché les yeux, il n'eût songé qu'à une chose : l'étriper, de préférence avec une lame rouillée.

Sans avoir croisé aucun signe de vie, hormis la flore, les deux voyageurs firent halte pour la nuit, à côté d'un bosquet de tamaris. Le soleil avait disparu derrière les dunes, transmettant le règne sur les cieux à trois lunes en croissant, ambrée, jaune d'or et pourpre ; sous la voûte étoilée devenue violette, le trio des lunes délicatement colorées constituait un spectacle envoûtant.

Cellendhyll trouva suffisamment de bois mort parmi la maigre végétation pour allumer un feu enterré, dont les petites flammes ne se verraient pas de loin. La fraîcheur qui s'était établie ne les gênait ni l'un, ni l'autre. Ils partagèrent les rations de viande et de fruits séchés que contenaient leurs sacs, burent l'eau de leurs gourdes.

Ils mangèrent en silence, se toisant toute la soirée sans rien ajouter. Depuis qu'ils étaient arrivés sur ce Plan, Auryel avait perdu son affabilité, il affichait à présent une mine concentrée.

Chacun disposait d'un tapis de sommeil imperméabilisé. Cellendhyll ne dormit que d'un œil, la main posée sur sa Belle de Mort.

Son sommeil toutefois ne fut pas troublé et la nuit se passa sans incident notable.

Leur deuxième journée de marche fut aussi intense que la première… c'est-à-dire qu'à part fouler le sable noir, il ne se passa rien.

Leur périple était marqué par le silence, devenu pesant, rythmé par le crissement du sable sous leurs pas, par le tintement de leurs gourdes, ou le frottement du cuir de leurs vêtements.

Quelque chose se tramait entre les deux hommes, grandissant à mesure que le temps s'écoulait, la promesse glacée d'une confrontation. Sa queue fouettant l'air derrière lui, Auryel se murait dans le silence, ne faisant plus aucun effort pour être de bonne compagnie. Il devait sous peu regagner sa liberté… Il aurait dû montrer plus de gaieté.

Que mijotait-il ?

La seconde nuit qu'ils partagèrent fut identique à la précédente, aucune parole échangée, si ce n'est en fin de repas, où Auryel, assis en tailleur face à l'Adhan, signifia d'un ton grave :

— Demain sera la fin de l'aventure, nous arriverons au tombeau.

L'Ange n'avait rien à répondre. Tout en scrutant le regard du Ténébreux, luisant sous la lumière des trois lunes, il se demandait :

La fin de l'aventure… Pour qui, toi ou moi ?

Chapitre 56

Chose peu coutumière, l'immense hall de Mhalemort au sol de marbre noir, aux murs de pierre brute, au plafond si haut qu'on n'en discernait pas les limites, vibrait d'activité et de vie.

Les troupes convoquées par le Père de la Douleur s'amassaient peu à peu. Elles resteraient ici jusqu'à leur départ pour la forêt de Streywen, mangeant et dormant sur place.

Trois régiments expérimentés mais disparates. Les troupes respectives prenaient soin de ne surtout pas se mélanger. La rivalité intense qui animait les seigneurs de Guerre ténébreux s'étendait aussi à leurs subordonnés.

Situés sur la gauche du hall, les trois cent cinquante Sanghs se moquaient ouvertement de la meute grouillante des Serpentères ; ils parlaient fort, lâchaient force éructations, grondements ou bourrades. Sanglés dans des baudriers de cuir noir, les reins ceints de kilt de même teinte, des cercles de métal divers entourant leurs poignets ou leurs biceps formidables, les plus redoutables combattants des Ténèbres étaient des colosses au faciès de sanglier, leurs crânes épais ornés d'une touffe de crins qu'ils teintaient selon leurs goûts. De leur mâchoire prognathe dépassait une paire de défenses en os. Même Gheritarish, pourtant si massif, aurait paru frêle face à certains d'entre eux.

Au centre du hall se tenaient les créatures reptiliennes. Cinq cents de ces dernières s'amassaient les unes contre les autres, sifflaient à l'encontre des Sanghs, les maudissant à voix basse – insulter ouvertement un Sangh équivalait à la pire des folies. Les Serpentères se composaient de deux types d'écailleux différents. Les grands Blancs, dressés sur leur queue, formaient l'élite, doués d'une vive intelligence et d'un instinct de chasse hors du commun ; les Verts, au contraire, uniquement gouvernés par leurs instincts bestiaux, la piétaille sauvage et frénétique. Les Blancs se distinguaient les uns des autres par les tatouages qui ornaient leurs ventres annelés. Ils ne portaient aucun vêtement, sinon des capes de cuir pour certains. Les Verts, quant à eux, tels des bêtes ne s'encombraient d'aucune parure.

À droite des deux cohortes, l'essaim des Mantes, également au nombre de cinq cents. Les grandes créatures insectoïdes à chitine blanche et mauve ne conversaient qu'entre elles, agitant leurs antennes, n'affectant qu'un mépris hautain, la seule chose qu'elles exprimaient clairement, à l'égard de leurs alliés. Les officiers portaient de longues tuniques sans manches, à motifs géométriques. L'essaim se divisait en groupes uniquement impairs qui se faisaient et se défaisaient sans cesse, selon une logique propre, créant une houle insolite et inquiétante.

Le Sangh incarnait la force brute et la résistance, le Serpentère la ruse et la vivacité, et la Mante une fantasmagorie effroyable.

Ils se défiaient, certes, mais n'en viendraient pas aux mains. Le Roi ténébreux s'était montré fort explicite sur le fait qu'il s'occuperait personnellement de celui ou de ceux qui déclencheraient des rixes.

Dans un coin de la salle, une dizaine de forgerons ikshites aux joues scarifiées et leurs assistants se tenaient derrière de longs établis, occupés à affûter les armes de ceux qui allaient partir au combat.

Les guerriers sanghs apportaient leurs énormes haches de bataille, leur arme favorite, certains optant toutefois pour l'épée à deux mains ou encore la redoutable masse de guerre hérissée de pointes qu'ils surnommaient « la briseuse ». Les Serpentères préféraient l'usage de la dague dentelée, du tulwar au tranchant acéré, ou encore de la javeline. Quant aux Mantes, elles n'avaient besoin d'aucune arme, leurs barbelures, leurs ergots et leurs pinces s'avéraient amplement suffisants pour découper un homme, fût-il protégé de plaques.

À l'opposé, de longues tables sur lesquelles était disposé de quoi boire et se nourrir – le Père avait toutefois interdit les alcools. Un groupe de cuisiniers ikshites préparaient les repas dans de gros chaudrons qu'ils agitaient régulièrement de leurs louches.

De son perchoir, Estrée contemplait toute cette effervescence. La cacophonie créée remontait jusqu'à la jeune femme, l'emplissant jusqu'à faire crisser chacun de ses nerfs. Elle se tenait sur un rebord de pierre qui servait de balcon sur la paroi nord de la salle, à la droite du Père de la Douleur, le plus loin possible. Leprín se tenait sur son autre flanc, en léger retrait.

La fille d'Eodh s'interrogeait de plus en plus sur le seigneur des Ténèbres. Du monarque, elle ne voyait que le nez long et blafard qui pointait de sa capuche de brocard noir, les mains aux ongles griffus laqués de noirs, et cette bouche aux lèvres incarnates, la plupart du temps plissée de dédain ou tout au contraire relevée d'une satisfaction sardonique. Elle se demandait s'il était le seul Ténébreux à avoir la peau blanche. Était-il un albinos ? Un être unique au sein de son peuple ? Elle ne pouvait évidemment pas lui poser la question. Le monarque la terrifiait.

Ce n'est pas non plus Leprín qu'elle interrogerait sur le sujet. Depuis son installation forcée à Mhalemort, le légat ne lui adressait plus la parole tout en la fixant intensément chaque fois qu'il le pouvait. Lui qui connaissait les moindres plis de son corps, qui avait abusé d'elle dans tous les sens du terme, l'avait plongée dans les abîmes de la dépravation, se comportait comme si elle n'était plus qu'une parfaite inconnue.

Un trio d'éclaireurs ikshites envoyé par le souverain avait vérifié et confirmé le tracé de la carte offerte par Estrée. Ils avaient ainsi repéré, de loin pour ne pas se faire découvrir, les contreforts où se trouvait la Citadelle chaotique. De quoi rassurer leur maître sur la véracité des renseignements transmis par l'héritière d'Eodh.

En conséquence de quoi, le Roi-Sorcier n'attendait plus qu'une chose : que son triple contingent soit au complet. Il ouvrirait alors les portails respectifs qui conduiraient les forces d'invasion jusqu'à la Citadelle, grâce aux informations cruciales livrées par la fille du Chaos.

Estrée serra les dents. Peut-être dès le lendemain, les Ténébreux partiraient-ils à l'assaut de son peuple.

Chapitre 57

Au terme de la matinée, l'Adhan et son guide arrivaient au bout de leur périple. Un chemin s'ouvrait entre deux dunes, ils l'empruntèrent.

Une petite vallée allongée se découvrit sous leurs yeux. Indétectable de loin, elle s'étalait au milieu d'un contrefort de dunes, offrant son oasis à ceux qui sauraient l'atteindre.

Deux rangs de palmiers aux troncs courbés, une mare d'eau qui se révéla pure, les vestiges d'un village, sous forme de murets de pierre écroulés.

Ils firent halte auprès de la mare pour s'abreuver, remplir leurs gourdes et déjeuner.

Depuis qu'il était descendu dans la vallée, Cellendhyll sentait une insistante pression lui enserrer le crâne. Pas assez puissante, toutefois, pour l'empêcher de se concentrer sur ce qui l'attendait.

Auryel mena l'Ange vers le fond de la vallée. Un bâtiment rectangulaire en pierre grise, intact, y était niché. Quelques marches descendaient jusqu'à l'entrée qui découpait dans la façade un trou sombre.

La migraine de l'Ange s'était intensifiée. Elle lui enserrait les tempes et pulsait à l'arrière de son crâne.

Ils posèrent leurs sacs à l'entrée, se défirent de leurs houppelandes, et pénétrèrent dans un couloir. Ils descendirent encore quelques marches – ils étaient à présent sous le niveau du sol –, pour finalement gagner une salle rectangulaire, d'environ trente mètres de longueur.

Les murs étaient décorés d'une frise complexe qu'on ne pouvait détailler d'un simple regard. L'atmosphère était fraîche.

Au centre de l'endroit reposait un coffre de pierre.

Tout en surveillant le Ténébreux du coin de l'œil – il lui avait ordonné de toujours rester à portée de vue –, l'Ange avança.

La tombe était cernée par un grand fossé, le long duquel courait une rambarde en pierre. Un pont de pierre arqué permettait d'accéder au pied du mausolée : un cercueil en granit, recouvert d'un long couvercle et surmonté à sa tête d'une grande stèle de pierre noire. Cellendhyll s'arrêta juste devant le pont.

Les souvenirs affluèrent alors, comme si le voile qui obscurcissait sa mémoire se déchirait brutalement, emporté par une force supérieure, chassant en même temps la migraine qui le harcelait.

C'est ici que tout a débuté ! C'est ici ! Ici que j'ai trouvé la dague !

Le passé, la révélation furent comme une gifle brutale. Il était déjà venu dans cet endroit précis. Il se souvenait enfin, après toutes ces années. Comme si le fait de revenir ici annulait la malédiction qui asservissait sa mémoire et avait si longtemps corrompu ses souvenirs.

Auryel profita de son état de surprise pour reculer hors de portée, le visage crispé par une expression de haine intense.

Cellendhyll savait exactement où il se trouvait et cet endroit avait une signification et une importance toutes particulières. Il était figé de stupeur. C'était donc cela que sa conscience jusqu'ici muselée tentait de lui hurler depuis son arrivée sur ce Plan.

— Tu n'as jamais été si proche du but, l'Adhan, et pourtant jamais tu ne l'atteindras ! tonna la voix d'Auryel dans ses oreilles.

Au terme de sa tirade, le Ténébreux percuta l'Ange de toutes ses forces, le projetant sur le côté du pont, droit dans la fosse.

Surpris par l'attaque, Cellendhyll bascula mais, d'une roulade avant, parvint à amortir sa chute et se releva, indemne.

La fosse dans laquelle il se retrouvait était en fait une salle creusée sept mètres au-dessous du tombeau ; une pièce nue au sol de terre battue, éclairée par des carreaux de gemmelitte fixés en haut des murs. Au centre, s'élevait un pilier qui soutenait le coffre de pierre.

Nulle porte, nulle issue pour s'échapper.

Chapitre 58

Une fois son forfait perpétré, Auryel se pencha largement par-dessus la rambarde, son visage sarcastique réapparut, nimbé d'une joie mauvaise.

— Merci de m'avoir libéré, l'Adhan… merci de m'avoir fourni toi-même la vengeance que j'attendais ! Tu pensais vraiment que je ne t'en voulais pas pour ce que tu m'avais fait ? Tu es si naïf ! Je t'ai berné une nouvelle fois et si tu savais avec quel plaisir ! Dès que tu as prononcé le nom d'Arasùl, j'ai su que c'était la providence qui t'envoyait… Tout autant pour me rendre la liberté que pour m'accorder la vengeance ! Je te laisse réfléchir au court destin qu'il te reste à vivre. Tes hôtes, les gardiens de ces lieux, ne vont pas tarder… Nul doute que vous échangerez une conversation passionna… Aaargh !

Auryel sursauta et porta les mains à sa bouche, d'où dépassait la poignée de la Belle de Mort qui venait de lui percer le palais avec une violence inouïe. En même temps qu'elle buvait sa vie, la dague se délecta de son âme avec une jouissance toute particulière. Le Ténébreux hoqueta un flot de sang jaune et s'affaissa, le corps plié en deux sur la rambarde, le torse au-dessus du vide.

— Vous parlez trop, tous autant que vous êtes… dit l'Ange en secouant doucement la tête. Vous vous gargarisez de vos sentences et vous mourez.

La dague avait quitté sa main sans qu'il le veuille vraiment. Il n'avait fait qu'accompagner le mouvement pour lui donner plus de puissance.

— Reviens maintenant, dague…

La lame était enfoncée dans la gorge d'Auryel de toute sa longueur. Elle se contenta de vibrer légèrement sous l'injonction, mais sans plus.

— Dague ?

L'arme ne bougea pas.

C'est alors que du sol, en face de Cellendhyll, se créa un tourbillon de vent et de sable, qui s'étira pour former une colonne montant jusqu'au plafond.

— Fichue dague ! jura l'Adhan, qui lui lança un dernier regard furibond, tout en se ramassant en position de combat.

La première colonne fut suivie d'une deuxième, d'une troisième et d'une quatrième, et ainsi de suite jusqu'à huit, éparpillées dans la fosse. Une fois dressées à la verticale, elles restèrent ainsi, tournoyantes sur un point fixe, et finirent par s'allumer d'un feu doré.

La disposition des tourbillons n'avait rien d'aléatoire. Au contraire, ils étaient agencés de façon à pouvoir contrôler tout l'espace, interdisant à Cellendhyll la moindre position de repli.

L'Adhan se doutait bien que les êtres qui allaient se matérialiser à l'intérieur de ces cylindres n'auraient rien d'amical et ne lui feraient pas de cadeaux. La suite lui donna raison.

Ils émergèrent des colonnes, ramassés sur eux-mêmes et feulants. Nus, recouverts d'une peau grise en écailles de crocodile, un visage plus long que celui des humains, des yeux pourpres, des oreilles taillées en pointe, des muscles longs et saillants. Les djaïinas, les démons du vent affiliés aux Ténèbres.

Ils étaient là, déjà, la fois précédente. Ils avaient massacré les compagnons de Cellendhyll, et lui seul en avait réchappé.

Ils contemplèrent l'homme aux cheveux d'argent quelques instants, en silence, et, tout en humant l'air ambiant, firent apparaître à chaque main une série de quatre griffes de dix centimètres. Puis ils le saluèrent d'un même ensemble, éminemment moqueurs, leurs regards démoniaques luisants de haine.

L'Ange ne s'y trompa point, ce salut n'était rien d'autre qu'une déclaration de guerre. Il signifiait en outre que les démons se considéraient déjà comme vainqueurs, qu'ils allaient s'amuser avec lui, avant de l'abattre.

Cellendhyll avait au moins eu le temps de chercher le Zen et de le trouver. À peine fut-il plongé dans le monde bleuté qu'il sentit une présence derrière lui. Trop tard. Son épée fut arrachée de son fourreau d'épaule. Le voleur recula aussitôt et s'enfuit avec l'arme jusqu'à disparaître dans un tourbillon.

Cellendhyll s'était retourné face à la menace, mais un autre démon surgit dans son dos, qui le lacéra de ses griffes, avant de disparaître à son tour dans un cylindre magique. Surpris par la douleur, l'Adhan laissa s'échapper le Zen, chancelant un instant devant sa brusque annulation.

Un autre démon le prit de côté, et l'Ange leva le bras dans un geste défensif. Le djaïina passa par-dessous et frappa, avant de se retirer. Cellendhyll sentit un cuisant trait de souffrance, le flanc lacéré d'une profonde estafilade. Découpé net, le cuir de son pourpoint ne l'avait protégé en rien. L'Adhan tourna sur lui-même, scrutant les colonnes tour à tour.

Ses adversaires étaient aussi rapides que lui, sinon plus. En outre, les tourbillons leur permettaient de disparaître et de réapparaître n'importe où et ils le prenaient constamment à contre-pied.

Un autre djaïina surgit d'une colonne derrière lui et lança ses griffes vers ses reins. L'Ange se jeta en avant pour éviter la frappe, roula sur lui-même et se redressa face à un autre démon, qu'il cogna aussitôt d'un coup de pied dans l'aine et d'un coup de coude dans le cou. Le démon accusa les chocs et, plutôt que de faire face, s'esquiva dans l'une des colonnes magiques.

Les djaïinas n'engageaient jamais vraiment le combat, se contentant d'une touche puis d'un retrait, laissant à l'un des leurs le soin de porter le prochain coup, avant de finalement revenir à la charge en passant par un autre tourbillon de vent. Cellendhyll fut ainsi plusieurs fois surpris, plusieurs fois atteint, plusieurs fois blessé. Il porta quelques assauts mais comme les démons le fuyaient, il ne pouvait prendre le dessus.

Harcelé sans répit, il se trouvait trop acculé pour retrouver le Zen guerrier et le Hyoshi'Nin ne convenait pas à ce type de combat fuyant.

Heureusement pour lui, les djaïinas ne frappaient qu'une fois, il n'avait encore subi aucune blessure critique. Mais s'il continuait ainsi, en dépit de son art du combat et sa résistance, il finirait vidé de ses forces et de son sang. À leur entière merci.

Ils jouaient, oui, avec lui, et sa chair pleurait du sang.

Cellendhyll devait modifier le cours de l'affrontement. Il recula, recula jusqu'à se trouver dos contre un mur, ainsi ils ne pourraient plus le surprendre par derrière, et devraient l'attaquer à plusieurs.

Ils vinrent à deux, jaillissant chacun sur un flanc opposé.

Cellendhyll brisa l'élan du premier d'un coup de genou. Il le frappa dans la foulée d'un coup de coude en pleine nuque, l'envoyant cogner dans le mur. L'autre brandissait ses griffes, il repoussa la charge de son avant-bras avant de le percuter d'un coup d'épaule pour le renvoyer en arrière. Puis il revint au premier mais ce dernier s'était reculé hors de portée. Les deux démons refusèrent de poursuivre le combat et retournèrent se tapir dans leurs tourbillons.

L'Adhan en profita pour souffler. Il leva la tête, avisa le cadavre d'Auryel, penché au-dessus du vide, la Belle de Mort coincée dans sa bouche.

Quatre démons ressortirent alors des colonnes, toutes griffes dehors. En demi-cercle étiré – deux au centre, un à chaque côté –, ils avancèrent sur lui. Ils n'avaient plus l'air de s'amuser.

Cellendhyll devait se dépêcher, les djaïinas n'allaient pas tarder à charger. L'Adhan leva la main et visa Auryel. Sa cible ajustée, il replia le poignet. Le petit crochet de métal runique – capable de percer le granit – jaillit de sa manche en direction du cadavre et s'enfonça dans son torse. Cellendhyll tendit le mince filin noué à l'extrémité du mini-grappin et tira vers lui. Le cadavre bougea, bougea jusqu'à basculer en avant et tomber dans la fosse, percutant les deux démons du centre qu'il projeta au sol.

L'Ange s'empressa de décrocher le filin de son bracelet. Il bondit droit vers le démon de droite, prit son élan, quitta le sol et survola le djaïina en réalisant un saut périlleux avant. Il atterrit dans son dos, le frappa aussitôt d'un coup de botte arrière dans les reins, pour le déséquilibrer. Il plongea ensuite vers le sol, effectua une roulade en diagonale, se remit sur pied pour se rabattre au niveau de la dépouille d'Auryel et des deux démons qui se redressaient, et arracha sa dague sombre de la bouche du maître-espion ténébreux en tirant d'un geste sec. À peine sa lame en main, il frappa le premier ennemi qui se trouvait à portée – le second des démons.

Un rapide aller-retour et le djaïina s'effondra, la gorge ouverte de deux larges traits. Son sang jaune de ténébreux jaillit, aussitôt absorbé par la Belle de Mort qui en rougeoya de contentement. Quelques instants plus tard, celui que l'Adhan venait de tuer se désintégra en poussière, son essence démoniaque renvoyée dans son Plan d'origine.

Cellendhyll repoussa violemment le cadavre pour l'envoyer percuter puis s'empêtrer dans le troisième démon. Le quatrième djaïina arrivait, lancé d'un plein élan, tandis que le premier se relevait et chargeait lui aussi.

L'Ange dansait à nouveau. Le salut des démons eut été de se retirer dans leurs cylindres, d'abandonner le combat. Ce n'était toutefois pas une option. Ils avaient été invoqués afin de garder ce lieu, ils feraient leur devoir, sans jamais songer à une autre destinée.

C'était trop tard pour eux.

À son tour, l'Ange était devenu tourbillon. Tourbillon de lame et de courroux, instinct de vie et de survie, muscles bandés, vifs, déterminés, élan parfait, implacablement adroit comme lui seul savait l'être.

J'ai ma Belle. À présent on va jouer, oui, mais un autre jeu... Le mien !

Il bondit à la rencontre du premier, le déséquilibra d'une feinte appuyée sur le côté gauche, avant de faire un pas en avant, de se baisser, et de lui trancher les jarrets d'un ample revers de lame. Sa dague tourna et retourna dans sa main, en prise normale puis inversée, adoptant systématiquement le meilleur angle pour frapper. Elle était sanguinaire, nimbée d'un feu pourpre qui luisait sur toute la lame.

Le djaïina s'écroula en hurlant sa colère impuissante. L'Adhan s'était déjà remis en mouvement. Il se révéla un poil plus rapide que le quatrième démon. D'un coup de botte, il lui enfonça le sternum, tourna sur lui-même, sa lame à hauteur des hanches, et frappa, clouant impitoyablement le démon à l'entrejambe, avant de remonter son arme en diagonale pour mieux l'éventrer. Le troisième adversaire avait fini par se remettre sur pied, il sauta sur le dos de Cellendhyll et planta ses griffes dans ses flancs. Cellendhyll cria de douleur. Il prit son élan et fonça vers le mur, le démon accroché derrière lui. Au dernier moment, juste avant de toucher la paroi, l'Adhan bascula le torse en avant. Emporté par l'élan, le djaïina s'écrasa dans le mur la face la première. Cellendhyll se redressa et lui plongea sa Belle dans la nuque.

Restait le djaïina qu'il avait mutilé aux jambes. Ce dernier rampait pour regagner l'un des tourbillons. Cellendhyll le rejoignit en quelques bonds, lui tira le crâne en arrière et l'acheva d'un rapide aller-retour de lame en travers de la gorge.

Une fois les démons éliminés, transformés en poussière, renvoyés sur leur Plan-Maître, les tourbillons s'éteignirent et disparurent pour ne laisser que des petits monticules de sable. L'Ange entendit alors le crissement de la pierre contre la pierre… les murs s'écartaient d'un côté de la pièce. Une grande ouverture s'était formée au centre de la paroi, menant à un long couloir.

Cellendhyll aurait pu emprunter l'issue qui s'était offerte à lui mais préféra ne pas s'y engager au risque d'activer un autre piège. Quant à ses blessures, elles le cuisaient mais il pouvait supporter leur morsure. Il avait des bandages dans son sac, il verrait une fois sorti d'ici.

Il récupéra le crochet qu'il arracha à la chair d'Auryel, et réenroula le filin autour du mécanisme caché dans son bracelet, sous sa manche. Il visa le plafond, cette fois, légèrement de biais. Le crochet se planta dans la voûte de pierre qu'il perça sans effort. L'Ange vérifia qu'il tenait bien puis activa le dispositif d'une pression sur son avant-bras. Le filin se tendit et il s'éleva, tracté dans les airs.

Il prit pied à l'étage supérieur, décrocha une nouvelle fois le filin, et le remplaça par un autre. D'après ses souvenirs, il n'y avait pas d'autres gardiens que les démons mais il restait sur ses gardes.

Il se rapprocha prudemment du tombeau, franchissant lentement le pont de pierre.

Chapitre 59

Une rainure avait été pratiquée sur le dessus du couvercle de pierre. Sa forme évoquait celle d'une dague bien précise. Cette dague, l'arme étrange qu'il détenait depuis des années, Cellendhyll la posa dans la rainure.

Car c'est bien ici qu'il avait trouvé la Belle de Mort, des années auparavant. Ici que leur relation si particulière avait débuté. Lorsqu'il l'avait vue pour la première fois, la dague reposait sur le cercueil. Une voix avait suggéré, avec une séduisante insistance, à l'Adhan de s'en saisir. Ce dernier, attiré par l'éclat de pouvoir que recelait la lame, s'était exécuté. Une fois l'arme étrange en main, l'esprit chaviré par des forces qui le dépassaient, il avait fui, sans demander son reste, sans se soucier de ses compagnons massacrés par les démons.

Mais tout cela était le passé. Cellendhyll était un homme pragmatique, il préférait se concentrer sur le présent. Il ne s'attendait pourtant pas à ce qui allait se produire.

Un enclenchement résonna dans la salle et le couvercle glissa sur le côté. La tombe était ouverte. Cellendhyll récupéra sa lame avant de se pencher au-dessus de l'ouverture, pensant y trouver des ossements. Il n'y en avait pas. Le cercueil était vide.

Non, pas tout à fait. Un léger éclat de lumière pourpre attira son regard, tout au fond du tombeau, le même type de lumière qui parcourait la dague sombre de temps à autre. L'Ange allongea le bras et, de sa grande main, saisit l'objet.

C'était un médaillon, formé d'un cercle de platine incrusté de saphirs, imbriqué dans un triangle, lui-même imbriqué dans un carré. Le tout décoré de minuscules runes.

Cellendhyll tenait la dague sombre dans sa senestre, le médaillon dans sa dextre. Il lui sembla que la Belle de Mort poussait un soupir empreint de soulagement.

La stèle qui surmontait le haut du tombeau s'alluma d'un feu magique. Des lignes incarnates stylisées apparurent sur la pierre, comme tracées par une main intangible. Les lettres étaient écrites dans un style runique mais restaient lisibles.

Les Ancêtres pleurent.
L'Espoir est tombé. Abattu, emmuré, il n'est plus,
son destin volé
par la main de l'Apostat.
Lorsque l'Oubli régnera,
lorsque la traîtrise l'aura emporté,
alors la rencontre aura lieu,
et le Rédempteur s'éveillera.
L'apatride, le héraut de vengeance.
Instrument du courroux de celui qui n'est plus,
son souffle sera justice, et ses mains, la mort.
Il avancera, le Sang-Né de Lumière,
avec l'arme qui n'en est pas une.
Il avancera, l'Homme aux deux souffles,
le Hors-Destin.

Ni la
Mhalepierre, ni les hordes de Zélion
ne pourront l'arrêter.
Les mignons de l'Apostat tomberont à son contact,
touchés par l'auréole d'une pleine fureur.
Le Rédempteur sera le vent et la tempête.
Il sera l'arme du châtiment.
Il brisera la lignée des seigneurs félons,
châtiera le Honni.
Dans son ultime devoir,
il percera le cœur du trône impie.
Alors, le Dépossédé renaîtra, l'esprit, l'âme
et le corps enfin réunis.
Libre de recouvrer son héritage.

Une fois sa lecture achevée et mémorisée, Cellendhyll poussa un long soupir. Il détestait les prophéties.

— Dague ? Tu as un conseil ?

— *Pouvoir, puissance, enfin. Médaillon. Emporte.*

— Et ce texte alors, il signifie quoi ?

— *Détails. Médaillon. Emporte.*

— Bon, j'emmène le médaillon, d'accord. Et pour faire quoi ?

— *Amène le médaillon. Trône d'Épines. Roi-Sorcier.*

— C'est tout ? Rien que ça ? Aller voir celui qui représente probablement mon pire ennemi… Me rendre devant celui qui ne rêve que de me tuer pour lui montrer cette babiole ?

— *Oui.*

— Et il va me recevoir cordialement, le Père ?

— *Non.*

— Oui, je me disais aussi… ce serait un peu trop simple. Et avec toi, rien n'est jamais simple, tu ne m'expliques jamais rien.

Cellendhyll réfléchit quelques instants avant d'ajouter :

— Écoute, dague, ce que tu veux représente un sacré défi. Ce genre d'affaire, ça se prépare. Alors je vais retourner achever ma mission dans la capitale de la Lumière et après je vais songer à notre entreprise, ça te va ?

— *Oui. Vite.*

— Merci, dague. J'adore la richesse de ton vocabulaire, non, vraiment !

Cellendhyll passa le médaillon autour de son cou et le rentra sous sa tunique.

L'Adhan ressortit du bâtiment et récupéra son sac à dos. Après avoir vérifié qu'aucun danger ne le guettait, il pansa ses blessures avec un onguent et les bandages dont il disposait. Il était hors de question d'attendre la nuit pour livrer son corps aux rayons guérisseurs de la lune, du moins pas ici. Moins il passerait du temps sur ce Plan, mieux ce serait.

Il eut une pensée pour Auryel. Cet immonde individu avait finalement payé ses traîtrises au prix fort. C'était toujours un ennemi en moins et les dieux anciens savaient que l'homme aux cheveux d'argent n'en manquait pas, d'ennemis. Loin de là.

Le trajet de retour vers le lieu de pouvoir abritant le cœur de nodus s'effectua sans problème. Cellendhyll se sentait partagé. Il avait toujours ses missions à achever, l'officielle, élucider les meurtres de la cité de Lumière, et l'officieuse, retrouver Gamaël et lui trancher la gorge… Il y avait également la dague sombre, la prophétie à laquelle il ne comprenait goutte, le désir de la dague de le voir se confronter au Père de la Douleur… Il y avait là matière à réflexion. En tout cas, pour le moment, comme il l'avait annoncé, il donnerait priorité aux meurtres et à Gamaël. Investir Mhalemort, la forteresse des Ténèbres ne pourrait se faire sans préparation.

Arrivé à destination, il sortit l'anneau que lui avait donné Rathe et se téléporta dans la cité de l'Aube. Autant y aller directement plutôt que de transiter par le Chaos et risquer de subir les questions de Morion.

Serait-il soupçonné d'avoir libéré Auryel ? Il devrait parler à Melkior sans trop tarder, mais cela pouvait encore attendre. Ce dernier lui demanderait des explications plutôt que d'aller le dénoncer au seigneur d'Eodh. Cellendhyll lui dirait la vérité, du moins une bonne part, et aucun mensonge. Notamment qu'il avait emmené Auryel avec lui pour un projet privé, et qu'il escomptait bien ramener le maître-espion dans sa cellule si ce dernier n'avait pas tenté de le livrer aux griffes d'une bande de démons. Cellendhyll l'avait donc tué avec un motif légitime. Melkior était forgé de la même trempe que l'Adhan, il comprendrait. Et si l'Ange devait tout de même répondre de ses actes devant Morion, il improviserait sur un registre presque équivalent.

Après le départ de Cellendhyll, deux lignes s'étaient inscrites dans la stèle, en dessous des autres, marquant la véritable fin du nébuleux écrit prophétique :

Une vie pour une vie,
l'Homme aux deux souffles tombera,
Injuste normalité, l'Équilibre préservé.

Chapitre 60

Estrée se trouvait sur la même petite terrasse que la fois précédente. Elle avait passé le temps de sa captivité dans sa chambre, avec pour toute compagnie l'esclave que lui avait assignée Leprín. Une pauvre femme d'âge mûr, terrorisée, qui sursautait au moindre haussement de ton. Estrée avait fini par se rendre compte qu'on lui avait tranché la langue et n'avait plus insisté pour communiquer avec elle.

Elle se retrouvait donc à Mhalemort, cloîtrée avec une muette, veillant à manger convenablement, à parfaire sa forme physique par le biais des exercices enseignés par Cellendhyll. Également à se reposer autant que possible, en dépit de ses nuits peuplées de cauchemars, dans lesquels le Père de la Douleur et le spectre de Devora se moquaient d'elle, la harcelant de leurs présences malsaines. Elle en avait également profité pour faire connaissance avec ses gardes, les trois Ikshites aux faciès couturés qui se tenaient juste devant sa porte. Elle avait à plusieurs reprises fait usage sur eux de sa séduction subtile et même si les guerriers ténébreux restaient vigilants, elle voyait bien qu'ils étaient sensibles à son charme.

Le matin même, Leprín était venu la chercher. Sans daigner lui adresser la parole, il l'avait conduite jusqu'à ce poste d'observation où se tenait déjà le Père de la Douleur.

Ce dernier l'avait convoquée pour une bonne et simple raison : les troupes ténébreuses étaient prêtes.

Impatientes d'en découdre, elles se tenaient dans le grand hall, toujours divisées en trois formations. Berger-du-Massacre la reine des Mantes, Croc-de-Haine le seigneur de la harde des Sanghs et Griffe-de-Sang l'hybride Serpentère se tenaient respectivement à la tête des leurs, donnant leurs dernières instructions.

Debout à côté de la jeune femme, le Père de la Douleur ne daigna faire aucun discours, il avait déjà donné ses ordres et chacun savait ce qu'il lui restait à accomplir.

Alignés au centre du hall, les portails à faible flux invoqués par le Père de la Douleur, ourlés de noir et de pourpre, attendaient. Les premiers guerriers se préparaient à les franchir. Une fois transférés, il leur faudrait attendre d'être suffisamment nombreux pour se mettre en marche puis compter trois jours de trajet à travers Streywen avant d'atteindre la Citadelle chaotique.

Estrée frémit en songeant à ce qui était en jeu, à tout ce qu'elle avait mis en balance. Elle avait accompli beaucoup, depuis plusieurs années marquées par la souffrance et la solitude.

Cellendhyll, si tu savais comme j'ai besoin de toi.

Le Roi-Sorcier se redressa, leva haut sa main pâle et la rabaissa. Les guerriers ténébreux s'ébranlèrent dans un tonnerre de cris rauques de défi et de promesse de violence.

L'invasion du Chaos avait commencé.

Chapitre 61

Traversant la cité, Cellendhyll se rendit aussitôt à *La Mouette rieuse*. Les derniers jours s'étaient révélés plutôt mouvementés, même à son goût ; il n'avait plus qu'une idée, prendre une douche brûlante et se laisser aller dans un lit. Abordant le quartier du port, il finit par se rendre compte que quelque chose n'allait pas. Les badauds semblaient nerveux, ils marchaient trop vite, les traits tendus.

L'Adhan arrivait à la lisière de l'esplanade où avait été bâtie *La Mouette rieuse*. Il cessa d'avancer. De l'autre côté de la place, il voyait parfaitement la taverne qui fumait encore et sa devanture de verre explosée, ses débris répandus sur les pavés ; une bonne partie du rez-de-chaussée avait été incendiée. Cellendhyll avait déjà vu ce genre de rainures sombres dans le bois, luisantes sur les bords ; si luisantes qu'elles se voyaient d'aussi loin. Elles indiquaient l'usage d'un feu déclenché par magie.

Il recula sous une porte cochère. Ceux qui avaient fait ça pouvaient avoir laissé des guetteurs autour du bâtiment.

Assis à même le trottoir, à dix mètres de sa position, trois garçons habillés de cotonnade bleue et brune, d'environ dix ans, devisaient tout en jouant aux osselets. Cellendhyll les avait déjà vus aux alentours, à plusieurs reprises, ils saluaient Rathe à chaque fois et ce dernier leur jetait toujours quelques pièces de cuivre tout en les traitant de chenapans.

— Hé, les enfants, venez voir par là…

Ils le dévisagèrent sans pour autant bouger.

— Vous ne risquez rien, reprit Cellendhyll. Je suis un ami de Rathe le Corbeau, vous avez dû me voir avec lui, non ? Moi je me souviens de vous. J'ai un renseignement à vous demander, et je paierai pour cela…

Tout en parlant, il fit apparaître trois licornes d'argent.

Les gamins se regardèrent. Ce fut le plus petit, un blond, qui donna le signal, d'un coup de menton décidé. Ils se relevèrent et rejoignirent Cellendhyll sous le porche.

— Que s'est-il passé ici ? entama ce dernier.

— Ceux qui sont en orange, ils sont venus cet après-midi à *La Mouette*, y a eu beaucoup de bruit à l'intérieur et plein de grosses lumières… annonça le premier, un rouquin aux yeux noisette, d'une demi-tête plus grand que ses camarades.

— Ça pardi, ils se sont battus, oui ! s'exclama le deuxième des garçons, qui avait les cheveux bruns et les traits renfrognés.

— Des gens sont partis en courant. Puis les hommes en orange sont sortis. Ils tenaient le vieux Rathe et ses deux amis, annonça le dernier, le petit blond avec le regard couleur de mer et l'air malicieux, qui semblait le plus posé des trois.

— Et le feu, tu oublies le feu ? renchérit le brun. Un gros feu bizarre.

— Ben j'ai dit le feu, puisque j'ai parlé des lumières ! se défendit le garçon roux.

— Non tu l'as pas dit, renifla encore le brun.

— Si ! rétorqua le plus grand qui commençait à s'agiter.

— Calmez-vous, les garçons, tempéra l'Adhan. Dites-moi plutôt, tous ces hommes avec Rathe, ils sont partis par où ?

— On sait pas, on n'est pas resté plus longtemps, nos mamans nous ont appelés à ce moment-là.

— Bah, ils sont partis vers le centre-ville, dit le petit blond, où tu veux qu'ils aillent ? Ils allaient pas prendre un bateau tout de même !

— Ben si, ils peuvent, s'ils veulent.

— Non ils peuvent pas…

— Si, ils peuvent !

— Merci, les enfants, les interrompit Cellendhyll qui sentait la dispute couver. Tenez, prenez cet argent, et merci.

— Vous allez faire quelque chose pour Rathe, dites, messire ? demanda le petit blond. Il râle tout le temps mais il est chouette avec nous, le vieux Rathe.

— Oui, c'est tout lui, ça, sourit l'Adhan. Ne vous inquiétez pas, je vous promets que je vais aller l'aider. Allez, rentrez chez vous maintenant.

Tandis que les garçonnets s'éloignaient en riant, Cellendhyll quitta le quartier du port, d'un pas décidé. Pour libérer Rathe, Nifold et Barrowmer, il fallait d'abord savoir où ces derniers étaient incarcérés et l'Ange savait qui il allait interroger.

Chapitre 62

Le lieutenant Dulach sortait de la tour du guet, son service terminé. La nuit tombait sur la cité de la Lumière, dévoilant peu à peu l'éclat des lunes jumelles.

Célibataire, sans personne pour l'attendre chez lui, Dulach décida d'aller se détendre en buvant une bonne bière. En route pour le quartier commerçant, il aborda la rue des Petits-champs. Au détour d'un croisement plongé dans l'ombre qui donnait sur une ruelle, il fut happé par l'épaule, plaqué contre un mur, une dague pointée contre sa gorge.

— Je suis en colère, Dulach, et quand je suis en colère, les gens saignent, lui cracha Cellendhyll d'un ton froid. La taverne de *La Mouette rieuse*, sur le port… Elle a brûlé aujourd'hui, des gens ont été arrêtés là-bas.

Le lieutenant du guet avait reconnu l'Adhan. Il répondit calmement :

— Oui, je sais, Rhober Rathe et sa bande. De sympathiques fripouilles, ceux-là. J'ai un dossier épais comme le bras les concernant mais aucune preuve pour véritablement l'étayer… Ôtez cette lame de ma gorge, messire Lame, vous n'en avez pas besoin avec moi. N'ai-je pas collaboré avec vous la dernière fois ?

Muselant sa colère, du moins temporairement, l'Ange rengaina sa dague sombre et recula. L'officier se retourna et tira sur son pourpoint déplissé par la poigne de ce dernier.

— L'archevêque Rymanus a fait arrêter les trois voleurs qu'il accuse d'être des séides de l'Hydre, annonça-t-il une fois sa mise acceptable.

— Je les connais personnellement, ils n'ont rien à voir avec l'Hydre, le coupa Cellendhyll.

— Laissez-moi finir… Rymanus a également mis votre tête à prix, Lame ; selon lui, vous êtes l'un des chefs principaux de l'Hydre.

— Je n'ai rien à voir avec l'Hydre, pas plus que mon maître Yggdrasill.

— Je ne pense pas davantage que Rathe, Nifold et Barrowmer soient des membres de cette secte, j'ai même fait un rapport dans ce sens. Mais je ne peux rien faire d'autre. Ils ont été arrêtés par la commission d'enquête qui les a placés au secret ; je suis impuissant.

— C'est absurde, Dulach ! Enfin, ouvrez les yeux : vous ne voyez pas que Rymanus outrepasse ses fonctions ? Il ne sert que ses propres intérêts, quels qu'ils soient !

Le lieutenant haussa les épaules :

— Sachez que cette situation me déplaît souverainement mais, même si vous me disiez la vérité, et je n'en ai aucune preuve, je ne peux rien contre l'archevêque, il serait même dangereux pour moi de m'opposer à lui. Si je m'interposais, il me ferait immédiatement casser de mon grade… dans le meilleur des cas.

— Mon seigneur est persuadé que Rymanus est une canaille, moi également. Écoutez, Dulach, vous n'allez tout de même pas couvrir ses agissements criminels ?

— Seul le connétable pourrait intervenir et vous savez dans quel état il est.

— Justement, c'est l'archevêque qui en est responsable ! riposta l'Adhan. Je détiens une confession dans ce sens. De celui-là même qui a empoisonné Xavier.

— Faites-moi voir ça…

Le lieutenant lut rapidement le document signé de la main d'Albédor avant de le lui rendre.

— Il se pourrait que je vous croie, messire, mais cela ne résout rien… Non, laissez-moi finir… Xavier hors d'état de commander, c'est Rymanus qui dirige le guet, les Templiers et l'Orage, et moi je ne suis qu'un simple lieutenant. Le seul moyen serait d'aller en référer directement à l'Empereur, sur l'île de la Source, mais l'archevêque a fait voter une loi par le Conseil qui lui offre le contrôle de tous les portails de la ville… Du reste, si vous l'accusiez ouvertement, ce serait votre parole, et celle d'un malfaiteur, cet Albédor, contre celle de l'archevêque de la Lumière. Vous admettrez que, même avec la caution du prince Yggdrasill, cela risque ne pas suffire. En tout cas, vous seriez aussitôt emprisonné et le temps que le prince intervienne de lui-même pour vous faire libérer, qui sait ce qui pourrait vous arriver…

— Ce que je risque en m'attaquant au prélat reste mon problème, déclara l'Ange. Il faut arrêter Rymanus et moi je suis prêt à le faire. Aidez-moi, Dulach, et cette fois faites-le, non pour plaire à mon maître, mais pour vous, votre ville, et pour la Lumière.

— Et comment ?

— Je ne sais pas encore mais je vous donne ma parole que je vais trouver. En attendant, indiquez-moi où sont détenus Rathe et ses camarades, ne vous mettez pas en travers de mon chemin et je m'occupe du reste. Je ne demande rien d'autre.

L'officier réfléchit avant d'opiner :

— Soit. Je ne sais pas si je fais bien mais je vais vous laisser agir à votre guise… Certains bruits circulent au guet, ils parlent de prisonniers que la commission conduit sur ordre de l'Orage à un endroit précis… La tour de Nesles. Je ne peux pas faire mieux. Faites ce que vous voulez de cette information, mais restez prudent. Je vous rappelle que vous êtes recherché. Je vais voir ce que je peux faire avec mes camarades du guet pour qu'ils ne vous cherchent pas avec trop de zèle, mais Rymanus contrôle l'Orage, je ne peux rien faire de ce côté.

— Merci, Dulach.

— De rien, comme vous l'avez dit, je fais ça pour la Lumière. C'est tout. Et vous annoncerez à votre seigneur que j'ai payé ma dette, en vous aidant, je ne lui dois plus rien.

— C'est équitable, je vous appuierai auprès d'Yggdrasill dans ce sens.

— Si vous vous attaquez au prélat, ajouta l'officier, prenez garde à son homme de confiance, le chevalier de Nilfær. C'est un mauvais, celui-là.

— Siméus est déjà sur ma liste, répliqua Cellendhyll d'un rictus, et je suis bien plus redoutable que lui, comme il va s'en rendre compte.

Trois secondes plus tard, l'homme aux cheveux d'argent avait disparu, emporté par les ombres nocturnes.

Chapitre 63

Juchée sur un grand tertre de terre battue et de gazon, la tour de Nesles était située dans le secteur sud-est de la ville, sur les hauteurs, à quelques encablures des épais remparts qui protégeaient le palais des Nuages, siège du pouvoir lumineux, et séparée de ce dernier par l'un des champs qui entouraient l'enceinte impériale.

Circulaire, la tour s'élevait, impavide et sans apprêts, au-dessus de la ville. Couronnant l'édifice, flottait l'oriflamme de l'Empire, le Soleil Flamboyant, ainsi que ceux des seigneurs du Conseil ; la Rose Blanche sur champ d'or et d'azur représentant la Guelfe Blanche, l'ordre saint de l'archevêque Rymanus ; la Tour d'Or sur fond blanc de l'administrateur Vaillence ; le Cor, l'Épée et le Destrier bleu sur fond de soleil levant pour l'ordre des Templiers du connétable Xavier ; le grand Navire aux voiles rouges et bleues filant au vent sur fond d'un vol de cormorans pour le cartel des marchands, sous l'autorité du gouverneur Quentin de Bérune ; et la Main mauve enserrant une gerbe d'éclairs pour l'ordre de l'Orage.

Des torches imposantes étaient fichées à tous les étages, sur des petits balcons, ainsi que tout autour de la base de l'édifice. Par instants, selon les caprices du zéphyr et les jeux de lumière, c'était comme si l'édifice prenait feu, attaqué de feux follets géants.

Cellendhyll aborda le bâtiment par l'arrière, rampant en bordure du champ. Il rampa encore sur la pente qui montait vers la tour, longea ses parois par le côté gauche, en se collant contre la pierre, et parvint enfin à destination. Trois sicaires gardaient l'entrée, leurs crânes rasés luisant sous la lueur rougeoyante des torches. L'un d'eux était placé juste devant la double porte qui barrait l'entrée du donjon, les deux autres se tenaient de part et d'autre de sa position. Ils ne semblaient ni particulièrement vigilants, ni somnolents.

L'Adhan sortit son lacet d'étrangleur, l'étira de toute sa longueur, en fit une boucle qu'il lança autour du cou du sicaire le plus proche de lui.

Il tracta le moine-guerrier à lui, d'un coup sec, lui coupant la respiration. Tandis qu'un deuxième garde fusait vers lui, l'Ange assomma le premier du pommeau de sa dague tout en sautant par-dessus.

Une fois retombé, il se servit de son élan pour se laisser aller en glissade, à plat dos, sur les dalles de granit poli qui entouraient la tour. Il finit par culbuter le deuxième sicaire au niveau des chevilles. Tout en l'agrippant, il le tira à lui pour accentuer sa chute et l'envoyer embrasser le sol de granit.

Restait un troisième à éliminer. Ce dernier avait levé son bâton d'éclair et visait la poitrine de l'Ange. Le feu de son arme, un trait de magie crépitante bleu et or, fusa vers sa cible mais ne l'atteignit jamais, allant s'écraser contre la paroi de l'imposante tour.

Cellendhyll avait devancé le tir, il s'était redressé d'une roulade arrière, avait feinté à droite, avait bondi à gauche, puis effectué une roulade avant. Il se releva au niveau du moine-guerrier, à présent positionné sur sa droite. Il emprisonna le bras armé et lui imprima un grand mouvement circulaire. Entraîné malgré lui, soumis à une tension extrême contre laquelle il ne pouvait que céder, le sicaire quitta le sol. Cul par-dessus tête il effectua un soleil, avant de retomber lourdement sur le dos. Aussitôt un rapide coup du pommeau de la dague sombre sur sa tempe l'estourbit pour le compte.

L'attaque s'était conclue sans que les gardes aient eu le temps de donner l'alerte. Cellendhyll tira de son pourpoint de cuir bleu foncé une série de cordelettes avec lesquelles il ficela les sentinelles. Avant de les tirer une par une derrière la tour et de les parquer contre un tas de bois duquel il tira la bâche protectrice pour masquer leurs présences. Il revint devant l'entrée, ramassa les bâtons d'éclairs et les jeta le plus loin possible, en direction du champ qui cernait les arrières de la tour.

Le périmètre extérieur était dégagé. Il restait à espérer que Rathe et ses comparses étaient bien détenus ici. L'Adhan fit le calme en lui, prit une longue inspiration. Il était prêt. Prêt à investir le donjon, à tout dévaster pour retrouver ses amis.

Le tout pour le tout.

Il actionna la poignée de la porte – celle-ci n'était pas verrouillée. Il entra.

Quatre sicaires discutaient tranquillement dans le hall d'entrée, attablés à une longue table.

L'Ange les apostropha sans attendre :

— Je suis Cellendhyll de Cortavar et je viens me livrer.

Les sicaires se levèrent, interloqués. Cellendhyll ne leur laissa pas le temps de faire plus. Le Hyoshi'Nin était là, en lui, prêt à déployer ses ailes de puissance et de précision. Il lui lâcha la bride et, tel un rapace, il fondit sur ses proies, changées en frêles rongeurs par le pouvoir du Ressenti Pur.

Au terme de dix secondes, pas une de plus, les moines-guerriers étaient répandus sur le parquet de pin, inconscients. La grâce parfaite avait fait son œuvre. *Parfaite*, c'était le mot approprié pour la décrire.

L'Ange avait bondi sur ses adversaires, les avait frappés l'un après l'autre, un coup pour chacun, un coup et un seul – tempe, nuque, cou, nuque encore. Il n'avait senti aucun effort, il avait juste agi. Bougé. Frappé.

À force de l'avoir expérimenté, Cellendhyll avait appris que le Hyoshi'Nin, l'état de grâce absolue, avait ses limites. La grâce ne durait pas longtemps, quel que fut son degré de concentration. Une quinzaine de secondes tout au plus et la transe cessait d'elle-même ; la seule exception avait été lorsqu'il avait vaincu Tröghol, le prince des Sang-Pitié, et il n'avait aucune explication sur ce sujet.

De plus, recourir à nouveau au Ressenti Pur nécessitait un temps de latence qu'il ne maîtrisait pas encore. En revanche, l'aspect positif était que lorsqu'il quittait cet état martial, il ne subissait aucun contrecoup, et notamment pas la faiblesse induite par la perte du Zen ; deux transes différentes, complémentaires, même s'il ne parvenait toujours pas à passer directement de l'une à l'autre.

Après avoir vérifié que nul ne venait secourir les gardes, l'Adhan fit le tour du rez-de-chaussée, qu'il fouilla de fond en comble, sans s'attarder, et qui comprenait quatre pièces en sus du hall d'entrée. Aucune d'entre elles – deux salles de repos, une cuisine, une cantine – n'avait de porte ouvrant sur une cave. Aucun autre garde ou prisonnier non plus. Restait à visiter les quatre étages supérieurs.

Les gardes du rez-de-chaussée furent liés à leur tour puis enfermés dans la réserve attenante à la cuisine, leurs armes magiques rangées dans un placard de la pièce. Cellendhyll avait soupesé l'une d'elles avant de s'en défaire ; une arme efficace, mais il détestait la magie. De toute manière, il préférait de beaucoup le corps à corps au combat à distance.

Un point jouait en sa faveur, l'épaisseur des murs, qui laissait à penser que la tour était insonorisée. Cela devait faire l'affaire des inquisiteurs, lorsqu'ils officiaient dans leurs tâches répugnantes, cela faisait également celle de l'Ange du Chaos. Le combat qu'il avait livré n'avait attiré l'attention ni de l'extérieur ni des étages.

Il abordait le palier supérieur, plus que trois marches à monter. Un échange vif s'y déroulait :

— Je te le dis, je te le répète, c'est à moi que Ninon s'intéresse !

— N'importe quoi, tu as vraiment de la merde dans les yeux pour penser un truc pareil ! Ninon était là pour me voir moi, et moi seul. Elle ne t'a adressé la parole que par politesse et toi tu n'as rien compris, mon pauvre !

— Et toi, Greggas, la merde, elle est pas que dans tes yeux, abruti !

— Qui tu traites d'abruti, Pellus ?

Occupés à leurs disputes, les deux moines ne virent pas Cellendhyll se jeter sur eux. Ce dernier balaya les jambes du dénommé Pellus qui s'effondra en glapissant de surprise. Il sécha Greggas d'un coup de pied retourné dans la mâchoire et revint sur Pellus pour l'assommer du pommeau de la Belle de Mort. Les gardes ligotés, l'Adhan fouilla le niveau. Toujours aucun signe de Rathe, de Nifold et de Barrowmer.

Le deuxième étage se révéla inoccupé, Cellendhyll en fit le tour ; des bureaux, encore, une salle d'armes, une pièce pour les interrogatoires. Il continua sa montée.

Il aborda prudemment le troisième niveau. Un palier désert. Deux portes qui se faisaient face. L'une d'elles était ouverte. De l'embrasure s'échappaient des sons mats ponctués de ahanements masculins. Cellendhyll reconnut aisément le bruit de la chair nue que l'on martyrisait.

— Tiens-le mieux que ça, Jinnis, j'arrive pas à l'ajuster !

— T'es marrant, toi ! Il pèse autant qu'une baleine, celui-là.

— Bande de pourris, laissez-le tranquille ! s'exclama alors la voix rageuse de Rathe.

— Ta gueule, le vieux con ! Ou je reviens m'occuper de toi et cette fois, je te fais pisser du sang !

Un nouveau coup fut porté, la chair martelée, un gémissement provoqué. Cellendhyll sentit l'habituel point de tension revenir entre ses épaules. La colère pointait.

Jusqu'alors, il s'était montré clément avec les sicaires, prenant soin de les estourbir sans faire couler le sang. Mais ce qu'il venait d'entendre rendait caduques toutes précautions. Il traversa le palier et franchit le seuil.

Cette dernière pièce disposait d'une allée centrale qui séparait trois séries de cellules. À droite, dans celle du milieu, était allongé Nifold, le visage tuméfié, les yeux papillonnants. Dans la suivante, Rathe. À genoux, le visage marbré par les coups, agrippant les barreaux de sa cellule, le regard brillant de haine.

De l'autre côté de la travée, dans la cellule en face de celle de Nifold, se tenait Barrowmer, torse nu et chancelant. Un sicaire massif s'efforçait de le maîtriser, son bâton garrottant le voleur en travers de la gorge, tandis que le second, plus mince, les traits marqués de petite vérole, ajustait Barrow' de son poing ganté. Ce dernier avait un œil fermé, la bouche en sang, des meurtrissures sur tout le torse.

Cellendhyll bondit jusqu'à cette cellule. Il agrippa le garde qui infligeait les sévices, le tira en arrière et lui frappa la gorge d'un atémi. Puis, son index et son majeur raidis, sa main vola vers l'avant, frôlant le visage de Barrowmer, pour aller aveugler l'autre sicaire. Libéré de son étreinte, le voleur s'effondra sur le côté. Cellendhyll prit son élan et brisa le genou de son vis-à-vis avant de l'envoyer s'écraser contre les barreaux d'un coup de pied sauté au visage. Il se retourna d'un bloc. Le visage cramoisi, le premier moine-guerrier, les mains se massant la gorge, tentait désespérément d'y faire passer de l'air. L'Adhan saisit sa dextre, lui brisa le bras d'une violente torsion, enfin il lui fracassa le nez d'un coup de coude.

— Eh bien, croassa Rathe, tu en as mis du temps, partenaire !

— Bah, je peux toujours repartir et te laisser là, si tu n'es pas content, répliqua l'Adhan du tac-au-tac.

Il était soulagé ; si Rathe l'apostrophait ainsi, c'est qu'il n'était pas en aussi mauvais état qu'il ne le paraissait.

— Au lieu de dire des âneries, viens plutôt nous libérer… Les clés sont sur le tableau, à droite de l'entrée… Au fait, je suis heureux de te voir, fiston !

— J'aurais voulu vous épargner ça, dit Cellendhyll en déverrouillant les portes de Rathe et de Nifold. J'ai fait aussi vite que j'ai pu…

— Tu n'arrives pas trop tard, c'est l'essentiel.

Barrowmer avait réussi à se redresser. Il avisa les corps de ses tourmenteurs et leur flanqua à chacun un solide coup de botte dans les testicules.

Une quinzaine de minutes plus tard, les voleurs et l'Adhan se tenaient dans la salle intermédiaire. Rathe et ses camarades avaient visiblement été rossés d'abondance mais aucun d'eux n'était mutilé. Nifold avait recouvré ses esprits. Barrowmer avait passé sa chemise. En dépit de ce qu'il venait de subir, il avait retrouvé sa bonne humeur coutumière, cela se voyait à cette lueur malicieuse au fond de ses prunelles. Rathe, pour sa part, se révélait le moins touché des trois.

— Vous allez comment ? demanda l'Adhan.

— On a sûrement l'air horrible à voir mais ça va, ces têtards asthmatiques n'ont pas eu le temps de pousser la correction. Faut dire que leur chef est parti en début de soirée. Un sacré fils de chienne vérolée que celui-là… Un grand gaillard avec un manteau bleu…

— Siméus de Nilfær… souffla Cellendhyll, les sourcils froncés. Je vais m'occuper de lui, je te le promets.

— Je sais pas comment il s'appelle mais je peux te dire qu'il a pris un sacré plaisir à nous tabasser ! Il voulait tout savoir de toi, notamment où te trouver…

— Ces types de l'Orage nous ont pris par surprise, à *La Mouette rieuse*, renchérit Barrowmer. Ils nous ont accusés d'être des complices de l'Hydre. Et comme on n'a pas voulu les suivre, on a résisté… Une sacrée partie de mailloche, qu'on leur a livrée ! Ces galeux ont été jusqu'à brûler une partie de l'auberge.

Nifold allait ajouter son propre commentaire, mais l'Adhan ne lui en laissa pas le temps :

— Vous me conterez les détails plus tard. J'ai mis hors-course tous les gardes du bâtiment, il est temps de filer d'ici, avant que la relève n'arrive.

Les trois voleurs ne se firent pas prier. Mais une fois dans l'escalier, Rathe s'exclama :

— J'ai failli oublier ! La fille… Une blonde nommée Constance de machin-chose… Elle est ici, à l'étage supérieur… Ils l'ont arrêtée en même temps que nous. Elle venait à l'auberge pour te voir…

— Je m'en occupe, dit Cellendhyll. Sortez de cette tour avant qu'il ne soit trop tard, Rathe.

— Une fois que tu seras tiré d'ici, va sur le port. Sur le quai ouest, tu trouveras une péniche avec une coque rouge, le *Griffon paresseux*… On y sera.

— C'est noté. En attendant ne perdez pas de temps et soyez prudents, vous n'êtes pas en état de vous battre. Je ne vous ai pas libérés pour qu'il vous arrive malheur durant votre évasion.

— À toi d'être prudent, partenaire, sourit chaudement le vieil homme. Les vignes nous attendent, n'oublie pas.

Les voleurs descendirent, Cellendhyll remonta. Impossible de laisser Constance de Winter en si mauvaise posture.

Fi de la prudence, l'Ange était bien trop courroucé pour cela. Il avala les marches trois par trois. Les deux moines-guerriers qui se trouvaient sur le palier du quatrième et dernier étage eurent l'impression d'être happés dans un cyclone quand Cellendhyll jaillit de l'escalier sans crier gare. Il les assaillit de ses mains, ses coudes, de ses pieds et ses genoux. Saoulés de coups, sans avoir pu en porter aucun, les sicaires s'écroulèrent sur le parquet, emportés par surprise dans une danse qui les laissa projetés dans les limbes d'une très profonde inconscience.

Cellendhyll se trouvait dans une salle ronde. En face de lui, accolé au mur du fond, un petit escalier en colimaçon qui devait mener au toit. Trois portes pour l'accueillir. Trois portes de fer, verrouillées. L'Adhan s'empara du trousseau de clés accroché à une patère.

Chapitre 64

Constance de Winter était écartelée sur un chevalet de torture vertical, totalement nue.

L'Ange pénétra dans la cellule et se figea, soufflé par le spectacle de cette chair désirable. Contrairement aux voleurs, Constance ne paraissait pas avoir été malmenée. Les membres fins et musclés, bien dessinés, le ventre hâlé, aux abdominaux annelés, les jambes appétissantes…

Le visage de la blonde s'éclaira à la vue de son sauveur. Elle s'exclama :

— Que voilà une bonne surprise ! Je suis particulièrement ravie de vous voir, messire de Cortavar !

L'Ange ne répondit pas. Winter soupira :

— Écoutez, mon ami, c'est très flatteur pour moi que vous me regardiez ainsi et je suis tout à fait d'accord pour que vous admiriez mon corps, mais là, je commence à avoir un peu mal aux bras…

L'Adhan se secoua enfin. Il se rendit subitement compte que son regard s'appesantissait lourdement sur le sexe épilé de la jeune femme.

— Excusez-moi… C'est que…

— Taisez-vous donc, grand sot. Détachez-moi plutôt.

Cellendhyll se rendit jusqu'à elle et ouvrit les bracelets de cuir qui enserraient ses poignets. Libérée, la jeune femme tomba en avant, dans ses bras, et se laissa aller contre lui.

— Mon héros, souffla-t-elle.

— Mais je ne suis pas un héros !

Qu'est-ce qu'elles ont toutes avec ça !

— Que faisiez-vous à *La Mouette rieuse ?* demanda Cellendhyll tandis que Winter se rhabillait.

— Je vous cherchais, pardi ! Je connaissais vos liens avec les voleurs et je venais me présenter à eux pour demander de vos nouvelles.

La tenue de la jeune femme consistait en une ample chemise émeraude, un pourpoint et un pantalon de cuir noir.

— Vous savez décidément beaucoup de choses sur moi, rétorqua l'Ange, un sourcil arqué. Allez-vous enfin vous décider à m'expliquer cet intérêt ?

— Est-ce vraiment le moment pour cela ? riposta la blonde en enfilant ses bottes de cuir huilé.

— Qui êtes-vous donc, Constance ?

— Qui êtes-vous donc, Cellendhyll de Cortavar ? Je vous retourne la question…

Constance se ceignit les épaules d'une cape légère du même vert que celui de sa chemise. Elle boucla un lourd ceinturon dans lequel était passée une longue lame qui ressemblait bien à un poignard de combat.

Voilà qui n'est certes pas la tenue d'une riche héritière, se dit l'Ange. Cela dit, la jeune femme avait raison, ce n'était pas le lieu pour la questionner plus avant.

Ils s'apprêtèrent à descendre. L'Adhan avait posé le pied sur la première marche. Des exclamations résonnèrent du bas de la cage d'escalier ; le seul endroit de la tour qui ne filtrait pas les sons.

— La relève ! jura l'Adhan. On a perdu trop de temps.

Les clameurs s'avivaient. Elles ne venaient pas directement du palier inférieur mais cela ne tarderait pas.

— Je ne sais pas combien ils sont mais ils ont l'air nombreux, souffla Constance.

— Venez, dit Cellendhyll, entraînant la jeune femme sur le petit escalier qui menait au toit.

Crénelé, le sommet de la tour était bâti en terrasse. Ondulant mollement à cette heure de la nuit, les oriflammes des seigneurs de la Lumière se dressaient, plantés chacun dans un socle d'acier trempé. Un coffre long, en teck, reposait derrière les étendards, il devait contenir des spécimens de rechange.

Cellendhyll gagna le bord des remparts, inspecta le contrebas, avant de revenir vers Constance.

— Vous pouvez surveiller l'escalier ? lui demanda-t-il.

— Bien sûr. Je peux même le défendre, je sais me battre. Je sais même faire plein d'autres choses intéressantes…

Voilà qu'elle recommençait à le titiller.

— Comme vous l'avez dit, Constance, ce n'est pas le moment. Tenez l'escalier, c'est tout ce que je vous demande… Je me doutais bien qu'on risquait d'en arriver là, alors j'ai pris mes précautions.

Cellendhyll ôta son pourpoint et l'étala sur le sol. Il ouvrit une fente dans le dos du vêtement, entre le cuir et la doublure. Il fouilla quelques instants avant de ressortir un rouleau de corde tissée à Védyenne. Après avoir remis son pourpoint, l'Adhan entreprit d'en nouer l'une des extrémités à la base métallique de l'un des étendards.

Il regagna le bord du toit et lança la corde dans le vide, du côté opposé à l'entrée de l'édifice. La corde atteignait presque le sol, cela irait. Elle était fine, ce qui avait permis à l'Adhan d'en emporter une grande longueur, mais cependant extrêmement solide.

L'Ange alla jusqu'au coffre, le tira en arrière jusqu'à l'entrée de l'escalier. Il glissa le meuble dans l'ouverture de manière à en bloquer le passage.

De sa cape, la dame de Winter sortit une paire de gants en cuir qu'elle enfila. Ainsi, elle pourrait descendre sans se blesser les doigts. Elle agrippa la corde, adressa un sourire ironique à l'Adhan et se lança dans le vide. Cellendhyll la suivit. Il avait une autre méthode, faire passer la corde dans le creux de son coude plié, à l'intérieur de ses cuisses, et entre ses bottes. Il suffisait de serrer les pieds pour ralentir le mouvement.

Ils descendirent ainsi, accrochés dans le vide, les bottes de Constance frappant le mur à intervalles réguliers pour y trouver appui. Ils passèrent le quatrième étage, le troisième, arrivèrent au deuxième. Descendirent encore.

Subitement, Siméus apparut du balcon du deuxième étage, son visage grimaçant de colère. Il repéra aussitôt les fuyards, reconnut Cellendhyll. Il empoigna la corde et la secoua.

Pris par surprise, déséquilibrés par les soubresauts, Constance et Cellendhyll manquèrent tomber. Ils se cognèrent contre la paroi de la tour, se rattrapèrent au dernier instant mais leur élan était coupé.

Le rire de Siméus descendit jusqu'à eux. Le chevalier de Nilfær dégaina une dague qu'il posa contre la corde

Il gloussa :

— Le seigneur Rymanus sera ravi de t'avoir entre ses mains, Cellendhyll. Je vais couper cette corde et tu vas te fracasser les membres en bas de la tour mais tu seras toujours vivant. Après je n'aurai plus qu'à te cueillir et à t'amener à mon maître.

— Cause toujours, Siméus.

Ses traits à présent éclairés d'une satisfaction emperlée de sadisme, le chevalier commença à faire aller et venir sa dague sur la corde.

Agrippant la corde d'une seule main, Cellendhyll leva son autre bras qu'il pointa sur Siméus. Son mini-grappin jaillit de sa manche pour percer l'épaule du chevalier. L'Adhan tira d'un coup sec, faisant chuter le Lumineux dans le vide, décrochant le mécanisme de son poignet juste à temps pour ne pas être entraîné avec lui.

Ancien paladin, le chevalier de Nilfær invoqua son bouclier protecteur, qui le sauva de la mort en absorbant l'impact de l'atterrissage. Cependant, le choc était tel qu'il souffla la protection magique ; celle-ci s'annula aussitôt, laissant Siméus à plat dos, hébété.

Constance en avait profité pour terminer sa descente en laissant filer la corde entre ses gants. Elle toucha le sol, s'empara de l'épée que Siméus gardait au fourreau et la jeta dans la nuit.

Cellendhyll atterrit à son tour, et sans attendre, il se jeta sur son adversaire, le redressa par son pourpoint pour mieux le frapper d'un coup de coude au visage. Siméus retomba sur le dos. Cellendhyll se laissa tomber sur le torse de son adversaire, sur lequel il s'assit. Il dégaina ensuite sa Belle de Mort.

— Je n'ai pas de temps à perdre, cracha-t-il à Siméus. Je sais que tu es un dur, mais tu vas parler quand même. Avec ma méthode, ils parlent tous. Pour te motiver, je vais te montrer ce dont je suis capable.

Bloquant les bras de Siméus avec ses genoux, il lui saisit la main et lui trancha le pouce droit d'un geste sûr.

Siméus serra les dents, refusant de hurler sa douleur. Bloqué par le poids de Cellendhyll sur son poitrail, il ne pouvait rien faire pour s'échapper.

— Parle ou je fais de toi un manchot ! siffla l'Adhan. Sans doigts, tu ne serviras plus à rien, tu seras un infirme, incapable de tenir une simple cuillère.

Il posa sa dague sur l'index du supplicié.

— Arrête, je vais parler, souffla Siméus… C'est Rymanus… Il a fait empoisonner Xavier, il veut devenir régent, il a un plan. L'inauguration de la statue… Demain… Il veut… L'Hydre… Il va…

— Ils sont là ! Vous, halte ! s'écria une voix masculine.

Un sicaire déboucha du côté de la tour, accompagné d'une escouade de ses compagnons. Ayant repéré Cellendhyll, Siméus et Constance, ils se mirent à courir dans leur direction.

Alerté, Cellendhyll détourna son attention du chevalier. Siméus était rapide. D'une ruade, il déséquilibra l'Adhan et le fit basculer sur le côté. Il se redressa, frappa Constance d'un coup de genou. Le grappin de Cellendhyll toujours dans son épaule, sa main mutilée ramassée dans son giron, il s'élança vers le salut que représentaient ses hommes.

Cellendhyll s'apprêtait à le poursuivre, mais la jeune femme le retint par le bras. Un second groupe de sicaires surgissait de l'autre côté de la tour.

— Ils sont trop nombreux, venez. J'ai besoin de vous en vie !

Chapitre 65

Tout en marchant dans les artères les moins fréquentées possibles de la ville, Cellendhyll se rendit compte que Constance le dévisageait d'un air tendu.

— Quoi ? Pourquoi ces yeux furibonds ? réagit-il. Vous trouvez à redire à la façon dont j'ai traité Siméus ? Vous réprouvez mes actes ?

Les sourcils froncés, elle répondit :

— Ce n'est pas ce que vous avez infligé à Siméus qui me gêne. Ce type n'est qu'une pourriture. Si vous n'étiez pas intervenu pour me sauver, il m'aurait violée et sans doute infligé encore pire après. Non, ce qui me soucie, c'est de savoir si vous avez pris plaisir à le traiter comme vous l'avez fait…

Cellendhyll n'eut ni besoin de réfléchir à sa réponse, ni de mentir :

— Je vous l'ai dit, j'ai un penchant pour la violence. Quand on s'attaque à moi, on en paie le prix et l'addition est élevée. On m'a formé pour devenir ainsi mais cela ne veut pas dire pour autant que j'y prenne du plaisir.

— Vous me rassurez, dit Winter, son visage de nouveau détendu.

Ils reprirent leur route.

— Je me suis rendue à *La Mouette rieuse* pour vous voir, c'est alors que les sbires du chevalier Siméus me sont tombés dessus et m'ont capturée, lui répéta la jeune femme au fil de leurs foulées. Siméus savait que j'avais dîné avec vous, j'ignore comme il l'a découvert. Mais c'est vous qui l'intéressiez et je pense qu'il voulait se servir de moi comme d'un éventuel moyen de pression.

Elle marqua une pause avant de reprendre :

— Que vous veut le bras droit de l'archevêque ? Et que prépare-t-il pour demain ?

— Je ne sais pas s'il y a un rapport, mais j'ai découvert que Rymanus est responsable de la maladie du connétable Xavier.

— Que dites-vous ?

Cellendhyll lui narra son aventure chez Albédor avant de lui tendre la confession de l'apothicaire.

— Le sale traître ! Puis-je garder ce document ? J'en ferai bon usage…

— Si vous voulez, après tout je n'en ai pas l'utilité. Mais il serait peut-être temps de vous dévoiler, gente dame. Je pense avoir mérité quelques explications.

— Laissez-moi encore quelques instants, je dois réfléchir à ce que vous venez de m'apprendre.

— Soit, mais ma patience commence à s'épuiser, sachez-le.

Ils traversèrent la ville quartier après quartier, en direction de l'ouest. Constance avançait la tête baissée, elle ruminait visiblement contre Rymanus.

Cellendhyll et Winter avaient rejoint le quartier du port sans livrer la moindre escarmouche. Assoupie, la cité des Nuages était suffisamment grande, suffisamment pourvue en ombres et en cachettes pour qu'ils échappent, sans trop forcer leur talent, aux patrouilles de l'Orage ou du guet.

Accouplées dans un ciel clair, surmontant une traîne de nuages au velouté violacé, les lunes amantes s'étaient levées. Felleyran arborait impudemment sa rondeur bleutée tandis qu'Yrénas, plus timide, ne dévoilait qu'un fin croissant de sa toge nacrée.

Le quai ouest était un long ponton de bois formé en L, éclairé irrégulièrement de quelques lampadaires bombés.

Constance de Winter vérifia que personne ne traînait dans les alentours avant de poser sa main sur le bras de l'Adhan.

Les deux lunes auréolaient la courte chevelure argent de l'Ange, la rendant chatoyante, tandis que son regard de jade étincelait. De même, les yeux turquoise de Constance, ses cheveux blond cendré se paraient d'une aura brillante.

— Je suis prête à parler… Mais j'émets une condition : je vous dirai réellement qui je suis et ce que je veux de vous… contre un baiser !

Cellendhyll dégagea doucement son avant-bras :

— Je vous ai déjà dit que j'avais une relation.

— Je ne vous demande nullement de tromper votre compagne. C'est un marché, rien d'autre. Je respecte votre liaison et je ne cherche pas à la défaire, croyez-le ou non. Ce n'est pas trahir votre amie que de m'acheter une information au prix que je propose…

— Pourquoi me demander un baiser alors ?

— Parce que vous me plaisez vraiment, Cellendhyll, répondit Constance en lui offrant un chaud sourire qui dévoilait les fossettes de ses joues. Parce que je suis joueuse et curieuse, que j'ai envie de mieux vous connaître. Et parce que ce baiser, justement, je sens bien que vous avez des réticences à me l'offrir. Il n'en a que plus de valeur à mes yeux… Allons, ce n'est pas comme si vous vouliez me mettre dans votre lit… c'est moi qui propose, et non le contraire. Un baiser, messire, un simple baiser et je vous révélerai ce que vous désirez savoir sur moi. Le prix est-il si lourd à payer ?

Sans pour autant éprouver l'envie de tromper la fille d'Eodh, Cellendhyll se savait réceptif au charme de Constance. Si cette femme avait été laide ou peu attrayante, il n'aurait eu aucun problème à l'embrasser. Mais justement elle lui plaisait, d'où ses scrupules à lui céder.

Refuse, lui souffla sa conscience, *tu n'as pas vraiment besoin de savoir qui elle est.*

Accepte, ce n'est qu'un baiser et Estrée n'en saura rien, répliqua son désir.

Constatant l'hésitation de l'Ange, et voyant qu'il était sensible à son charme, Constance prit les devants. Elle l'entoura de ses bras, éprouvant la puissance de ses épaules, se hissa jusqu'à son visage. Puis elle entrouvrit ses lèvres et les posa sur celles de Cellendhyll.

En dépit de ses réticences, l'Ange se laissa aller. Plus qu'il n'aurait dû. Plus qu'il n'aurait voulu. Ce baiser était un défi qu'elle lui lançait, et il y répondit sans tricher. Ce qui ne soulagea pas sa conscience pour autant.

Les lèvres de Winter étaient brûlantes mais sa bouche se révéla fraîche, accueillante. Leurs langues se rencontrèrent, jouèrent l'une avec l'autre, rivalisant d'agilité. Constance s'était collée contre lui, se frottant presque contre son ventre, provoquant une enthousiaste réaction de son membre.

Le souffle heurté, ils se séparèrent. Elle passa sa langue entre ses lèvres et annonça :

— Vous savez choisir le vin, tout aussi bien que vous embrassez, messire de Cortavar.

— Vous avez eu votre baiser, je vous écoute… répliqua-t-il d'un ton un peu froid.

Il s'en voulait d'avoir éprouvé du plaisir avec une autre femme qu'Estrée, d'avoir ce gonflement gênant qui distendait son pantalon.

La blonde contempla cette érection coupable. Elle lâcha un petit rire :

— Vraiment flatteur…

Cellendhyll mit les mains sur les hanches :

— Femme, je commence à m'agacer.

La blonde lâcha un soupir :

— Vous avez raison, je n'ai que trop attendu… Voilà, je m'appelle bien Constance de Winter, mais je ne suis pas une riche oisive, comme vous avez dû vous en rendre compte. En vérité, je sers l'empereur Priam. Je descends d'une génération d'officiers, j'ai naturellement suivi la voie tracée par les miens. J'ai étudié à l'académie d'Enôrys, j'en suis sortie major de promotion. J'ai également dirigé pendant quatre années un commando Nodus…

Elle marqua une pause, hésitante, avant de reprendre d'un ton affirmé :

— Et pour vous prouver à quel point je vous estime, je vais vous faire une confidence qui pourrait me coûter cher : je suis devenue la Phœnix de Priam.

Enfin elle se tut, lui laissant digérer l'information. L'Adhan haussa un sourcil étonné. La jeune femme n'était pas n'importe qui au sein de la Lumière. Le rang de Phœnix équivalait tout de même à celui d'une Ombre du Chaos.

— Vous êtes la Phœnix de l'Empire, soit. Mais que venez-vous faire ici ? Quel rapport avec moi ?

— Mon seigneur m'a chargé de régler la menace de l'Hydre. Voilà pourquoi je suis ici. Vous concernant, la chose est simple : Priam veut être votre ami, Cellendhyll. Il m'a chargée d'être son ambassadrice auprès de vous, en quelque sorte. Sa Majesté n'a rien à voir avec vos malheurs du passé. Il n'a jamais cru en votre culpabilité, pas plus qu'en votre allégeance aux Ténèbres. Seulement, vous aviez disparu, il ne pouvait ni vous entendre, ni vous rendre justice. J'ajouterai que, depuis longtemps, il veut vous rencontrer, discuter avec vous, en toute cordialité.

— Pourquoi ? Pourquoi moi ?

Elle lui adressa un nouveau sourire :

— N'étiez-vous pas destiné à devenir lige de la Lumière ? N'êtes-vous pas un guerrier d'exception ? Que risquez-vous à aller voir l'Empereur ? C'est un homme charismatique et fort intéressant. Je ne parlerai pas de sa puissance et de l'appui qu'il pourrait vous fournir car je sais que cela ne vous intéresse pas.

Cette femme savait comment le manier, il fallait le reconnaître.

Pense à Estrée.

Au prix d'un effort, Cellendhyll répondit :

— Déjà, concernant ce baiser, n'allez pas vous faire des idées. Oui, ça m'a plu, mais cela ne veut pas dire que je vais succomber à vos appas.

— Mais c'est que vous êtes aussi farouche qu'un daim !

— Je suis ce que je suis, il faudra vous y faire. Concernant votre maître, je dois y songer avant de me décider sur le sujet. Venez à présent, nous allons rejoindre mes camarades, je veux vérifier qu'ils vont bien.

— Je vous suis. Nous devons encore aborder le cas de Rymanus. Ce que vous venez de m'apprendre à son sujet, la brève confession de Siméus, tout le désigne comme un félon. Je dois l'arrêter, quoi qu'il mijote, et avant qu'il ne soit trop tard… Au fait, cela ne me dérange pas que vous me présentiez auprès de vos camarades comme une enquêtrice de Priam, mais si vous pouviez taire mon rang de Phœnix, j'apprécierais…

Cellendhyll trouva sans difficulté la péniche du *Griffon paresseux*. Sa coque rouge foncé la désignait de loin. Accolé au ponton, le navire était amarré à l'extrémité du L. Éclairé de lampes tamisées, il reposait tranquille, sur une mer apaisée. Le bâtiment ne semblait plus de première jeunesse mais avait l'air bien entretenu et apte à prendre la mer.

Un marin était assis sur le rebord de la proue, un sabre d'abordage à la ceinture, un cordon retenant un sifflet autour de son cou. Il se redressa à l'arrivée de Constance et de l'Ange, pour les examiner attentivement, avant de hocher la tête comme s'il les reconnaissait.

— Vous pouvez passer, leur dit-il en se rasseyant, ils vous attendent. En bas.

L'escalier que descendit l'Ange, suivi de Winter, le fit déboucher dans une pièce aux vastes proportions. Cellendhyll ne s'attendait pas à voir tant d'espace dans un tel endroit. Les parois du navire étaient recouvertes d'un lambris clair, le long duquel s'alignait une série de ficus torsadés et de plantes grimpantes qui se disputaient la place ; le sol était recouvert d'un parquet de longues lattes de poirier. La pièce principale était séparée en deux. D'un côté le salon, avec trois canapés, une table basse en pierre taillée ainsi qu'un petit bar et ses tabourets sur pivot. De l'autre, le coin repas, avec une longue table de chêne rivée au sol et encadrée d'épaisses banquettes de cuir rouge. Cette partie ouvrait sur une cambuse aux maints placards.

Rathe, Barrowmer et Nifold étaient assis autour de la grande table. Devant chacun, une coupe de rhum. À voir leur mine, ils semblaient être remis de leur mésaventure, du moins mentalement. Les coups qu'ils avaient reçus commençaient à bleuir, en dépit de la couche d'onguent qu'ils s'étaient passé. Barrow' était le plus touché, son visage faisait peine à voir. Cela ne l'empêchait ni de sourire, ni de boire. L'Adhan ne put cacher son soulagement de voir les voleurs saufs, et son visage aride s'éclaira d'une joie sincère.

— Mortelune, fiston, tu as réussi ! s'exclama Rathe à son arrivée. Je savais bien que tu t'en tirerais ! Et tu nous as ramené ton amie, qui plus est… Comme tu as bien fait, son joli minois est nettement plus agréable à contempler que le tien. Venez, gente dame, venez goûter un peu de ce rhum, il nous vient des îles Rousses, il a un petit goût de vanille, vous m'en direz des nouvelles !

La jeune femme blonde ne se fit pas prier. Cellendhyll la présenta comme un agent enquêteur au service de Priam, ainsi qu'elle le lui avait demandé.

Quelques instants plus tard, ils étaient plongés dans une discussion à bâtons rompus. L'Ange constata d'emblée que Constance se sentait à l'aise au milieu de ses camarades. La jeune femme se montra caustique mais chaleureuse, ne montrant aucun dédain, aucune minauderie. Ils l'avaient spontanément acceptée, et il n'avait pas fallu longtemps pour que ces derniers soient conquis par sa présence. En quelques minutes, elle s'était intégrée à la coterie des voleurs.

Au bout d'un moment, Rathe se leva, gagna le bord de la péniche qui se trouvait face à la mer, appuya sur un renfoncement dans le lambris. Un panneau entier se mit alors à coulisser dans la coque, révélant une grande baie vitrée qui donnait sur la mer. Rathe l'ouvrit, laissant entrer l'air iodé. Ce qui était loin d'être superflu étant donné l'ambiance enfumée ; plusieurs mégots encombraient le cendrier posé au milieu de la table, et l'odeur de l'herbe lokie bleu-vert n° 3 poissait l'atmosphère. Toutefois, avec ce que les voleurs venaient de vivre, l'Adhan se sentait incapable de réprimander Rathe.

Constance trinqua avec Barrowmer et Nifold, accepta de tirer sur le cône à fumer de Rathe. Elle ne semblait guère affectée par ces agapes, sinon par ses joues rosées. Régulièrement son regard revenait se poser sur l'Adhan, de manière appuyée.

À force de palabres, ils recoupèrent leurs informations, jusqu'à en arriver à la conclusion suivante : L'archevêque Rymanus avait la ville sous contrôle. Il dirigeait le Conseil, les forces du guet, de l'Orage et des Templiers ; il contrôlait également les téléporteurs de la cité. Les seigneurs Vaillence et Bérune n'étaient plus que des subalternes.

Pour parvenir à ses fins, Rymanus n'avait eu aucun scrupule à engager l'apothicaire Albédor dont les poisons avaient mis Xavier sur la touche. Il n'était pas non plus interdit de penser, comme le fit remarquer

Cellendhyll, que le prélat fût l'instigateur des meurtres d'Alvéras de Trévise et des hommes du guet. Cela était d'autant plus plausible que personne en ville, pas même la pègre, n'avait relevé le moindre signe d'existence de la secte de l'Hydre. Et sans ces meurtres sauvages, le prélat n'eût probablement pas réussi à se faire accorder les pleins pouvoirs.

Enfin, selon la confession rapide du chevalier Siméus, l'ecclésiaste ourdissait un sombre projet censé se concrétiser dès le lendemain, lors d'une cérémonie d'inauguration.

Une fois ces constats énoncés à voix haute, Constance frappa la table du plat de la main :

— Rymanus est un traître, la chose est entendue, et je dois le mettre hors d'état de nuire. Mais comment ? J'ai les mains liées. Il tient la ville, je ne peux compter ni sur le guet, ni sur les Templiers, encore moins sur l'Orage. L'archevêque n'est pas fou, il s'est entouré de gardes. Si je me présentais devant lui, en admettant que j'y parvienne, je me ferais probablement arrêter dans la foulée et accuser de faire partie de l'Hydre, comme il l'a fait avec vous… Ensuite, une fois entre ses mains, je doute de survivre longtemps…

— La solution me paraît pourtant simple, intervint Nifold, allez voir Priam et demandez-lui son aide.

— C'est hors de question. Il m'a envoyée en mission, je dois la remplir sans quémander son secours, sinon de quoi aurais-je l'air ?

Cellendhyll comprenait parfaitement sa réaction. À sa place, il n'eut pas agi autrement envers Morion.

— Je ne sais que faire, soupira la jeune femme, et il me reste jusqu'à demain pour trouver une solution.

Elle se prit la tête entre les mains. Palpable, son désarroi alourdissait l'atmosphère.

Rathe lui tapota gentiment l'épaule :

— Allons ma petite, ne vous inquiétez pas. N'oubliez pas que tant qu'il y a de la vie, il y a de l'espoir. J'en suis certain, tout va s'arranger… Barrow', comme tu peux le constater, l'heure est grave, je crois qu'il est temps d'aller chercher la poire !

— Excellente idée !

Le gros blond revint peu après de la cambuse chargé d'une bouteille d'aspect vénérable. Il s'écria :

— De la vieille poire, et de la fameuse !

— Un breuvage traître mais d'une traîtrise délicieuse, renchérit Nifold.

Ladite eau-de-vie circula allégrement. Nifold reprit la parole, de son phrasé précis, imagé, il relata à la jeune femme quelques-unes de leurs aventures les plus mouvementées. Constance commença à retrouver le sourire et finit par rire de bon cœur.

Le seul à ne pas boire d'alcool était Cellendhyll, qui avait préféré une infusion d'écorces noires. Pour sa part, il ne pourrait se détendre avant d'en avoir terminé avec l'archevêque Rymanus.

En retrait des autres, il réfléchissait. Il avait donné sa parole au lieutenant Dulach de s'occuper de l'archevêque et ce qui s'était passé depuis n'avait fait que renforcer son désir d'en découdre avec le prélat. Pour cela, il fallait, coûte que coûte, obtenir une confrontation.

L'idée vint d'elle-même, surgie des limbes de sa conscience, tel le soleil qui jaillissait soudain d'une trouée de brume, et Cellendhyll la soupesa minutieusement. Elle comportait des risques, certes, mais l'existence même de l'Ange était risquée et depuis fort longtemps. Et si cette idée s'avérait périlleuse, elle lui permettrait en cas de réussite d'arriver à portée immédiate de l'archevêque. Dès lors, tout serait possible. Il réfléchit encore une bonne dizaine de minutes, tenta de trouver une alternative… Non, plus il y songeait, plus il avait envie de se lancer.

— J'ai peut-être trouvé un moyen, annonça-t-il doucement.

Instantanément, Constance de Winter retrouva son sérieux. Elle se mit à le fixer intensément, lui délivrant un petit sourire qui semblait signifier que jamais elle n'avait douté qu'il trouvât une solution.

— Annonce, dit Rathe, le visage environné de cette odorante fumée bleu-vert qui caractérisait la lokie.

Cellendhyll adressa un sourire ironique à son assistance :

— Déjà, il me faudrait de la sauce tomate…

Le plan proposé par l'Adhan avait été accepté. C'était d'ailleurs le seul. Nifold était parti se coucher le premier, après avoir montré à Winter la cabine qu'elle occuperait pour finir la nuit, la jeune femme ayant accepté de bon cœur l'hospitalité de ses hôtes. Rathe et Barrow' ronflaient chacun sur une banquette.

Constance ayant exprimé le désir de prendre l'air, Cellendhyll l'accompagna sur le pont.

— Êtes-vous certain de votre stratégie ? demanda-t-elle en s'adossant au bastingage. Vous allez courir de gros risques en l'appliquant…

— Non, je n'en suis pas sûr, rétorqua l'Ange qui vint s'accouder à côté d'elle. Mais il faut contrer Rymanus et c'est la seule possibilité que j'ai trouvée.

— Pourquoi vous attaquer à lui ? Vous ne faites plus partie de la Lumière, après tout.

— Je ne le fais ni pour défendre la Lumière, ni par ordre du prince Yggdrasill… Je le fais parce que Rymanus et son sbire Siméus s'en sont pris à moi, à mes amis. C'est devenu une affaire personnelle.

— Je viens avec vous, asséna la jeune femme tout en se retournant pour faire face à la mer.

— Je travaille mieux seul, Constance.

— Peut-être, mais c'est ma mission tout autant que la vôtre, et probablement plus, puisque moi je suis véritablement au service de la Lumière, cette Lumière que bafoue Rymanus. Si je restais en arrière et vous laissais affronter seul cette crapule de prélat, jamais plus je ne pourrais me regarder en face. Je suis une Phœnix, Cellendhyll, je suis tout autant portée sur l'action que vous-même.

Cellendhyll pesa les arguments de la jeune femme. Avant qu'il ne puisse forger une réponse, elle ajouta :

— Au sujet de l'archevêque, je me dois de soulever une question : votre plan fonctionne, soit… Et après, que se passe-t-il ?

— Où voulez-vous en venir ?

— Oh, mais Cellendhyll, j'ai perçu cette étincelle dans votre regard quand vous parliez de l'archevêque… Au fait, on vous a déjà dit que vous aviez des yeux magnifiques ? Ce vert jade est si rare, si fascinant à contempler. Il donne envie de se perdre en vous…

— Constance, vous voulez arrêter un peu ces simagrées à mon égard ?

— Pourquoi, c'est si désagréable ? demanda-t-elle avec candeur.

— Non, hors de propos…

Et dérangeant, car votre charme commence à me tourner la tête, songea-t-il.

— Fort bien, messire le farouche, sourit-elle sans paraître pour le moins se vexer. Revenons donc à Rymanus ; votre but le concernant, c'est de le tuer, n'est-ce pas ?

Cellendhyll ne répondit rien, mais son visage parlait pour lui.

— Cela risque de compliquer encore la situation, reprit Winter, mais je tiens à préciser que je veux prendre le prélat *vivant*. Je veux qu'il soit déféré devant l'Empereur pour répondre de ses vilenies. Alors aidez-moi à le capturer, Cellendhyll, je vous en prie… Je vous ai vu en action, et à nous deux, je suis persuadée que nous réussirons.

Cellendhyll voulut refuser mais devant le regard devenu suppliant, il céda. Lâchant un soupir, il répondit :

— Vous me demandez beaucoup, Constance, mais je vous aiderai à le prendre en vie. Si cela est possible.

Mais si je sens que ce porc risque d'en réchapper, je le trucide aussitôt !

Le turquoise des yeux de la jeune femme se fit velouté. Baignée par les lunes amantes, elle se rapprocha de lui, jusqu'à pouvoir le toucher. Sa voix s'éleva, douce, très douce, une musique lente et romantique, envoûtante :

— Plus je vous côtoie et plus vous me plaisez, Cellendhyll de Cortavar. Je vous taquine régulièrement avec ça mais telle est la réalité : oui, je suis sincèrement attirée par vous, je vous le confesse… Attendez avant de vous hérisser, je n'ai pas fini… Je suis attirée par vous, comme je viens de l'avouer, mais j'estime cependant que ce n'est pas une raison suffisante pour passer à l'acte. Je pourrais essayer de vous séduire et quelque chose me dit que j'aurais de bonnes chances.

Mais je n'en ferai rien… Ce ne serait pas vous respecter que de me jeter à votre cou, connaissant votre relation sentimentale. Or je vous respecte et je respecte votre amie, même sans la connaître, croyez-le ou non… En conséquence de quoi, je vous souhaite une bonne nuit, enfin ce qu'il en reste. Reposez-vous, si vous le pouvez. Demain, nous aurons fort à faire.

Cellendhyll la regarda, surpris, il ne s'attendait certes pas à cette tirade. Il finit par répondre :

— Bonne nuit à vous, Constance…

L'homme aux cheveux d'argent resta seul sur le tillac à contempler les reflets contrastés des lunes qui se réverbéraient sur la mer étale.

Fort rancunière, une part de lui songeait à Rymanus – il avait mis Gamaël et Arasùl de côté, tant que le cas de l'archevêque resterait en suspens. À ce sujet, la dague semblait faire preuve d'une tolérance nouvelle puisqu'elle ne s'était pas manifestée pour le relancer sur sa quête.

Une autre partie était soulagée de l'attitude saine de Constance à son égard. En dépit de ses sentiments pour Estrée, Cellendhyll n'était pas absolument certain de pouvoir résister au charme de la blonde si cette dernière lançait le grand jeu – il n'en était d'ailleurs pas fier. Il estimait d'autant plus Winter pour sa vision des choses, effectivement respectueuse de lui-même, sensée, et qui démontrait une sensibilité certaine.

Une troisième part de son esprit, enfin, la moins raisonnable, regrettait ardemment que la jeune femme n'ait pas essayé de l'attirer dans son lit.

Chapitre 66

L'heure du déjeuner approchait tranquillement. L'archevêque se tenait à son bureau, terminant d'apposer son sceau sur une pile de documents officiels.

Sa tâche achevée, il se rencogna dans son fauteuil. Siméus était rentré, en milieu de nuit, bien mal en point. Si sa blessure à l'épaule avait été soignée sans problème, le pouce que lui avait tranché l'Adhan n'avait pu être guéri ; tout au plus les médicastres de l'archevêque avaient-ils réussi à fermer la plaie – encore une fois, le pouvoir de la Belle de Mort contrait la magie curative.

Siméus avait déclaré qu'étant ambidextre, il pourrait continuer à se battre – c'était un guerrier avant tout – mais il exsudait une haine féroce à l'égard de Cellendhyll.

Pour le moment, toutefois, Rymanus de Gordhäs avait autre chose à penser qu'au cas de cet Adhan des plus importuns.

Il lui fallait parachever les détails de l'inauguration, et surtout ceux de son plan. Il devait également régler un problème précis. Celui posé par Gervaise, son jeune amant. Voilà au moins une chose qui pouvait être résolue sans attendre. Après s'être entendu avec le chevalier de Nilfær, le prélat fit convoquer son giton.

Gervaise fit son entrée, les traits fardés, languissant et sensuel. En attente des désirs de son amant et maître. Rymanus l'accueillit cordialement. Il le fit venir à lui, lui posa une main sur l'épaule. Tandis que Siméus, qui avait salué l'arrivant d'un bref signe du menton, se positionnait derrière le jeune homme.

— Ah, Gervaise, j'avais hâte de te voir, s'exclama Rymanus.

— Je suis à votre entier service, éminence, roucoula son amant.

— Adieu, Gervaise, dit alors l'archevêque.

Tandis que l'incompréhension étirait le visage du giton, Rymanus adressa un bref hochement de tête à l'attention de Siméus. Le chevalier dégaina une dague, l'empoignant de sa senestre. Il entoura le cou de Gervaise de sa main mutilée, et le poignarda dans les reins, avec autant de plaisir que d'adresse. Son crime perpétré, il recula.

Gervaise hoqueta, soudain blême. Il tomba à genoux, sous le regard impassible de l'archevêque.

Les yeux écarquillés du jeune homme contemplaient son maître, porteurs d'une question muette. Le prélat se baissa. Il saisit le menton de son amant dont il releva la tête pour mieux le fixer, prunelles contre prunelles.

— *Pourquoi*, te demandes-tu ? Je vais te répondre, Gervaise, je te dois au moins ça. Je n'ai rien à te reprocher, en fait. Tu m'as toujours bien servi, au lit comme ailleurs, tu as toujours devancé mes désirs avant de les satisfaire, tu t'es montré parfait… Le problème est que je commence à avoir des sentiments pour toi, des sentiments forts qui dépassent la simple attraction du sexe. En aucun cas, je ne peux me laisser entraîner par une telle relation. Je suis à l'aube d'un destin grandiose et le futur régent de la Lumière que j'incarne ne doit avoir aucune faiblesse… Comprends-tu ?

Gervaise commençait à avoir le regard vitreux. L'ecclésiaste partit d'un rire ambigu :

— Non je vois bien que tu n'arrives plus à penser. Cela n'a pas d'importance, mon petit, tu n'as plus d'importance. Tu n'es déjà plus qu'un souvenir, ajouta-t-il en passant sa main sur le front du mourant. N'aie crainte pour le salut de ton âme, cependant. Je prierai la Lumière pour qu'elle te guide dans son giron protecteur.

Gervaise tenta de parler, mais une giclée de sang jaillit de sa bouche. Le prélat relâcha son étreinte et le giton s'effondra à plat ventre, son souffle figé par la mort.

Rymanus se redressa.

— Débarrasse-moi du corps, dit-il à son homme de confiance.

Le chevalier de Nilfær eut un ricanement :

— Rappelez-moi, seigneur, dit-il, de ne pas être trop proche de vous. Je ne tiens pas à finir comme lui.

— De l'humour, Siméus ? Rassure-toi, avec tout ce que nous avons partagé, tout ce que tu sais à mon sujet, si tu vis encore, c'est que j'ai totale confiance en toi… Sans compter que tu n'es pas mon type d'homme, aucune chance que je t'invite dans mon lit.

— Vous m'en voyez ravi, seigneur, gloussa le chevalier de Nilfær.

— En dépit de ta mésaventure de la veille, tu me parais bien guilleret. Que t'arrive-t-il ?

— Nous arrivons au bout, votre éminence, cela, je l'avoue, me rend un peu euphorique. Après tous ces efforts…

— Oui, tu as raison. Demain sera le premier jour de notre gloire, louée soit la Lumière qui m'a guidé jusqu'ici !

Une fois le cadavre de Gervaise emporté par deux des sbires de Siméus – enroulé dans l'épais tapis que le jeune homme avait ruiné de son sang –, l'archevêque se servit un verre de liquoreux, qu'il emmena sur la grande terrasse accolée à sa suite.

Il surplombait la capitale lumineuse qui s'étalait sous son regard acéré, d'est en ouest ; la cité des Nuages, sa ville, son royaume. Un territoire conquis avec un mélange d'audace, de subtilité, telle une maîtresse précieuse mais rebelle.

L'archevêque n'éprouvait aucun remord. Il n'avait fait que servir la Lumière, lui son héraut le plus fidèle, le plus décidé. Il n'avait, somme toute, rien à se reprocher, la fin prévalait largement sur les moyens : faire régner l'Empire sur l'ensemble des Territoires-Francs, sur l'ensemble des Plans, pourquoi pas… Balayant au passage la puissance des Ténèbres, et celle de l'Alliance.

Mais tout en avalant une gorgée de vin blanc, il se morigéna. Chaque chose en son temps. Il fit rouler le liquide dans sa bouche pour mieux en apprécier les arômes délicats. Ce cru meyer était un chef-d'œuvre de vinification. Le prélat s'en faisait livrer par caisses entières. Il en consommait à toute heure de la journée, ainsi que le soir.

Séduit par le vin, il repassa les dernières étapes de son grand œuvre, vérifiant mentalement chaque point.

Sa position au Conseil n'avait jamais été aussi assurée, grâce à ses manigances. Quentin de Bérune n'était plus que l'ombre de lui-même. Rymanus y avait veillé, faisant jouer ses relations pour que, chaque soir, le seigneur de Bérune fût invité dans une réception, un dîner, une soirée mondaine, de plantureux buffets. Et par le biais de certains de ses agents, il veillait à ce que la coupe de Quentin soit toujours pleine. Soirée après soirée, le seigneur de Bérune noyait le deuil de son meilleur ami Algéras dans le vin ou les alcools précieux, son caractère et son sens de l'analyse s'étiolant peu à peu dans les brumes éthyliques. Son rôle au Conseil était devenu celui d'un figurant, se rangeant à toutes les propositions de l'archevêque.

Maîtriser l'administrateur Vaillence s'était révélé tout aussi aisé. Rymanus se contentait de le faire crouler sous les dossiers, l'inondant d'un agrégat de querelles administratives à résoudre, d'erreurs de comptabilité à réparer, l'accablant de fausses factures et de fausses livraisons. Quasi submergé par cette invasion soudaine – en plus de ses dossiers habituels –, Vaillence n'était plus un problème.

Finalement, Rymanus avait décidé d'épargner ces deux-là. À présent qu'il les tenait en laisse courte, il eut été stupide de les faire éliminer par Ulqualöth. Le cas échéant, Priam eût été obligé de nommer des remplaçants, ces derniers risquant de se montrer moins malléables.

Quant à Xavier, il était sorti du coma mais sa conscience restait saturée des poisons concoctés par Albédor. Selon le médicastre personnel de l'archevêque, le connétable en avait encore pour une semaine au moins pour retrouver ses esprits.

Rymanus avait ainsi tissé une toile de pouvoir et de domination qui s'étendait peu à peu, chaque jour renforcée, telle une gangrène généralisée, se communiquant aux nappes successives de la société. Déjà, il devenait incontournable et beaucoup quêtaient ses faveurs ; sans compter les lois qu'il avait prévu d'instaurer – leur vote par le Conseil ne serait qu'une formalité – et qui finiraient d'établir son omnipotence.

En outre, il avait envoyé un épais rapport à l'empereur Priam, truffé d'informations fictives, annonçant que la menace de l'Hydre était sur le point d'être jugulée, que, déjà, la secte avait cessé ses attaques, traquée impitoyablement par la commission de défense. De quoi éviter que le Patriarche envoie ses propres enquêteurs épauler ceux du Conseil. Par ailleurs, le prélat n'avait plus besoin de l'Hydre, la secte fictive était destinée à mourir ce jour même.

Ne restait qu'un tout dernier opus à concrétiser, prévu dans l'après-midi, lors de l'inauguration d'une nouvelle statue de l'Empereur.

En cette occasion, Rymanus invoquerait Ulqualöth pour la dernière fois, grâce à l'artefact ténébreux récupéré par Siméus dans la Bordure. Avec le sceptre noir forgé par l'ennemi juré, l'archevêque se faisait fort de vaincre le démon… mais seulement après que ce dernier ait achevé son œuvre de destruction programmée.

Pour que son combat contre Ulqualöth soit plus impressionnant encore et plus gratifiant, il était nécessaire que le démon commence par perpétrer un massacre. Rymanus avait donc placé dans l'une des quatre tribunes tous ceux qui le gênaient, de près ou de loin, dans le présent ou le futur. Il lancerait Ulqualöth sur eux en priorité – dans les autres tribunes seraient placés ceux qu'il désirait garder à son service. Les sicaires seraient obligés d'intervenir, et le démon n'en ferait qu'une bouchée. À ce moment, et pas avant, Rymanus interviendrait pour sauver la cité du plus redoutable danger qu'elle ait eu à affronter depuis sa création.

Une fois Ulqualöth défait par l'archevêque, ce dernier passerait pour le sauveur de la ville, de l'Empire, tant aux yeux du peuple qu'à ceux des notables. Il lancerait alors sa dernière vague de propagande politique destinée à le faire désigner comme régent. Priam ne pourrait que s'incliner devant ce plébiscite général qui représentait une arme bien différente mais tout aussi efficace que la sauvagerie d'Ulqualöth.

Chapitre 67

C'était une journée parfaite. Le soleil brillait de tous ses feux, comme s'il désirait témoigner de son inconditionnel soutien, le ciel était d'un bleu profond, exempt de toute présence nuageuse. L'inauguration tant attendue était prévue pour se dérouler sur la place de la Source, référence évidente à l'île éponyme, berceau de l'Empire. Le site avait été idéalement choisi, aéré, baigné de lumière, non loin de l'hôtel de ville où siégeait le Conseil. L'esplanade avait été nettoyée de ses moindres déchets. Des fanions colorés figuraient sur chaque balcon de l'esplanade, ainsi que sur les réverbères, et des guirlandes avaient été tirées entre les façades.

Une grande estrade d'orme rouge avait été dressée sur le côté est de la place, assemblée le matin par les meilleurs charpentiers de la ville. Elle formait un U renversé vers l'ouest qui encadrait le centre de la cérémonie : une haute silhouette érigée sur son socle, camouflée d'un drap de soie violine. Deux longues tribunes latérales avaient été installées pour le confort des invités, se faisant face, chacune située dans une branche du U ; deux autres tribunes étaient érigées, plus petites, dans sa base.

La réception officielle ne concernait initialement que les édiles et les notables de la ville. Les seigneurs et leurs dames avaient été répartis sur les estrades par les assistants de l'archevêque Rymanus, selon un ordre précis.

Cependant, la populace, du moins les citadins qui ne travaillaient pas en ce début d'après-midi, était venue, curieuse. Plus simplement vêtus, se pressant en face de l'estrade, de l'autre côté de la statue, les gens se massaient en demi-cercle derrière un cordon de sécurité composé de sicaires de l'Orage.

Chacun des invités était en place. La cérémonie débuta par une lente procession. Débouchant de l'avenue des Gardes-Pourpres, les pupilles de la Guelfe Blanche défilèrent au pas jusqu'à l'estrade ; une trentaine d'enfants de dix à seize ans assemblés par ordre de taille, du plus petit, qui agitait un encensoir diffusant de l'essence de genièvre, au plus grand, portant l'étendard de la Guelfe. Leurs toges d'or aux reflets rouges symbolisaient le Soleil Flamboyant de la Lumière ; sur leurs cheveux soigneusement peignés étaient posées des couronnes de laurier. Tout en marchant, les pupilles lançaient de part et d'autre des pétales de roses blanches ou des brins de lilas qu'ils tiraient de petites escarcelles en osier accrochées à leurs ceintures au doux platine.

Les enfants de la Lumière s'arrêtèrent en bas de l'estrade, saluèrent d'une inclinaison respectueuse chacune des tribunes, ainsi que la foule des badauds, puis allèrent se ranger tout autour de la statue, l'entourant de leur ferveur et de leur innocence – une symbolique mûrement réfléchie.

Revêtu d'une tunique blanche à longues manches évasées, les épaules couvertes d'une cape tout aussi immaculée, à revers d'or brillant, l'archevêque présidait la cérémonie. Quittant la place qu'il occupait entre les deux tribunes arrières, il s'avança jusqu'à un pupitre de bois clair, placé sur le devant de l'estrade. Le pupitre était orné d'une gemme octogonale fixée à la verticale dans un socle cuivré. La gemmelitte jaune lui permettrait d'amplifier sa voix pour la rendre audible de tous.

Le silence venait de tomber sur l'assistance. Rymanus prit une inspiration, prêt à s'exprimer.

Une voix mâle et autoritaire suspendit le bon déroulement de la cérémonie.

— Service du guet, tonna une voix, place au service du guet ! Affaire urgente, je dois parler à l'archevêque !

Un officier fendit les rangs de la foule, à la tête d'une escouade de ses hommes. Juste derrière lui, son prisonnier, sévèrement encadré. Et quel prisonnier ! Un grand gaillard à l'aspect redoutable, le teint hâlé, les cheveux argentés, sanglé dans un costume de cuir bleu foncé, les mains liées devant lui, le visage couvert de sang séché. Encadré de quatre gardes, le captif semblait avoir du mal à marcher, trébuchant tous les deux pas, rappelé à l'ordre par des bourrades de ses gardiens. Une femme suivait, captive elle aussi. Blonde, svelte, vêtue d'un ensemble de cuir noir, elle semblait en bien meilleur état que son complice.

— Place au guet, place ! tonna encore le lieutenant aux cheveux bruns. Affaire urgente, j'ai un prisonnier à livrer à l'archevêque.

Hormis l'escouade des gardes de la ville, plus personne n'osait parler ou gesticuler.

Le chevalier Siméus se décida à briser le charme. Ayant tout de suite reconnu le captif, il se rapprocha du prélat et demanda à son maître ce qu'il convenait de faire.

Tout le monde, sur l'estrade et tout autour, attendait la réponse de l'ecclésiastique.

— Qu'on me l'amène, annonça Rymanus pour se donner un répit.

L'arrivée soudaine de l'Adhan n'avait certes pas été prévue par le comploteur. Mais jamais le prélat n'aurait atteint le faîte du pouvoir lumineux sans avoir développé un redoutable sens de l'adaptation. Tandis que le groupe d'arrivants faisait le tour de l'estrade pour rejoindre l'escalier latéral, la cervelle de Rymanus moulina intensément. Parvenu à une rapide conclusion, le chef de la Guelfe Blanche se retint de lâcher un rire gras.

Aucune raison de s'inquiéter, bien au contraire. Ce qui venait de se produire était rien de moins que la cerise sur le gâteau : Cellendhyll de Cortavar, qui représentait son dernier réel adversaire, tombait tout cuit entre ses mains. C'était là un signe du destin, la preuve que la Sainte Lumière soutenait son fidèle serviteur.

Le prélat avait justement un rôle tout trouvé pour cet inespéré prisonnier. Il y avait déjà songé, l'Adhan, qui avait une réputation tendancieuse au sein de la Lumière, représentait un chef parfait pour l'Hydre. Ainsi présenterait-il la chose à Priam, lorsque tout cela serait fini. Et Cellendhyll ne serait plus là pour dire le contraire, puisque dans quelques instants, il ferait partie de ceux donnés en pâture à Ulqualöth.

L'officier venait d'arriver au milieu de l'estrade. Rymanus se retourna sur lui, l'œil interrogateur.

— Votre éminence, je me présente, lieutenant Dulach, du guet, annonça respectueusement le soldat. J'ai l'honneur de vous annoncer que nous avons finalement appréhendé ce suspect, comme vous l'aviez ordonné. Il nous a donné du fil à retordre mais nous avons réussi à le coincer. Quant à cette jeune femme, elle était avec lui. Elle a tenté de s'interposer, alors je l'ai également arrêtée…

Dulach marqua une pause et reprit sur le ton de la confidence, veillant bien à ne pas être entendu des tribunes :

— Je me permettrai d'ajouter une chose, votre éminence. Je crains que ce criminel ne souffre d'une commotion cérébrale. Il a résisté, voyez-vous, et mes hommes ont dû taper fort pour le mettre au pas.

Rymanus dévisagea le visage de Cellendhyll, maculé de sang séché, son regard vitreux, le filet de bave qui coulait du coin de sa lèvre.

Il se pencha à son tour sur Dulach et lui dit :

— Cet homme est sans aucun doute le responsable de l'ignoble meurtre du seigneur Algéras de Castille, ainsi que ceux de vos collègues… Ce genre de criminel n'aura aucune pitié à attendre de votre part, n'est-ce pas ?

L'officier opina gravement, comme s'il buvait les paroles de son supérieur.

Rymanus recula et déclara d'une voix claire :

— Je vous félicite, lieutenant. Croyez bien que je n'oublierai pas votre nom.

— Monseigneur, je sais depuis longtemps tout le bien que vous apportez à notre cité. Je suis comblé d'avoir pu apporter ma maigre part à votre édifice, répondit Dulach en arborant un curieux sourire.

— De belles paroles, lieutenant, elles vous honorent. Vous pouvez disposer, à présent, mes hommes vont se charger du prisonnier.

Deux sicaires de l'Orage vinrent remplacer les gardes du guet autour de l'Adhan. Mais Siméus surgit, marcha à grand pas sur l'Ange, et stoppa devant lui…

Il n'eut pas le temps de lever sa main valide pour frapper Cellendhyll.

Rymanus avait murmuré d'une voix sifflante :

— Pas ici. Pas maintenant.

Le ton était cinglant mais seul le chevalier de Nilfær l'avait perçu. Le prélat reprit d'un murmure plus doux :

— Et puis regarde-le. Dans son état, même si tu lui fracassais le crâne, il s'en rendrait à peine compte. Laisse-lui donc le temps de récupérer, la correction qui l'attend n'en sera que meilleure…

Dompté par la voix de son maître, Siméus adressa un hochement de tête à l'ecclésiaste, suivi d'un regard à l'Adhan, chargé d'une promesse terrible. Il recula d'une dizaine de pas, pour aller se ranger contre l'une des tribunes arrière.

Rymanus reprit la parole :

— Gardez bien ce criminel, j'ai tout lieu de croire qu'il fait partie de ceux qui complotent contre la Lumière, qu'il en est même un membre haut placé. Dès que l'inauguration sera finie, je l'interrogerai personnellement.

Les spectateurs se détendaient. Ils avaient à peu près saisi la situation. Un malfaiteur, et pas des moindres, venait d'être livré au plus farouche défenseur de la Lumière. Tout était rentré dans l'ordre.

Rymanus se tourna vers eux :

— Mes chers concitoyens, je m'excuse de cette interruption imprévue. Comme vous pouvez le constater, l'ordre règne dans la cité des Nuages. Et comme ce mécréant ne va pas tarder à s'en rendre compte, il ne fait pas bon oser s'attaquer l'Empire... Nous allons pouvoir reprendre. Nous sommes réunis ici pour honorer notre maître à tous, l'empereur Priam...

Rymanus se lança alors dans un véritable panégyrique de l'Empereur, évoquant chacune de ses réalisations, de ses exploits, de ses victoires. Il affirmait qu'il était évident, bien modestement d'ailleurs, de remercier le Patriarche en lui édifiant cette statue de marbre rare, qui permettrait à chacun des habitants de la capitale de se représenter son souverain, tel qu'il était réellement. Un héros, le sauveur de son peuple, celui sans qui rien ne serait possible.

Pendant que s'exprimait l'archevêque, Cellendhyll et Winter avaient été conduits dans le retrait que formait le creux entre les deux estrades de la base du U. La jeune femme se montrait docile, résignée. L'Adhan paraissait vilainement touché. Il fut même incapable de rester debout. En dépit des admonestations des sicaires, puis de leurs coups de bottes, il se laissa tomber au sol, tassé sur lui-même, la tête pendante. Constance demanda à ce que l'on appelle un médicastre, elle fut sévèrement rabrouée.

Rymanus avait enfin fini son éloge déclamatoire. Il fut salué d'un concert d'applaudissements auquel il répondit en adressant des saluts bienveillants.

Lorsque le calme fut revenu sur la place, il donna le signal. Le grand drap de soie nacrée fut enfin retiré pour dévoiler la statue. C'était bien Priam. Ses traits altiers et virils s'avéraient parfaitement retranscrits dans le marbre, de même que son aura de majesté. Il était représenté debout, les bras grands ouverts, le visage souriant, cordial, vêtu d'une tunique courte, de sandales, une tenue qui rendait parfaitement justice à sa puissante musculature.

De nouveaux applaudissements fusèrent, chaleureux, enthousiastes. Lorsque les battements de mains se furent taris, les enfants réunis autour de la statue entamèrent un *Te Deum*, la dernière partie de la cérémonie.

Le chant sacré s'éleva, ode véritable au timbre pur, cristallin, chargé d'émotion, porté par ces voix enfantines, propre à attendrir les plus insensibles des âmes :

À toi, Lumière, notre louange.
Nous t'honorons, siècle après siècle,
Nous célébrons ta gloire, Lumière.
Tu nous éclaires et nous protèges,
Notre espoir brille en toi.
Toi qui juges, guides et veilles,
Garde-nous du mal, garde-nous du démon.
Nous, tes filles et tes fils, tes enfants dévoués,
Nous te vénérons,
Gloire à toi, Lumière, à ta miséricorde sacrée.

La fin du *Te Deum* coïncida avec un lâché de colombes qui s'envolèrent dans une nuée de battements d'ailes. Tous les regards se dirigèrent vers le ciel immaculé dans lequel s'ébattait le ballet gracieux des oiseaux blancs.

C'était le moment idéal qu'attendait Rymanus. L'archevêque empoigna le sceptre noir qu'il gardait caché sous ses vêtements, veillant à ne pas être remarqué de l'assistance. L'objet pétri de magie était un tube de cristalune foncé, orné de petites pointes à chaque extrémité, parcouru d'éclats de mana fuligineux, nimbé d'un feu pourpre qui ourlait tout son pourtour d'un halo ténébreux. Rassemblant sa volonté, le prélat invoqua Ulqualöth.

Cellendhyll avait choisi le même moment pour agir. Il se redressa subitement, le regard clair, le maintien assuré. Les cordes censées l'entraver tombèrent d'elles-mêmes – mille mercis à Dulach qui avait accepté de participer à cette mascarade. L'Ange siffla entre ses dents et passa à l'attaque. Atteints tous deux à la gorge d'un double revers des tranchants de la main, les sicaires chargés de le surveiller s'effondrèrent en suffoquant. Dans la seconde qui suivit, deux sphères de verre lancées de l'arrière de l'estrade s'écrasèrent à quelques pas de lui, provoquant une épaisse fumée grise qui s'étendait pour couvrir le périmètre immédiat. Rathe avait apporté sa contribution, la seule que lui avait permis l'Adhan dans le plan qu'il avait concocté – il tenait à préserver les voleurs, ces derniers avaient assez payé de leur personne pour lui.

De son côté, Constance de Winter ne resta pas inactive. Elle empoigna la main du garde placé à sa droite, et le sicaire décolla cul par-dessus tête dans un vol plané incontrôlé qui le fit retomber à plat dos, inconscient. Le second sicaire tenta d'agripper la blonde. Elle le frappa du plat de la main, une frappe sèche en plein plexus solaire. Elle saisit alors le bras du moine-guerrier, partit en arrière, et le frappa d'un coup de botte ascendant qui l'envoya dormir à côté de son camarade. Tout en le lâchant, la jeune femme effectua un saut périlleux arrière et se réceptionna aux côtés de Cellendhyll.

La confusion régnait. L'arrivée d'Ulqualöth, sa silhouette densifiée à partir de sa propre fumée jaunâtre, qu'il lui servait de point d'ancrage, ajouta au désordre ambiant. La foule criait, les nobles dans les tribunes s'agitaient, hésitants sur la conduite à tenir, tandis que les sicaires de l'Orage accouraient pour monter sur l'estrade.

Ulqualöth était là, pas tout à fait réel, pas encore, ses mains griffues s'agitant déjà d'une férocité spasmodique qui ne demandait qu'à s'épancher. Il avança jusqu'au centre de l'estrade, devenu le point de mire de toute l'assistance. Son apparence impressionnante et la crête qui ornait le dessus de son crâne l'attestaient, un haut-démon ténébreux venait d'apparaître.

À quelques mètres de lui, juché sur son pupitre, la dextre enfoncée dans la large poche de sa robe, caressant le sceptre noir, Rymanus s'était préparé à donner ses ordres : lâcher le démon sur l'une des tribunes latérales, là où se trouvaient ceux qui devaient être sacrifiés ; le connétable Xavier, Cellendhyll l'Adhan, et tous ceux qui le gênaient.

Tout en essayant de masquer son geste, l'archevêque sortit l'artefact de sa poche et se tourna face au démon.

C'est alors qu'un nouvel intervenant, venu de fort loin, ruina les espoirs de grandeur et d'omnipotence de Rymanus, encore plus impitoyablement que ne l'eût fait Cellendhyll.

Plongé dans ses préparatifs d'assaut du Chaos, l'esprit du Roi-Sorcier des Ténèbres fut soudain distrait de ses plans. Le lien particulier qui l'unissait à son enfant, Ulqualöth, venait de le titiller avec insistance.

Le Père de la Douleur concentra sa volonté pour se connecter à Ulqualöth, la fit remonter encore jusqu'à l'artefact placé entre les mains de Rymanus qui tentait de le contrôler. Le Ténébreux effleura la conscience de l'archevêque, sans que ce dernier n'en soit alerté, et comprit aussitôt tout le parti qu'il pourrait tirer de la situation. Le moment qu'il attendait patiemment était venu. Il fit enfler sa présence éthérique à l'intérieur du sceptre, la fit grossir jusqu'à l'emplir tout entier. Soumis à cette pression incroyable, le sceptre noir explosa en mille fragments, brûlant sévèrement la main du prélat et, surtout, brisant le lien d'asservissement.

— Tue ! ordonna alors le Père au démon. Massacre les Lumineux !

Chapitre 68

Ayant retrouvé son libre arbitre, Ulqualöth se tourna aussitôt vers l'objet de sa fureur, son tourmenteur, cet humain arrogant qui avait osé le rendre esclave de ses désirs, lui imposer sa volonté.

Il s'exclama alors de sa voix puissante, audible de toute l'assistance :

— C'est toi qui m'as invoqué pour tuer les humains, toi qui trahis les tiens ! Tu as osé m'asservir, le moment est venu de payer !

Le démon étira son bras de manière quasi surnaturelle et saisit Rymanus par le cou. Frénétique, ce dernier frappa le bras de son agresseur, sans pour autant parvenir à défaire l'étreinte.

L'emprisonnant dans le carcan de ses bras épais, Ulqualöth ramena Rymanus à lui. Il ouvrit sa grande bouche qui s'étira au-delà du possible et mordit le visage du prélat jusqu'à lui en déchiqueter la figure. Puis tout en mâchant la chair humaine si goûtue, il lui arracha les bras et les jambes.

Rymanus mort, Ulqualöth se retourna vers les sicaires qui accouraient à la rescousse. Il jeta le buste de l'ecclésiastique sur eux et bondit dans la foulée. Il décima de sa puissance et de sa fureur les six gardes qui venaient sur lui, fracassant leurs os, déchiquetant leurs chairs, s'abreuvant de leur sang. Les armes ricochaient sur sa peau épaisse sans parvenir à l'entamer. Sa force supérieure faisait des ravages.

Terrifiée, la foule s'égaya dans une bousculade désordonnée, émaillée de cris de frayeur. Dans les tribunes la panique était pire encore, les nobles se bousculaient pour sauver leurs vies. Certains se jetaient directement du haut des tribunes, au risque de se casser une cheville, une jambe, ou le coccyx ; d'autres se piétinaient sur place, frénétiques ; d'autres encore étaient remontés tout en haut de leur perchoir, figés, osant à peine respirer, tremblant à l'idée que le démon les prenne pour cible. Un inconscient, même, osa sauter des gradins où il se tenait, directement sur le dos d'Ulqualöth. Ce dernier le saisit par le col, le jeta au sol et lui écrasa le crâne à coups de pied redoublés.

À l'écart du flux des angoissés, Vaillence et Quentin de Bérune s'emparèrent de Xavier, incapable de se mouvoir seul, et l'emmenèrent vers l'une des extrémités de l'estrade, à l'opposé des combats. Bien que manchot, l'ancien soldat qu'était Vaillence parvint à escalader la rambarde, à se laisser glisser le long d'un pilier de soutènement, à réceptionner le connétable que soutenait Bérune, et bientôt tous trois purent se mettre hors de danger immédiat.

En retrait sous l'une des tribunes du fond en compagnie de cinq de ses sbires en cuir noir, Siméus avait manqué le trépas atroce de son seigneur et maître. Il venait en revanche d'assister à la renaissance de Cellendhyll qui, à moitié caché par un nuage de fumée, venait d'éliminer ses deux gardes, puis d'en assommer deux autres, le premier d'un coup de tête, le second d'un coup de pied retourné.

L'Adhan n'avait pas vu le chevalier et son groupe, cachés sous le drap qui recouvrait leur estrade.

— Abattez-moi cet Adhan maudit ! ordonna le chevalier de Nilfær à ses hommes.

Les guerriers sortirent exécuter leur mission, longeant la paroi de bois qui constituait le dos de l'estrade, tentant de prendre l'Ange à revers.

Siméus avait décidé de sacrifier ses hommes. Guerrier redoutable, assassin de grand talent, il avait reconnu en l'homme aux cheveux d'argent l'un de ces prédateurs hors norme – cette fratrie peuplée de solitaires, vivants à la pointe du danger, à laquelle lui aussi prétendait appartenir – contre lequel ses hommes n'avaient aucune chance.

Ses guerriers approchaient de l'Adhan, mais Nilfær escomptait tout au plus qu'ils lui fournissent la diversion appropriée pour lui permettre de se glisser derrière Cellendhyll et de lui plonger sa dague dans le bas du dos.

Les coupe-jarrets de Siméus se préparaient à assaillir Cellendhyll. Mais ils n'avaient pas compté sur Constance. Alors qu'ils arrivaient à portée de l'Adhan, elle surgit du second rideau de fumée, bondit dans un saut carpé, se reçut sur le plat des mains, en chandelle, et tournoya sur elle-même, les jambes remontées en ciseaux.

Ses pieds frappèrent d'un mouvement circulaire, et deux séides s'effondrèrent, atteints à la pommette et à la tempe. Ayant fait un tour sur elle-même, la jeune femme se redressa d'un sursaut des reins. Elle para aussitôt un coup de dague, et le guerrier qui l'agressait n'eut jamais l'occasion d'en porter un autre : Cellendhyll fondit sur lui, saisit sa main armée à laquelle il imprima une clé arrière qu'il appuya jusqu'à lui briser le coude. Il poursuivit son assaut en lui remontant les testicules d'un coup de genou avant de conclure d'une manchette dans la nuque. Winter venait de feinter un autre garde, elle lui balaya les jambes et le frappa dans la foulée d'un coup ajusté derrière l'oreille. Cellendhyll déséquilibra le dernier des guerriers valides d'un coup de pied dans la cuisse pour l'étaler ensuite en lui balançant son avant-bras dans la gorge. D'un unique coup de botte en arc de cercle, il régla le compte des deux sicaires que Constance avait étourdis d'entrée.

Se tournant brusquement vers l'Adhan, celle-ci lui déroba un baiser sauvage.

Elle recula tout aussi vivement. Son visage commençait à s'ouvrir sur un sourire, il se ferma brutalement, figé en grimace.

Alerté par l'expression de la jeune femme, Cellendhyll tourna la tête. Jailli de nulle part, une dague pointée en avant, Siméus se ruait sur lui. L'Ange eut juste le temps de se déhancher. Il laissa passer la lame du chevalier le long de sa hanche et rabattit brutalement son coude contre ses côtes, bloquant ainsi le bras armé. Il saisit le poignet de Siméus de sa main gauche et appuya sur un nerf, entre le pouce et l'index, puis pivota du buste et remonta son autre coude pour le flanquer dans la mâchoire de son assaillant.

La dague tomba au sol mais Siméus, bien qu'ébranlé, riposta d'un coup de genou dans la hanche puis d'un autre du coude entre les omoplates de Cellendhyll. L'Adhan trébucha, parvint à retrouver son aplomb mais trop tard. Siméus s'était libéré.

— À nous deux, l'Adhan ! grinça le chevalier de Nilfær.

— J'avais hâte, Siméus, répondit l'Ange dans un ricanement de fauve. La dernière fois, tu as fui avant la fin de notre *discussion*.

La dague sombre ornait sa main gauche, confortablement nichée, comme venue d'elle-même.

— Il est à moi, ajouta l'Adhan farouchement à l'attention de Constance.

Celle-ci opina avant de reculer, prête à le couvrir si d'autres adversaires se présentaient.

Siméus leva sa senestre qu'il ouvrit face contre le ciel. Une lumière douce naquit dans le creux de sa main, prit de l'ampleur tout en se densifiant, s'étirant pour prendre une forme longue et droite ; l'épée de Foi dont la lame se parait d'un feu bleu.

Le chevalier lumineux s'estimait de force et de vitesse égales à celles de l'Adhan. Le surcroît d'allonge et de puissance que lui conférait son épée gorgée de mana le rendait d'autant plus sûr de vaincre qu'il gardait un bonus en réserve.

Le temps s'était figé autour des duellistes, comme souvent dans ce genre d'affrontement. Plus rien d'autre ne comptait qu'eux deux. De cet îlot provisoire de réalité tronquée, un seul en sortirait, vivant.

Fort de ses avantages, Siméus bougea le premier. Dans cet univers où même les couleurs s'estompaient, tout semblait aller au ralenti – il n'en était pourtant rien.

Nilfær traça un grand huit dans les airs, laissant fleurir une traînée de feu bleuté. Il frappa le parquet du pied pour se donner un élan supplémentaire et s'écrasa dans une feinte extrême destinée à embrocher son adversaire. Cellendhyll connaissait cette botte, il en connaissait également une des parades possibles. Il l'appliqua sans réfléchir, formé par de longues années de pratique. Il se cambra en arrière, posa une de ses mains en appui sur le sol, tourna son bassin sur le côté et remonta sa jambe gauche pour frapper le chevalier en plein visage. Ce dernier parvint à se tourner légèrement et la botte de l'Adhan ne l'atteignit qu'au creux de l'épaule, le renvoyant en arrière. Ils se redressèrent tous deux mais déjà Siméus revenait à la charge. Un ample moulinet de son poignet et sa lame surgissait en revers, formant une taille descendante. Cellendhyll cassa son buste sur le côté pour éviter l'attaque, Nilfær enchaîna d'un pas arrière, ramena son épée à hauteur de ses épaules et frappa d'un trait vertical. L'Adhan sauta en arrière. En touchant le plancher, la lame bleue fit grésiller le bois, lui infligeant un long sillon noirâtre et fumant. Siméus pesta. Il se remit en garde, sa lame devant lui. Il lança une nouvelle botte, feinte d'un assaut en pointe horizontale, feinte au visage, arc de cercle et frappe descendante vers la hanche droite de l'homme aux cheveux d'argent. Ce dernier échappa une nouvelle fois à l'épée, d'un pas latéral avant de briser l'élan du chevalier d'un coup de botte dans le genou.

Siméus le fit reculer d'un large revers à plat qui fendit l'air. Mais Cellendhyll se relança aussitôt à l'attaque, entamant une combinaison complexe qui s'achevait droit sur le nombril du chevalier. Siméus para in extremis et recula en position de défense.

Nilfær déchantait. En dépit de sa science du combat, l'Adhan esquivait la plupart de ses attaques, plus rapide que lui, plus talentueux, suffisamment pour faire échec à son épée. Alors le chevalier changea de tactique ; plutôt que de tenter un coup fatal, il se limita à donner de grands coups de sa lame, sur la droite et sur la gauche de l'Ange, se contentant de le faire reculer.

Siméus fendit encore l'air de deux diagonales successives. L'Ange ne pouvait que continuer à rompre, son arme était bien trop légère pour parer l'épée de son adversaire. Il finit par se retrouver acculé contre la paroi arrière de l'estrade.

Alors, le chevalier lumineux usa de son avantage secret. Une ride de concentration barra son front et un halo d'or pâle vint auréoler sa silhouette.

— Tu avais oublié mon bouclier d'esprit, cracha-t-il.

Les traits de l'Ange s'éclairèrent d'un sourire cruel :

— Je n'ai rien oublié du tout, énonça-t-il en agitant sa lame sombre. Et tu vas bientôt le constater en goûtant le baiser de ma Belle !

Se croyant à l'abri de sa magie, Siméus rassembla toute sa puissance et s'élança pour un assaut total, sa lame entraînée en arrière, brandie au-dessus de sa tête, animée par toute la force qu'il pouvait mobiliser.

Cellendhyll tourna sur lui-même à toute vitesse, laissant la lame adverse l'effleurer, finissant sa course sur la paroi de bois dans laquelle elle s'enfonça. Le chevalier fit un pas en arrière pour libérer son arme mais il était à présent trop engagé. L'Adhan se laissa tomber sur un genou pour stopper son propre élan et se releva aussitôt pour feinter un estoc à gauche, changer son arme de main et frapper à l'opposé.

Sa dague cloua Siméus de Nilfær au pubis puis l'éventra d'un impitoyable mouvement ascendant ; le bouclier d'esprit percé et dissous par le pouvoir de la Belle de Mort.

Siméus sentit un grand froid l'étreindre, d'abord dans son ventre puis dans tout son être. Ses forces le quittaient, aspirées hors de lui, happées par les mâchoires de la carnassière Camarde. Il contempla son estomac ouvert de part en part, ce qui s'en écoulait, il releva la tête pour croiser le regard farouche de l'Adhan qui le toisait. Ses yeux papillonnèrent. Il ouvrit la bouche pour parler. Une bulle de sang en sortit, puis un caillot entier. Nilfær s'écroula à genoux, livide, avant de basculer en avant. Quand il percuta le sol, c'était déjà un cadavre.

Les sons ambiants revinrent brutalement animer la conscience de l'Ange. La réalité s'imposait à nouveau. Et elle n'était pas brillante. Les bruits du massacre commis par Ulqualöth, les sicaires qui juraient ou hurlaient leur souffrance, les râles d'agonie, les prières désespérées, les cris de ceux qui tentaient de fuir… panique et destruction, maelström inique, tel était le ballet qu'imposait le haut-démon ; au centre de l'estrade, Ulqualöth poursuivait sa moisson de cadavres, inondant le plancher du sang de ses victimes, animé de sa colère dévastatrice.

Tous ceux qui passaient à sa portée périssaient. Le démon enfonça un crâne, faisant jaillir la cervelle de sa victime, une honorable douairière. Il arracha un bras, défonça un torse jusqu'à ressortir son poing griffu au travers, il renversa deux sicaires du même revers de bras, avant de leur piétiner le bas-ventre, de leur défoncer la cervelle.

Constatant l'horreur sanguinaire qu'avait invoquée Rymanus, cette abomination que le prélat avait lancée contre ses frères de race, le regard de Winter s'affermit, chassant l'effroi qui le dominait. Elle se ramassa sur elle-même et se rua vers le démon.

Rengainant sa dague sombre, Cellendhyll s'élança sur la même trajectoire. Autant il pouvait laisser la créature ténébreuse abattre ce félon d'archevêque, autant il se révélait incapable de le laisser s'attaquer à une femme comme Constance. Il pressentait que cette dernière n'était pas de taille à affronter un haut-démon au faîte de sa fureur. Il ne se demanda pas une seconde si lui-même l'était.

Le Père de la Douleur était aux premières loges. Par les yeux d'Ulqualöth, il voyait les visages défiler à travers les giclements de sang, incrédules, haineux, tous affolés. Les lèvres purpurines du Roi-Sorcier se retroussèrent sur un sourire gourmand en constatant le massacre infligé aux Lumineux. Sans bouger de son siège, sans avoir livré d'autres efforts que celui de sa volonté, il portait une terrible attaque à son ennemi abhorré, la Lumière.

Il se figea en reconnaissant brusquement Cellendhyll. Il réagit dans la seconde suivante. Se redressant sur son trône, il lança un ordre mental à Ulqualöth tout en lui décrivant l'Adhan d'une pensée impérieuse.

— Lui, celui aux cheveux d'argent. Ramène-le moi ! Tout de suite et vivant !

Ulqualöth brisa l'assaut de Constance, l'envoyant bouler contre la balustrade d'un revers de son avant-bras. Il se tourna vers Cellendhyll qui arrivait sur lui. Étendit une nouvelle fois ses bras, l'agrippa par les épaules et le ramena contre lui.

L'Adhan ne s'attendait pas à une telle force. Il ne put rien faire pour empêcher son adversaire de le tirer à lui. Trop tard pour dégainer. Bloqué par l'étreinte du démon, Cellendhyll le frappa au visage, une fois, deux, de toutes ses forces, de toute sa rage glacée. Ulqualöth rit grassement et continua de serrer.

Étreint par cette puissance supérieure, l'Ange se cambra, cogna encore, des deux poings serrés. Mais c'était déjà trop tard. Il perdit connaissance, emportant avec lui, juste avant de sombrer, une dernière image : celle de Constance qui tentait de se relever tout en le regardant, ses traits angoissés figés par un cri d'horreur.

Le Père contracta une nouvelle fois sa pensée, se servant du démon comme d'un focus. Une lumière noirâtre composée de filaments hachurés entoura Cellendhyll et Ulqualöth, puis ces derniers disparurent, happés par la magie impitoyable du souverain ténébreux.

Chapitre 69

Cellendhyll reprit conscience. Il était torse nu, enchaîné à un mur, les bras en croix, les jambes emprisonnées par des liens de cuir.

L'endroit était lugubre. Une cellule anonyme suintant l'humidité. L'éclairage venait d'un bloc de gemmelitte fiché au plafond.

L'Ange prit conscience de trois faits : le médaillon d'Arasùl chauffait contre sa poitrine, c'était même cette manifestation qui l'avait réveillé ; sa dague sombre lui avait été confisquée, mais il sentait sa présence assoupie dans la pièce d'à côté ; quelqu'un venait.

Il tira sur ses liens, en vain.

Deux minutes plus tard, la lourde porte de fer qui barrait la sortie s'ouvrit. Une haute silhouette entra, recouverte d'une robe de brocard pourpre à brandebourgs noirs, les traits cachés par une ample capuche. Impossible pourtant de ne pas reconnaître l'arrivant. Sa présence méphitique le trahissait. C'était bien lui, le Père de la Douleur, le pire des adversaires de l'homme aux cheveux d'argent.

Le Roi-Sorcier gloussa, traduisant la satisfaction qui l'animait tout entier :

— Bienvenue à Mhalemort, Cellendhyll de Cortavar. Mes efforts sont enfin récompensés… Comme tu peux le constater, tu es en mon entier pouvoir !

Le Père s'arrêta le temps de claquer dans ses mains, puis s'exclama :

— Ah, décidément, quel beau jour que celui-ci ! Au fait, pour que tu comprennes ma si bonne humeur, j'ai l'honneur de t'annoncer que j'ai lancé une invasion sur la Citadelle du Chaos… Oui, tu entends bien… D'ailleurs je dois te laisser, j'attends un rapport de mes officiers sur l'avancée des troupes. Je regrette de devoir différer notre tête-à-tête mais ce n'est que temporaire, fort heureusement. Je reviendrai bientôt t'annoncer la défaite des tiens, dès qu'elle sera consommée. Je te laisse réfléchir au sort que je te réserve ensuite. Tu m'as donné bien du mal et tu vas bientôt payer. Imagine le pire, et tu seras encore loin de ce que je vais te faire subir.

— Que me veux-tu au juste, Roi-Sorcier ? Depuis des années, tu me fais poursuivre par les tiens. Pourquoi ?

Le Père répondit d'un unique ricanement. Puis il quitta la pièce, salué des deux guerriers ikshites qui gardaient la cellule, et entreprit de rejoindre la salle des Conquêtes. Il traversa plusieurs couloirs, gravit plusieurs escaliers, longea plusieurs salles. Ceux qu'il croisait, gardes ou esclaves, uniquement, s'agenouillaient pour le saluer, remplis de déférence et de crainte. Plongé dans ses pensées, le Roi-Sorcier ne leur prêtait aucune attention.

Il avait renvoyé Ulqualöth sur le Plan démoniaque, et l'avait récompensé de ses services par une trentaine d'esclaves. Il l'eût volontiers gardé avec lui mais c'eût été risquer de contrarier un sort très particulier que le souverain ténébreux avait mis en place depuis longtemps, qu'il renouvelait chaque jour, indispensable à son règne. Il se frotta mentalement les mains. La capture inattendue de Cellendhyll de Cortavar était une réelle aubaine. Il n'aurait plus à s'inquiéter de la prophétie d'Arasùl qui le menaçait depuis des lustres. Il ne savait pas encore quel traitement il réserverait à l'Adhan mais c'était un réel plaisir d'y réfléchir. Le Père eut l'impression qu'il oubliait quelque chose d'important concernant l'Ange du Chaos, mais il ne voyait pas quoi. Quelque chose qui avait rapport avec leur confrontation précédente, lorsque l'Adhan avait infiltré Mhalemort pour délivrer cet espion du Chaos, Khémal. Quelque chose qui avait rapport avec une voix qui avait résonné dans sa tête à la mort de Rosh Melfynn. Évanescente, cette pensée s'évanouit d'elle-même tandis que le souverain se concentrait sur le présent : la conquête du Chaos.

Resté seul, Cellendhyll secoua une nouvelle fois ses chaînes. Il grogna d'une intense frustration. Un fait étrange se produisit tandis qu'il se laissait aller en arrière contre le mur. Le médaillon qui ornait sa poitrine réapparut, et Cellendhyll se rendit alors compte que durant tout l'entretien avec le Père de la Douleur, le bijou était resté invisible.

Les pensées se bousculèrent en lui, trop d'informations et d'éléments à digérer d'un coup.

Chapitre 70

Le Père de la Douleur entra dans la salle des Conquêtes, la traversa sans saluer et alla s'installer sur son trône. Rangés de part et d'autre de la grande table de pierre, les trois seigneurs de Guerre, Croc-de-Haine, Griffe-de-Sang et Berger-du-Massacre, attendaient son bon vouloir.

Le corps massif et musculeux de Croc-de-Haine était couvert d'une peau indigo, épaisse, granuleuse ; une toison noire et rase, qui exhalait une odeur musquée, poussait dans son dos, recouvrait ses épaules, remontait encore jusqu'à couronner l'arrière de son crâne. Ses pectoraux hors norme étaient sanglés d'un baudrier de verni noir, ses reins noueux couverts d'une jupette en cuir de griffon, et ses poignets ornés de bracelets de force en métal couleur d'émeraude. Sa corne frontale s'agitait de droite à gauche, faisant briller le rubis de son anneau nasal, alors qu'il penchait la tête, ses yeux globuleux braqués sur la carte de Streywen dont il étudiait encore les détails.

À la droite du chef de la harde, se tenait Griffe-de-Sang, l'hybride serpentère. Les traits reptiliens du seigneur étaient creusés par l'impatience. Il était le seul de sa race à posséder une paire d'ailes courtes à rayures cramoisies, sagement rangées dans son dos, hélas trop faibles pour lui permettre de voler ; le seul également à arborer ces reflets verts sur sa peau écailleuse. Pour seul vêtement, il portait un pagne taillé dans de la peau humaine, et comme bijou, un collier composé de doigts tranchés, certains frais, d'autres séchés, qu'il prenait et mâchouillait en guise de friandise.

Postée à l'une des extrémités de la table, figurait la reine de l'essaim des Mantes, Berger-du-Massacre. Comme à son habitude, elle se tenait le plus à l'écart possible de ses pairs. Il était impossible de dire ce que regardaient ses yeux à facettes rosées, ou de deviner le fil de ses pensées. Les antennes annelées de son front bombé pointaient, pour le moment immobiles hors de la capuche de sa houppelande de laine violette, destinée à recouvrir tant sa silhouette fine et voûtée que sa carapace de chitine mauve. De temps à autre, ses pinces sortaient de ses manches et claquaient dans le vide. De temps à autre également, la reine ouvrait sa bouche à plis, dévoilant une paire de mandibules dentelées qu'elle faisait crisser l'une contre l'autre, sachant pertinemment que ce grincement hérissait les nerfs de ses deux alliés.

Vêtu de son habituel costume de soie noire, Leprín était également présent, en retrait, à côté du trône.

Accrochées au-dessus de la table où figurait la carte de Streywen, pendaient trois pierres de contact ; elles permettaient la liaison directe avec les chefs de régiments. Des figurines de bois taillé symbolisaient les forces d'invasion, elles étaient avancées à mesure de la progression de ceux qu'elles représentaient.

Le légat prit la parole :

— Les derniers rapports indiquent que tout va pour le mieux, monseigneur. Nos troupes ont avancé plus vite que prévu. D'ici demain soir, elles devraient arriver en vue de la Citadelle. Plus tôt peut-être si elles se lancent dans une marche forcée.

— Parfait ! s'exclama le Père de la Douleur, qui n'avait pas songé à prévenir Leprín de la capture de Cellendhyll. Rien ne presse, inutile d'augmenter l'allure. J'avoue, cher Leprín que j'attends avec impatience la prochaine liaison. Cela ne devrait plus tarder. Au fait, je ne vois pas Estrée d'Eodh…

— Elle est effectivement en retard, rétorqua le légat. Voulez-vous que j'aille la chercher ?

— Non, inutile. Tant pis pour elle, elle va manquer notre triomphe mais peu importe. Il me suffit qu'elle soit là au moment où je ferai tomber les remparts de la forteresse du Chaos.

Chacun à leur manière, les seigneurs de Guerre exprimèrent un contentement égal à celui de leur maître ; même Berger-du-Massacre, pourtant peu démonstrative. Si dissemblables les uns des autres, et bien que rivaux, les Ténébreux réunis partageaient en cet instant rare la même confiance, la même excitation. Ils estimaient chacun avoir beaucoup à gagner de cette invasion dont ils se voyaient déjà victorieux. La supériorité flagrante de leurs troupes, l'effet de surprise, la magie que le Roi-Sorcier leur avait promise pour abattre les murs de la Citadelle chaotique… que de nets avantages. En vérité, chacun s'inquiétait bien plus des honneurs que risquaient également d'accumuler les deux autres seigneurs, que de l'ennemi.

La forêt de Streywen retenait son souffle. Répartis en files, arme à l'épaule, les Sanghs avançaient sur trois sentiers parallèles, les seuls qui s'offraient à eux au sein de l'épaisse canopée. Enfoncés sous les hautes frondaisons des arbres, les guerriers ténébreux étaient prudents mais confiants. Les éclaireurs qui devançaient le gros de la horde n'avaient repéré aucun signe de l'ennemi.

Fracasseur-d'Espoir, qui dirigeait les forces sanghs, était impatient d'en découdre. Il avançait en tête de son régiment, balançant sa lourde hache devant lui, taillant sans merci ou piétinant les herbes et les broussailles qui lui faisaient l'affront de barrer sa route. Dans sa main libre, reposait la pierre de gemmelitte qui lui permettait de faire ses rapports.

Quelque chose attira son attention, une trentaine de pas devant lui, une curieuse excroissance qui semblait collée en travers du tronc d'un grand chêne, au bord du sentier, et qui heurtait l'harmonie de la sylve.

Levant le poing, le colosse sangh ordonna l'arrêt de ses guerriers. Avec deux de ses meilleurs officiers, il se rapprocha. Il lui fallut une bonne demi-minute avant de comprendre.

L'excroissance qui l'avait interpellé de la sorte se révélait être le corps décapité de son éclaireur en chef, cloué à l'arbre par une série de pieux.

Fracasseur-d'Espoir n'eut pas le temps de donner ses ordres. Au-dessus des têtes ténébreuses résonna le claquement d'une corde que l'on tranchait, suivi du grincement du bois contre le bois. Crevant le plafond formé par l'épais feuillage des chênes, un gigantesque tronc d'arbre hérissé de pointes taillées tomba du ciel, son élan latéral orienté à l'aide d'une série de cordes. Le bélier faucha une dizaine de guerriers sanghs, brisant les corps et les vies. Déjà d'autres troncs surgissaient du haut des arbres, tandis que du même endroit jaillissaient une nuée de flèches.

D'autres Sanghs tombèrent, lardés de traits, fracassés ou empalés par les troncs géants. Les frondaisons étaient trop denses, ils ne voyaient rien de leurs adversaires, juste ces flèches sifflantes, trop vives, trop parfaitement ajustées pour être évitées. C'était comme si la forêt elle-même se défendait, crachant sa colère depuis la cime des arbres.

Le premier des cristaux qui pendait au-dessus de la table, celui qui correspondait au régiment des Sanghs, se mit à pulser d'un feu jaune. La communication s'établissait.

Le cristal clignota une dernière fois, signe que le contact était établi.

— Eh bien, Fracasseur-d'Espoir, quelles bonnes nouvelles as-tu à m'apprendre ? susurra le Roi-Sorcier, tout en se penchant en avant.

Il reçut pour toute réponse un hurlement violent qui le renvoya contre le dossier de son trône, tandis que le visage grimaçant du chef de troupe sangh apparaissait dans la gemme de communication.

— C'est un piège ! écuma Fracasseur-d'Espoir à travers le cristal, tandis que le bruit d'un combat intense se répercutait derrière lui. Sécurisez le flanc droit ! dit-il encore en s'adressant à ses hommes.

— Qui vous attaque ? Quel est leur nombre ? questionna Leprín.

— Impossible de le dire. Ils nous frappent depuis la cime des arbres… Des archers ! Je viens de perdre un quart de mes guerriers et nous n'avons pas encore repéré le moindre adversaire.

Ébranlé par ce retournement de situation, le Père de la Douleur rassembla ses pensées. Il finit par annoncer :

— Repliez-vous. Trouvez une position pour vous défendre et reprenez le contact.

Il avait donné ses ordres, tout en songeant que ses troupes étaient trop éloignées des portails de transfert à présent pour les rejoindre saines et sauves.

— Vous entendre, c'est obéir, mon roi, opina Fracasseur-d'Espoir.

Une flèche se ficha dans l'épaule du chef des Sanghs. Il l'arracha de sa chair d'un geste agacé, lâcha l'ordre de la retraite, et rompit le contact avec Mhalemort.

Les Ténébreux échangèrent un regard lourd d'inquiétude. Que signifiait cette soudaine embuscade ?

Mâche-les-Forts menait sa meute de Serpentères blancs et verts, serpentant fièrement à travers la canopée. Les grands reptiles remontaient une sente pointant au nord qui commençait à s'évaser jusqu'à déboucher sur une vaste clairière.

Au centre de l'endroit se tenait un homme. Assis sur le sol sableux, les jambes en tailleur, il portait une tunique verte rehaussée de petites feuilles brodées d'argent. À l'arrivée des Serpentères, il se releva nonchalamment. Sa chevelure était d'un blanc de neige, sa barbe courte d'un noir d'encre. Son regard assuré brillait d'un gris aux reflets dorés. Il était pieds nus.

Plus curieux qu'inquiet, Mâche-les-Forts fit avancer la moitié de sa troupe à découvert, sommant les autres de surveiller le sentier et ses alentours. Aucun ennemi ne fut repéré.

Le grand reptile blanc se rapprocha de l'humain jusqu'à pouvoir distinguer la gemme aux reflets bleutés qui perçait sa narine droite. Il s'immobilisa et donna l'ordre aux Serpentères verts qui le flanquaient d'aller entourer leur proie. Les Verts s'exécutèrent dans un crissement d'écailles, formant autour de l'homme un cercle grouillant et squameux, dans un concert de sifflements gourmands. Tenus à distance de leur proie par la seule volonté de leurs congénères blancs, les meneurs de meute, ils frémissaient d'impatience de pouvoir s'abandonner à leur appétit vorace de violence.

Mâche-les-Forts s'apprêtait à questionner l'individu sur sa présence ici. Il n'en eut pas le loisir.

— Vous n'êtes pas les bienvenus dans Streywen, lui asséna le duc Elvanthyell.

Le Serpentère avait enfin compris qui était son interlocuteur, le très connu archimage du Chaos. Sa raison désirait la capture du Puissant du Chaos, mais son instinct lui dictait de lui déchirer la gorge avant de goûter à la saveur de sa chair d'humain. Mâche-les-Forts décida que la capture lui rapporterait bien plus d'honneur ; on ne pouvait en effet trouver de prisonnier de plus haut rang en la circonstance.

Il n'obtint ni l'un, ni l'autre.

La chevelure d'Elvanthyell se mit à voleter, comme agitée par la brise. Le corps du souverain d'Eodh décolla du sol, tandis que ce dernier ouvrait largement les bras.

— Vous n'êtes pas les bienvenus, répéta-t-il.

Son dernier mot prononcé, il déchaîna son pouvoir.

L'assaut du Puissant pris la forme de filaments bleu cobalt qui fusèrent de ses doigts pour se métamorphoser en étoiles luminescentes. Au contact des étoiles de mana bleu, les carapaces d'écailles s'enflammèrent, provoquant des cris stridents de détresse, lorsque les chairs serpentères se mirent à grésiller, puis à cloquer, grillées par la chaleur extrême que leur infligeait l'archimage.

Le duc avait invoqué un large bouclier d'esprit qui apparut sous forme d'une bulle azurée. L'écran ne se contentait pas de protéger son invocateur, il enflammait également chacun des Serpentères qui osait le toucher, le transformant peu après en un petit tas de cendres.

Les étoiles bleues frappaient toujours les Serpentères qui se bousculaient en vain, elles frappaient et rebondissaient vers d'autres proies, toujours plus impérieuses, plus gourmandes. À deux mètres du sol, l'archimage se mit à tourner sur lui-même, balayant la clairière de son feu destructeur, l'arrosant de sa constellation meurtrière.

Les Ténébreux amassés dans la salle des Conquêtes n'eurent pas le temps de se concerter sur la première attaque et la conduite à tenir. Le second cristal palpitait à son tour.

La voix chuintante de Mâche-les-Forts se fit entendre dans un cri étiré, incompréhensible. Avant que le cri ne retombe, le cristal rougit comme chauffé à blanc, investi d'une force étrangère. Il explosa soudain en menus fragments qui allèrent éclabousser la carte de Streywen, renversant les figurines des envahisseurs.

Croc-de-Haine éructa, Griffe-de-Sang siffla, Berger-du-Massacre crissa, ses antennes agitées, Leprín serra les poings. Quant à leur maître à tous, il garda son immobilité mais sa contrariété muette valait un concert de jurons.

Pour ajouter à la confusion des Serpentères, ceux des leurs qui étaient restés en arrière surgirent en désordre, repoussés par une grêle de flèches crépitant du haut des arbres. L'arrière-garde s'écrasa contre les survivants de la clairière, provoquant un effondrement général.

Elvanthyell les consuma impitoyablement de ses étoiles ou de son bouclier, les uns après les autres. Les rares qui parvinrent à échapper à son mana fulminant furent abattus par ces flèches qui semblaient tirées de nulle part.

Pas un des reptiles, qu'il soit blanc ou vert, ne survécut.

— Vite, lança le Roi-Sorcier qui venait de sortir de sa torpeur, contactez immédiatement mon troisième chef de troupe !

Suivant son ordre de marche, le régiment des Mantes descendait toujours vers le sud, se frayant un chemin à travers fougères et broussailles. La reine des Mantes établit la liaison sans perdre la moindre seconde. Le visage de Xxiri'xsia, sa protégée, prit forme dans le cabochon de gemmelitte.

— Des nouvelles ! clama le Roi-Sorcier d'un ton pressant.

— Tout va bien, signifia une voix aigrelette formée par le cristal de traduction qui ornait le torse de la guerrière mante – la langue originelle des Mantes était incompréhensible pour leurs alliés.

— Bon, c'est déjà ça, soupira le Père.

Le hurlement d'un loup résonna en arrière-plan, issu des profondeurs de Streywen. Il fut bientôt repris par d'autres.

— On nous attaque ! glapit Xxiri'xsia.

Des fourrés qui encadraient la piste suivie par les guerrières-insectes, surgirent les grands loups de Streywen. Aussi hauts sur pattes que le plus haut des poneys, leur pelage gris fumé ondulait sous la pression de leur formidable masse musculaire et leurs yeux rougeoyants incendiaient l'horizon. Solitaires par nature, trois cent quatre-vingt-seize d'entre eux s'étaient pourtant rameutés pour défendre leur territoire ; répondant ainsi à l'appel impérieux d'Elvanthyell d'Eodh.

En rangs serrés, les loups se jetèrent sur les Mantes qui, submergées par le nombre et la fureur de l'assaut, ne purent résister à leurs griffes et à leurs crocs lacérant sans difficulté l'armure de chitine qui protégeait habituellement les guerrières de l'essaim. En formation de commando, les assaillants combattaient par groupes de trois ou quatre, déstabilisant leurs adversaires par une succession de feintes. Ils attaquaient ensemble et reculaient ensemble, se mettant hors de portée pour revenir à la charge quelques instants plus tard, surgissant d'une autre direction.

Les Mantes tentèrent bien de se regrouper, de faire front, mais les loups se révélaient trop vifs, esquivant ergots et pinces, ripostant avec une puissance supérieure, une adresse sans pareille, une intelligence meurtrière. Dès le début de leur attaque-surprise, ils avaient pris soin d'éliminer les insectes-officiers, reconnaissables à leurs tabards, privant les créatures ténébreuses d'une stratégie de défense convenable. Impressionnant, le nombre de cadavres dans les rangs des Mantes était tel que l'issue du combat ne faisait aucun doute.

Impuissants, le Roi-Sorcier et les siens ne purent qu'assister à une nouvelle déroute ; les guerrières de l'essaim se faisaient proprement massacrer. À cet instant, une masse de muscles renversa brusquement Xxiri'xsia et le contact fut rompu alors même que les hurlements triomphants des loups commençaient à jaillir de leurs gorges ensanglantées.

Un gémissement furieux monta du capuchon du Père de la Douleur, vite réprimé, modulé en un ordre implacable :

— Va chercher Estrée, Leprín. Amène-la-moi. TOUT DE SUITE !

Le légat se ruait déjà dans les couloirs ; son visage noir avait pâli sous la fureur de son maître. Jamais il ne l'avait vu ainsi.

Il dévala les couloirs jusqu'à arriver devant les portes de la suite. Les trois gardes gisaient sur le sol, braguettes ouvertes, membres dévoilés.

Le premier avait l'une des boucles d'oreille d'Estrée plantée dans l'œil, le second la gorge tranchée, et le troisième la nuque brisée. L'esclave gisait évanouie dans le salon, un hématome sur la tempe.

Leprín ressortit aussitôt, les poings serrés, il rugit le nom de la fille du Chaos et son cri se répercuta dans les couloirs de la forteresse.

Elvanthyell caressa doucement les épaules d'Aashti'kalkarn, le meneur des loups de Streywen. Allongé nonchalamment à quelques pas d'un charnier composé du régiment des Mantes, le guerrier lupin arborait un pelage anthracite. L'éclat rouge de son regard dégageait une surprenante aura de douceur tandis que la main de l'archimage passait et repassait dans sa fourrure.

— Bien joué, Estrée, murmura le duc. Tu as fait exactement ce que j'attendais de toi. Grâce à toi, le Chaos a contré les Ténèbres.

Aashti'kalkarn lâcha un grognement approbateur.

— Allons, Aashti', mon vieux compagnon, sourit Elvanthyell, il nous reste quelques Sanghs à retrouver, m'accorderas-tu ton soutien, cette fois encore ?

Le loup se remit sur pattes. D'un signe de sa mâchoire épaisse, il intima au seigneur du Chaos de monter sur son dos. Le duc ne se fit pas prier, il savait qu'Aashti' pourrait supporter son poids sans effort.

Le guerrier-loup, monarque d'un jour, leva la tête au ciel et hurla son cri de ralliement. Les siens réapparurent silencieusement du couvert environnant, prêts à répondre à sa volonté. En ce jour particulier, les loups de Streywen suivaient tous la même voie.

Aashti'kalkarn grogna ses ordres, invoquant une nouvelle chasse à mener. S'élançant sur un bout de piste, il n'attendit aucune réponse de ses congénères. Il savait bien qu'ils allaient suivre. Un loup de Streywen ne pouvait refuser ce genre de combat.

Aashti' courut à travers les bois tel le vent, précédant ses guerriers. Emporté dans une grisante galopade, Elvanthyell se mit à rire aux éclats.

Chapitre 71

Le médaillon d'Arasùl avait cessé de chauffer peu après le départ du Père de la Douleur et depuis il ne s'était plus manifesté. Cellendhyll échafaudait plan sur plan pour se libérer. Aucun ne valait plus qu'un crottin de poney au milieu d'un champ. Refusant de céder au désespoir, il continuait pourtant de réfléchir au moyen de s'évader.

Un choc sourd de l'autre côté de la porte mit fin à ses réflexions. Un autre choc, puis le silence.

La porte fut ouverte pour laisser apparaître Estrée, les traits figés par l'inquiétude.

Cellendhyll lâcha un profond soupir :

— Jamais je n'ai été aussi content de te voir.

— Tu vas bien ?

— À part le fait d'être enchaîné, oui. Mais comment… ?

— Plus tard.

Une clé à la main, la jeune femme déverrouilla le cadenas des liens qui retenaient l'Adhan, elle libéra également ses jambes.

De nouveau libre, Cellendhyll fit jouer ses muscles engourdis puis attira la jeune femme contre lui. Elle se lova dans ses bras de bon cœur. Ils échangèrent un baiser passionné, ferment de leurs sentiments respectifs.

— Tu as de la chance… souffla la fille du Chaos. Je me préparais à fuir Mhalemort lorsque je t'ai vu dans la grande salle, porté par une sorte de démon, tu étais inconscient. J'ai mis un peu de temps à te retrouver mais me voilà !

— Je suis ravi de te voir, tu le sais, mais ça fait deux fois que je te trouve dans la forteresse des Ténèbres, j'aimerais que tu t'expliques.

— Je comprends ta perplexité mais ce serait trop long à raconter maintenant. Plus tard, je te promets que je te dirai tout. Tu me fais confiance ?

— Évidemment.

— Il nous faut sortir d'ici avant d'être repérés. Le Roi-Sorcier doit me faire rechercher dans tout Mhalemort, je lui ai joué un bien mauvais tour.

— *Le Père de la Douleur, maintenant. Le trône d'os. Trouve-les*, scanda la Belle de mort pour la énième fois, inaudible d'Estrée.

— Non, je ne peux partir maintenant, répliqua l'Ange à la jeune femme. Cela fait des années que le Père cherche à me faire tuer, il est temps que je m'occupe de lui.

— Cellendhyll, il est trop fort pour toi, tu ne peux l'affronter !

— *Si, tu le peux*, répondit mentalement la Belle de Mort. *Tu le dois. Je t'aiderai*.

C'était la première fois que la Belle s'exprimait normalement et non plus par mots hachés.

— À ton tour de me faire confiance, Estrée. Ne t'inquiète pas, j'ai une arme secrète.

Ce refus de partir, ce désir affirmé de combattre, n'étonna pas la jeune femme. C'était bien dans la nature de son amant et c'était l'une des raisons pour lesquelles elle le respectait tant.

Ils quittèrent la cellule. Dans la salle adjacente, les corps des trois guerriers ikshites qui gardaient l'endroit étaient figés dans la mort.

— Le Roi-Sorcier se trouve sans doute dans la salle des Conquêtes, annonça Estrée, il supervise l'invasion de notre Plan.

— Oui, il s'en est vanté, hélas. Comment pourrons-nous résister aux armées ténébreuses ? Nous ne sommes pas assez nombreux.

— D'autres que nous ont la charge de défendre le Chaos, ils y sont préparés depuis longtemps. Mais pour sa part, le Père de la Douleur doit avoir avec lui ses trois seigneurs de Guerre, c'est trop dangereux.

— Es-tu avec moi, Estrée, combattras-tu à mes côtés ?

— Tu sais que je t'aime, Cellendhyll, comment pourrais-je te laisser affronter le danger seul ?

Il lui caressa la joue, son visage soudain adouci par la tendresse.

L'Adhan récupéra sa dague qui reposait sur une table le long du mur. Il examina les sabres dentelés des Ikshites avant de les reposer.

— J'ai besoin de m'équiper pour le combat.

— Je connais une salle d'armes deux étages au-dessus, je pense que je saurai t'y mener.

L'Ange tira les cadavres dans la cellule, dont il verrouilla la porte. Il se retourna sur Estrée :

— Comment se fait-il que tu connaisses si bien cet endroit ? Que fais-tu réellement ici, Estrée ?

— Je te l'ai dit, ce serait trop long à expliquer. Allez viens… Attention aux patrouilles.

Estrée sut mener son amant à destination sans croiser âme qui vive. L'armurerie n'était pas gardée, comme d'ailleurs de nombreuses zones de Mhalemort, trop vaste à présent pour les occupants ténébreux encore sur place.

Ils entrèrent dans une salle carrée de vingt mètres sur vingt, éclairée à l'aide de tubes de gemmelitte.

Étalées sur les murs, il y avait là toutes sortes d'armes. Épées à une ou deux mains, lames dentelées, haches à un ou deux tranchants, lances à barbillons, dagues diverses, masses et marteaux de guerre…

Cellendhyll commença son examen.

— *Tu n'auras pas besoin d'autres armes que moi*, assura la Belle de Mort.

— *J'espère que tu es sûre de ce que tu avances, dague*.

— *Oui. Bientôt tout sera révélé*.

Estrée s'équipa, s'emparant d'un sabre effilé, d'une dague de jet et d'un poignard. Elle préféra conserver sa liberté de mouvement, et donc ne pas s'encombrer d'une armure de mailles.

— Il y a un choix pléthorique et tu n'en prends aucune ? s'étonna-t-elle à l'égard de son compagnon. Tu n'as que cette dague pour affronter les Puissants ténébreux ? C'est avec elle que tu espères les abattre ?

— Cette dague justement est très particulière, Estrée, c'est l'arme secrète dont je te parlais. Elle suffira.

— Je l'espère.

La jeune femme n'était pas convaincue mais il ne lui venait pas à l'idée de contredire sur ce terrain celui qu'elle considérait comme son élu. Après tout, c'était le meilleur guerrier de sa connaissance, meilleur même que le défunt seigneur des Conquêtes ténébreux, Empaleur-des-Âmes. On ne demande pas à un guerrier de cette trempe de justifier le choix de ses armes.

Quant à ce qui se passait sur le Plan chaotique, elle n'y pouvait plus rien, il était donc inutile d'y songer, et surtout pas au moment où elle s'apprêtait à affronter le pire des dangers aux côtés de son bien-aimé.

Cellendhyll se détourna momentanément de sa compagne. Son attention avait été attirée par l'un des coins de la salle. Une série de chevalets d'exposition y avaient été dressés, surmontant chacun une *armure-crocs*.

Tiens, tiens, se dit l'Adhan qui s'avança vers elles.

Il y en avait trois. Les deux premières croulaient sous la poussière, manifestement oubliées, vestiges des guerres passées.

La dernière, en revanche, un peu à l'écart, entourée d'un cercle d'ombres, se distinguait du lot. Son apparence était irréprochable, contrairement aux autres. Elle semblait l'appeler avec une ferveur secrète, recelant une promesse intense que ne pouvait ignorer l'Ange.

Son cuir épais était taillé dans de la peau de requin, laqué de rouge-sang ; l'armure-crocs se hérissait d'une série de crochets de métal acéré qui lui donnaient son nom. Convenablement utilisées, ces excroissances au tranchant redoutable infligeaient les plus effroyables blessures. C'était bel et bien une arme et pas seulement une armure protectrice.

Cellendhyll la passa sans attendre, morceau par morceau. Une fois assemblée, elle gainait ses membres, son torse, reins compris, ses épaules, et le dos de ses mains. Elle lui allait parfaitement, avant même qu'il n'ait à refermer les lacets d'ajustement. C'était comme si elle avait été faite pour lui et lui seul, prête à le soutenir dans son défi.

L'ingéniosité de celui qui avait créé cette armure-crocs – elle différait des autres par une conception bien plus moderne, avait remarqué l'Adhan – était manifeste. Bien que hérissé de toutes ces dents métalliques, Cellendhyll pouvait bouger sans éprouver la moindre gêne. Il devrait juste calculer ses mouvements, en contrôler l'élan afin de ne pas se blesser, mais il s'en estimait tout à fait capable. Il ressentait déjà l'armure comme une seconde peau.

— Eh bien, sourit Estrée d'un air appréciateur, dans cette tenue, aucun risque que je te réclame un câlin !

Le visage de l'Adhan s'adoucit :

— Je sais que je te fais courir un grave danger, Estrée, mais je suis heureux de ta présence à mes côtés.

— Arrête avec ça. Je t'ai déjà tout dit à ce sujet. Je suis là, pour toi, et rien d'autre ne compte.

Tous deux parés, ils quittèrent la salle d'armes.

Maurice apparut d'une flaque d'ombre, près de l'endroit où se trouvait l'armure-crocs. Toujours grand et mince, les cheveux blond paille, l'énigmatique individu arborait cette fois une paire de bésicles cerclées d'or.

— C'est tout ce que je peux faire pour t'aider, Hors-Destin. Depuis Valkyr, je suis surveillé de très près. J'aurais voulu faire plus que cette armure mais c'est chose impossible. Chacune de mes actions directes laisse une trace dans l'Éther et je ne peux en prendre le risque. J'ai trop souffert la dernière fois…

Tandis qu'il parlait, ses mains s'agitaient devant lui, comme pour appuyer les propos qui composaient cet étrange monologue.

— Quel beau couple vous formez tous deux, poursuivit-t-il. Quel gâchis ! Ah, que mon maître se montre cruel avec vous !

Maurice termina sa tirade d'un long soupir d'où filtrait une peine sincère.

Il se releva et dressa les bras au-dessus de sa tête. Sans qu'il esquisse le moindre mouvement, son corps se mit à tourner sur lui-même, lentement tout d'abord puis de plus en plus vite. Ses membres se nimbèrent de petites étincelles, ses yeux prirent une teinte dorée. Maurice virevolta encore et encore, embrasé totalement de cette lumière chaude.

Devenu tourbillon d'énergie, spectre de lumière, héraut d'un pouvoir mystérieux, il disparut.

Chapitre 72

Encadré de six guerriers ikshites aux jaserans laqués de noir, une dague à la main, Leprín parcourait salles et couloirs de la forteresse. Il avait convoqué tous les hommes qu'il avait pu trouver pour les lancer à la recherche d'Estrée. Mais, immense, la place forte ténébreuse offrait trop de cachettes potentielles. Incapable d'imaginer qu'Estrée puisse diriger ses pas vers la salle des Conquêtes pour se livrer à une confrontation directe avec le Père, Leprín avait ordonné aux deux tiers de ses gardes de se focaliser sur les zones les plus désertées de Mhalemort.

Tout en foulant la pierre, le légat ruminait son ressentiment à l'égard de la fille d'Eodh.

Le royaume était en train de subir une défaite aussi effroyable que rapide. Les troupes d'invasion étaient manifestement tombées dans un piège. Bien qu'en surnombre, elles avaient succombé à des attaques préparées, dont l'origine ne faisait aucun doute. En fait, comprenait le légat, les Ténébreux avaient été vaincus avant même de mettre le pied sur les terres ennemies. Ils avaient été vaincus bien avant, de l'intérieur. Par une seule et unique personne. Estrée d'Eodh. C'était elle qui avait manœuvré de main de maître, conduisant les régiments du Roi-Sorcier droit vers la défaite. Pire encore, elle l'avait trahi, *lui*, Leprín… Et dire qu'il avait cru la dominer, la manipuler ! Qu'il pensait que, grâce aux informations fournies par la jeune femme, il allait pouvoir offrir le royaume chaotique à son maître révéré. Qu'il serait nommé régent du Chaos, maître d'Estrée… Quelle illusion ! Infâme, cruelle, la réalité se révélait soudain bien amère à digérer.

L'amour passionné que Leprín éprouvait pour la fille du Chaos fut étouffé par une vague de haine qui le faisait trembler.

Je vais la tuer mais, avant, elle souffrira dix mille morts !

Les traits déterminés, l'allure souple, Cellendhyll et Estrée avançaient dans Mhalemort.

— *Le Roi-Sorcier. Le Trône*, scanda une nouvelle fois la dague sombre avec une sourde insistance.

L'arme vibrait légèrement. Prête elle aussi. Plus encore même que les deux amants humains. La Belle de Mort attendait cette confrontation depuis si longtemps. Elle se mit à fredonner tout au fond de l'esprit de Cellendhyll, à peine audible :

Instrument du courroux de celui qui n'est plus,
son souffle sera justice,
et ses mains, la mort.
Il avancera, le Sang-Né de Lumière,
avec pour seule armée le courroux
de l'arme qui n'en est pas une.

Le Roi-Sorcier bouillait. La trahison manifeste d'Estrée l'empêchait de clarifier ses pensées. Il hésitait sur la conduite à tenir. Il pouvait encore espérer que

Fracasseur-d'Espoir sauve une partie de ses hommes. Il disposait toujours de ses escadrons ikshites qu'il avait prévus comme forces de réserve et qu'il pouvait envoyer à la rescousse des Sanghs. Mais si les trois régiments avaient été ainsi surpris, c'est que ceux qui les attendaient s'étaient préparés à une invasion. Envoyer les Ikshites au risque de les perdre aussitôt ne ferait qu'aggraver la situation. Il lui fallait pourtant prendre une décision.

Après réflexion, il donna l'ordre que les escadrons se mobilisent devant les portails. Prêts à partir. Mieux valait attendre le prochain rapport de Fracasseur-d'Espoir avant de décider – ou pas – l'envoi de troupes supplémentaires. Lui-même se tenait prêt au besoin à refermer les téléporteurs. Il ne manquerait plus que les guerriers du Chaos investissent Mhalemort, ce serait le comble du ridicule pour le monarque.

Six guerriers ikshites suivis d'un mage ténébreux avançaient dans l'un des nombreux couloirs de Mhalemort. Un mouvement au bout du passage attira leur attention. Une femme, elle fuyait. Ils s'élancèrent pour la capturer. La course de la fugitive les amena dans une grande antichambre soutenue de piliers. Estrée disparut derrière l'un deux. Les gardes se divisèrent pour passer de chaque côté de la colonne de pierre. Estrée recula une nouvelle fois derrière un second pilier. Les Ikshites se regroupèrent, avancèrent encore. Ils n'étaient plus pressés, ils savaient que la porte au fond de la pièce était bloquée par un éboulement qui s'était produit de l'autre côté, quelques années auparavant, sans que l'endroit ait jamais été déblayé.

Mais cette fois, c'est Cellendhyll qui jaillit de derrière le pilier, droit sur eux, et les guerriers se rendirent compte bien trop tard qu'Estrée avait servi d'appât. L'Ange se servit de son armure-crocs. D'un simple haussement d'épaule, il défonça le menton d'un Ishikte, d'un revers du bras, il en énucléa un autre. Son genou remonta, ouvrant l'entrejambe d'un troisième, son coude jaillit dans une courbe ascendante, et frappa l'homme placé derrière lui, lui cisaillant le cou jusqu'à la glotte. Il croisa ses bras et les rouvrit brutalement, en diagonale. Les crocs fichés à ses avant-bras déchirèrent les torses des deux derniers guerriers. Cellendhyll acheva l'un d'eux d'un coup de genou qui lui perfora le foie, et l'autre d'un revers qui lui déchiqueta le visage.

Le mage était resté en retrait. Il apparut sur le côté d'une colonne, plongeant sa dextre dans sa poche à sang. Il la ressortit sanguinolente et incanta. Une masse de filaments pourpres jaillit de ses doigts, volant en direction du dos de l'Adhan.

Estrée hurla :

— Derrière toi !

Cellendhyll se retourna d'un bloc, juste à temps pour parer l'attaque magique. La Belle de Mort aspira le jet destructeur du mage, puis, maniée par l'Adhan, qui s'était rapproché en trois bonds, elle lui ouvrit un deuxième sourire en travers de la gorge, profitant de son trépas pour s'abreuver de ses fluides.

En guise de remerciements, Cellendhyll adressa un hochement de tête à l'attention de sa compagne. Il était focalisé sur l'action, sur les combats qu'il lui restait à livrer, il ne pouvait se montrer plus explicite.

Ils tirèrent les dépouilles ténébreuses derrière un des deux piliers du fond et repartirent par où ils étaient entrés.

Quand ils le pouvaient, ils évitaient l'affrontement, Cellendhyll préférant économiser ses ressources en vue de la confrontation finale avec le Roi-Sorcier. Et lorsque ce n'était pas possible, l'Ange se lançait alors dans l'un de ses assauts mi-furieux, mi-calculé, dont il avait le secret. Les Ténébreux qui s'opposaient à son avancée tombaient les uns après les autres. L'armure-crocs faisait des merveilles, il se servait à peine de sa dague sombre. La Belle de Mort ne paraissait pas s'en offusquer. Elle aussi semblait réserver ses forces en prévision d'un dénouement qu'elle recherchait depuis si longtemps.

Estrée n'avait pas grand-chose à faire, hormis achever ceux que l'Ange avait laissés au bord de l'ultime gouffre. Et les blessures infligées par les crochets de l'armure se révélaient la plupart du temps si terribles qu'elle n'avait parfois même pas le temps de donner le coup de grâce.

Ils avaient pénétré dans une salle qui formait un long rectangle de quarante mètres de long. Ils arrivaient au milieu de la pièce lorsque, de trois portes latérales, s'écoula un flot de guerriers scarifiés, le torse recouvert d'un jaseran noir, de lourds sabres dentelés au fourreau. Ils étaient une soixantaine, en route pour le grand hall où les avait convoqués le Roi-Sorcier.

Les deux groupes se toisèrent. Ricanants, les Ikshites dégainèrent lentement leurs lames et firent un pas en avant. Il était trop tard pour reculer. Si Estrée et lui fuyaient, ils se feraient vite rattraper et massacrer, succombant sous le nombre. La seule issue était de les affronter, ici et maintenant.

— Dague, tu m'as promis ton aide, c'est le moment de faire quelque chose.

— Je suis là, répondit la Belle dans un souffle.

Dans la grande main de Cellendhyll, la dague devint floue, réitérant un processus que l'Adhan avait appris à reconnaître. Elle s'allongea, s'élargit pour adopter la forme d'une hache de guerre à double tranchant, avec un manche légèrement incurvé ; les tranchants, le manche et la poignée étaient noirs. Au cœur de la double lame, cependant, palpitait un feu rouge sombre. Comme toujours, l'arme présentait un équilibre parfait qu'il éprouva en quelques rapides moulinets.

Les Ikshites cessèrent un temps d'avancer, surpris par la métamorphose, par le désir d'en découdre qui luisait nettement dans les iris verts de celui qui leur faisait face et qui ne montrait aucune crainte. Toutefois, leur flagrante supériorité numérique les conforta et ils reprirent leur approche.

— Ne te mêle pas de ça, Estrée. C'est mon combat.

— J'obéis, mais n'espère pas que ce soit toujours le cas, répliqua la fille du Chaos.

Elle sourit, déterminée à n'envisager que la victoire face à cette horde acharnée à leur perte.

Cellendhyll répondit à son sourire mais il semblait ailleurs, transporté dans un univers où seule la survie comptait. Il avait eu le temps d'invoquer le Zen, idéal pour affronter cette multitude. Tout en se plongeant dans le monde bleuté régi par la transe guerrière, il se rua au-devant de ses ennemis. Ces derniers ne s'attendaient pas à une action aussi brutale. Ils réagirent avec un temps de retard.

Un rictus sauvage aux lèvres, l'Ange du Chaos se fraya un chemin dans leur masse. Sa hache s'élevait, retombait de droite à gauche, composant de larges arabesques, gracieuses et redoutablement efficaces. Chaque touché, parfaitement exécuté, fusait droit au but, sans que jamais il ne freine son élan, sans que jamais il ne perde l'équilibre. La forme qu'avait choisie la Belle de Mort se révélait parfaite pour perpétrer son œuvre habituelle : abreuver dame la Mort d'offrandes. Outre les ravages que provoquait sa hache, l'Adhan frappait également à l'aide de ses crochets, usant de toutes les parties de son corps renforcées par l'armure pour apporter la dévastation chez l'adversaire.

Happés eux aussi par la frénésie qui animait l'Ange, les Ténébreux avaient totalement délaissé Estrée, qui s'était prudemment retirée derrière un pilier.

En esprit, Cellendhyll percevait la présence de chacune de ses cibles, si nombreuses fussent-elles, silhouettées d'orange. Elles semblaient se mouvoir au ralenti tandis que lui était devenu vif-argent. La hache noire chantait entre ses mains.

Sa première attaque, une longue course à travers ses ennemis, projeta dans l'Oubli un tiers de ses opposants. Arrivé au bout du contingent, l'Adhan repartit dans l'autre sens, frappant inlassablement. Les Ikshites avaient peur de lui à présent, et cela se traduisait dans leurs mouvements. L'Ange ne les en décima que mieux, lui ne ressentait ni doute ni frayeur et sa lame sombre lui communiquait la force supplémentaire dont il avait besoin, chantait sa joie carnassière, maniée par la main si sûre de son complice.

Liés par un étrange pacte, ils communiaient tous deux sur un mode unique, tels des amants de toujours ; amants exaltés, déchaînés, implacables, amants de connivence et de dévastation. Si la fille d'Eodh avait su que la Belle de Mort était dotée d'une conscience, elle eût pu en éprouver de la jalousie car en ce moment précis, Cellendhyll, son Cellendhyll, et son arme étaient en parfaite communion.

Jamais la lame magique n'avait charrié autant de puissance, elle qui s'était gorgée du sang, des âmes, voire de la magie, de ceux qu'elle avait défaits, tout ce pouvoir qu'elle avait patiemment accumulé au fil des années avec son détenteur, et qu'elle relâchait en ce jour.

Elle murmurait une partie de la prophétie, en sourdine, sans distraire la concentration de Cellendhyll qui entendait la litanie sans s'y arrêter.

Il avancera, l'Homme aux deux souffles,
le Hors-Destin.
Ni la Mhalepierre, ni les hordes de Zélion
ne pourront l'arrêter.
Les mignons de l'Apostat tomberont à son contact,
touchés par
l'auréole d'une pleine fureur.

Sans s'en rendre compte, l'homme aux cheveux d'argent dansait au son de cette gigue sanglante qui avivait ses gestes d'une pointe supplémentaire de férocité.

Le Zen était là, également, son vieil allié. Immergé tout entier dans le monde bleuté, l'Ange avait des yeux derrière la tête, devançant, déjouant les mouvements tournants, les tentatives d'encerclements, les assauts frénétiquement lancés. Il savait qu'il aurait à payer pour l'usage si intense qu'il faisait de la transe guerrière mais il s'en moquait ; sans elle, il aurait déjà succombé.

Il avait délaissé la ligne droite pour adopter une trajectoire circulaire. Les rangs des Ténébreux continuaient de se clairsemer. Cellendhyll reçut quelques coups, plus chanceux qu'adroits, qui ricochèrent sur son armure, et la douleur resta bloquée dans un recoin de sa conscience. Elle n'éclaterait qu'une fois le Zen évanoui.

À force de s'abreuver des fluides énergétiques ténébreux, sa lame avait pris une teinte uniformément rouge. Elle faisait voler les têtes, tranchait jambes et bras, fendait des ventres ou des entrejambes. Quelle que fût sa forme, la dague sombre devenait lame de sang.

Les crocs de Cellendhyll déchiraient, lacéraient, perforaient toute chair à leur portée. Alliés providentiels, armes absolues, ils ruisselaient de l'hémoglobine jaunâtre des Ténébreux.

L'Ange ne marquait aucune pause dans ses assauts ; tant qu'il bougeait, il était impossible à cibler. Par moments, même – il avait la lucidité de s'en rendre compte –, la Belle de Mort prenait le contrôle, insufflant son propre élan, sa volonté devenue inaltérable, tout cela dans le rythme de l'action. À son tour, Cellendhyll devenait alors – tout en restant conscient – l'extension de sa lame, un appui solide, un instrument complice et parfait.

Les Ténébreux tombaient toujours. Les uns après les autres, démembrés, arrachés à la vie, leurs chairs profanées, s'écroulant en criant, en geignant, ou en silence, en sang, toujours, vaincus, sombrant dans l'Oubli.

Le Chaos et sa mystérieuse alliée s'opposaient aux Ténèbres et les Ténèbres s'effondraient.

Cellendhyll fit une dernière fois voler sa grande hache, formant une diagonale ascendante. Mais la botte en huit qu'il achevait ne toucha que l'air. Celui qu'il visait venait de s'effondrer d'une frappe antérieure. C'était le dernier des soixante guerriers ikshites.

L'Adhan quitta la transe, et la fatigue le gifla aussitôt, le faisant vaciller. Le contrecoup se révélait terrible. Le corps secoué par une vague de lassitude extrême, il se cassa en avant et vomit un peu de bile.

Estrée qui s'était jusqu'alors tenu à l'écart du combat, s'empressa de le rejoindre, l'aidant à se redresser :

— Tu es épuisé, Cellendhyll. Tu dois te reposer.

Il se laissa conduire hors de la salle encombrée de cadavres, le long d'un couloir mal éclairé, jusqu'à franchir un croisement et atteindre une alcôve taillée dans la pierre à l'arrière d'un escalier qui disparaissait dans l'ombre. Un endroit retiré, relativement sûr pour y effectuer une pause.

Estrée aida son amant à quitter l'armure-crocs avant de le faire s'allonger, la tête posée sur ses propres cuisses. Elle caressa son front, admirant sa beauté rude, un peu inquiétante.

Quel incroyable combat tu as livré sous mes yeux, mon Ange ! Jamais je n'aurais imaginé qu'un tel exploit soit possible. Tu n'as vraiment rien d'un guerrier ordinaire, c'est même à se demander quelles sont tes limites…

Ignorant des pensées de la jeune femme, mais baigné de sa tendresse, de sa simple présence, apaisé par son toucher, Cellendhyll s'assoupit.

Estrée se garda bien de sombrer dans une torpeur similaire. Elle craignait trop d'être la proie de nouveaux cauchemars. Profiter de leur havre momentané pour veiller sur son homme, le contempler tranquillement était une option nettement plus séduisante. Son cœur éclatait d'amour pour lui.

Cellendhyll avait fini par se réveiller au terme d'une heure de sieste. Il se sentait bien mieux. Il prit le temps de remercier Estrée, l'enserrant dans une étreinte plus douce que passionnée. Puis il se redressa et remit son armure en place.

Ils repartirent. Selon Estrée, ils approchaient de la salle des Conquêtes. Plus que trois couloirs à remonter. Cellendhyll se préparait pour un dernier combat. Le Roi-Sorcier, les trois seigneurs de Guerre. Si le Zen lui était interdit pour le moment – un nouvel accès de fatigue l'aurait cette fois terrassé –, il pouvait recourir au Hyoshi'Nin, mais le Ressenti Pur ne devait pas être gaspillé et il préférait le garder pour infliger le coup de grâce au Père de la Douleur… pour autant qu'un tel exploit fût possible.

— *Dague*, dit-il intérieurement, *j'ai besoin d'une épée.*

Quelle que fut sa forme, pour lui, la Belle resterait toujours une dague et c'est ainsi qu'il s'adressait à elle.

— *D'accord*, répondit l'arme étrange dans la foulée.

La Belle de Mort entama une nouvelle transformation. De hache, elle devint épée. Et quelle épée ! L'Ange sentait qu'il tenait à présent une arme de légende. La lame au double tranchant arborait sur toute sa longueur une teinte rubis, qui avait remplacé le noir, sa couleur habituelle. De taille moyenne, elle pouvait s'empoigner indifféremment par une ou deux mains. Le quillon était court, offrant une excellente latitude de mouvement dans les diagonales, la pointe très légèrement incurvée – juste ce qu'il fallait –, bien effilée, ne cédait en rien à un effet de style mais, tout au contraire, procurait une efficacité intransigeante. Le nouvel avatar de la Belle comportait même un butoir haut, léger, proche du manche, ainsi qu'un butoir bas, destinés tous deux à asseoir une parade.

S'il avait dû s'imaginer une arme idéale, il ne serait pas parvenu à un autre résultat que celui-ci, en aucun point. Plus encore que la hache, cette épée était parfaite, l'extension naturelle de ses bras, il le ressentait déjà, rien qu'à l'empoigner.

— Finalement, je n'ai rien à redire sur ton arme, décida Estrée. Elle te convient parfaitement…

Chapitre 73

Cellendhyll posa la tête au ras du sol, à l'angle du couloir et repéra, au fond du nouveau passage, les portes qui barraient la salle des Conquêtes. Devant, se tenait la garde rapprochée des seigneurs ténébreux : deux Sanghs, trois Serpentères blancs et deux Mantes.

Finalement, il lui restait un assaut à livrer avant d'affronter le roi des Ténèbres. Un de plus, un de moins, au fond, cela ne changeait rien. L'issue en serait la même, s'il avait voix au chapitre.

— Cette fois, tu dois me laisser prendre part au combat, lui murmura Estrée au creux de l'oreille. Je ne supporte plus de te suivre sans rien faire. Je suis une guerrière moi aussi, j'étais avec toi sur Valkyr, j'y ai survécu, ne l'oublie pas.

— Soit. Tu prends ceux de gauche alors, les trois Serpentères. Je m'occupe des Sanghs et des Mantes.

La dague de jet d'Estrée traversa le couloir en sifflant pour aller terminer sa course dans la gorge d'un Serpentère. Ce dernier s'effondra, agité des contractions spasmodiques de l'agonie.

Les deux guerriers du Chaos, le Hors-Destin et la fille d'Eodh, les amants que le destin avait décidé de maudire même s'ils l'ignoraient encore, s'élançaient déjà.

Estrée avait accumulé la tension des combats sans vraiment avoir l'occasion de s'en épancher. Elle débordait d'une énergie qu'elle avait hâte de libérer. Précédant leurs intentions, elle se jeta au-devant des Serpentères, qu'elle accabla de moulinets rageurs de son sabre, d'assauts feints, de bottes vicieuses. En réponse, les écailleux agitaient leurs tulwars, ces sabres à la lame très incurvée, qu'ils maniaient avec plus de puissance que d'adresse.

Le premier des Serpentères à pouvoir véritablement riposter le fit en opposant une contre-attaque avec élan, matérialisée par un coup de taille descendant. Estrée effectua un coup d'arrêt sur la lame du tulwar qui la menaçait. Avant d'enchaîner d'un relevé en torsion de la pointe de son sabre qui balafra en travers le visage du Serpentère. D'un entrechat sur le côté, elle échappa à la pointe de l'autre sabre destiné à lui harponner les reins. Dans son mouvement, Estrée frappa la lame adverse à plat pour la renvoyer en arrière. Le sabre de la jeune femme réalisa un ovale dont l'achèvement vint cueillir son adversaire sur le haut de sa queue sur laquelle il se dressait. La chair écailleuse se déchira alors que la lame d'Estrée s'enfonçait en elle, se frayant un passage, découpant muscles et tendons. Privé de son appui, le Serpentère tomba en avant. Estrée bondit à nouveau de côté, tout en relevant les bras. Empoigné à deux mains, son sabre exerça un mouvement de faux, d'une amplitude extrême, avant de retomber pour trancher la tête de l'écailleux et l'envoyer rouler sur les dalles de granit qui recouvraient le sol.

Un autre reptile surgit alors sur la gauche d'Estrée, balayant l'air de son tulwar. Elle trébucha en voulant l'éviter. Le Serpentère se courba en avant dans une fente avant appuyée, les bras tous deux tendus devant lui. La fille d'Eodh retrouva brusquement son équilibre et le grand Blanc comprit qu'il venait de subir une feinte. Estrée l'avait parfaitement manœuvré, son élan était trop puissant pour qu'il l'infléchisse.

Profitant de l'ouverture, la jeune femme se glissa sous le coude droit du Serpentère et lui donna un coup vicieux qui remonta l'épingler dans le creux du bras ; l'emplacement du cœur pour les écailleux.

Tandis qu'Estrée affrontait les créatures reptiliennes, Cellendhyll arrivait à portée de ses propres adversaires. Il débuta son assaut par une feinte de départ à droite destinée à les faire réagir.

Comme il s'en doutait, Mantes et Sanghs n'avaient pas l'habitude de combattre ensemble. Ils bondirent tous en direction de la feinte, subitement emmêlés, se gênant mutuellement ; les Sanghs par leur masse, les Mantes par leurs gesticulations saccadées. L'Ange retrouva son sourire sauvage et s'élança au milieu de ce désordre.

L'avant-bras de Cellendhyll zébra de ses trois crocs le torse de la première des guerrières de l'essaim, cette dernière fut projetée en arrière sous l'impact. La seconde des Mantes perdit du temps à contourner un des Sanghs qui lui bouchait la vue. L'autre des colosses ténébreux leva sa hache qu'il rabattit d'un bras puissant. Devenue l'épée parfaite, la Belle de Mort para l'estoc de la lame sangh, qu'elle repoussa en arrière. Elle amorça une volte étirée, mais ô combien rapide, qui trompa la défense de son adversaire, avant de traverser son armure de maille et de lui ouvrir la panse de haut en bas. Ensuite, Cellendhyll pivota d'un demi-tour sur lui-même, relevant sa longue lame juste à temps pour contrer un coup de hache destiné à lui fendre le crâne. Bloquant l'arme dans le butoir haut de son épée, il frappa du genou, le remontant pour planter le crochet qui s'y fichait dans l'aine du second des Sanghs. Ayant stoppé la menace de l'acier, son épée poursuivit son élan dans une diagonale descendante qu'elle termina en allant mordre la chair de sa proie, dont elle entailla profondément le flanc. Le Sangh jura, obligé de rompre. Cellendhyll bascula en avant et releva sa botte en équerre ; la Mante qui parvenait enfin à portée, par-derrière, fut percutée dans le milieu de la jambe. La chitine céda devant la puissance du coup porté et, son élan brisé, la guerrière-insecte s'effondra pour aller s'empêtrer dans le cadavre du premier Sangh.

Sa congénère revenait à la charge, tandis que le Sangh encore en vie, faisant preuve de la résistance propre à sa race, changeait son arme de main et avançait pour une nouvelle tentative.

L'Ange et la Belle les accueillirent tous deux d'un unique mouvement fluide, tissé de leur alliance, arabesque à la fois simple et complexe, animée d'une impulsion sublime. L'ardeur déployée par l'homme et son arme était telle, le tranchant de l'épée rouge si déterminé, que la lame découpa ses victimes au niveau des hanches, les traversant si implacablement qu'elle les tronçonna en deux morceaux distincts, séparant torses et jambes.

Laissant les quatre moitiés gesticuler dans les affres de l'agonie, Cellendhyll se retourna aussitôt pour vérifier que la fille du Chaos allait bien. Cette dernière achevait le dernier des Serpentères d'une frappe habile sous l'aisselle.

— Tu es bien celle que j'attendais, Estrée, souffla Cellendhyll. Et je ne m'en rendais pas compte… Je me sens libre de t'aimer. Désormais le passé est mort, Devora définitivement oubliée.

Il avait parlé trop bas pour qu'elle l'entendît. L'expression chaleureuse qu'elle lui adressa, tout en posant son regard sur lui, aurait pourtant pu signifier une sorte de tacite reconnaissance.

Chapitre 74

Ils prirent le temps de souffler. L'épaisseur de la double porte semblait avoir étouffé les bruits du combat. Nul n'en sortit.

Conscient du dénouement inéluctable qui se profilait avec le Père de la Douleur, conscient enfin de ses sentiments réels à l'égard de l'héritière d'Eodh, Cellendhyll se tourna vers elle, son regard de jade caressant la jeune femme. Il souffla :

— Moi aussi, Estrée…

— Toi aussi quoi ?

— Moi aussi, je t'aime.

C'était là une affirmation nette. D'émotion, la jeune femme porta la main à sa bouche. Sinon, elle en aurait crié de joie. Car ce qu'elle aurait considéré comme un énorme fantasme quelques années auparavant, à l'époque où l'Adhan ne la regardait même pas en dépit de ses efforts pour se faire remarquer de lui, ce fantasme était devenu réalité. Estrée eut une brève pensée pour Lhaër, sa meilleure, sa seule amie, tuée par les Sang-Pitié sur Valkyr.

— Je ne sais pas ce qui nous attend de l'autre côté de ces portes, mais jamais je ne me suis sentie autant à ma place qu'en ce jour, révéla-t-elle, ses traits altiers marqués par la détermination. Toi et moi, Cellendhyll, *jusqu'au bout*. Et si je dois mourir aujourd'hui, à tes côtés, je le ferai comblée.

— Nous n'allons pas mourir, Estrée, je ne le permettrai pas. Je suis venu pour vaincre, rien d'autre. Garde l'esprit clair et tout ira bien. Mais n'oublie pas, quoi qu'il arrive, surtout, ne t'interpose pas entre le Père et moi.

Elle opina sagement.

— Tu aurais fait une Spectre parfaite, Estrée, tu en as largement l'étoffe.

Cellendhyll se pencha et, très délicatement, prenant soin de ne pas la toucher de ses crocs de métal, il baisa ses lèvres.

C'est peut-être notre dernier baiser, il doit être le meilleur d'entre tous, songea Estrée, l'espace d'une seconde, avant de s'oublier dans le réconfort que lui offrait la bouche de son amant.

Chapitre 75

Le Roi-Sorcier et les seigneurs restaient figés devant la table de réunion, oppressés par un silence de plus en plus pesant. Ils attendaient toujours un rapport de Fracasseur-d'Espoir. Sans savoir que ledit rapport ne viendrait jamais : Aashti'kalkarn venait de le décapiter avant de lui dévorer le cœur. Pendant ce temps, Elvanthyell achevait d'incinérer les derniers Sanghs de ses étoiles de feu bleuté. Pas un des envahisseurs ne survivrait à cette journée de maraude dans Streywen.

Le Père dut tout de même ressentir l'échec total que lui infligeait le Chaos. Il agrippa les bras de son trône, se tassa sur lui-même et poussa un long cri où se mêlaient la rage, l'incompréhension, et peut-être même le doute. Le son produit n'avait rien d'humain, il secoua la moelle des seigneurs de Guerre qui n'osaient plus bouger en dépit de leur puissance, aussi effrayés que des enfants.

À cet instant, les portes de la salle des Conquêtes explosèrent avec fracas, pulvérisées par le feu rougeoyant que venait de cracher la Belle de Mort.

— Je ne dérange pas au moins ?

La silhouette de Cellendhyll se découpait dans l'embrasure, couverte du sang des Ténébreux. L'Ange tenait son épée rouge en main, son regard de jade renforcé d'une colère glacée. Toisant l'assistance ébahie des Ténébreux, il fit doucement tourner sa lame entre ses mains et avança dans la pièce, d'un pas résolu.

Jamais de sa vie, il n'avait paru aussi inquiétant, aussi prédateur.

— Lui ? Comment… ? s'étouffa le Roi-Sorcier. Tuez-le ! ordonna-t-il dans la foulée aux seigneurs de Guerre. Tuez-le sans attendre !

À peine eut-il lancé son ordre, le Père invoqua son pouvoir. De sa bouche grande ouverte, de ses yeux cachés par son capuchon, jaillirent des traits de mana noir qui fusèrent en direction de l'Adhan. Aussitôt, l'épée qu'était devenue la Belle de Mort irradia d'un éclat pourpre qui attira à lui l'ichor noir sécrété par le Père, l'attira pour mieux l'engloutir.

Une voix surgit dans l'esprit du Roi-Sorcier :

Je suis là, Elberakym. Je suis venu pour toi !

Secoué intérieurement par cette manifestation spectrale qui véhiculait une haine si intense à son égard, le souverain s'affola. Devenu frénétique, il appuya sur l'accoudoir droit de son trône, cherchant un mécanisme précis. Il finit par le trouver. Le sol se déroba sous le trône d'os et le siège disparut subitement, escamotant avec lui le roi des Ténèbres. La dalle qui avait basculé reprit sa place première.

Cellendhyll n'eut pas le temps de pester contre cette fuite imprévue. Quittant la table des cartes, les seigneurs de Guerre se ruaient sur lui.

Croc-de-Haine agitait la grande hache de bataille qu'il avait décrochée de ses larges épaules, Griffe-de-Sang brandissait deux longues dagues légèrement courbes et Berger-du-Massacre faisait claquer ses grosses pinces dentelées.

Cellendhyll arbora son sourire de fauve. Tout en se répétant qu'il devait garder l'usage du Hyoshi'Nin pour affronter le Père de la Douleur, il se lança à la rencontre de ses adversaires.

Le Rédempteur sera le vent et la tempête,
Il sera l'arme du châtiment.
Il brisera la lignée des seigneurs félons,
châtiera le Honni.

Chapitre 76

Les trois guerriers ténébreux marchaient sur Cellendhyll, dans une approche désordonnée. Une voix hardie les apostropha :

— Alors, bande de lâches, vous pensiez pouvoir me garder prisonnière ? Eh bien, venez à moi à présent, venez tâter de mon acier !

La fille d'Eodh n'avait crié ainsi que pour affirmer sa présence et détourner temporairement l'attention des adversaires de l'Adhan. La ruse fonctionna à moitié, car Berger-du-Massacre délaissa l'homme aux cheveux d'argent pour la charger, se débarrassant de sa houppelande en cours de route.

— Va aider Berger à tuer la femme, je contiens celui-là jusqu'à ce que vous reveniez m'aider à le finir, éructa Croc-de-Haine.

Au lieu de suivre le bon sens, le Serpentère fit le contraire de ce que lui proposait son allié et rival. Il resta focalisé sur l'Ange.

Ils arrivaient sur lui, Croc-de-Haine à droite, Griffe-de-Sang sur la gauche. L'Adhan se déplaça sur la droite, latéralement, de manière à placer le chef de la harde sangh entre l'écailleux et lui-même.

Ses deux adversaires obliquèrent dans sa direction mais le mal était fait. La masse du Sangh était si imposante que le Serpentère perdrait un temps précieux à le contourner.

Cellendhyll jouait une nouvelle fois sur la rivalité qui animait ses adversaires. Le Sangh et le Serpentère le combattaient tous les deux, mais chacun de son côté.

Sans se soucier de son comparse, Croc-de-Haine brandit sa hache à double tranchant, arme que l'Adhan aurait eu du mal à soulever plus haut que la ligne de ses pectoraux. Le Sangh la fit tourner sans effort au-dessus de sa tête avant de la renvoyer brusquement dans une oblique dirigée droit sur le buste de l'Ange. Cellendhyll sauta en arrière, laissant la hache si puissamment maniée écorner le sol. L'arme se ficha dans la pierre et le Sangh en perdit l'équilibre.

Cellendhyll le laissa passer devant lui. Histoire d'augmenter son déséquilibre, il lui gifla la nuque du pommeau de son épée. Puis il bondit sur la droite, en diagonale, abaissa son épaule et percuta le Serpentère blanc qui arrivait à portée, le touchant en plein torse, les crochets de l'armure déchirant sa chair au passage. L'Adhan recula d'un pas, tout en relevant sa lame en un arc de cercle ascendant. Il avança à nouveau et son épée rouge trancha l'une des oreilles pointue de Griffe-de-Sang, lui arrachant un glapissement de souffrance, brisant momentanément ses velléités guerrières. Mais Croc-de-Haine revenait déjà à la charge. Un moulinet descendant et la hache du Sangh retombait lourdement. Cellendhyll interposa sa lame mais le choc fut effroyable. Le meneur de la harde charriait tant de puissance qu'il éprouva l'impression d'avoir les bras arrachés de ses épaules. L'Ange ne pouvait résister à une attaque de plein fouet de ce type d'adversaire, le Sangh se révélait trop colossal pour qu'il lui oppose sa propre force.

Sa vitesse en revanche restait un atout. Sa science du combat également. Avant que Croc-de-Haine ne puisse tenter un nouvel assaut, l'Ange feinta un estoc sur la droite, partit sur la gauche tout en remontant son genou droit, dont le croc déchira la cuisse du chef de harde sur presque toute sa longueur. Cellendhyll poursuivit son mouvement en pivotant sur lui-même, et de ses crochets fixés sur son avant-bras brusquement détendu, il entailla profondément la joue de Croc-de-Haine. Il termina sa volte en relevant le talon surmonté d'un autre croc qu'il planta dans le genou du Sangh avant le retirer d'un geste sec. Il paracheva le tout d'un coup de botte arrière qui désarçonna le guerrier ténébreux, éclaboussé de sang jaune.

L'Adhan avait agi juste à temps pour répondre à une nouvelle menace. Griffe-de-Sang revenait dans son champ de vision. L'hybride serpentère lacéra l'air d'un ciseau de ses dagues mais Cellendhyll avait changé de place. D'un bond preste, il se repositionna sur le flanc droit de la créature écailleuse qu'il assaillit d'un revers de lame en diagonale haute. Une aile proprement sectionnée, Griffe-de-Sang mugit une nouvelle fois sa souffrance tout en reculant hors de portée. Estimant que, finalement, il s'avérait plus sage de s'attaquer à Estrée, le grand reptile se glissa dans sa direction.

Ce changement de stratégie n'échappa pas à Cellendhyll mais Croc-de-Haine revenait l'engager au pas de course, fouettant l'air de sa hache furieuse.

Tandis que son amant affrontait les deux Ténébreux, la fille d'Eodh s'était lancée dans un duel tout aussi âprement engagé. Plusieurs passes furent disputées, chaque fois dominées par Estrée, et chaque fois son sabre rebondissait sur la carapace de chitine de Berger-du-Massacre – carapace épaissie par de nombreuses années d'existence. Le temps de trouver une stratégie appropriée, la jeune femme délaissa l'agressivité pour adopter un style plus défensif, dégaina son poignard en renfort, se contentant de parer les coups de pince, d'esquiver les barbelures et les ergots de la Mante.

La reine de l'essaim semblait avoir pris l'avantage. Feintant un mouvement en taille de sa pince droite, elle frappa de la gauche, dans un estoc dirigé droit sur le bas-ventre d'Estrée. Celle-ci intercepta l'attaque en croisant ses lames devant elle, emprisonnant la pince au passage. Elle releva vivement sa main armée de son poignard et frappa d'un ample revers qui trancha presque à ras l'une des antennes de Berger-du-Massacre. Cette dernière exprima son calvaire d'un crissement aigu. La tête brusquement tordue sur le côté, elle semblait avoir un subit problème d'équilibre ; une gelée violette s'écoulait de son moignon d'antenne.

La reine n'en continua pas moins à multiplier ses assauts. L'une de ses pinces claqua avant de piquer vers le visage d'Estrée. Cette dernière se baissa, avança d'un pas, lâcha sa lame courte pour empoigner son sabre à deux mains, et riposta en l'abattant sur le flanc gauche de son adversaire. La jeune femme toucha au niveau des côtes, la chitine résista à l'acier mais l'impact était tel que la reine fut projetée sur le dallage. À terre, la Mante pivota sur elle-même tout en remontant sa jambe tendue. L'ergot fiché sur son talon vola en direction d'Estrée. Cette dernière glissa en voulant l'éviter et chuta à son tour. Berger-du-Massacre se relevait déjà, elle combla l'écart qui la séparait de l'héritière d'Eodh, leva un pied et le rabattit vers sa victime, tel un pilon. Estrée roula sur le côté pour éviter l'ergot. La reine des Mantes la poursuivit, bien décidée à la piétiner. Estrée continua de se tourner sur elle-même mais elle avait perdu l'avantage. Elle tenta bien de faire tomber la Mante d'un coup de pied à l'arrière de son genou mais la reine de l'essaim avait retrouvé une trop bonne assise.

La fille d'Eodh n'avait plus la force d'esquiver. Du coin de l'œil, elle entrevit Griffe-de-Sang qui se rapprochait d'elle, ses traits reptiliens étirés d'un mauvais sourire qui dévoilait sa langue bifide. Elle se retrouvait cernée.

Cellendhyll affrontait toujours Croc-de-Haine, virevoltant autour du colosse sangh, le harcelant de son épée au feu pourpre.

Berger-du-Massacre frappa une nouvelle fois de son ergot qui claqua contre le sol. Dotée d'une énergie frénétique, la Mante s'acharnait, il lui suffisait d'un coup au but pour défoncer le sternum de sa proie. Estrée savait qu'elle était perdue. Elle invoqua son seul recours possible : la pierre shaad'dûh qui ornait son cou. La gemme matérialisa son pouvoir sous forme d'un écran inviolable argenté qui entoura la jeune femme. Le sort défensif, toutefois, ne durerait pas plus d'une minute. Berger-du-Massacre devait s'en douter car la reine continua de frapper de ses pieds hérissés d'ergots, interdisant à la fille du Chaos de se relever, de s'échapper, attendant patiemment que cesse le pouvoir du bouclier d'esprit. Griffe-de-Sang arrivait à portée, plus que trois pas et il pourrait participer à la curée.

— Cellendhyll ! cria Estrée dans l'urgence.

À grand-peine, l'Adhan venait d'éviter une frappe en biseau de Croc-de-Haine destinée à lui trancher le bassin. Alerté, il tourna la tête vers la femme de son cœur. Il vit aussitôt à quel point sa situation était désespérée.

Galvanisé par la détresse d'Estrée, Cellendhyll invoqua le Hyoshi'Nin. La grâce parfaite l'emporta aussitôt dans cet univers de simplicité où l'acte idéal, absolu, supplantait la pensée et toutes ses contingences.

Sans savoir comment, Cellendhyll se retrouva subitement à côté de son aimée, toujours allongée sur le dos et toujours vivante.

Campée de l'autre côté d'Estrée, Berger-du-Massacre contemplait sa carapace fendue sur toute sa longueur, ses viscères en train de se disperser en corolles sur le dallage. Griffe-de-Sang était répandu sur le sol, un peu en arrière, la tête séparée de son corps disloqué. Quant à Croc-de-Haine, il était tombé à genoux, figé dans la mort, louchant sur la lame de sa propre hache que l'Ange avait plantée en plein milieu de son front et sur laquelle coulait le jus de sa cervelle.

La reine des Mantes releva une pince, qu'elle fit claquer une dernière fois, geste futile, avant de s'effondrer comme un pantin aux fils tranchés.

Les seigneurs de Guerre ténébreux avaient vécu.

Quitté par le Ressenti Pur, l'homme aux cheveux d'argent n'avait aucun souvenir de ce qu'il venait d'accomplir. Le résultat lui convenait parfaitement, en revanche. Il s'empressa de relever Estrée. À cause de son armure-crocs, il ne pouvait, hélas, pas la serrer dans ses bras.

— Ça va, Estrée ?

— Oui, un instant, j'ai cru que c'était fini. Puis tu m'as sauvé. Tu es mon héros adoré…

— Je ne suis pas un héros, ronchonna l'Adhan.

— Mais si, voyons. Tes exploits l'attestent.

Cellendhyll préféra changer de sujet :

— Où a bien pu fuir le Père de la Douleur ? Il faut le retrouver avant qu'il ne lance sa contre-attaque.

— Allons voir dans la salle des Fumées, c'est là qu'il se terre, d'habitude.

Il passa devant elle pour sortir de la pièce, et elle lui claqua une fesse au passage – l'un des rares endroits qu'elle pouvait toucher sans s'entailler la peau.

— Mon héros ! souffla-t-elle d'une voix malicieuse.

Chapitre 77

À la tête de ses propres guerriers scarifiés, Leprín revenait d'une des zones les plus éloignées du cœur de Mhalemort. Il se dirigeait à présent vers la salle des Conquêtes. Jusqu'à présent, il avait reporté le moment fatidique où il devait apprendre à son roi qu'Estrée s'était échappée. Il avait espéré la récupérer sans perdre trop de temps mais il ne pouvait différer plus longtemps son rapport.

Il arrivait au bout du dernier couloir. Il avisa aussitôt les dépouilles de la garde rapprochée des seigneurs ténébreux. Avec ses hommes, d'un pas prudent, il entra dans la salle des Conquêtes. En ressortit peu de temps après, l'esprit agité.

Estrée n'avait pu venir à bout de tous ces guerriers à elle seule. Quels alliés avait-elle bien pu trouver à Mhalemort ? Des commandos du Chaos infiltrés, peut-être. La mort des seigneurs de Guerre était une mauvaise nouvelle à court terme mais une excellente à moyen et long terme. Le légat ne put réprimer un sourire, qu'il cacha de sa main. Enfin, il était débarrassé de ceux qu'il considérait comme des félons. En revanche, l'idée que des commandos ennemis puissent parcourir les couloirs de Mhalemort le glaça. Le mieux était de rejoindre son seigneur, de vérifier que ce dernier allait bien, et de décider avec lui d'une riposte appropriée.

Le Père n'était plus dans la salle, ni son trône. Cela signifiait que, quelle que fût la nature des assaillants, il avait su leur échapper. Et Leprín savait où il aurait une bonne chance de retrouver son maître.

— Il y a quelqu'un dans le couloir d'à côté, murmura Cellendhyll qui s'était immobilisé.

Le couple du Chaos avait rebroussé chemin. En sortant de la salle des Conquêtes, ils avaient pris à droite au premier croisement. Mais Estrée s'était trompée, le long passage en arche qu'ils avaient suivi les avait menés à une salle de garde remplie de guerriers ikshites. Provoquer un combat que l'on pouvait éviter eût été la pire des erreurs, Cellendhyll le savait bien. Momentanément, l'Ange ne pouvait plus recourir ni au Zen ni au Hyoshi'Nin. Il était plus que jamais temps d'économiser ses forces car le Père de la Douleur incarnait toujours le pire des dangers.

Ils revenaient donc au carrefour initial, décidés à choisir un itinéraire moins fréquenté, lorsque l'Ange s'était alerté d'un bruit suspect.

Estrée longea le mur et passa prudemment la tête à l'intersection, pas plus d'une seconde, avant de la retirer.

— C'est Leprín et six gardes, chuchota-t-elle. Je t'ai empêché de le tuer sur Valkyr mais les circonstances ont nettement évolué. Tu peux l'éliminer si tu veux, il n'a plus d'importance pour nous à présent.

— C'est une proposition fort tentante mais pour le moment, j'estime qu'il nous sera plus utile en vie.

— On fait comment alors ? questionna la jeune femme.

Cellendhyll leva sa grande main et, de l'index, lui caressa la joue :

— Ma douce, tu fais un si bel appât…

Leprín et ses guerriers remontaient le couloir. Estrée déboucha du croisement en courant. Elle marqua un temps d'arrêt. Reconnaissant le légat, son visage s'éclaira :

— Leprín ! Le Chaos soit loué, tu es là !

Sans attendre la réaction du Ténébreux, elle s'élança jusqu'à lui, se jeta dans ses bras et s'écria :

— Oh, Leprín, si tu savais… C'était affreux !

Stupéfait, Leprín ne comprenait pas. Tout en la repoussant, il ordonna à deux de ses Ikshites :

— Allez vérifier le bout du couloir.

Revenant sur la jeune femme, il cracha :

— Nous avons été trahis, nos troupes se sont fait décimer, les seigneurs de Guerre ont été abattus et tu veux me faire croire que tu n'y es pour rien ?

— Leprín, réfléchis deux minutes, tu me vois vaincre les trois seigneurs de Guerre et faire fuir ton maître ?

Le légat prit le temps de répondre :

— Non… Mais alors qui…

— Tout s'est passé si vite, le coupa Estrée. J'étais dans la salle avec le Père et les seigneurs, les portes se sont fracassées… Alors *il* est entré, si menaçant. Il a aussitôt défié le Père et les seigneurs de Guerre…

Il était clair que Leprín ne savait plus quoi penser et ses gardes étaient suspendus aux lèvres de la jeune femme, les yeux toutefois fixés sur ses seins, qu'elle avait généreusement décolletés avant de sortir du couloir.

Tout en leur parlant, Estrée pivotait sur elle-même, s'adressant à chacun des Ténébreux, captant ainsi l'attention de tous. Elle recula insensiblement de manière à ce que tous lui fassent face, tournant ainsi le dos au couloir. Captivés, ils ne se rendaient pas compte que leurs deux camarades ne rentraient pas de leur exploration, que celui qui venait vers eux, d'un pas silencieux, le corps hérissé de crochets, une dague luisante d'un feu rubis dans la senestre, n'avait rien d'un ami.

— … le Roi-Sorcier a craché son feu noir, poursuivait Estrée, mais il l'a absorbé avant de bondir sur les seigneurs. Le Père a fui… Moi, je m'étais cachée sous la table. L'autre a ensuite massacré Croc-de-Haine, Griffe-de-Sang et Berger-du-Massacre. Il y avait du sang partout, c'était horrible !

— Qui a pu abattre les seigneurs et faire fuir mon maître ? Parle ! s'impatienta Leprín.

— Qui ? Lui ! asséna Estrée dont le regard s'était figé sur un point situé derrière les Ténébreux.

Ces derniers se retournèrent sur Cellendhyll. Le temps qu'ils réagissent, il était déjà en mouvement.

Estrée en profita pour frapper Leprín dans le creux du plexus solaire, puis, tandis qu'il se pliait en deux, asphyxié, elle l'assomma d'un coup de coude dans la nuque.

L'Adhan avait déjà éliminé deux des guerriers, le premier en lui brisant les vertèbres, le second en lui pulvérisant la trachée. Le troisième s'effondrait déjà, le genou broyé, la gorge lacérée par les crocs de son armure. Le dernier eut les côtes défoncées d'un fouetté du pied avant que l'Ange ne lui empale sa Belle de Mort dans la gorge.

Cellendhyll rengaina sa dague et rejoignit aussitôt le légat, qu'il gifla pour le ranimer tandis qu'Estrée reboutonnait son pourpoint de cuir.

— Bien joué, Estrée, ils n'ont rien vu venir.

Leprín reprit douloureusement conscience. L'Adhan le renversa sans ménagement. Tandis que le Ténébreux s'effondrait en avant, l'aiguillon de sa queue se redressa en sifflant et fusa vers le bas-ventre de l'Ange. Estrée intercepta l'attaque en plein vol, tranchant l'aiguillon d'un revers de son sabre qu'elle venait de dégainer. Leprín gémit alors que son sang jaune maculait les jointures des dalles de granit.

L'Adhan l'agrippa par le col de sa chemise, déchirant à moitié la soie noire, et le tira contre lui. D'une voix glacée, il lui ordonna :

— Conduis-nous sans tarder à la salle des Fumées et par la voie la plus directe ! Tu nous serviras d'otage, et si, en chemin, tes guerriers tentent de nous arrêter, tu leur ordonneras de nous laisser passer. Sinon je te tue. Maintenant, presse-toi, ou je te recoupe le nez.

Chapitre 78

Ils ne croisèrent aucune patrouille. Le légat ténébreux les avait conduits sans traîner et sans tenter quoi que ce soit jusqu'à la salle des Fumées. Cellendhyll se servit du Ténébreux comme d'un bélier pour ouvrir les portes, le projetant à travers elles. Après avoir involontairement repoussé ces dernières, le légat s'écrasa lourdement dans la salle.

Il se redressa à moitié et jeta un regard venimeux à l'Adhan, un autre à Estrée, encore plus intense de ressentiment.

La salle aux contours mal définis avait un sol en marbre noir, légèrement brillant, gravé d'une circonvolution de minuscules runes. Haute de plafond, elle semblait vide. À l'exception du Père de la Douleur, juché sur son trône d'os, au centre de la pièce. Insondable sous les larges replis de sa capuche, ce dernier ne réagit pas à leur entrée.

— Prudence… murmura Cellendhyll.

Estrée avait les sourcils froncés, elle raffermit sa prise sur la poignée de son sabre.

— Où est la fumée ? s'inquiéta la jeune femme.

Le Roi-Sorcier se pencha en avant, tout agitant doucement sa main pâle :

— Avancez donc, nous avons à parler tous les trois.

Leprín resta à terre, ses sens en éveil lui soufflaient que son maître préparait quelque chose.

Cellendhyll et Estrée avancèrent prudemment, l'Ange en avant. Positionnée en léger retrait, Estrée couvrait leurs arrières. Rien autour d'eux pour les menacer, si ce n'était le Père, par sa simple présence.

Ils firent encore quelques pas ; Leprín conservait son immobilité et le Père les attendait en bas du trône, les mains croisées sur son ventre.

Jusqu'ici tapie dans un renfoncement du plafond, indétectable, la fumée prédatrice se laissa tomber dans un piqué agressif. Elle avait adopté la forme d'un rapace géant. Planant sur ses ailes grises au dessin hachuré, la succube grise fondit sur ses proies. D'une bourrade, Cellendhyll projeta Estrée sur le côté, hors de la trajectoire suivie par la fumée, qui les manqua tous deux. L'assaillante reprit son envol, marquant une large boucle qui la fit revenir pour une nouvelle attaque. Ordonnant à sa compagne de ne pas bouger, Cellendhyll se campa de profil, son épée empoignée de ses mains fermes, la lame à la perpendiculaire de sa hanche gauche, les jambes à demi-fléchies. Il fit jouer ses épaules. Son regard s'étrécit.

Viens. Je suis prêt.

Sensible à son défi, la succube l'avait pris pour cible. Elle piqua une nouvelle fois, à pleine vitesse. Cellendhyll l'attendait, impassible. La fumée arrivait sur lui, ses griffes éthérées prêtes à déchirer.

Au moment précis où elle allait le toucher, où il était trop tard pour infléchir son élan, l'Ange réagit. Il se laissa tomber sur un genou, prit appui sur sa main droite, remonta la gauche, armée de la Belle. Il se contenta de glisser sa lame sous le ventre de la succube qui passait au-dessus de lui ; l'élan de cette dernière était suffisant pour l'éventrer sur toute sa longueur. La lame rouge flamboya en aspirant une part du fluide énergétique de son adversaire, les bords de l'entaille se mirent à grésiller, rongés par son feu vermeil.

Piaillant de douleur, le rapace de fumée s'écrasa contre le marbre. Le baiser de l'épée venait de la priver d'un tiers de ses ressources. Se contractant sur elle-même, la diablesse reprit sa forme première, réduite en conséquence. Le Père lui avait ordonné d'attaquer l'homme aux cheveux d'argent et sa compagne, elle ferait son devoir jusqu'au bout, incapable d'appréhender le concept de fuite.

Conscient de son avantage, l'Adhan la chargea au pas de course. Elle se détendit brusquement vers lui, allongée en une sorte de serpent aux crocs avides. Cellendhyll se campa sur ses jambes, esquiva d'une torsion du buste, changea d'appui et riposta d'une diagonale basse qui fendit le dos de la fumée grise. De nouveau amputée de ses forces, brûlée par la lame, la succube rapetissa.

Leprín avait entrepris de reculer vers la sortie. La pointe du sabre d'Estrée vint se loger sous son oreille.

— Tu ne bouges pas d'ici, mon mignon. Ça va bientôt être fini. La fumée du Père s'est attaquée à plus forte qu'elle.

— Maudit Cellendhyll de Cortavar ! cracha le légat.

— Regarde-le bien, Leprín, et sache que c'est lui l'homme de mon cœur !

— Je te maudis aussi, toi qui m'as trahi !

— Tu n'as décidément rien compris. Je t'ai trompé, oui, dès le départ. Mais je ne t'ai pas trahi, je suis toujours restée fidèle à mon peuple, c'est une nuance, certes, mais capitale.

Estrée n'en dirait pas plus. Le Chaos avait réussi à contrer la menace de l'invasion ténébreuse, la fille d'Eodh avait enfin achevé sa mission de longue haleine. Elle pouvait librement accabler Leprín de son mépris silencieux. Elle savait pertinemment que ce refus de communiquer serait pire pour le légat qu'une bordée d'injures ou de moqueries.

La fumée tenta son va-tout. S'élargissant le plus possible, elle bondit au-dessus de l'Adhan et se referma sur lui, l'engloutissant de toute sa densité.

Estrée retint son souffle, se ramassant pour bondir à la rescousse de son amant.

Au centre du globe formé par la succube grise autour de l'Ange, jaillit la pointe de la Belle de Mort. L'épée déchira le rideau de fumée à droite, remonta puis retomba pour découper à gauche. Cellendhyll s'extirpa du piège et frappa encore, assénant de grandes diagonales. Grignotée par l'étincellement rubis de la Belle, la créature succomba, divisée, réduite jusqu'à n'en plus exister.

Un claquement de mains répété accueillit la fin du combat. Le Père de la Douleur applaudissait.

— Ma fumée n'a pas pesé lourd face à toi, l'Adhan, commenta-t-il tranquillement. Ce n'est pas grave, j'en invoquerai une autre, plus redoutable encore, dès que j'en aurai le temps.

— Maître ! s'écria Leprín.

Le monarque ne daigna même pas regarder son fidèle servant. Il se leva de son trône, lissa les plis de sa robe de brocard, descendit de son perchoir.

Cellendhyll ne dit rien, il se contentait de garder le Roi-Sorcier en point de mire, la pointe de son épée embrassant le sol.

Jusqu'ici les sortilèges du Père s'étaient vus contrés par la Belle de Mort, sa colère chaque fois absorbée, sa magie volée. Ce dernier ne semblait pas s'en inquiéter pour autant.

— Tu as le talent de faire échouer mes projets, les miens propres ou ceux de mes agents, reprit le souverain. Plutôt que de risquer ta vie à m'affronter dans un combat désespéré, rallie-toi à moi, Cellendhyll de Cortavar. Je ferai de toi le guerrier le plus puissant que les Plans aient connu. Ta force alliée à mes pouvoirs, nous serons invincibles !

Cellendhyll partit d'un rire froid :

— Tu rêves ? Il y a quelques heures tu me promettais les pires tortures, il y a quelques minutes à peine tu lançais ta fumée sur moi, et maintenant tu veux mon appui ? La seule chose que tu obtiendras de moi, c'est mon épée dans la gorge !

— Tu le prends sur ce ton ? Fort bien, répliqua le Père, toujours aussi confiant. Puisque je ne peux te défaire sous ma forme tronquée, voyons donc ce que tu donnes face à mon être véritable… Regarde bien, Leprín, cela risque de t'intéresser !

Rejetant sa longue robe de brocard, celui qui présidait aux destinées du peuple ténébreux dévoila enfin sa véritable nature. Rien que ses yeux attestaient de son étrangeté. Pochés de cernes noirs, ils se décomposaient en pupilles orange, fendues, en iris d'un jaune voilé. Le Père de la Douleur avait un crâne bistré, chauve, des oreilles en biseau démesuré qui pointaient vers le haut, des traits émaciés marqués d'un nez crochu tombant sur une bouche cruelle, bien plus large que celle d'un humain ; sa peau était blafarde, verruqueuse par endroits, ses mains et ses pieds griffus, son corps sec, avec pour seule vêture un pagne de cuir autour des reins.

Ainsi dressé, le Roi-Sorcier écarta les bras en croix :

— Pauvres humains, il est temps pour vous tous d'affronter la vérité !

L'être singulier, qui n'arborait aucun des aspects d'un Ténébreux, claqua des doigts, provoquant une série de vibrations dans l'air. La lumière ambiante se troubla avant de retrouver toute sa netteté.

L'esprit soudain allégé d'un immense poids qui l'étreignait depuis des années, Leprín retrouva sa pleine conscience. Ses traits se fissurèrent tandis qu'il comprenait enfin. Celui qu'il servait avec tant de ferveur et d'efficacité, depuis le début de son règne, se révélait être un imposteur. Et quel imposteur !

Ayant levé son sort d'illusion, celui qui se faisait appeler le Père de la Douleur avait grandi, forci, rendu à sa puissante nature. Une crête orangée avait poussé en haut de son crâne. Deux ailes triangulaires en cuir zébré avaient surgi entre ses épaules bosselées de muscles, muscles qui le recouvraient telle une armure grumeleuse. Un haut-démon dans son horrible plénitude ; la parenté avec Ulqualöth était manifeste, même si ce dernier n'avait pas d'ailes.

La surprenante métamorphose semblait avoir suspendu les hostilités, et chacun se tenait à sa place, sans plus faire mine d'avancer.

— Non, ce n'est pas possible, balbutia Leprín, qui avait saisi à quel point il s'était leurré sur son allégeance.

Agenouillé sur le sol, ses mains tiraillaient sa chevelure, ses traits épais creusés par un indicible désespoir.

La race des démons exécrait l'humanité tout entière. Ils étaient certes affiliés aux Ténèbres, mais ils ne les servaient que contraints et forcés. Pour les démons, les Ténébreux représentaient un ennemi tout aussi haïssable que le reste de l'humanité.

— Oh, mais si, Leprín, justement, c'est possible.

— Mais comment ? balbutia le légat.

— J'abreuve Mhalemort en illusions depuis si longtemps, ricana le mystificateur. Grâce à mes sortilèges constamment renouvelés, personne ici ne s'est jamais demandé pourquoi ma peau était blanche, pourquoi je gardais constamment mes traits cachés.

Le haut-démon partit dans un rire sonore :

— Vous leurrer ainsi, depuis des années, représente un exploit sans pareil que l'on célèbre chaque jour chez les miens ! J'ai vidé Mhalemort de sa substance tout en lançant une vague d'invasion sans précédent, me servant de vous, Ténébreux, pour abreuver les Plans de souffrance et de servitude. Je me suis nourri grassement de cette violence et des massacres que vous infligiez aux autres. Grâce à vous, j'ai pu fournir aux miens toute la viande humaine dont ils rêvaient ! J'ai exilé vos femmes et vos enfants, sans que vous vous en rendiez compte, aveuglés que vous étiez par mon pouvoir d'illusion. Je m'en souviens parfaitement, vos femmes vous croisaient, vous implorant de réagir tandis qu'on les emmenait, vos enfants qui pleuraient leur détresse, c'était si savoureux… N'as-tu jamais remarqué combien Mhalemort paraissait vide ? La moitié d'entre eux a été dirigée sur un Plan intermédiaire, destinée à créer un cheptel d'esclaves, l'autre directement sur le Plan démoniaque, offerte à mes frères, à mes sujets… Et toi, Leprín, bâtard crédule, le plus zélé de mes jouets, le plus facile à corrompre, qui m'a aidé à parfaire mon œuvre depuis le début de mon accession au trône de Mhalemort !

Oui, pauvre idiot, abusé chaque jour… Je crache sur toi et les tiens, tous ceux que j'ai pervertis pour mieux les asservir !

— Je n'ai pas pu me méprendre à ce point, gémit encore Leprín en secouant la tête. Qu'ai-je fait ?

Se repaissant du désarroi qu'il avait provoqué chez le légat, le Père partit dans un rire moqueur aux tonalités discordantes.

La voix de Cellendhyll mit fin à ce rire. Elle s'éleva subitement, mi-sereine, mi-glacée, assurément pugnace :

— Tu oublies une chose, démon…

Le Père se tourna vers lui. Amusé, il s'enquit :

— J'oublie quoi donc, Cellendhyll de Cortavar ?

— La prophétie… Je la connais, figure-toi, je l'ai lue sur la stèle d'Arasùl… « *Il sera l'arme du châtiment. Il brisera la lignée des seigneurs félons, châtiera le Honni* ».

Le démon recula en sifflant de colère, griffant l'air, en subite position défensive. Cellendhyll poursuivit son avantage :

— Ces mots te terrorisent, n'est-ce pas ? Et tu me crains tout autant, j'ai pu le constater. Voilà donc la raison pour laquelle tu me traques depuis si longtemps. Car *le Honni* dont parle la prophétie… *l'Apostat*… c'est toi ! Et c'est moi qui suis destiné à t'infliger le châtiment que tu mérites pour toutes tes vilenies. J'ai anéanti les seigneurs de Guerre, à présent, c'est ton tour. La prophétie s'accomplit !

L'homme aux cheveux d'argent releva sa Belle à longue lame. L'épée rougeoya de la haine qu'elle nourrissait à l'égard du démon.

— La prophétie ne sera pas, cracha ce dernier, en s'élançant sur Cellendhyll. Je vais t'arracher le cœur et je le dégusterai sous tes yeux agonisants !

Tout en se rapprochant, il ferma son poing griffu, puis le rouvrit. Une lame de feu noir apparut dans sa paume. L'usurpateur la fit tournoyer d'un mouvement du poignet, provoquant des crépitements tout le long de la lame d'esprit.

— Espèce de crétin, riposta Cellendhyll, lui aussi en mouvement, sa lame agitée de petits mouvements circulaires. Tes menaces ne sont rien face aux mots d'Arasùl ! Je suis destiné à te vaincre et toi à mourir !

Se croisant, les deux épées s'embrassèrent, provoquant une explosion d'éclairs rouges et noirs. Le démon repoussa les lames accolées vers l'Adhan, en direction de sa gorge. Cellendhyll banda ses muscles, résistant à la pression formidable que son adversaire lui infligeait. Soutenu par la Belle de Mort dont la force et la volonté s'entremêlaient aux siennes, il parvint même à renverser l'élan initial, repoussant les lames sur l'assaillant. À son tour, celui-ci mobilisa un surcroît de puissance, son buste penché en avant.

L'Adhan attendait cet instant. Il partit en arrière tout en dégageant sa lame. Brusquement déséquilibré, le Père trébucha, obligé de poser un genou à terre.

Cellendhyll bondit sur lui, le prenant à revers. Sa lame s'éleva et se rabaissa dans une boucle impeccable. Elle mordit la chair du démon, à la jointure de son aile gauche et de l'épaule. Ainsi mutilé, ce dernier ne pourrait plus s'envoler.

Au contact du sang démoniaque, de sa chair, l'épée poussa un cri rauque de plaisir. Elle but avidement. Intensifiant sa rage, elle brûla la peau épaisse du démon qui rugit. Ce dernier roula sur lui-même pour reprendre du champ.

L'Adhan revenait sur lui mais déjà le Père s'était repris. En appui sur un genou, une main posée sur le sol, il frappa de l'autre. D'un large revers de sa lame d'esprit, il atteignit Cellendhyll à l'avant-bras. Le cuir du gantelet à crocs fondit devant la chaleur dégagée par la lame. Le poignet calciné, l'Adhan lâcha son épée. Son adversaire profita qu'il était désarmé pour le faire reculer en le menaçant de nouveaux coups de taille. Passant à proximité de la Belle, le démon la chassa de son pied griffu. Tout en ricanant, il marcha sur l'Ange.

Cellendhyll se retrouvait désarmé, sans moyen d'atteindre le Père, sans moyen de se défendre véritablement. Aller au contact pour user de son armure-crocs eût été un suicide, il ne pouvait que tenter d'échapper du mieux possible à la morsure de l'épée noire, en reculant, feintant, esquivant.

Estrée brûlait du désir d'intervenir, mais d'une voix rauque, Cellendhyll lui ordonna de surveiller Leprín. Prostré, ce dernier paraissait se désintéresser du duel, se désintéresser de tout, d'ailleurs. Les révélations du Père l'avaient atteint au plus profond de lui-même. Complice involontaire mais complice tout de même, le légat avait conduit son peuple à la ruine. Cette pensée mutilait sa conscience, l'emprisonnant dans les tréfonds de la culpabilité.

À force de reculer, Cellendhyll buta contre le bas du trône. Le démon combla l'écart et le gifla de son aile valide, soudain déployée. L'Adhan roula pour amortir sa chute mais déjà le démon se jetait sur lui. Cellendhyll accueillit son assaut de ses pieds joints, il se tortilla pour éviter la lame de mana noir, agrippa les poignets de son adversaire et bascula en arrière, l'entraînant avec lui.

Incapable de voler, le Père de la Douleur partit dans un vol plané qui le fit retomber sur son aile mutilée. Il se cambra de douleur, laissant exploser sa rage dans un cri rauque. D'une torsion des reins, il se remit debout, son regard jaune-orangé braqué droit sur l'Ange du Chaos.

Ce dernier était toujours à terre. Désespérément, il étendit le bras sur le côté, en direction de la Belle, ouvrit sa main…

— *Dague, si j'ai besoin de toi, c'est maintenant ou jamais !*

L'instant d'après l'épée était dans sa main, fermement empoignée, feulante de satisfaction. Vint également le Hyoshi'Nin, un phénomène normalement impossible. Apparue comme par miracle, réveillée par la Belle de Mort, nourrie par elle, la grâce parfaite avait surgi à travers l'Adhan pour s'allier à la rage incandescente de l'arme étrange. Union insolite, unique. L'Ange ne servit plus que de réceptacle à ces forces combinées malgré lui.

La Belle de Mort fit résonner dans l'esprit du démon un rire de défi :

— *Elberakym, voici l'heure de la vengeance !*

Le Roi-Sorcier – ou plutôt le Roi-Démon – arrivait au pas de charge, son épée embrasée relevée à l'arrière de la tête, avivée d'un élan furieux, prête à se rabattre pour épancher sa soif de sang humain.

S'abandonnant au double pouvoir qui avait pris possession lui, Cellendhyll se retrouva transcendé par la grâce parfaite, le Ressenti Pur prenant les rênes de son corps.

Dans un élan subit, il se retrouva debout face au Père, son épée empoignée des deux mains achevant déjà son implacable révolution, tandis que lui-même terminait de pivoter sur lui-même. La lame rouge avait encore soif. Fusant dans une diagonale basse, elle mordit sauvagement dans la chair de son ennemi juré. Dans une gerbe de sang noir, le bras droit d'Elberakym s'envola en tournant sur lui-même, séparé du reste de son corps. L'épée n'avait pas fini son mouvement. Pirouettant au-dessus du démon, elle infléchit sa trajectoire pour revenir sur le Père en oblique. La Belle de Mort cisailla le torse de l'Apostat de l'épaule au pubis, provoquant un nouveau jaillissement d'hémoglobine.

Le Roi-Démon poussa un cri à faire trembler les murs et s'effondra en faisant vibrer le sol de son poids. Il griffa le marbre de sa main valide, tenta de se redresser, retomba, sans forces, et ne bougea plus.

Il châtiera le Honni.

Cellendhyll soupira de soulagement. Il fit signe à Estrée de ne pas bouger.

— *Vite maintenant*, somma la Belle dans son esprit, *abats le trône d'os !*

Sans discuter, allié consentant, l'Adhan revint au trône composé des ossements épineux d'un grand saurien ; le siège préféré du Père de la Douleur, qu'il ne quittait qu'à contrecœur.

— *Brandis-moi*, souffla la Belle.

L'arme qui n'en était pas une aborda sa dernière métamorphose, adoptant cette fois l'apparence d'un imposant marteau de guerre. Ses deux têtes étaient rouges, de même que son manche. Le marteau était plus léger qu'il n'y paraissait et l'Adhan pouvait l'empoigner sans trop d'effort. Il ne doutait pas, par ailleurs, des ravages que pouvait infliger cette nouvelle incarnation.

Empoignant son arme des deux mains, Cellendhyll rassembla ses forces et l'abattit vers le milieu du trône. En dépit de leur épaisseur, les os furent fracassés ; la magie et la puissance de l'arme étrange pulvérisèrent le siège à coups redoublés, éparpillant ses débris dans toute la pièce, provoquant une déflagration pourpre qui monta jusqu'au plafond.

Dans son ultime devoir,
l'Homme aux deux souffles,
le Hors-Destin,
percera le cœur du trône impie.

Chapitre 79

Jusqu'à présent intégrée au cœur du trône, une haute silhouette statufiée debout dans un linceul de mana noir apparut au milieu des débris. Un homme, svelte, de pur sang ténébreux, ses traits altiers étirés d'une profonde souffrance, les yeux écarquillés. Il semblait figé dans une sorte de stase.

Ce ne pouvait être qu'Arasùl, devina Cellendhyll. Il pressentait que, d'une certaine manière, le seigneur ténébreux – le vrai, celui-là – était encore vivant, mais incomplet, privé d'une bonne part de son intégrité. L'Ange commençait à comprendre quelle était la véritable nature de la Belle de Mort.

— Et maintenant ? demanda-t-il.

La Belle avait retrouvé sa forme originelle, celle de cette dague qui l'avait accompagné dans tous ses combats, depuis si longtemps. L'étanchant de sang, de mort, l'abreuvant de ses pouvoirs.

Elle répliqua :

— Tu dois…

— Noon ! Cellendhyll ! hurla Estrée.

L'Adhan n'eut pas le temps de se retourner. Ni la dague d'agir.

Un geyser de mana noir frappa Cellendhyll dans les reins, forant un trou fumant dans sa chair qui le traversa de part en part. Projeté en avant, il s'effondra contre la statue d'Arasùl, qu'il macula de son sang.

Durement touché mais toujours debout, campé sur ses jambes, l'Apostat ricanait ; ses paupières et ses lèvres fumaient encore du trait de feu qu'elles venaient de cracher. Son moignon avait déjà cicatrisé, et la plaie de son torse achevait de se refermer.

— Tu croyais qu'il suffisait de deux coups d'épée, fut-elle une lame de pouvoir, pour abattre un Roi-Démon ?

Les deux cœurs de Cellendhyll pompèrent à l'unisson, luttant pour sa survie. L'Adhan comprit que leur combat était perdu d'avance. Il se sentit glisser vers le bas, tenta de se raccrocher à la statue. Trop faible pour y parvenir, il s'écrasa par terre, roulant sur le dos. Délogé par sa chute, le médaillon jaillit hors de son pourpoint et s'emmêla sur le devant de l'armure-crocs. Dans un dernier geste réflexe, Cellendhyll ramena sa Belle contre sa poitrine. À bout d'énergie, il ne put terminer son geste et la dague retomba contre sa blessure.

Étendu aux pieds d'Arasùl, sa bouche laissa échapper une bulle de sang. Son cœur humain cessa de battre, définitivement vaincu. Son cœur de Loki pompa encore, pugnace, mais pour la première fois, il était en train de perdre la lutte.

Ainsi c'est ça la fin... Comme je me sens détaché, soudain... Je n'ai pas peur, je n'éprouve plus de colère. Le moment est venu de partir. La seule chose que je regretterai, la seule également que j'emporterai avec moi dans l'Oubli, c'est Estrée.

Estrée, je viens à peine de découvrir notre amour et je te perds. Pardonne-moi. J'aurai voulu t'apporter ce bonheur que tu mérites, que j'ai cherché toute ma vie sans le trouver.

Estrée...

La vision de son Ange mourant avait privé la fille du Chaos de ses forces, elle s'était effondrée sur elle-même, tassée à côté de Leprín, incapable de rejoindre celui qu'elle aimait. Jamais elle n'avait ressenti une telle douleur, un tel sentiment de perte. Son univers s'écroulait.

— C'est ton tour, Estrée, clama l'Apostat en se retournant sur elle. Tu m'as berné, tu as ruiné mon œuvre. Tu mettras un temps infini à mourir !

La jeune femme se moquait des menaces du démon. Trop désespérée pour être effrayée, elle resta repliée sur elle-même, son corps secoué par les sanglots, son âme brisée par le chagrin.

Chapitre 80

Le sang de l'Ange avait rougi la statue, se mêlant au mana noir, le traversant pour aller se fondre dans la chair d'Arasùl.

Le sang de l'Ange toucha le médaillon, provoquant une brève étincelle, suivie d'une ébauche de rayonnement qui naquit sur tout le pourtour du bijou.

Le sang de l'Ange abreuvait librement la Belle de Mort, plaquée contre sa blessure au ventre. Gorgée de l'hémoglobine de Cellendhyll, la dague étincelait d'un rubis uniforme.

Le médaillon pulsait avec force, nimbé du même pourpre que celui de la dague. L'enveloppe de mana qui emprisonnait Arasùl commençait à s'écailler, rongée par une palpitation grenat qui jaillissait du ventre de la statue.

Libéré, le pouvoir surgit de la lame de la Belle, du cœur du médaillon, et enfin, de la statue d'Arasùl débarrassée de son carcan noirâtre. Les trois lignes de lumière se croisèrent au-dessus du corps de Cellendhyll, fusionnèrent pour s'intensifier jusqu'à devenir incandescentes.

Aveuglé, le Roi-Démon se détourna rageusement tout en se frottant les yeux. Estrée se tassa encore plus contre le sol, hors de la réalité. Leprín était dans un état similaire, pour des raisons bien différentes.

Abreuvé de ses trois sources, le mana rouge se mit à former une sphère qui commença à palpiter, animée d'un vortex d'énergies tournoyantes qui gagnait en intensité à chaque circonvolution.

Alors, le Dépossédé, l'Élu, renaîtra,
l'esprit, l'âme et le corps enfin réunis.
Libre de recouvrer son héritage.

Juste au-dessus de lui, Cellendhyll voyait des lueurs cramoisies, telles des lucioles, danser à l'orée de ses paupières, qu'il peinait à garder ouvertes. Il ne comprenait plus rien. Son cœur second manqua un battement, retrouva sa cadence, si lente à présent. Bientôt tarie.

Le maelström d'énergie avait atteint son point culminant. La sphère explosa sans le moindre bruit, morcelée en un millier de fragments chatoyants, chaque braise s'envolant dans une seule trajectoire, une longue courbe dont la destination n'était autre que le corps d'Arasùl.

La silhouette de ce dernier se nimba à son tour de ce rouge si éclatant qui s'intégra à lui, aspirée par les moindres pores de son enveloppe charnelle.

Aux portes de l'agonie, l'Adhan entendit résonner du fond de son esprit un cri triomphal.

Enfin libre !

La prophétie continuait de s'accomplir. L'esprit, le cœur et le corps d'Arasùl étaient enfin rassemblés. Ce dernier tressauta, hoqueta. Il ferma ses yeux aux iris jaunes, aux prunelles rouge sang, fendues de noir. Les rouvrit aussitôt. L'aiguillon de sa queue ondulante s'agita, allègre.

Levant sa main noire en direction de l'Apostat, celui qui venait d'être libéré s'exclama avec la force du tonnerre, le pouvoir s'écoulant de ses lèvres matérialisé par une vapeur grenat :

— ELBERAKYM, PAR TON NOM QUE J'ÉNONCE, JE TE CONTRAINS !

Un petit scintillement apparut sur la poitrine du démon, s'épanouissant en une série de cercles concentriques qui s'étendirent jusqu'aux extrémités de son corps. La créature démoniaque se figea subitement, assujettie à la volonté du seigneur ténébreux, toujours consciente mais privée de l'usage de ses membres.

Sans perdre de temps, Arasùl se pencha vers Cellendhyll. Ce dernier avait fermé les yeux. Plus aucun souffle ne sortait de ses lèvres.

Une vie pour une vie,
l'Homme aux deux souffles tombera,
Injuste normalité, l'Équilibre préservé.

Mais Arasùl en décida autrement, créant une nouvelle voie dans l'embranchement des possibles. Il posa une main sur la blessure de l'Adhan, l'autre sur son front. Après une grande inspiration, le seigneur ferma les yeux. Un halo rosé sortit de ses doigts et de ses paumes pour aller baigner la peau du mourant, s'infiltrant dans sa blessure. Arasùl prit une nouvelle inspiration et la lueur de mana s'intensifia jusqu'à gagner peu à peu tout l'Adhan.

Il ne se passa tout d'abord rien. Puis, enfin, les membres de Cellendhyll se mirent à scintiller de l'intérieur. La blessure s'illumina elle aussi, tandis que la plaie se refermait, que les chairs se ressoudaient. Les entailles que l'Adhan avait reçues depuis son arrivée à Mhalemort disparurent également. Contrairement à la croyance générale, la magie de Sang qu'employaient les Ténèbres était capable de guérir.

Cellendhyll aspira une goulée d'air, ouvrit les yeux, le jade de ses iris accrocha la lumière, tout d'abord hébété puis retrouvant toute sa clarté. Ses deux cœurs battant de nouveau à l'unisson, il croisa le regard bienveillant d'Arasùl qui lui souriait largement.

L'Adhan répondit à ce sourire. Ainsi donc, l'esprit de la dague était celui d'un homme. Au fond, quelle importance ? Il se remit debout sans aide, la blessure qui traversait son flanc de part en part était refermée, son énergie restaurée.

L'Ange volait à nouveau, battant ses ailes d'Ombre, dans toute sa splendeur, tel un phénix renaissant de ses cendres, fier et sauvage.

Un choc contre lui, une présence chaude. Estrée qui se jetait dans ses bras, riant, pleurant, émerveillée.

— Cellendhyll ? Tu vis ? Cellendhyll !

Il la regarda, tout aussi ému qu'elle.

Arasùl avait reculé d'un pas, laissant les amoureux à leurs retrouvailles. Il se retourna sur Elberakym et son beau visage se durcit.

Toujours prisonnier du sortilège de contention, l'Apostat ne manquait rien de ce qui se passait sous ses yeux. Son regard bicolore étincelait de rage. S'il avait eu la moindre possibilité de se libérer, c'eût été pour massacrer les occupants de la salle, cela ne faisait aucun doute.

— Tu as échoué, Roi-Démon, énonça Arasùl. Je suis libre à présent et je reprends les rênes de Mhalemort.

— Tu ne peux me tuer, Arasùl, et tu le sais ! ricana son interlocuteur.

— Je le sais, mais tel n'est pas mon but. Je ne céderai pas à cette haine que tu professes et qui a contaminé les miens. Je ne peux t'abattre, Elberakym, c'est vrai, mais je peux te renvoyer sur ton Plan d'origine. Et je vais le faire, d'ailleurs. Avant que tu ne te remettes de tes blessures, que tu ne retrouves l'énergie de pouvoir voyager dans l'Éther, crois-moi, il va s'écouler des années. J'ai d'ailleurs une mauvaise nouvelle, contrairement à ce que tu penses, ton bras ne repoussera pas. La morsure que je t'ai infligée est inguérissable… Une piètre punition pour ce que tu nous as fait, hélas !

— Je reviendrai, Arasùl, cracha Elberakym. Je reviendrai et alors, je te tuerai une bonne fois pour toutes !

— Pour revenir, en admettant que tu aies l'énergie nécessaire, il faudrait déjà que l'on t'invoque, répliqua Arasùl, dont le calme contrastait avec la furie captive d'Elberakym. Mais je doute que ce soit le cas avant bien longtemps et ce n'est certes pas l'un des miens qui fera appel à toi. Assez discuté, le temps m'est précieux et je ne compte pas le gaspiller avec une engeance dans ton genre.

Arasùl leva cette fois les deux mains, paumes parallèles au sol.

— ELBERAKYM, PAR LE NOM QUE TU PORTES, JE TE CHASSE DE MON ROYAUME ! REPARS D'OÙ TU VIENS, VAINCU ET HUMILIÉ !

Le tissage créé par ses mains forma une roue de mana aux sept rayons mordorés dressée à la verticale, juste en face du démon. Le cylindre se mit à tourner sur le même rythme que les cercles qui emprisonnaient l'Apostat. Dans un chatoiement de lumière, un cône d'aspiration se forma à partir de son centre, horizontal, depuis lequel on pouvait entendre le souffle du vent.

Plus la roue accélérait ses rotations, ses rayons rendus flous par la vitesse que lui imprimait le seigneur ténébreux, plus le vent intensifiait ses mugissements. Devenu une force cyclonique, le vent magique aspira Elberakym à travers le cône, étirant ses membres au-delà du possible, provoquant chez lui un cri étiré, mélange de fureur et de refus, avant de l'engloutir tout entier. Une fois l'exil du démon accompli, la roue disparut d'elle-même.

— Une bonne chose de faite, conclut Arasùl en claquant dans ses mains.

Distraitement, le seigneur récupéra la Belle de Mort redevenue dague. Elle ne brillait plus de ce feu écarlate, sa lame était à nouveau noire, gardant toutefois un reflet rubis qui en surlignait le tranchant. Il n'y avait plus aucune conscience pour l'habiter, à présent. Elle n'était plus qu'une arme et rien d'autre. Le seigneur ténébreux la tendit à l'Adhan.

— Garde-la. Avec ce que nous avons partagé, je n'ai pas le cœur à vous séparer. Cette lame représente ce qui nous unit toi et moi. Bien sûr, elle a perdu ses pouvoirs, mais elle gardera un tranchant parfait, quoi qu'il arrive.

Remerciant Arasùl d'un hochement de menton, Cellendhyll prit la dague qu'il rengaina dans sa botte. Entendre le seigneur lui parler, le voir, lui faisait une étrange impression.

Leprín avait relevé la tête, constatant la résurrection de son maître légitime. Il n'avait rien manqué du bannissement d'Elberakym. Ses prunelles retrouvèrent une certaine force, il se redressa, lentement, comme s'il avait vieilli de vingt ans. C'est d'une démarche maladroite qu'il se rangea devant Arasùl et se jeta à ses pieds.

— Je vous reconnais, annonça-t-il d'une voix sourde. Vous êtes le seigneur Arasùl. Vous êtes mon roi… Monseigneur, j'ai trahi les miens… toutes ces années gâchées, le royaume perdu par ma faute. Laissez-moi expier, prenez ma vie !

Arasùl sourit. Il posa la main sur l'épaule du légat, lui prit le bras et l'aida à se relever :

— Leprín, tu as été trompé par l'un des tout-puissants rois-démons, rien de moins. Tu ne pouvais lui résister, pas plus que tu n'es responsable de ses méfaits. Et sache qu'il en a corrompu de plus rompus que toi. Alors plutôt que de mourir, vis ! Entre à mon service, aide-moi à réparer les dommages causés par Elberakym. Je t'offre la rédemption dont tu as besoin, ne la refuse pas…

Leprín n'eut pas à réfléchir longtemps. Il s'inclina, abaissant tout son buste :

— Seigneur Arasùl, si vous voulez de moi malgré mes fautes, j'accepte de vous servir. De corps et d'âme.

— De corps et d'âme, je t'accepte, Leprín. Malgré les apparences, tu peux te réjouir, aujourd'hui, les Ténèbres quittent l'esclavage insane auquel nous avait contraints Elberakym !

Cellendhyll et Estrée venaient de se séparer. Le visage du légat se referma aussitôt.

— Merci de m'avoir sauvé la vie, Arasùl, dit l'Ange d'un franc sourire.

Le seigneur lâcha un rire amusé :

— C'est à moi de te remercier, Cellendhyll. Tu m'as libéré du destin cruel que m'avait infligé le Roi-

Démon. Tu m'as rendu la vie mille fois ! Ah, comme c'est bon de se sentir de nouveau complet ! Si tu savais… Nous avons à parler, Cellendhyll, j'ai beaucoup à te dire, tu t'en doutes. Mais pas ici dans cet endroit lugubre. Un peu de confort nous fera le plus grand bien pour discuter. Venez.

Sur ces paroles, Arasùl entraîna les autres avec lui.

Chapitre 81

Arasùl et ses invités se tenaient dans un salon particulier auquel les avait conduits le seigneur ténébreux.

La pièce était ronde, les murs couverts de livres. Deux grands divans de cuir rouge se faisaient face, séparés par une table basse en cristalune translucide ; un bon feu crépitait dans la cheminée. Assis à côté d'Estrée, la main de la jeune femme entre les siennes, Cellendhyll dévisageait Arasùl, installé sur le second des canapés.

L'Adhan avait pris le temps de se défaire de ce qui restait de son armure-crocs, Arasùl celui de se vêtir convenablement ; un costume de soie bleu nuit à rayures grises, une chemise rouge foncé, des bottines de daim. Était-ce un hasard si le monarque arborait ainsi les couleurs d'Eodh ? L'Adhan n'en avait aucune idée.

Ils partagèrent rapidement un plat de viande rôtie, du fromage et des fruits secs, le tout additionné d'eau fraîche ; les cuisines de la Citadelle, tout comme le reste de Mhalemort, avaient été vidées d'une grande partie de leurs ressources.

Profitant de la caution de Leprín, Arasùl s'était fait reconnaître comme le nouveau maître de Mhalemort.

Le sortilège d'Elberakym étant levé, cela ne posa aucun problème.

Pour ce que l'Adhan pouvait en juger, le seigneur régnait sur une forteresse presque désertée, sur des guerriers et des esclaves, quelques serviteurs. Plus de femmes, plus d'enfants, plus de nobles ou de conseillers, aucune famille, aucun ami. Elberakym avait fait le vide autour de lui, ne gardant que Leprín et les seigneurs de Guerre comme état-major.

Leprín avait été congédié, quittant la pièce après un dernier regard pour Estrée et Cellendhyll, énigmatique.

Arasùl sourit largement à ses invités :

— Je vais tout d'abord vous expliquer ce qui m'est arrivé… Héritier de lignée royale, mes parents sont morts lorsque j'étais enfant… J'étais destiné à monter sur le trône à ma majorité. Mon oncle, Xâramas, plus connu sous le nom de « Père de la Douleur », en décida autrement. C'était lui qui gouvernait alors le royaume. Il était entendu qu'il me laisserait les rênes du pouvoir le moment venu. Xâramas était fou, je dois le reconnaître, même si j'avais de l'affection pour lui. Obsédé par la lutte qui nous oppose à la Lumière, il a plongé dans l'étude de l'occulte. Xâramas m'avait avoué son projet : il voulait invoquer un haut-démon pour le lancer sur Priam. Ce soir-là, je m'en souviens si bien… Il me restait trois mois avant de devenir roi, je venais voir mon oncle pour le dissuader d'entreprendre cette invocation dont il me rabâchait les oreilles. Je suis arrivé trop tard. Xâramas avait lancé le rituel invocateur… Mais au lieu d'un « simple » haut-démon, c'est Elberakym, l'un de leurs rois, qui vint en personne. À peine apparu, Elberakym a subjugué mon oncle de son pouvoir, brisant le sortilège destiné à asservir un être moins puissant que lui. Je suis arrivé dans le cabinet de Xâramas pour le voir déchiqueté vivant par le Roi-Démon. J'ai lutté avec l'Apostat, en vain. Ce dernier était trop fort, il s'est mis à aspirer mon essence. Alors j'ai lancé un sort désespéré, enseigné par mon grand-père : j'ai scindé mon essence en trois parties distinctes ; mon âme, mon esprit et mon corps… Le Roi-Démon n'a pas vraiment compris ce qui s'était produit. Je pense qu'il a cru avoir détruit mon libre arbitre et cela lui a suffi.

Arasùl marqua une pause, le temps de rassembler ses pensées. Il reprit :

— En fait, le médaillon que je portais au cou devint le réceptacle de mon âme, la dague qui ornait ma hanche accueillit mon esprit. Quant à mon enveloppe charnelle, Elberakym en a fait un trophée, qu'il a caché au cœur de son trône. Il a ensuite transféré la dague et le médaillon dans ce tombeau, où tu m'as récupéré sous forme de dague. Ne me demandez pas pourquoi il a agi de la sorte, je n'en ai aucune idée. Probablement pour éviter ce qui vient de se produire ! rit le souverain.

Cellendhyll et Estrée écoutaient, conquis. Outre sa beauté charismatique, Arasùl avait un timbre de voix chaleureux et faisait un narrateur captivant.

— Ayant éliminé les deux derniers Puissants ténébreux, poursuivait le souverain, Elberakym en profita pour usurper l'identité de mon oncle, et c'est ainsi que débuta son règne. Comme il l'a dit lui-même, il lança aussitôt un sortilège sur Mhalemort, transformant les miens en serviteurs aveugles. De mon côté, je suis devenu ton compagnon, aveugle moi aussi et muet, inerte, sauf pendant les combats. Oh, je sais que je ne me suis pas toujours montré commode, mais tu n'imagines pas les peurs et les frustrations que je subissais.

Mon seul lien avec la réalité, mon seul espoir de vie, c'était toi, et encore, seulement de temps à autre, car parvenir à me faire entendre était un calvaire. La seule part consciente de moi-même était emprisonnée dans cette dague mais, comme tu l'as constaté, j'ai mis énormément de temps avant de pouvoir communiquer. Et encore, ce n'était que de manière parcellaire, car je devais économiser mes forces… Peu à peu j'ai pu remonter les escaliers de ma mémoire, chaque fois que je buvais l'âme d'un Ténébreux ou que j'absorbais une décharge de magie, je recouvrai une faible part de mon énergie spirituelle mais le processus était si long ! Cependant, tuer le Morlok'Uuruh a marqué un tournant dans ma libération. Le dieu des Sang-Pitié m'a donné un sacré coup de fouet et cette énergie, j'ai pu la mettre de côté, la réservant pour les combats que tu as livrés aujourd'hui… Voilà pour mon histoire, acheva Arasùl d'un sourire. Avez-vous faim ou soif ?

Cellendhyll et Estrée déclinèrent. Le seigneur se leva pour aller ajouter quelques bûches dans le feu puis revint se rasseoir :

— Assez parlé de moi. Abordons votre cas, Estrée d'Eodh… J'ai une dette envers vous et je n'ai pas l'intention de relancer les hostilités contre le Chaos. Soyez-en persuadée, il n'y a aucun grief entre nous. Ce qui s'est produit dans le passé, ce qui vient de se passer ici est l'entière faute d'Elberakym, nul autre ne doit être incriminé. Aujourd'hui, les Ténèbres prennent un nouveau départ, je le proclame…

Estrée hocha gravement la tête pour marquer son assentiment.

— À présent, relança Arasùl, pardonnez-moi pour mon geste mais il est nécessaire.

Le seigneur ténébreux leva sa dextre dont il se servit pour effectuer une passe rapide. Les traits de la jeune femme se figèrent, son regard subitement perdu dans le vide. Quelques secondes plus tard, elle fermait les yeux et s'endormait.

Avant que l'Adhan ne réagisse, Arasùl leva une main apaisante :

— Ne t'inquiète pas, Estrée va bien, elle est juste plongée dans une transe légère. J'ai des choses à te dire qui ne concernent que nous. Une fois notre entretien terminé, je lèverai le sortilège, elle ne se souviendra de rien.

— Je t'écoute.

— Durant son règne abject, Elberakym nous a fourvoyés dans des conquêtes vides de sens, nous avons perdu notre splendeur, notre identité. J'entends bien y remédier à présent que j'ai recouvré mon héritage. J'ai eu le temps d'y réfléchir pendant mon exil : si je pouvais renaître, quelle existence aurais-je envie de mener ? Alors, dans les limbes d'acier où j'errais, j'ai fait un rêve, le rêve d'une Ténèbre fière mais apaisée. Un endroit où l'on créé plutôt que de détruire…

Arasùl se releva, il ajouta d'un ton passionné :

— Moi, je veux que Mhalemort rayonne, et non qu'elle terrorise ! Je veux que les Ténèbres soient enviés, pas redoutés. Je veux être entouré de seigneurs de Paix et non de seigneurs de Guerre ! En conséquence, l'une de mes premières mesures sera d'abolir l'esclavage à Mhalemort. Je vais rappeler les troupes d'invasion, libérer tous ces Plans que nous avons conquis en pure perte. Je veux également rencontrer Priam et lui proposer d'arrêter cette guerre abominable qui saigne à blanc nos deux royaumes… J'en ai assez de tuer, Cellendhyll, j'en ai eu plus que ma part à tes côtés ! De surcroît, mener un royaume en guerre, ce n'est pas vivre. Vivre, c'est aimer, découvrir, bâtir, partager… Cette tâche peut apparaître démesurée, j'en ai parfaitement conscience. D'autant plus que je pars vraiment de rien avec un royaume entier à reconstruire, en commençant par le repeuplement de la Citadelle. Heureusement, j'ai de l'énergie à revendre et cette nouvelle vie que j'ai devant moi, je ne compte nullement la gâcher dans l'inaction… Je me sens si léger, si vivant, si libre ! Quoi, ce discours t'étonne de la part d'un Ténébreux ?

— Oui, je l'admets, dit Cellendhyll. Ceux que j'ai rencontrés jusqu'ici n'avaient certainement pas ta vision des choses !

— En effet, dit Arasùl en se rasseyant, mais n'oublie pas qu'ils étaient contaminés par Elberakym. Sans lui, qui sait si mon peuple n'aurait pas connu la fortune à laquelle j'aspire pour lui avec tant de ferveur. Mon rêve est audacieux, je l'admets humblement et rien que changer les mentalités représentera un défi. Mais tel est mon destin, j'en suis persuadé. Songe à tout ce que nous avons enduré, tous les dangers affrontés, les ennemis défaits… Je suis là, devant toi, après avoir été trahi, divisé, caché, exilé, oublié… N'est-ce pas la preuve de ma légitimité ? N'est-ce pas la preuve que la providence appuie mes visées ? Je suis l'agent du renouveau, Cellendhyll !

— Tu prononces là de belles paroles, Arasùl, difficile d'affirmer le contraire, admit l'Adhan.

— Pas seulement des paroles, mon cher. Mes actes parleront d'eux-mêmes, tu verras…

— Mais déjà, qui te dit que Priam voudra la paix ?

— Rien. Mais je suis prêt à prendre le risque et à provoquer une confrontation pacifique. Après, nous verrons bien. Priam est tout sauf un imbécile, il peut saisir le bien-fondé de ma proposition.

L'Adhan leva la main :

— J'ai une question à poser, plus personnelle…

Arasùl allongea ses jambes et croisa les doigts :

— Je t'en prie…

— Pourquoi cette prophétie ? Pourquoi moi ?

— Je l'ignore, la prophétie n'est pas de mon fait. Elle s'est imposée dans mon esprit au moment où j'ai perdu mon intégrité. La seule chose que j'ai emmenée, avec elle, cadenassée dans mon esprit, c'est le nom du Roi-Démon ; et encore, ces informations ne me sont revenues que récemment. Pour le reste, enfermé dans le corps de la dague, j'ai lancé un appel dans le monde éthérique et c'est toi, Cellendhyll de Cortavar, qui est venu me chercher. Je n'en sais pas plus sur le sujet… Toujours est-il que tu étais bien l'élu, la preuve !

— Soit… Autre chose : tu m'annonces de grands projets de paix, mais c'est aussi toi qui m'as aidé à tuer tous ces guerriers des Ténèbres, ceux de ton peuple, cela ne te fait rien ?

— Des Ténébreux au service d'Elberakym… un énorme gâchis, mais un gâchis inévitable… Nous n'avions pas le choix, non ? Ils se dressaient entre nous et l'Apostat. Du reste, ils étaient corrompus par ce dernier, jamais je n'aurai pu leur faire confiance. On peut dire qu'avec ton aide, j'ai élagué mon royaume de ses branches pourries. Il n'en repoussera que plus droit.

— Et Leprín alors ? Aucun des tiens n'a mieux servi Elberakym que lui.

— Je n'en veux pas à Leprín. Le pauvre. Il a certes été la marionnette principale du Roi-Démon, envoûté par le sortilège démoniaque, mais à présent tout cela est du passé. Tu peux penser ce que tu veux du légat, mais je le sais intègre. Jamais il n'aurait suivi Elberakym s'il avait su qui il était réellement.

Cellendhyll n'était pas convaincu mais, après tout, le sort de Leprín ne le concernait plus en rien, du moins tant que ce dernier le laissait tranquille.

— Tu n'as jamais essayé de me dire qui tu étais, reprit-il. Tu as esquivé toutes mes questions à ce sujet.

— Je le reconnais, c'est vrai, soupira Arasùl. Mais si je t'avais avoué mon identité, m'aurais-tu cru ? M'aurais-tu aidé ? Étant donné tes rapports avec les Ténèbres jusqu'alors, j'en doute. Or, tu étais pour moi le seul salut possible. Oui, j'ai fait passer ma renaissance avant tout le reste, mais avais-je le choix ? À ma place, tu aurais agi de la même manière. Du reste, par le biais de la dague et de mes pouvoirs, je t'ai sauvé la vie maintes et maintes fois, tu ne peux le nier.

— Tu t'es servi de moi, non ?

— Non, je te considère comme un allié, Cellendhyll... mieux, comme un frère. J'ai appris à te connaître, et bien que d'ascendance différente, nous avons beaucoup de choses en commun toi et moi ; au fond, nous sommes de la même trempe. Nous avons connu la trahison, l'exil, nous nous sommes battus envers et contre tous pour survivre. Du reste, je sais que tu cherches encore ta voie et je sais que tu ne l'as pas encore trouvée. Le Chaos ne te rend pas heureux et Morion t'a déçu, oseras-tu le nier ? Je veux t'offrir une place, ici, à mes côtés. Non pas en tant que vassal mais en tant que seigneur, en tant qu'égal. Bâtir un royaume à partir de ses cendres, sans faire la guerre, n'est-ce pas là un défi incroyable à relever ? Nous ferions de grandes choses ensemble et, après avoir donné la mort, toutes ces années, nous pourrions faire régner la vie, un mode d'existence bien plus gratifiant que la voie de la violence ! Créer, plutôt que détruire, n'est-ce pas là la plus honorable des démarches ?

L'Ange ne répondit pas. Troublé profondément. Les mots du seigneur ténébreux sonnaient juste, ils trouvaient un véritable écho en lui. Cependant, la présence d'Estrée dans son cœur, cette donnée nouvelle mais incontournable, était à prendre en compte.

— Tout cela est trop soudain, trop brutal, finit-il par dire.

Arasùl lâcha un rire complice :

— Bien sûr, tu dois digérer tout cela, je me doute bien que tu en as trop vu ces derniers jours. De toute manière, rien ne presse, tu as tout le temps de réfléchir à ma proposition. Prends cette pierre de contact ; avec elle, tu pourras me contacter où que je sois. Tu seras toujours le bienvenu ici, Cellendhyll, alors j'espère que tu ne tarderas pas trop avant de me rendre visite, mon frère… Oui, je t'appelle *frère*. Après tout ce que nous avons vécu, enduré, ce terme semble s'imposer de lui-même. S'il y a bien quelqu'un que j'estime dans cet univers, c'est toi.

Le seigneur ténébreux fit une pause et sourit.

— Allons, je vais te laisser rentrer chez toi. Si quelqu'un a bien mérité un peu de repos, c'est toi ! Nous aurons l'occasion de reparler de tout cela, j'en suis persuadé. En attendant, il ne nous reste plus qu'à éveiller la belle endormie !

Sur un claquement de doigts du souverain, Estrée s'éveilla de la transe. Elle semblait n'en conserver aucune séquelle, hormis le fait qu'elle ne se souvenait aucunement d'avoir été ensorcelée.

Arasùl leur donna l'accolade à chacun, avec une étreinte plus appuyée envers l'Adhan. Le geste était d'évidence amical mais il perturba Cellendhyll plus qu'autre chose. Le seigneur l'avait déclaré frère, soit. Mais le contact de sa main sous-entendait autre chose ; un sentiment pressant, passionné, que l'Adhan trouvait dérangeant.

Usant de son anneau d'Ombre, Cellendhyll invoqua un téléporteur ; Arasùl donna l'ordre d'abaisser temporairement les défenses anti-intrusion de la forteresse. Les amants s'engagèrent dans le portail, ce rideau en arc de cercle ourlé de mana, et quittèrent le Plan-Maître ténébreux.

Chapitre 82

Peu de temps après leur départ, Leprín revint dans le salon particulier. Arasùl se tenait debout face à la cheminée. Il contemplait le ballet changeant des flammes.

Le légat s'éclaircit la voix et attendit que son maître se retourne, avant d'annoncer :

— J'ai fait nettoyer vos anciens appartements, monseigneur. Ils sont à votre disposition.

— Merci, Leprín, répondit le souverain d'un ton distrait.

Puis il replongea dans la contemplation du feu.

Livré à lui-même, le légat se retourna lui aussi et se mit à marmonner. Incapable d'assumer ce qu'il considérait comme une lourde, trop lourde responsabilité – son allégeance envers Elberakym et tout le malheur qui en avait découlé pour les siens –, incapable d'assumer la perte irrémédiable d'Estrée, Leprín était sur le point de sombrer dans la folie.

— C'est l'Adhan qui est le responsable de notre déchéance, murmura-t-il, tout en se frottant le dos des mains Depuis toujours, il nous menace. Il nous a menti, il nous a trompés, il m'a volé le cœur d'Estrée. Sans parler de ce démon qu'il a mis sur le trône de Mhalemort. Ce maudit Cellendhyll va encore nous faire du mal, je le sens, je suis le seul à m'en douter. Mais je ne le laisserai pas faire. Je vais le retrouver. Je vais le retrouver et le tuer. Sur ma vie et sur mon honneur, j'en fais le serment !

S'emportant, Leprín avait terminé sa diatribe à voix haute. Devenu sourd au bon sens, il renouvela son laïus, sans se rendre compte que son seigneur écoutait, qu'il se rapprochait, tirant une dague de sa manche.

Leprín sentit un choc au creux de ses reins, répété à trois reprises. Il sentit également une douleur vive se répandre en lui à partir du même endroit. Un liquide chaud coula sur les fesses, inondant l'arrière de son pantalon. La bouche du légat s'arrondit sur une protestation muette. Un froid extrême l'étreignit brusquement, suivi d'une intense faiblesse. Un gargouillis s'écoula de sa bouche.

Il tomba à genoux, puis à plat ventre. Il tomba, agonisant, abattu par son nouveau maître.

Arasùl se pencha sur lui et dit calmement :

— J'ai pu admettre que tu aies servi Elberakym durant toutes ces années… En revanche, je ne peux tolérer que tu parles ainsi de Cellendhyll de Cortavar. Les sentiments qui me lient à lui sont trop profonds pour que je supporte la moindre menace à son égard.

Arasùl se baissa sur le cadavre pour essuyer la lame de sa dague, qu'il rengaina dans la foulée. Se désintéressant du défunt Leprín, il retourna devant l'âtre et lâcha dans un gloussement :

— Finalement, je ne dois pas être aussi pacifique que je l'ai affirmé à Cellendhyll !

Le gloussement d'Arasùl devint rire, et le rire mua, à son tour, traversant les couches de l'hystérie, les dépassant, enflant toujours, jusqu'à atteindre les rives de la démence.

Chapitre 83

Estrée et Cellendhyll arrivèrent dans les quartiers d'Eodh. Il ne leur fallut pas longtemps pour se rendre compte que la Citadelle vibrait d'excitation. Tout laissait à penser qu'une grande fête se préparait.

Il leur suffit d'interroger le premier garde venu pour apprendre la nouvelle : une guerre venait d'être déclarée contre le Chaos, une invasion lancée par les Ténèbres qui s'était aussitôt transformée en une retentissante défaite.

— Tu vois, dit Estrée à son amant. Il n'y avait pas lieu de s'inquiéter.

Un serviteur en livrée bleu nuit et pourpre les aborda.

— Messire de Cortavar ? Le seigneur Morion désire vous voir, c'est urgent, a-t-il précisé…

— Calbon, dites à mon frère qu'il peut nous rejoindre dans le salon bleu, répliqua Estrée.

— Mais le seigneur…

— Morion a bien dit que c'était pressé ? Alors dépêchez-vous de le prévenir !

— Bien, ma dame.

Estrée prit Cellendhyll par le bras et le conduisit au salon. L'Adhan voulait lui parler de son entretien privé avec Arasùl, cependant, il remit la chose à plus tard. Il serait toujours temps de se livrer lorsque la réalité aurait pris un tour plus tranquille.

Le salon tirait son nom de sa décoration arborant toutes les nuances de bleu. Les murs étaient peints de larges traits horizontaux, indigo, azur, outremer et bleu cobalt ; fauteuils et canapés en cuir de vachette, tapis, plafond, lampes, bibelots, tout était bleu, jusqu'aux plinthes.

À peine entrée, Estrée prit les mains de Cellendhyll et se rangea face à lui :

— En attendant que Morion daigne venir, j'ai besoin de te parler. De te confier un secret qui me pèse depuis longtemps et que je garde pour moi seule. Tu voulais savoir pourquoi j'entretenais des rapports avec les Ténèbres ? La raison en est simple : je me suis fait passer pour une félonne, prête à leur vendre des informations sur les Maisons, prête à trahir le Chaos en échange du pouvoir. J'ai mené une vie de libertine, de courtisane, jusqu'à finir par attirer l'attention de Leprín. Comme prévu, ce dernier a vu en moi une proie alléchante et j'ai joué mon rôle ainsi. Il a cru me manipuler, il a cru que je complotais avec lui pour renverser le Chaos alors qu'en vérité, j'espionnais les projets du Roi-Sorcier. J'ai pris soin de l'abreuver d'informations soigneusement calculées sur les Maisons, allant même jusqu'à lui fournir l'emplacement de la Citadelle et les coordonnées éthériques nécessaires pour l'attaquer… Tu sais à présent que cette attaque a connu l'échec, bien heureusement…

Estrée se tut. Elle ne quittait pas l'Ange des yeux et son regard semblait receler l'écho d'une souffrance voilée. Cellendhyll lui adressa un sourire chaleureux, l'incitant à poursuivre.

Son amante prit une inspiration et reprit :

— J'ai vécu avec cette double identité tout ce temps, depuis ma majorité, dix années pleines, au risque de ne plus savoir qui j'étais vraiment… J'ai eu souvent l'impression d'être passée à côté de ma vraie vie. Ce n'est qu'avec toi que j'ai finalement découvert autre chose que le devoir. Grâce à ta présence, j'ai enfin l'impression de ne pas avoir tout manqué des bonheurs de l'existence. Toi seul, tu me connais telle que je suis réellement, depuis la mort de Lhaër, Cellendhyll, tu es l'unique personne dont je sois proche, à la fois mon amant, mon ami et mon amoureux.

La fille d'Eodh avait l'air si fragile, soudain, et triste. Il l'attira contre lui, lui offrant cette étreinte tendre et protectrice, ce réconfort dont elle avait besoin. Tout en la serrant contre lui, tout en savourant sa chaleur et sa présence, il reprit d'une voix très douce :

— Je me moque de ta réputation, je moque de ce que tu as dû faire pour appâter les Ténébreux. Tout cela est du passé. Quoi qu'en disent les autres, quoi qu'ils en pensent, tu es une femme exceptionnelle. Quant à l'imbécile qui prétendrait me dire du mal de toi, je plains d'avance celui qui aura à le soigner !

Elle lui répondit d'un pâle sourire. Avant d'ajouter :

— Une dernière chose, mon amour… Si un jour, tu dois me juger, rappelle-toi tout ce que j'ai vécu, rappelle-toi comme je t'ai prouvé qui j'étais depuis Valkyr. Oui, rappelle-toi Valkyr, rappelle-toi ce que nous venons de vivre ces derniers jours… Quoi que tu apprennes sur mon compte, souviens-toi de moi telle que je suis aujourd'hui. Telle que tu m'as rendue, toi et nul autre. Je t'aime, Cellendhyll, de tout mon cœur, je t'aime de ma pleine âme.

— Moi aussi, Estrée, mon cœur chante quand je te vois, mon âme s'envole vers des cieux paradisiaques.

— Oh, mais je ne te savais pas poète !

— Euh… moi non plus…

— Mon farouche guerrier ! rit-elle franchement Si tu savais comme ta présence me fait du bien. Après tous ces jours…

— Ah, Cellendhyll, ce n'est pas trop tôt ! Et en plus, tu me fais déplacer ! les interrompit une voix agacée.

Morion venait d'entrer dans le salon bleu, claquant la porte avec mécontentement. L'homme qui s'était choisi une apparence d'adolescent, qui avait changé le destin de l'Adhan et prétendait régir son avenir, portait un costume de soie mauve, une chemise à long col violette, une cravate et un béret noir. Ses pantoufles de velours étaient ornées d'un pompon doré.

Estrée se détacha de Cellendhyll mais avec un temps de retard, de manière à ne pas cacher l'état de ses relations avec l'Ange du Chaos.

— Maintenant que je te tiens, Cellendhyll, tu as intérêt à t'expliquer et vite ! pesta encore Morion. Je viens d'apprendre que tu as fait libérer Auryel d'Esparre, Melkior n'a pas su m'en dire plus. Qu'est-ce qui t'a pris de faire une telle chose sans en référer auprès de moi ? Où est Auryel ? Et ta mission dans la cité des Nuages, tu l'as oubliée ?

— Ah Morion, tu ne vas pas recommencer ! s'insurgea Estrée en venant se placer entre les deux hommes. Tu ne peux pas le laisser tranquille, oui ?

— Hein ?

— Vraiment, tu es bien le personnage le plus ingrat de ma connaissance ! Tu ne cesses de t'en prendre à Cellendhyll alors que tu devrais au contraire lui démontrer toute la reconnaissance qu'il mérite.

— Mais…

— Non, pas de mais ! Cellendhyll est un héros, il vient d'abattre les seigneurs de Guerre ténébreux et le Père de la Douleur au sein même de Mhalemort, il a pour le moins mérité tes félicitations !

— Pardon ?

— Oui, pendant que tu te tournais les pouces, probablement à compter le nombre de tes costumes, lui sauvait notre peuple de son pire ennemi… Le Père de la Douleur, qui n'était autre qu'un roi-démon nommé Elberakym.

— Quoi ?

— Ferme cette bouche distendue, Morion, tu es ridicule ainsi !

— Allons, allons mes enfants, cessez vos chamailleries…

Le duc Elvanthyell se tenait debout dans l'un des coins de la pièce, il se rapprocha. Ni Cellendhyll, ni Estrée n'avaient perçu son arrivée. L'Ange ne se demanda pas comment Elvanthyell avait fait pour les retrouver et les surprendre ainsi. S'il y avait quelqu'un pour plier la réalité à ses propres désirs, c'était bien l'archimage du Chaos.

— Père !

Estrée se jeta dans ses bras.

Elvanthyell portait une longue tunique nacrée ornée de surpiqûres lie-de-vin et ses pieds étaient nus comme à son habitude. Il enlaça sa cadette, caressa sa chevelure soyeuse.

— Mes enfants, j'étais impatient de partager avec vous notre brillante victoire ! s'exclama-t-il.

Morion semblait hagard. Jamais Cellendhyll n'avait vu son maître aussi dépassé par les événements. Il trouva son désarroi plutôt savoureux. De plus, que son seigneur ait été incapable de repérer la présence de son père dans la pièce, en dépit de ses pouvoirs magiques avérés, en disait long sur ceux de l'archimage.

Sans attendre, Estrée relata les exploits de l'Adhan à Mhalemort, dévoilant notamment la véritable nature du Père de la Douleur et les infamies que le Roi-Démon avait perpétrées envers le peuple ténébreux. Cellendhyll poursuivit avec la quête d'Arasùl et son dénouement – le récit de sa mission à la cité des Nuages pouvait attendre, d'autant plus qu'elle était couronnée de succès.

À son tour, le duc d'Eodh prit la parole.

— Morion, ta perplexité luit comme une étoile embrasée, il est temps pour toi de vous apprendre certaines choses que je gardais secrètes… La naïveté n'a jamais fait partie des défauts du Chaos, aussi depuis la première campagne d'invasion lancée par le soi-disant Roi-Sorcier sur des Plans neutres, peu après son avènement, je me suis méfié de lui. Je me doutais qu'un jour ou l'autre, le Père tournerait son attention vers notre royaume. Estrée a d'ailleurs fini par me le confirmer… Une offensive de la part des Ténèbres était une menace prévisible mais délicate à cerner. J'ai donc décidé de prendre les devants en aidant les Ténèbres à monter leur campagne d'invasion. Pour ce faire, je leur ai fourni un traître et j'ai désigné Estrée pour tenir ce rôle si délicat.

Le regard de Morion papillonnait, oscillant entre son père et sa sœur. Abasourdi par toutes ces informations qui, jusqu'ici, lui avaient échappé, il restait bouché bée.

— Nous venons d'apprendre notre victoire sur les troupes ténébreuses, intervint Estrée. Mais, père, comment avez-vous su qu'ils lançaient leur invasion ? Captive d'Elberakym, il m'a été impossible de faire mon dernier rapport.

— Par simple déduction, ma fille… Une fois que tu m'as confirmé que les Ténèbres se préparaient à nous assaillir, j'ai lancé mon plan de défense. N'oublie pas que tu m'avais prévenu de cet ultime rendez-vous avec le Père de la Douleur, entretien durant lequel tu devais lui livrer les coordonnées éthériques que nous avions décidées pour lui. Comme tu tardais à me contacter, j'en ai déduit que le Père te gardait comme otage, cela justement parce qu'il décidait enfin son attaque, et à sa place, j'aurais agi de même. De toute manière, j'étais prêt à réagir depuis ma prétendue retraite… J'attendais les Ténébreux avec un vieil ami, Aashti'kalkarn, et il nous était impossible de manquer l'arrivée de nos ennemis puisque nous savions où ils allaient déployer leurs téléporteurs. Ils avaient trois points nodus à utiliser, j'ai fait surveiller les trois. Le reste a été si facile… Dès que les envahisseurs ont débarqué dans Streywen, ils ont été pistés, orientés sur des chemins précis, puis assaillis et vaincus. Pas un seul des ennemis envoyés contre nous n'a survécu.

— Avec quelles troupes les avez vous vaincus ? s'enquit Cellendhyll.

— Notamment avec les archers-fantômes, répondit le duc. Un corps d'élite que j'ai constitué en grand secret, cela dès la construction de la Citadelle, et formé précisément pour nous préserver de ce type d'attaque extérieure. Mieux vaut d'ailleurs que vous n'en sachiez pas plus.

En son for intérieur, l'Adhan ricana devant cette culture du secret qui régnait sur le Chaos, capable de s'étendre même entre un père et ses enfants.

— Mais alors, cette retraite que vous aviez annoncée était fausse ? intervint Morion.

— Oui, sourit son père. J'avais tenu Estrée au courant, mon départ n'était en fait qu'un subterfuge pour laisser accroire aux Ténébreux que le moment de nous assaillir était propice.

— Pourquoi m'avoir tenu à l'écart ?

— Pour préserver la sécurité de ta sœur et l'existence de notre plan de contre-attaque, tout bonnement. J'avais décidé que je serai le seul à connaître le rôle joué par Estrée, c'était la meilleure des garanties.

— Vous n'avez donc pas confiance en moi ?

— Mon fils, soupira le duc, ne laisse pas ton ego l'emporter sur ta raison… Je savais qu'avec mon départ, tu serais débordé par les responsabilités tout comme je savais que ce fait serait remarqué comme une faiblesse. Tu occupais le devant de la scène, tu focalisais toutes les attentions sur toi, celles d'espions ténébreux éventuels également. Cela me laissait libre d'agir à ma guise, ayant les coudées franches. Je me doute que cela ne te plaît pas d'avoir servi de leurre involontaire mais, si tu réfléchis, tu te rendras à mes arguments.

Cellendhyll buvait du petit-lait. De voir son maître éprouver ce qu'il faisait habituellement subir aux autres était un juste retour des choses, lui qui prenait tant de plaisir à manipuler son monde. Ainsi donc le duc n'était pas cet homme détaché des contingences, excentrique, voire même inconséquent. Bien au contraire, il avait, par le biais de sa fille, manipulé le Père de la Douleur, ou plutôt Elberakym, de bout en bout et sur du long terme. Elvanthyell savait lui aussi cacher son vrai visage. Quoi de plus logique qu'il ait inculqué cette pratique à sa descendance. Estrée n'était pas comme ses parents, pourtant. Elle renfermait une part d'elle-même, plus fragile, plus sensible, qui la rendait bien plus estimable et bien plus attirante.

Comme il aimait la regarder ! Elle avait l'air fatigué mais, par tous les Chaos, qu'elle était belle ! Elle avait dû en baver avec Elberakym et Leprín, si seule pour les affronter. De la savoir seule à Mhalemort, de comprendre le rôle qu'elle avait joué dans les plans de son géniteur, seule toujours, sans même obtenir un merci, éveilla subitement sa colère. Il fit un pas en avant et dit d'un ton glacé :

— Seigneur Elvanthyell, si j'avais une fille, et qui plus est une fille comme la vôtre, je chercherais avant tout à la protéger. Je ne l'enverrais certainement pas affronter le pire individu de notre univers. N'importe quel espion habile aurait pu tenir ce rôle, une Ombre tout aussi efficacement. Estrée a couru tant de risques pour vous, elle est passée à côté d'une vie que vous avez sacrifiée, et j'avoue que cela me reste en travers de la gorge !

Morion s'apprêtait à tancer son Ombre, mais le duc l'arrêta d'un geste de la main.

— Laisse mon fils, notre Adhan si indiscipliné a gagné le droit de s'exprimer. Lui aussi a tenu sa place aujourd'hui, il a rétabli l'équilibre en permettant au véritable héritier des Ténèbres de monter sur le trône. J'avoue de surcroît que je trouve sa franchise brutale tout à fait rafraîchissante. Elle me change agréablement de ces attitudes cauteleuses dont on m'accable d'habitude… Mais pour te répondre, Cellendhyll, je dirai tout simplement que les intérêts d'Eodh sont supérieurs, ils priment sur nos vies, et je croyais que tu le savais.

— Cela ne me plaît pas, insista l'Ange. Vous jouez avec vos enfants comme si c'étaient des pièces d'échec. Mais c'est normal pour vous, n'est-ce pas ?

— Tu es libre de penser ce que tu veux, tant que tu nous sers avec l'efficacité que tu as démontrée jusqu'ici. Je te suis de près, mon cher Adhan, tout comme je suis de près tout ce qui touche à mon royaume. Je connais ta valeur et je connais ton caractère, je sais que te brider ne ferait qu'affaiblir ton potentiel. Mais ne dépasse toutefois pas les limites de ton rang face au mien.

— Je passe mon temps à le lui répéter, maugréa Morion.

Pourtant concernée au premier chef, Estrée, étrangement, ne participait pas à cet échange. Elle paraissait si lasse. Cela confirma à l'Ange son idée. Sa compagne avait besoin que l'on s'occupe d'elle.

L'Adhan avait été rappelé à l'ordre et cela ne lui plaisait pas ; cela ne lui plaisait jamais. Il ajouta :

— Puis-je me retirer, seigneur Elvanthyell ? Je suis fatigué.

— Oui, Cellendhyll, opina le duc, bien que tu aies une nouvelle fois écorné l'étiquette en t'adressant à moi et non à ton propre seigneur.

— Vous l'avez dit, seigneur, rien de ce qui touche à Eodh ne vous échappe. Vous contrôlez tout, je suis donc votre vassal avant même d'être celui de votre fils.

— Il est franchement impossible ! gémit Morion.

Elvanthyell rit.

— Comme je l'ai signifié, j'aime ses réparties. File, Cellendhyll, je pense que mon fils t'accordera sans peine deux semaines de vacances. Tu les auras bien méritées !

— Je vais également me retirer, dit Estrée. Je suis fatiguée moi aussi.

— Bien sûr, ma fille. Mais je compte sur toi pour la réception que nous donnons ce soir. Eodh a sauvé le Chaos, je tiens à ce que tout le monde le sache !

Les amants laissèrent les deux Puissants en pleine conversation concernant les préparatifs de la réception à venir. Mais l'Ange ne doutait pas que les seigneurs du Chaos dévieraient sans tarder sur d'intenses spéculations concernant Arasùl et l'avenir des Ténèbres, voire sur sa propre relation avec Estrée. Il avait décidé pour le moment de taire le discours – et la proposition – que lui avait fait le souverain des Ténèbres.

À peine dans le couloir, Cellendhyll enveloppa la main de la jeune femme d'un geste caressant :

— Je suis si fier de toi, Estrée, je ne pouvais trouver meilleure compagne ! J'ai longtemps refusé d'aimer, mais à présent, tout a changé. Je sais que je peux te faire confiance, les choses sont claires entre nous. Je me sens apaisé, rassuré. Et je me disais, justement, que nous avions bien mérité de passer du temps ensemble, et pas les armes à la main ! Alors puisque ton père m'a accordé ces vacances, tu pourrais venir les passer avec moi… Je n'ai jamais passé de vacances avec quelqu'un, te rends-tu compte ? Partons tous les deux. Pourquoi pas à ton pavillon de chasse ? Nous serons tranquilles là-bas. Nous nous baignerons dans le lac, galoperons dans la forêt, ferons l'amour dans l'herbe, je te ferai la cuisine… Tu me parleras de toi, je te parlerai de moi, je te dirai tout ce que tu veux savoir. Je ne veux surtout rien te cacher de ma vie, je t'aime et l'amour a besoin de vérité, j'en suis persuadé. Allez, c'est d'accord ! Je passe chez moi prendre une douche, quelques affaires et je te rejoins dans tes appartements. À tout à l'heure, ma belle.

La jeune femme n'avait rien dit.

Un dernier baiser et l'Adhan la quittait, remontant les couloirs de la Citadelle de son pas athlétique. S'il n'avait été aussi euphorique, il aurait sans doute remarqué le teint pâle de sa compagne.

Profondément préoccupée, Estrée regagna sa suite.

L'amour a besoin de vérité.

Chapitre 84

Cellendhyll ouvrit la porte de son appartement. Il fut presque enivré par le silence de l'endroit. Quel calme intense après tous ces combats livrés !

Il se rendit dans la salle d'eau, se dévêtit et resta une bonne demi-heure à se laisser masser par les jets brûlants. Tout en se savonnant, il fredonna. C'était la première fois depuis qu'il avait délaissé l'adolescence.

Après s'être séché et peigné, il passa une chemise émeraude, une tenue de daim, rangea des vêtements de rechange et quelques affaires de toilette dans sa gibecière en cuir de buffle, et ressortit.

La dague, la Belle de Mort – il avait décidé de lui conserver ce surnom – reposait sagement dans son fourreau de botte gauche. Elle ne lui parlerait plus, n'avait plus de mystères à livrer, plus de pouvoir pour le seconder. L'Adhan en ressentit une sorte de vide. Qu'il chassa aussitôt en songeant qu'avec le dénouement d'Arasùl, il tournait une page de son existence. La nouvelle, il comptait bien l'écrire à quatre mains. Avec la fille d'Eodh.

Il lui restait toujours à régler le cas épineux de Gamaël, mais cela attendrait encore. L'Ange venait enfin de trouver un sens à son existence. Un sens autre que la vengeance. Un chemin différent de celui, pavé de violence, que lui avait imposé le Chaos jusqu'ici. Une musique différente de celle du fracas de l'acier, des gémissements de souffrance ou des râles de l'agonie. Une partenaire plus douce que la Belle de Mort…

Estrée d'Eodh... Il savoura le nom de son aimée, l'égrenant pour lui seul tout en longeant les couloirs de la Citadelle.

Estrée, son élue.

Il lui avait fallu tant de temps pour s'en rendre compte. Il lui avait fallu Valkyr, Mhalemort. À présent, il ne ressentait plus aucune peur, plus aucun doute. Son assurance nouvelle, sa confiance en l'avenir se résumait en un mot.

Estrée.

Il entra chez l'héritière d'Eodh, se servant de la clé qu'elle lui avait confiée.

Le salon était vide, plongé dans la pénombre.

— Estrée ?

Le silence accueillit son appel.

Cellendhyll toutefois remarqua une file de chandelles posées sur le sol, menant à la chambre de la jeune femme.

Elle m'a préparé une surprise, songea-t-il en souriant largement. Mais avant de succomber au désir, il prendrait le temps de se déclarer. De lui réaffirmer clairement son amour, de lui proposer de vivre avec lui, au Chaos ou n'importe où ailleurs.

Il entra dans la chambre. Toujours aucun signe de sa compagne. La ligne de lumière tremblotante le conduisit jusqu'à la table de maquillage de la jeune femme, surmontée d'un miroir ovale.

Au centre de la table, entouré d'un cercle de bougies, un tas sombre et luisant. L'Adhan se rapprocha. Il reconnut les cheveux noirs d'Estrée, cette magnifique chevelure, ces longues mèches semblables à de la soie noire qui formaient désormais cet agrégat soyeux étalé devant lui. Sans savoir pourquoi, Cellendhyll pensa aussitôt à une offrande.

Reposant sur le tas de cheveux, une lettre de vélin précieux, pliée en trois.

Cellendhyll s'empara de la missive, qu'il déplia.

Mon amour, je t'écris et je pleure.

C'est un réel crève-cœur que je nous inflige à tout deux. Ce soir marque un tournant de notre histoire. Je le voulais radieux, il sera souffrance. Si tu savais comme je regrette…

Tu sais à présent pourquoi j'entretenais des liens avec le Leprín. Hélas, ces liens m'ont menée trop loin. Leprín m'a fait découvrir les abîmes de la dépravation, il m'a corrompue de ses drogues. Lhaër m'a sauvée de la bleue-songe ; mieux encore, elle m'a permis de me retrouver moi-même. Alors est née notre aventure. Nous nous sommes rapprochés, toi et moi, nous nous sommes découverts, apprivoisés. Et c'est au moment où tout va bien, où nous venons de triompher du pire, ensemble, au moment où l'amour chante, où ton cœur s'ouvre enfin pour moi, que je vais tout gâcher.

Tu veux la vérité dans l'amour, dans nos relations ? Tu l'offres et la réclame ? Tu vas l'avoir. Elle est nue, cruelle, injuste…

Ce n'est pas Rosh Melfynn qui a tué Devora, la femme que tu aimais. C'est moi. Ce jour-là, sur la place des Roses, j'ai commis le pire de ce que je pouvais te faire vivre. À cette époque, je n'étais pas l'Estrée d'aujourd'hui, celle que tu as révélée. J'en étais même loin. J'étais en manque, ce jour-là, si seule. Je n'étais plus moi-même quand j'ai frappé Devora. J'avais fini par me perdre dans celle que j'avais créée par devoir, sourde et aveugle, piétinant la morale.

Pourquoi te livrer cette confession qui me condamne ? Face à toi, je me suis juré d'être la meilleure possible. Je devais donc finir par te révéler mon secret, quoi qu'il en coûte. Je fais notre malheur à tous les deux ainsi, mais je suis honnête avec toi, jusqu'au bout. Je te donne cette honnêteté que tu attends. Bâtir un amour sur le mensonge, sur le crime, je n'ai pu m'y résoudre, même si je perds tout par la même occasion. L'amour a besoin de vérité, c'est toi qui l'as affirmé.

Mon crime, d'ailleurs, ne reste pas sans châtiment. Je sens le gouffre qui nous sépare, le gouffre que j'ai créé. Je suis hantée par le remords, jusque dans mes rêves. Devora se dresse entre nous, elle revient me hanter chaque nuit, parfois en plein jour. Elle m'accable de blâmes et d'insultes, elle m'interdit de t'aimer. Je me croyais assez forte pour supporter ma faute, ce n'est pas le cas. J'en deviens folle, même. Le seul moyen de faire lâcher prise à ce spectre, c'est de tout te dire. Ainsi que tu le voulais. Quel choix, n'est-ce pas ?

Je n'espère nullement ta clémence. Comment le pourrais-je alors que j'ai tué celle que tu aimais, ma rivale ?

Et pour le moment, je suis incapable de t'affronter face à face, d'affronter ta colère, ta déception. Ta violence, sans doute.

Alors, je pars, je pars m'exiler sur les Territoires-Francs. Car si tu es perdu pour moi, plus rien ne compte, pas même Eodh.

Oh mon amour, si tu savais comme j'aurais voulu pouvoir réparer mes torts ! Si je pouvais revenir en ce jour maudit, sois certain que j'agirais différemment.

Tu finiras sans doute par me retrouver pour me tuer, tu en es bien capable. Peu m'importe, je t'aime tant et je me suis coupée de toi à jamais... alors à quoi bon vivre si je ne peux t'avoir comme compagnon, comme époux ? La mort que tu m'infligeras, que tu m'offriras, ne sera au fond qu'une délivrance. Je mérite cette condamnation. Je la redoute, je l'avoue, mais en même temps, je l'espère.

Mon bel Ange aux yeux si verts, au corps puissant, aux mains si douces... Ce que nous avons partagé aura été le grand bonheur de ma vie. J'en chérirai le souvenir jusque dans l'Oubli.

Voici ma chevelure, elle représente le tribut de ma honte, le signe que je ne me supporte plus moi-même.

Adieu, Cellendhyll.

Estrée

Cellendhyll se prit la tête à deux mains et poussa un rugissement de fauve blessé.

Il froissa la lettre avant de la ranger dans son pourpoint. En dépit du martyre qu'il subissait, les larmes refusaient de couler pour abreuver son visage aride, refusaient de venir mouiller ses lèvres serrées. Figé dans l'espace, l'Ange avait les poings fermés, l'esprit hurlant.

L'amour, une fois encore, venait le bafouer, au moment où il ouvrait son cœur, libre et confiant. Ricanante, la trahison le percutait de nouveau de plein fouet, ébranlant son être, le flagellant avec une cruauté si lancinante.

L'amour ? Il y avait cru. Trois fois, pleinement, et trois fois il avait subi sa féroce dérobade. L'amour ? Non, plus jamais il ne s'abaisserait à cette folie.

L'Ange aperçut son visage ravagé dans le miroir, s'en rapprocha et se reconnut à peine.

Juste à l'extérieur de la suite, assis sur l'un des rebords de la terrasse d'Estrée, au-dessus du vide, indétectable, Maurice pleurait à chaudes larmes. Il lâcha dans un sanglot :

— Tu as survécu à *ma* prophétie, Hors-Destin, et je m'en réjouis, tandis que mon fieffé maître grince des dents. Mais tu n'as pas mérité ce sort maudit ; je le reconnais et je n'y peux rien…

L'énigmatique personnage essuya ses pleurs d'un revers du poignet et conclut dans un long soupir :

— D'autres bien plus puissants que moi l'ont décidé, Ange de la vie, Ange de la mort : ta voie ne sera jamais celle de la facilité.

Cellendhyll se contemplait toujours, spectre étreint de tristesse.

Il fracassa le miroir de son poing.

Retrouvez l'univers du cycle
de L'AGENT DES OMBRES sur le site
www.angeduchaos.com

Composé par Nord Compo Multimédia
7, rue de Fives, 59650 Villeneuve-d'Ascq

Imprimé en France par

BRODARD & TAUPIN

à La Flèche (Sarthe)
en février 2010

POCKET – 12, avenue d'Italie - 75627 Paris cedex 13

N° d'impression : 56728
Dépôt légal : mars 2010
S19276/01